엄마가 계약결혼 했다

시야 장편 소설

My mom got married on a contract

엄마가 계약결혼 했다

초판 1쇄 인쇄 | 2022년 11월
초판 1쇄 발행 | 2022년 12월 7일

지은이 시야
발행인 김예슬 김지안
제작 유인하
편집 백가연
교정교열 장희연
디자인 유한나
본문디자인 나선

펴낸곳 패러그래프
등록번호 제2022-000152호
등록일자 2021년 3월 15일
대표전화 02-739-6230 | **팩스** 02-735-5850
주소 서울시 마포구 잔다리로 113, 2층
홈페이지 www.beparagraph.com

ⓒ 시야, 2022
ISBN 979-11-91956-43-6 (04810)
ISBN(세트) 979-11-91956-41-2 (세트)

* 파본은 구입하신 서점에서 교환하여 드립니다.
* 이 책은 저작권법의 보호를 받는 저작물입니다. 무단 전재 및 유포, 공유를 금합니다.

엄마가 계약결혼 했다

시야 장편 소설　2

My mom got married on a contract

CONTENTS

6. 늑대, 까마귀 그리고 꽃 II ……… p.007
7. 독살소동 ……… p.045
8. 파르타 ……… p.097
9. 사냥제 ……… p.179
10. 산딸기 동맹 ……… p.279
11. 가을 축제 ……… p.369
12. 일곱 개의 종 ……… p.471
13. 배를 타고 나간 아버지는 겨울바람에 휩쓸려 I ……… p.527

Chapter. 6

늑대, 까마귀 그리고 꽃 II

Chapter 6

늑대, 까마귀 그리고 꽃 II

별이 쏟아진다.

바닥을 내려보니 노란빛 모래들이 가득했다. 이쪽을 봐도 저쪽을 봐도 모래가 달빛에 희게 빛나고 있는 풍경.

머리카락이 바람에 부드럽게 날렸다.

고개를 들어 하늘을 다시 바라보았다.

달빛을 받으며, 천천히 유영하고 있는 아름다운 생물이 보였다. 거대한 몸체는 느릿하고 우아하게 별빛을 반사하며 움직인다.

양손을 뻗었다.

공기와 불로 된 생명체는 너무 높이 날아서, 닿을 수 없을 것 같아.

눈물이 났다.

'와아…….'

관자놀이를 타고 눈물이 흘러내렸다. 리리카는 느릿하게 눈을 감고 방금 꾼 꿈을 음미했다.

정말로 선명하고 예쁜 꿈이었다.

'그런데 슬펐어.'

꿈속의 자신은 너무 슬펐다. 밤하늘을 가르는, 희게 빛나던 용도 떠올랐다.

높이 떠 있는데도 그렇게 크다니, 굉장하다.

새삼스럽게 감탄하고 작게 한숨을 내쉬었다.

'용의 꿈이라니. 타카르라서 이런 꿈을 꾸는 걸까? 진짜 타카르가 된 거 같아.'

리리카는 작게 웃었다. 아틸이나 폐하가 저런 용이라고 생각하니 더욱 즐거워졌다.

리리카는 천천히 몸을 일으켰다. 더듬더듬 손을 뻗어서 협탁 위의 도자기 종을 흔들자 브린이 들어왔다.

"오늘은 일찍 일어나셨네요. 바로 일어나시겠어요?"

"응."

리리카가 고개를 끄덕이자 시녀들이 들어왔다.

커튼을 활짝 열고 옷과 세안수를 들고 들어왔다. 날씨가 무척 좋았다.

리리카가 씻고 옷을 갈아입으며 물었다.

"브린, 혹시 어머니께 오늘 상단주를 만날 수 있는지 물어봐 줄래?"

"네, 물론입니다."

말하고 브린이 리리카에게 몸을 숙여 작게 물었다.

"안 좋은 꿈이라도 꾸셨나요?"

리리카가 울었다는 걸 눈치채지 못할 브린이 아니었다.

"아니, 굉장히 아름다운 꿈이었어."

고개를 저으며 하는 말에 브린은 납득한 듯 물러났다.

아침 식사를 하고 차 시간에 오라는 어머니의 이야기를 들었다. 오전 중에는 공부로 시간을 보냈다.

'배워 두는 건 뭐든 좋은 거야.'

구두닦이 아저씨의 말을 회상하며 리리카는 열심히 공부했다. 뭐든 머릿속에 넣어 두는 것과 몸에 익히는 건 평생 남는다.

그 말은 사실이지.

어머니가 초빙을 위해 인로가에 편지를 보냈지만, 답장이 오지 않는다며 새초롬한 얼굴을 하셨다.

모두가 '역시'라는 얼굴을 했지만, 어머니는 포기하지 않을 모양이었다.

리리카가 서재에서 나오자 라우브가 눈을 마주치며 살짝 미소 지었다. 리리카는 금방 그의 목에 목걸이를 발견했다.

그녀가 준 보석을 펜던트로 만들어서 가죽끈에 꿰어 건, 단순한 디자인이었지만 그만큼 빠르게 만들 수 있었으리라.

"잘 어울린다."

리리카는 그리 말했지만, 브린은 '믿을 수 없다.' 하는 표정이었다.

저 보석을 저런 식의 목걸이로 가공하다니.

—심미안이라고는 일절 없다.

그런 표정이었지만 라우브는 상관하지 않았다. 주인이 '잘 어울린다.' 라고 해 줬으니 된 거다.

리리카가 브린을 힐끗 바라보니 브린이 싱긋 웃고 말했다.

"제 보석은 장인에게 맡겼어요. 완성되면 보여 드릴게요."

"기대된다. 예쁠 거 같아. 은화 브로치도 무척 예뻤거든."

"후후. 기대하셔도 좋아요."

브린이 웃으며 말하고 리리카의 옷을 갈아입혔다.

새 옷으로 갈아입고 리리카는 은룡실로 향했다. 응접실로 들어서니 서 있는 사람이 한눈에 들어왔다.

아주 독특한 복장을 하고 있어서 눈에 들어올 수밖에 없었다. 게다가 피부는 알테어스보다 더 어두운 색이었다.

"리리, 어서 오렴."

루디아가 자리에서 일어나 리리카를 맞이했다. 리리카는 재빠르게 무릎절을 해 보인 후에 어머니 품에 안겼다.

항상 이렇게 예법에 상관없이 푹 안아 주는 어머니의 품이 좋았다. 오늘은 시원하고 달콤한 향이 났다.

"우리 리리, 오늘도 무척 사랑스럽고 귀엽네."

어머니는 질리지도 않고 연신 칭찬을 늘어놓았고, 리리카는 뺨을 붉히며 그 이야기를 들었다.

들어도 들어도 기분 좋은 말이었다.

언제나처럼 긴 환영 인사를 하고서야 루디아는 리리카에게 상단주를 소개했다.

"이쪽은 금모래 상단의 차차란다. 차차, 내 딸이네."

차차가 무릎을 꿇으며 인사했다.

"미천한 상인인 차차가 가장 높이 나는 자의 아이를 뵙습니다."

이건 새로운 인사말이었지만 리리카는 고개를 끄덕였다.

"만나서 반가워."

그녀가 인사하자 차차가 머리를 더욱 숙였다.

"황녀님을 위해 제가 몇 가지 부족한 선물을 준비했습니다. 꼭 받아 주시길 바랍니다."

뒤에서 기다리고 있던 시종들이 재빠르게 상자를 열어 보였다.

리리카는 눈을 동그랗게 떴다. 아름답게 색색으로 빛나는 장식품들이 놓여 있었다.

이런 선물은 어떻게 해야 하지? 하고 힐끗 어머니를 보니 어머니가 고개를 끄덕였다.

리리카는 안심하고 말했다.

"무척 예쁜 장신구들이네. 고마워."

"황송합니다."

시종들이 상자를 닫고 물러났다. 루디아가 말했다.

"일어나게."

"네, 황후마마."

차차가 자리에서 일어나자 리리카는 그녀의 외모를 자세히 볼 수 있었다. 이목구비가 뚜렷한 미인이었다.

넓고 풍성한 바지를 입은 독특한 복장이 눈에 들어왔다. 검은 머리카락을 여러 갈래로 땋아 내리고 머리 뒤쪽에는 긴 천으로 된 장식을 달고 있었다.

루디아와 리리카가 자리에 앉자, 차차도 자리에 앉았다. 리리카 앞에 유리잔이 놓였다.

복숭아향이 나는 아이스티를 맛보고 리리카가 루디아에게 말했다.

"어머니, 설탕 때문에 남부 귀족들이 잔뜩 올라왔던데요?"

루디아가 고개를 끄덕였다가 대번에 눈치채고 물었다.

"혹시 그 녀석들이 너에게 뭐라고 했니?"

"조금요."

"누가?"

"음, 이름은 모르겠어요."

"그래?"

루디아는 팔걸이를 손끝으로 툭툭 쳤다. 딸은 몰라도 시녀인 브린은 알고 있겠지.

"그렇구나. 뭐, 남부 촌놈다운 비열한 인간이네."

그 말에 차차가 쓴웃음을 지었다. 루디아가 빙긋 웃었다.

"모욕으로 들렸나?"

"아뇨, 남부 변방이 엉망인 건 사실이니까요. 제가 이렇게 기회를 얻게 된 게 놀라울 따름이죠."

"난 능력 있는 사람을 좋아하거든."

"만족시켜 드리겠습니다."

차차의 말에 루디아가 고개를 끄덕였다. 리리카가 차차에게 물었다.

"그럼 차차는 정말로 사막 민족인 거야?"

"아니요. 저는 혼혈입니다. 하지만 삶의 반은 사막에서 보냈으니, 사막 민족이라고 해도 되겠지요."

"그렇구나."

리리카가 고개를 끄덕이고 물었다.

"그런데 설탕무를 키우는 데는 시간이 오래 걸리지 않을까?"

느닷없이 본론이라, 차차는 눈을 깜박였다. 보통 자신의 외모를 보고 이야기를 들으면 사람들은 사연을 캐묻곤 했다.

차차는 그런 때를 위해 그럴듯한 이야기를 몇 개나 가지고 있었다.

그런데 이 황녀는 그런 게 전혀 없었다.

'그 점은 황후마마와 똑같아.'

네 출신과 핏줄, 가족사는 그렇게 중요하지 않아, 라고 말하는 듯한 태도는 차차에게 있어서 지극히 만나기 어려운 것이었다.

역시 모녀는 닮는 건가, 생각한 차차가 답했다.

"연금술사를 통해서 배양액을 공급받을 예정입니다. 이거면 시간을 상당히 단축할 수 있지요. 내년부터 북부에서 설탕을 유통할 수 있을 겁니다."

"그럼 정말로 빠르네."

남부 사람들이 난리 난 이유를 대충 알 것 같았다.

루디아가 손짓하자 방 안에 있던 다른 사람들이 모두 물러났다. 응접실에는 이제 루디아, 차차 그리고 리리카 셋뿐이었다.

루디아가 말했다.

"남부 귀족 연합을 깰 거야."

리리카가 놀라 어머니를 바라보았다. 루디아가 느긋하게 유리잔을 들어 올리며 말했다.

"이익으로 뭉쳐 있는 곳은 깨기도 쉽지."

차차가 고개를 끄덕였다.

"저쪽 상단에서 저희에게 담합하자고 연락이 왔지만, 거절했습니다. 설탕 가격은 내려갈 테지요. 북부 영지들이야 없는 돈이 들어오는 거니 상관없지만, 들어오는 돈이 적어지는 건 다르죠. 게다가 곡식 가격은 그대로일 테니까요."

"곡식 가격이 무슨 상관이 있는 거야?"

리리카의 질문에 차차가 답했다.

"남부 영지 중에는 사탕수수만 재배하고, 식량을 재배하지 않는 영지도 있거든요. 그런 곳은 식량을 전량 사야 하니까요. 지금까지는 귀족연합이라는 이름 아래 보호를 받았지만."

그녀가 사납게 미소 지었다.

"이익이 없어지면 어떨까요?"

리리카의 얼굴이 심각해졌다.

"그럼 큰일이네."

"큰일이죠."

"큰일이지."

루디아와 차차가 즐거운 어투로 답했다. 리리카가 갸웃하고 어머니께 물었다.

"그런데 남부 귀족을 깰 필요가 있나요? 라트도 있고, 파이도 그렇고……."

"귀족들이 뭉쳐 봐야 황권에 좋은 건 하나도 없단다. 분열될수록 좋지."

루디아가 웃으며 답했다. 자신이 이런 말을 하게 될 줄은 몰랐다.

타카르를 무너트리려 애썼던 만큼, 이제 타카르를 견고하게 하기 위해서 다른 귀족들을 공략하고 있다.

'게다가 산다르가 언젠가 배신한다면, 연합이라는 이름으로 놔둘 수는 없지.'

물론 연합은 산다르가 바라트에 붙은 일에 대해 침묵했지만, 침묵은 동조와 마찬가지다. 언제든지 판이 기울어지면 올라탈 가능성이 있는 상대를 남겨두고 싶지 않았다.

'하지만 그때 산다르가 왜 배신했는지는 자세히 몰라. 가주의 딸이 아프다는 이야기는 들었는데…….'

차차에게 이런저런 질문을 던지는 딸을 바라보며 루디아는 한숨을 삼켰다.

'정보상을 찾아가 봐야겠군.'

뒷골목에서 온갖 정보를 수집한다는 지하세계의 정보 길드.

'설마 그 인간이 길드장일 줄은 몰랐지.'

처음에는 알아보지도 못했다. 못 보던 이가 리리카의 안부를 묻기에 의아했다. 그가 짜증 섞인 얼굴로 제 머리를 잡아 올린 걸 보고서야 알아봤다.

경멸하는 눈초리는 지금도 기억에 뚜렷했다.

'지금이야 이해하지만.'

그래도 그런 표정은 다시 생각해도 달갑지는 않았다.

'그래도 방법이 없지.'

어쨌든 리리카와 무사히 이곳을 빠져나가 알뜰살뜰 살기 위해서는 뭐라도 해야 했다.

리리카가 진지한 얼굴로 이쪽을 보았다.

"그렇지만 어머니, 적이 너무 많아지는 건 안 좋을 거 같아요."

잘은 몰라도, 어머니가 여기저기서 활약하고 있단 건 들었다. 세상에서 가장 아름다운 어머니가 능력이 좋다는 건 리리카의 가슴을 뿌듯하게 만들었다.

하지만 동시에 걱정도 되었다. 묻는 말에 루디아가 웃었다.

"걱정 마."

그녀가 손가락을 세웠다.

"좋은 건수도 같이 던져 줄 생각이거든."

"좋은 건수요?"

차차가 미소 지었다.

"빼앗기만 하면 자기들끼리 똘똘 뭉칠 테니까요. 이쪽에서 동시에 이득을 제시해야 무너지지 않겠어요?"

"그 이득이 선별적으로 제시된다면 더더욱."

마주 보고 웃는 두 사람을 보며 리리카는 어머니가 마격총을 모은다는 말을 떠올렸다.

그걸 떠올리니 안심이 되었다.

'그래도 어머니께 다른 부적을 만들어 드려야겠어.'

결심하는데 루디아가 말했다.

"참, 리리카. 저번에 말했던 드레스 기억나니? 완성했는데 한번 입어 보렴."

"정말요?"

리리카의 엉덩이가 들썩거렸다.

공주님 드레스다!

루디아가 종을 울려 시종들을 다시 들어오게 했다. 그녀가 리리카의 드레스를 가져오라고 하자 시녀 몇 명이 상자를 가지고 나왔다.

루디아가 자신만만한 얼굴로 상자를 열게 시켰다.

첫 번째 상자를 열자 리리카는 놀라 탄성을 질렀다. 차차의 눈도 반짝였다.

"이게 뭐예요?"

시녀가 얼른 새하얗고 풍성한 속치마를 리리카에게 보여 주었다. 납작한 상자 안에 있을 때는 몰랐는데 이렇게 꺼내니 순식간에 부피가 늘어났다.

만져 보니 빳빳한 재질이라서 그대로 세워 둬도 서 있을 듯했다.

"크리놀린은 너무 불편하잖니? 그래서 이렇게 빳빳한 천을 수십 겹 겹쳐서 풍성하게 만들었지. 이건 입고서 편하게 자리에 앉아도 된단다."

"이름은 뭘로 붙이셨나요?"

차차가 묻자 루디아가 손을 흔들었다.

"그냥 파니에라고 부르기로 했어. 이 직물은 빳빳해서 잘 쓰이지 않는데 이렇게 쓰이게 됐지 뭐니. 만드는 게 까다롭고 가격도 높아서."

파니에 하나를 만들기 위해서 어마어마한 인력과 시간이 필요했다.

크리놀린과는 비교도 되지 않는 사치였다.

"입어 보렴."

"네!"

리리카가 얼른 파티션 뒤쪽으로 들어갔다. 브린과 시녀장이 돕기 위해 나섰다.

선물 받은 새 옷으로 갈아입고 거울 앞에 선 리리카는 탄성을 내질렀다.

"너무 예뻐요!"

크리놀린처럼 과하게 퍼지지는 않았지만, 그래도 사랑스럽게 치마가 퍼졌다. 드레스 역시 레이스와 리본이 달린 사랑스러운 모습이었다.

움직일 때마다 크리놀린과 다르게 자연스럽게 치마가 살랑살랑 움직였다.

리리카의 얼굴이 기쁨으로 달아올랐다. 자신이 생각했던 것보다 훨씬 더 멋진 옷이었다.

"어머니, 보세요!"

발끝으로 서서 빙그르르 한 바퀴 돌아 보이고 리리카는 커트시를 해 보였다.

그리고 달려와 품에 안겼다.

"너무너무 예뻐요. 감사해요!"

"다행이다, 리리, 뭘 입어도 귀엽지만, 이 옷은 정말 귀엽네. 너무 예뻐."

옷을 선물 받고 리리카가 이렇게 좋아하는 건 처음이라, 루디아는 디자이너와 머리를 맞대고 고민한 보람을 느꼈다.

딸이 기뻐하는 모습이 무엇보다 가장 큰 기쁨이었다.

그리고 어머니가 기뻐하는 모습 역시 리리카의 즐거움이었다. 둘 사이의 기쁨은 한없이 증폭했다.

리리카는 몇 번이나 빙글빙글 돌아보았다. 넉넉하게 천을 쓴 드레스가 펴지는 게 기분 좋았다.

차차가 말했다.

"이건 또 새로운 유행이 되겠는데요."

편하고 귀여운 데다가 가격도 어마무시하니 자신의 부까지 과시할 수 있었다.

"처음 보는 천이더군요."

"새로 만든 직물이지."

차차가 눈을 반짝였다.

"꼭 저희가 유통하고 싶은데요."

"소개해 줄까?"

"부탁드립니다."

루디아는 싱긋 웃고 제 딸을 바라보았다. 리리카는 거울 앞에서 서서 브린과 재잘거리며 이야기를 나누고 있었다.

브린이 리본이 달린 보닛을 가져와서 살짝 머리에 얹어 주었다. 리리카가 고개를 끄덕이자 브린이 리리카에게 보닛을 씌워 주었다.

'귀여워.'

리리카는 어쩜 저렇게 귀여울까. 자신의 배에서 나왔다는 게 믿어지지 않는다.

'계속 저런 모습으로만 있게 하고 싶은데.'

정치나 투쟁 같은 건 모르는 채로 살게 하고 싶었다. 그러나 곧 그게 불가능하다는 걸 알았다. 무지한 채로 이 궁 안을 돌아다니는 건 무방비하게 적에게 노출되는 것과 다름없었다.

무지는 약점이다.

약점.

루디아의 미간이 살짝 찌푸려졌다. 전남편이 떠올랐다.

'하지만 리리에게 이것까지 알리는 건 아닌 거 같은데.'

모르는 게 리리에게 최선이 아닐까.

죽었다고 생각하고 사는 게 맞는 것 같았다. 실제로 서류상으로는 죽은 게 맞고.

"어때요, 어머니?"

보닛을 쓰고 이쪽을 돌아보는 딸을 보고 루디아는 활짝 웃었다.

"정말 잘 어울린다. 너무 예쁘네."

어머니께 실컷 칭찬을 듣고 리리가 작은 발을 동동 구른 후에 말했다.

"어머니, 저 아틸에게 보여 주러 가도 되나요?"

"물론이지."

리리카가 차차를 돌아보자 그녀가 고개를 숙여 보이며 말했다.

"언제든지 황녀님께서 부르시면 입궁하겠습니다."

"그래, 나중에 또 보지."

공주님 치마를 입었으니 어머니께도 우아하게 인사한 후에 리리카는 응접실을 나섰다.

복도로 들어서자마자 리리카는 큰 사람과 마주쳤다.

"탄!"

"어이쿠, 황녀님."

탄이 활짝 웃었다. 리리카는 얼른 한 바퀴 빙글 돌아 보였다. 탄은 턱을 문지르고 말했다.

"평소에도 아름다우시지만 오늘은 더 아름다우시네요."

"어머니께서 새로 옷을 만들어 주셨어."

"황녀님의 어머님답게 황후마마의 안목은 탁월하시네요."

탄이 한쪽 무릎을 꿇고 리리카의 손등에 입 맞춰 주었다.

진짜 레이디가 된 기분이 들어서 리리카는 잽싸게 발뒤꿈치를 들어 올렸다. 탄이 무릎을 꿇어도 그녀보다 키가 크기 때문이었다.

"어머니 만나러 온 거야?"

"그렇습니다."

설탕무 이야기를 하러 온 거겠지? 리리카는 그리 짐작하며 고개를 끄덕였다.

"붙잡아서 미안해."

"아닙니다. 황녀님과 이야기하는 건 즐거운 일인데요."

탄이 자리에서 일어서며 장난스럽게 그녀의 보닛 끝을 튕겼다. 벗겨 지거나 하지 않을 정도로 살살 가볍게.

그가 옆으로 물러서며 인사하자 리리카는 손을 흔들어 주고 걸음을 빨리했다.

스쳐 지나가며 라우브가 눈인사를 했다. 탄이 놀라 저도 모르게 라우 브를 붙잡을 뻔했다.

그걸 알아챈 듯, 라우브가 희미하게 미소 지었다.

뒷모습을 바라보며 탄은 '나중에 들어야지.' 하고 고개를 흔들었다. 다른 사람은 몰라도 울프가의 가주인 탄은 알 수 있었다.

라우브가 안정되었다는 걸 말이다.

'일단은 눈앞의 일부터.'

탄은 은룡실 앞에서 자신이 도착했음을 알렸다.

리리카는 아틸에게도 드레스를 보여 주었다. 아틸은 "옷밖에 안 보이네." 하며 피식피식 웃었다.

"그죠? 옷 예쁘죠?"

리리카는 어떤 말도 칭찬으로 받을 준비가 되어 있었기에, 그 말도 기꺼이 달콤하게 받았다.

"응, 예뻐."

아틸의 말에 리리카는 만족스럽게 웃었다.

"그럼 다음은 폐하께 보여 드리러 갈래요."

"뭐? 야!"

아틸이 당황했지만, 리리카는 아랑곳하지 않고 곧장 집무실로 향했다. 공교롭게도 집무실은 비어 있었다.

'그럼 어디에 계실까?'

시종에게 물어봐도 어디에 계시는지 모른다는 이야기만 들었다. 결국 숨바꼭질하는 기분이 되어 리리카는 태양궁 여기저기를 살폈다.

"안 계셔……. 엇갈린 걸까? 아니면 하늘궁에 계신 걸지도 모르겠네."

정원 나무에 기대어 리리카가 한숨을 내쉬었다. 브린이 리리카에게 말했다.

"펜듈럼을 사용해 보는 건 어떠세요?"

"펜듈럼을?"

"네, 원래부터 뭔가를 찾기 위해 사용하는 물건이니까요."

"그렇구나."

리리카는 주머니 속에서 펜듈럼을 꺼내 들었다. 눈을 꼭 감고 마음속으로 빌었다.

'폐하가 계신 곳을 알려 줘.'

'휙.'

펜듈럼이 한 방향으로 가볍게 움직였다.

"움직였다!"

리리카는 반색하며 방향을 틀었다. 다우징은 방향만 지시해 주니 길이 없으면 이리저리 돌아가야 했다.

깊은 정원 안쪽으로 들어오자 브린이 말했다.

"저희는 여기서부터는 들어갈 수 없습니다."

"어?"

"황족만 출입 가능한 정원이거든요."

"그래? 아!"

폐하께서 늘 데리고 와서 마법을 가르쳐 주던 정원이 여기구나!

"그럼 나 혼자 들어갔다가 올게. 기다리고 있어."

"황녀님."

라우브가 불안한 얼굴을 했다. 리리카가 웃어 보였다.

"괜찮아. 얼른 옷만 보여 드리고 올게."

리리카의 말에 라우브는 시선을 아래로 떨궜다. 리리카는 얼른 정원 안쪽으로 걸어 들어갔다.

그때도 느꼈지만, 다른 정원보다 훨씬 더 깊은 숲속에 온 기분이 들었다. 아무도 없는 숲속을 걸으면 이런 느낌이 들까.

심장이 두근두근했다.

숲은 최초의 신전이라고 했던가. 어디선가 읽은 그 문구가 떠올랐다.

경건하게, 발소리를 낮춰서 걷게 되었다. 오래된 돌바닥 사이로 풀이 길게 자라 있었다.

안쪽으로 걸어 들어온 리리카는 자고 있는 알테어스를 발견했다.

긴 의자에 반쯤 기대듯 잠들어 있는 모습이었다.

우거진 나무 사이로 금빛 햇살이 간간이 알테어스를 비추고 있었다. 돌로 된 오래된 의자와 인간과는 다른 시간을 살아가는 나무의 숲.

그 모든 것들이 폐하와 어울렸다. 시간과 상관없이 존재하는 모든 것들이.

리리카는 꿈속에서 본 용을 떠올렸다. 밤하늘을 유영하는 아름다운 용. 분명 흘러가며 변하는 모든 것과 상관없는 생물이겠지.

'하지만……'

리리카는 멍하니 눈을 감은 단정한 알테어스의 얼굴을 보며 생각했다.

'하지만 그러면 너무 쓸쓸하지 않을까?'

모든 것이 흘러가며 변하는 사람들 사이에서 혼자만 변하지 않는다면.

가슴이 아팠다.

하지만 리리카는 고개를 휘휘 저었다.

'하지만 폐하는 진짜 용이 아니시니까.'

하지만 용의 핏줄이고, 그러면 인간 사이에서는 다를지도 모르지.

리리카는 깨금발로 살살 알테어스에게 다가갔다. 깨우고 싶지 않았지만, 가까이 가면 깰 것 같았다.

아주 가까이, 손을 뻗어서 닿을 정도로 가까워졌는데도 그는 일어나지 않았다.

'으음.'

리리카는 빤히 그의 얼굴을 바라보았다. 예전에 알테어스가 '아바마마'라고 불러 봐, 라고 했던 기억이 났다.

리리카는 어머니가 있어서 쓸쓸하지 않았다.

'지금도 그래. 어머니가 계시니까 나도 힘낼 수 있어.'

그런데 자신이 그렇게 거절해서 폐하께서는 쓸쓸하지 않으셨을까?

'그래도 쑥스러워.'

아바마마, 아바마마.

아빠, 아버지.

입 안으로 읊조리기만 해도 어쩐지 부끄럽고 어색했다.

"폐하."

작게 불러본다. 바람에 스치는 잎사귀 소리에 묻힐 만큼 작은 목소리였다.

"폐하."

한 번 더 불러봤다.

여전히 알테어스는 잠든 채였다. 리리카는 침을 꿀꺽 삼켰다.

"아……."

입을 꾹 다물었다가.

"아바마마."

소곤소곤.

작게 부른 목소리에 알테어스가 눈을 떴다. 리리카는 뺨이 확 달아오르는 걸 느꼈다.

아니, 처음부터 이미 뺨이 달아올라 있었을지도 몰랐다.

알테어스는 천천히 몸을 일으켰다. 리리카는 긴장한 상태로 그대로 굳어 있었다.

용기를 낸 한마디를 들어 줬으면 했다, 아니, 사실 몰랐으면 했다.

모순되는 마음이 부딪쳤다.

알테어스가 피식 웃었다. 그는 그 호칭에 대해 아무런 말도 하지 않았다.

대신 팔을 벌렸다.

"이리 와."

리리카는 달아오른 뺨을 식히려는 듯 그에게 달려 안겨, 품에 뺨을 묻었다.

알테어스는 가볍게 그녀의 등을 토닥였다. 처음 그녀를 만질 때보다는 훨씬 자연스러워진 손길이었다.

어린아이란 부서지기 쉬운 존재라는 걸 라트와 탄에게 몇 번이나 듣고 또 들었다.

처음보다는 제법 무게도 붙어서, 그 묵직함이 기분 좋았다.

리리카는 품에서 꼬물거리다가 살살 고개를 들어 이쪽 눈치를 살폈다. 알테어스는 시선을 피하지 않고 마주 보았다.

다시 뺨이 확 달아오르는 게 보였다. 그녀가 주춤거리며 그의 무릎 위에서 내려가려고 해서 리리카를 놓아 주었다.

"저, 저기."

리리카는 치맛자락을 꽉 쥐었다. 알테어스가 말했다.

"옷 잘 어울리네."

그녀가 번쩍 고개를 들었다. 긴장이 풀린 듯 얼굴이 환해져 있었다.

"어머니께서 새로 만들어 주셨어요. 이렇게 빙글빙글 돌면 파라락 펴져요."

한 바퀴 빙그르르 돌고, 언제나처럼 귀여운 커트시를 해 보였다. 아까 안길 때도 푹신푹신했던 걸 보면 저 풍성한 치마 아래에 뭔가를 잔뜩 넣은 모양이었다.

리리카는 알테어스를 바라보다가 한 걸음 다가갔다.

"괜찮으세요? 요즘 너무 피곤하신 거 아니에요?"

이런 곳에서 주무시고 계신 것도 그렇고, 역시 일이 많으신 건가.

리리카가 걱정스럽게 묻자, 알테어스가 자리에서 일어나 리리카를 안아 올렸다.

"?!"

이제 소리는 지르지 않지만, 충분히 놀랐다. 무게를 가늠해보고 알테어스가 만족스러운 얼굴을 했다.

"제법 무거워졌구나."

"잘 자라고 있어요."

리리카가 뻐기듯 말해 그가 웃었다. 자리에 도로 반쯤 누우며 그가 리리카를 의자에 앉혔다. 팔걸이에 반쯤 기댄 알테어스를 바라보며 리리카가 다시 말했다.

"이런 데서 주무시면 감기 걸려요."

"이 날씨에?"

"그래도, 배를 따뜻하게 해야 한다고 브린이 그랬어요."

"그렇군."

굳이 부정하지 않고, 알테어스는 리리카의 머리카락을 빗듯이 쓸어내렸다.

갈색 머리카락은 이제 푸석푸석하지 않고 오래된 고가구처럼 매끄럽게 반짝였다.

"뭐 가지고 싶은 거 없나?"

알테어스의 느닷없는 물음에 리리카는 당황했다.

"가지고 싶은 거요?"

"그래. 아무거나."

"어, 음……."

리리카는 고민했지만 딱히 없었다. 고개를 휘휘 저으니 알테어스는 실망한 얼굴을 했다.

리리카가 재빠르게 말했다.

"하지만 폐하께서 필요한 건 다 주시는걸요. 시간 내서 밤에 저에게 마법도 가르쳐 주시고. 그리고 어머니도 지켜 주신다고 약속해주셨고, 브린도 붙여 주시고……."

하나씩 손으로 꼽아보아도 넘치는데 뭘 더 가진단 말인가?

알테어스가 그녀의 손을 잡았다.

"너도야."

"네?"

"너도 내가 지켜야 하는 목록에 들어 있다고."

리리카는 눈을 휘둥그레 떴다. 알테어스가 얼굴을 찡그렸다.

"아니라고 생각했어?"

"하지만, 그게, 그야……."

어머니는 계약한 상대고, 아내지만 자신은 딸려 온 혹이었다. 아틸과 어머니를 지키는 것만으로도 충분하지 않을까.

무의식적으로 자신은 스스로 지켜야 한다고 생각했다.

언제나 그래왔으니까.

아무도 날 지켜 주지 않으니까, 스스로 지킬 수밖에.

지금은 어머니께서 지켜 주시겠다고 했지만, 그래도 너무 부담스럽지 않으실까 걱정도 됐는데.

알테어스가 잡은 손을 바라보았다. 그의 손에 비하면 그녀의 손은 너무나 작았다.

이 작은 손을 꽉 쥐고 필사적으로 제 앞에 섰던 걸 생각하면 대단하다 싶었다.

'인간이 돼서 좋은 점을 즐기는 게 어때요?'

루디아의 말이 새삼스럽게 다시 떠올랐다. 사막에서 모래를 삼키며 거듭 생각하고 생각했던 건, 배신감과 증오뿐이었다.

이제 와서 인생의 무지갯빛을 봐요— 라는 말을 들어도 대체 그게 무엇인지 알 수가 없었다.

알테어스는 리리카의 양 뺨을 감싸고 빤히 들여다보았다.

"히, 흐이약?"

너무 놀라서 이상한 소리가 튀어나왔다는 것도 인지하지 못했다. 알테어스가 웃음을 터트렸다.

"흐이약?"

되물으니 리리카의 뺨이 확 달아올랐다.

'역시 아틸과 똑같아!'

속으로 외치며 리리카는 이리저리 움직여 봤지만 양 뺨을 잡혀서 꼼짝도 못 하는 상태였다. 눈에 눈물이 그렁그렁 맺혔다. 알테어스는 그제야 웃음을 눌러 참았다.

'그렇군.'

이렇게 웃을 수도 있구나.

"지켜 주마."

그가 다짐하듯 말하자 리리카는 멍하니 그를 보다가 말했다.

"저, 저도 폐하를 지켜 드릴게요."

알테어스가 한쪽 눈썹만 치켜올리자 리리카가 두서없이 설명했다.

"물론 저는 약하고, 제 마법은 큰 도움이 안 되지만, 폐하는 강하시고. 그래도 제가 할 수 있는 한은 지켜드리고 싶어요. 우스우실지도 모르겠지만……."

알테어스가 픽 웃었다.

"글쎄, 하지만."

그가 그녀의 뺨을 잡은 손을 놓아 주었다.

"너는 이미 지켜 주고 있는 거 같은데."

그는 하지 못하는 방식으로. 루디아도 그렇고, 아틸도 그렇다. 그리고 심지어 그 자신도.

리리카는 의아한 얼굴을 했다가 "아!" 하고 말했다.

"안 그래도 새로운 수호 부적을 만들고 싶어요. 예쁘게 잘 만들면 폐하께도 드릴게요."

"보석은 내가 제공하지."

"네!"

리리카는 환히 웃으며 고개를 끄덕였다. 그녀가 "참." 하고 말을 이었다.

"그러고 보니, 저 라우브에게도 아티팩트를 하나 만들어 줬어요. 괴물의 피가 너무 강하다고 해서—"

설명을 듣고 알테어스가 말했다.

"도로 빼앗지는 않을 테니, 라우브에게 절대로 출처를 말하지 말라고 해."

"네?"

놀라 그녀가 되묻자, 알테어스가 낮게 말했다.

"그런 부적격자가 울프가에만 있을 것 같아? 라우브만 그럴까? 라우브는 그나마 인간의 형태로 걸어 다니지. 심한 자들은 그러지도 못해."

"!!"

리리카는 놀라 숨을 삼켰다.

"그럼, 그럼—"

"네가 아티팩트 수없이 만들어서 나눠 주려고? 그건 불가능해. 타카르가 그런 걸 가지고 있었다가 풀지 않았다고 생각되면 난리 날걸."

알테어스가 그녀의 보닛을 툭 쳤다.

"그러려면 네 존재가 드러나야 해. 그건 너무 위험한 일이고, 네가 할 수 없는 것들을 해 달라고 바랄 거다."

"……."

리리카는 고개를 굳게 끄덕였다. 그녀가 작게 말했다.

"라우브에게 꼭 말할게요."

"그래."

"그런데 폐하."

"말해."

"폐하의 능력으로는 고쳐 줄 수 없는 건가요?"

용이 괴물을 사람으로 만들었으니 가능하지 않을까?

"불가능해."

"그렇군요……."

리리카는 열심히 머리를 굴렸다.

"그럼, 한 열 개 정도만 만들면 안 될까요?"

알테어스는 내 말을 뭘로 들은 거야, 하는 표정으로 그녀를 보았다. 리리카가 고개를 휘휘 저으며 말했다.

"아, 그게 아니라. 황가에서 보관하고 있다가— 그런 증상이 있는 사람에게 보내 주고 그 사람이 죽으면 회수한다든가 하면……."

황가에 대한 충성도를 올릴 수 있지 않을까요?

"안 돼."

"왜요?"

"그런 자들을 살려서 대를 잇게 하면, 다음에는 더 심해질지도 모르니까."

도태되는 게 맞아.

잔혹할 만큼 냉정한 말이었다.

리리카의 표정이 어두워지자 알테어스가 한숨을 내쉬고 말했다.

"그럼 증상을 완화시키는 물건 정도는 만들어 봐. 네 말대로 열 개 정도."

뭐든 무기는 갖추고 있으면 좋은 거니까. 그걸 사용하든 하지 않든 말이다.

그게 리리카의 마음의 짐을 덜게 한다면, 이 방법이 훨씬 나았다.

리리카의 얼굴이 밝아졌다.

"네, 몰래 건네드릴게요."

소곤소곤 말하고 리리카가 작게 웃었다. 그가 고개를 끄덕이고 말했다.

"이제 가 봐."

"폐하는 안 들어가세요?"

호칭이 아쉽다는 생각이 들었으나, 알테어스는 강요하지 않았다. 그가 딱히 그녀에게 아버지 노릇을 했다고 생각하지 않는데 강요하는 건 어리석은 짓이다.

"난 더 이따가."

"그럼 제가 담요 가져다 드릴게요!"

"뭐?"

당혹스러워하는 와중, 리리카가 도도도 뛰어서 정원 관목 사이로 사라졌다. 멍하니 있으니 여름 담요를 들고 돌아왔다.

분명 브린이 가지고 온 것일 테니, 솔 가문은 어디를 가나 유능하다는 걸 알 수 있었다.

"여기요. 꼭 배를 따뜻하게 하시고 주무세요."

그는 그런 말을 단 한 번도 들어 본 적이 없다고 생각하며 신선한 발언에 고개를 끄덕였다.

"그럼 전 이만 가 볼게요."

"한 번 더 돌아 봐."

알테어스의 말에 리리카는 활짝 웃고 빙글빙글 두 번 돌아 보인 후에 치맛자락을 펼쳐 커트시를 한 후에 물러났다.

알테어스는 담요를 손으로 들어 보이고 웃었다.

'정말이지.'

그는 루디아의 말을 인정하기로 했다.

'세상에서 가장 귀엽군.'

루디아는 편한 잠옷 차림으로 차를 마시고 있었다.

열린 발코니에서 서늘한 여름밤 공기가 밀려 들어왔다. 낮과 밤의 낙차가 점점 심해지는 것이 여름이 끝나가는 징조인 것 같았다.

이미 시간은 자정을 훌쩍 넘긴 새벽이었다. 그런데도 알테어스는 아직 들어오지 않았다.

평소라면 상관하지 않고 옳다구나 하고 가서 쉬었을 텐데, 저녁 후에 인사하러 왔던 리리카의 말이 마음에 걸렸다.

새 옷을 실컷 자랑했다고 웃으며 이야기를 늘어놓은 리리는 눈썹을 축 늘어트리며 말했다.

"그런데, 어머니. 폐하는 쓸쓸할 거 같아요."

제 몸뚱이 반만큼 커다란 곰돌이 인형을 꼭 끌어안으며 하는 말에 루디아는 의아해졌다.

"폐하께서? 왜?"

그 인간— 아니, 용이 쓸쓸하기는 뭐가 쓸쓸해?

"오늘 정원에서 주무시고 계시는 걸 봤는데, 일도 많으신 거 같고…….
그러다가 감기라도 걸리시는 거 아닐까요?"

"이 날씨에 밖에서 잔다고 감기 걸릴 사람은 없을걸."

루디아의 말에 리리카가 매정한 말을 한다는 듯 다시 축 늘어져서 루디아는 당황했다.

"어머니, 계약이라고 해도 일단 폐하께서는 남편이시잖아요."

게다가 생각지도 못한 지적을 당했다!

더더욱 당황하는데 리리카가 걱정스럽게 말했다.

"아무도 폐하를 이해할 수 있는 사람이 없잖아요?"

마치 알테어스의 정체가 용인 걸 아는 듯한 말이었다.

'설마 알테어스가 제 정체를 밝힌 건가? 아니겠지? 내 딸에게 그런 위험한 비밀을 밝혔다면……!'

가만두지 않겠다.

루디아는 침을 삼키고 슬쩍 리리카를 떠보았다.

"이해할 수 있는 사람?"

"폐하는 용이잖아요. 아, 그러니까 타카르요. 별로 안 좋아하시는 표현 같았어요."

리리카가 재빠르게 정정하고 곰돌이 인형의 머리에 뺨을 묻었다.

"신비하고 강한 힘을 가지고 계시고, 그런데 출신 때문에 쭉 사막에서 혼자 지내셨고. 그러니까 쓸쓸하실 거 같아서요."

'엄마는 그런 생각해 본 적 없는데?'

차마 그런 말은 못 했다. 게다가 리리카의 말도 일리가 있었다.

'그럴 수도 있지.'

용이었다고 해도, 어쨌든 지금은 인간이다. 인간이 혼자 살 수 있다는 오만한 생각은 이미 활활 다 타 버렸다. 게다가 리리카의 말이 맞았다. 계약이라고 해도 자신은 황후였고, 황제를 챙기는 건 당연한 일일 터.

그런 생각을 하다 보니, 한 번도 알테어스를 기다려 본 적이 없다는 걸 깨달았다.

그 대화 덕분에 이렇게 눈 뜨고 새벽까지 차를 마시며 버티는 중이었다.

시녀들은 먼저 물러가라고 했다. 직접 차를 우리는 것도 나름 고즈넉해서 좋았다.

"깨어 있을 줄은 몰랐는데."

발코니를 통해서 알테어스가 들어왔다. 루디아가 말했다.

"왜 문으로 안 다녀요?"

"나 들어오라고 열어 둔 게 아니었나?"

그가 피식 웃었다.

"바람 들어오라고 열어 둔 거랍니다."

루디아의 말에 알테어스가 뚜벅뚜벅 다가와 비어 있는 찻잔을 어루만졌다. 루디아 몫 말고도 찻잔이 하나 더 준비되어 있었다.

"그럼 적어도 차는 같이 마시려고 한 거겠지? 나 말고 한밤중에 침실에 들일 다른 사람이 있는 게 아니라면 말이지."

"계약 기간 동안 내 끈을 풀 수 있는 사람은 당신뿐이에요."

루디아의 말에 알테어스는 "계약이라." 하고 낮게 읊조렸다. 루디아는 찬찬히 그를 바라보았다. 찻잔을 어루만지던 그의 손이 그녀의 뺨을 감쌌다. 커다란 손은 뺨과 동시에 목덜미까지 어루만졌다.

뜨거운 손이었다.

'뜨거운.'

루디아는 자리에서 벌떡 일어났다. 알테어스가 그녀에게 몸을 숙이는데 루디아가 그의 이마에 손을 뻗었다.

애매하게 멈춰 선 알테어스가 불만스럽게 말했다.

"멈추고 싶으면 그냥 말을 해. 이렇게 밀지 않아도 돼."

"그게 아니라, 당신 열나요."

알테어스는 이해하지 못한 듯 눈을 깜박였다. 루디아가 다시금 또박또박 말했다.

"열이 있다고요."

"열?"

갸웃한 알테어스가 피식 웃었다.

"그야 그대가 옆에 있으니—"

"헛소리하지 말고요. 당신의 체온은 당신보다 내가 더 잘 알아요."

알테어스는 말문이 막혔다.

아니, 그야, 그렇겠지. 음.

루디아가 그를 잡아당겼다. 알테어스는 순순히 끌려갔다. 침대 앞에서 밀쳐져 그는 침대에 털썩 앉았다.

'이런 유혹은 처음인데.'

그런 말이 혀끝까지 올라왔지만 참았다. 루디아의 얼굴이 진지하기 때문이었다.

"쉬면 나아."

그의 말에 루디아가 고개를 끄덕였다.

"물론 그렇겠죠. 이런 걸로 어의를 부르면서 난리 칠 생각은 없어요."

알테어스의 비인간적인 모습이 황제인 그의 자리를 더 굳건하게 만들어 주고 있었다. 열이 난다는, 지극히 인간적인 모습은 적들에게 여유만 안겨줄 뿐이었다.

루디아는 젖은 수건을 준비해 돌아왔다.

"누워요."

알테어스는 침대 베개에 상체를 기댔다. 루디아가 그의 눈과 이마 사이에 젖은 수건을 철퍽 올렸다.

"좀 나아요?"

"글쎄."

"간호하는 방법은 나도 잘 모르거든요. 리리가 날 간호해 주기는 했지만……."

"그대 딸은 귀여워."

"맞아요, 리리는 세상에서 가장 귀엽죠."

뭘, 새삼. 루디아는 그리 중얼거렸다. 젖은 수건을 슬쩍 들어 올리고 알테어스가 말했다.

"이거 물이 뚝뚝 떨어지는데 원래 그런 건가?"

"글쎄요. 리리가 해 줬을 때는 그랬던 거 같은데."

"그냥 아이라서 힘이 부족했던 게 아닐까."

"……그럴지도요."

알테어스가 큭큭 웃고 수건을 짰다. 주르륵 떨어진 물방울이 허공에서 증발되는 모습이 눈에 들어왔다.

적절하게 짠 수건을 다시 이마에 올리고 누운 알테어스를 보며 루디아는 묘한 감흥에 사로잡혔다.

그녀는 과거에 알테우스가 힘을 사용하는 걸 본 적 있었다. 어떤 제한이나 한계도 없이 말이다.

인간이라고 하기에는 너무나도 막대한 힘이었다.

땅이 갈라지고 대지가 치솟아 오르고 공기가 부르르 떨렸다.

그런 모습을 보았기에, 또 그의 본모습이 용이라는 걸 알게 되었기에, 한 번도 그를 인간으로 생각하지 않았다.

'하지만 인간이지.'

난공불락의 요새가 아니라.

베이면 아프고, 상처가 심하면 죽는 인간이다. 심지어 이렇게 열이 나기까지 하고.

새삼스러운 깨달음이었다.

'이상하네.'

항상 완벽하고 강할 것 같은 상대가 약한 모습을 보이고 있었다.

루디아는 저도 모르게 마음이 약해졌다. 시선을 느낀 건지 알테우스가 다시 슬쩍 수건을 들었다.

"왜?"

그의 질문에 루디아가 말했다.

"요즘 일이 많이 힘든 건가요?"

알테우스가 곰곰이 생각하더니 손을 뻗었다. 가느다란 금색 머리카락을 손가락으로 꼬며 낮게 말했다.

"내 체력과 신경을 다른 데 쓰고 있기는 하지."

루디아가 눈을 가늘게 떴다. 그 표정에 알테우스가 다시 웃었다.

'아.'

루디아는 다시 깨달았다.

'요즘 잘 웃게 됐네.'

예전에는 냉소뿐이었는데, 이제는 이렇게 자연스럽게 웃는 웃음을 짓는다.

루디아의 머리카락을 어루만지던 그의 손이 목덜미로 다가왔다. 살짝 뒷덜미를 어루만지며 잡아끄는 대로 순순히 몸을 일으켜 그의 입술에 입 맞췄다.

덕분에 반쯤 침대 위에 올라탄 모양새가 되었다.

알테우스가 말했다.

"가끔 아플 만도 하군."

루디아가 그런 그를 바라보다가 천천히 말했다.

"나중에."

말을 꺼내고 망설였다.

알테우스는 기다렸다.

루디아는 어리석은 질문이라고 생각했다. 그런데도 어딘가에서 충동이 흘러나와 입술을 열게 했다.

"나중에, 정말로 내킬 때가 있다면 당신 이야기를 해 주지 않을래요?"

알테우스의 푸른 눈이 가늘어진다. 그가 재보듯 그녀를 바라보았다.

"약점으로 잡아서 협박이라도 하려고?"

루디아가 피식 웃었다.

"당신이 이대로 내 목을 꺾으면 난 죽을 텐데요. 당신을 협박할 일은 없을 거예요."

"그대는 뻔뻔한 건지, 순진한 건지 알 수가 없어."

"본래 비밀이 많은 사람이 매력적인 법이지요."

빙긋 웃으니 알테어스가 그녀를 홱 잡아당겼다.

"!!"

순식간에 위아래가 역전되었다. 루디아는 침대에 누워 알테어스를 올려다보았다.

그가 그녀 위에 올라탄 채로 말했다.

"물론 다른 방식으로 그대를 죽여 주고 싶다는 충동은 종종 느끼지. 지금처럼."

그가 입고 있던 상의를 휙 벗어 던졌다. 루디아가 당황해 버둥거렸다.

"아프잖아요. 열도 나는데—"

"응, 그러니까."

그가 몸을 숙였다.

"입 속이 얼마나 뜨거운지 재 보지 않겠어?"

Chapter 7

독살소동

"황후마마께서 감기에 걸리셨다고요?"

"응, 열도 좀 있으시고. 기침도 하시는 거 같아."

여름 감기가 독하다는데 걱정이야, 하는 리리카의 말에 피요르드가 말했다.

"감기에 좋은 허브라도 올리는 게 어떨까요? 말린 것도 좋지만, 정원에 있는 생생한 게 효과는 더 좋을 거 같아요."

"그러네, 한번 알아봐야겠다."

리리카가 웃었다.

두 사람은 호숫가에 나와 있었다. 아틸의 암살미수 사건 이후로 호수의 섬은 출입금지가 되었다가 최근에 풀린 참이었다.

맨발로 물가의 조약돌을 밟으며 참방참방 물을 튀기던 리리카가 피요르드를 올려다보았다.

"피요르드, 몸은 괜찮아?"

일행은 저쪽에 있으니 말소리가 닿지는 않겠지만, 저절로 목소리가 작아졌다.

피요르드가 고개를 끄덕였다.

"괜찮습니다."

"나랑 만나는 것도 괜찮아?"

그의 고개가 기울어졌다.

"친구 하자고 하셨지요?"

"응."

"그럼 친구 하죠."

별일 아니라는 듯이 하는 말에 리리카는 찬찬히 그를 살피다가 "좋아." 하고 고개를 끄덕였다.

리리카가 호수 깊은 곳으로 걸어 들어가자 피요르드가 황급히 그 손을 잡았다.

"위험합니다."

"피요가 잡아 주면 되잖아."

피요르드는 순간 멈칫했다. 리리카가 그를 돌아보며 말했다.

"피요르드니까, 피요. 안 돼? 피요르드도 날 리리라고 불러도 괜찮아. 친구니까."

"황녀님……."

그가 곤란하다는 듯 그녀를 불렀다.

'하지만 말뿐이고, 진짜로 곤란한 얼굴을 하는 것도 아니면서.'

"그럼 둘만 있을 때?"

타협안을 제시하니 그가 "리리." 하고 작게 이름을 불렀다.

여기가 둘만 있는 곳일까, 싶기는 하지만 리리카는 웃었다.

정강이 중간까지 물이 차올랐다. 좀 더 가면 물이 더 깊어질 것 같았다.

"진짜로 깊어지네."

"원래는 얕은 곳을 깊게 파냈으니까요."

"정말로?"

"네, 그래서 생긴 흙으로 만든 게 이 섬인걸요."

"그랬구나."

어쩐지, 호수 한가운데 너무 그럴듯하게 섬이 있다 싶었다.

인공섬이었구나.

"대단하다……."

중얼거리니 피요르드가 "그렇죠." 하고 답했다. 잡은 손이 뜨거웠다.

"피요, 또 열나는 거 아냐?"

"아니에요."

피요르드가 조용히 고개를 저었다. 잡은 손이 뜨거운 건 그 역시 알 수 있었다.

의아한 얼굴로 이쪽을 바라보는 리리카와 호수 잔물결에 끊임없이 반사되는 햇빛이 눈부셨다.

그 역시도 묻고 싶은 게 있었다. 그의 상처와 과거의 흉터까지 완전히 사라졌다는 걸 알고서 바라트 공작은 흥분했다.

피요르드는 불안해졌다. 이 일로 인해서 리리카가 공작의 눈에 들었다는 게.

"리리."

"응?"

내 어머니를 조심해.

그 말이 차마 나오지 않았다. 냉소적으로, 얼마든지 말할 수 있을 것 같았는데, 리리가 어떻게 생각할까.

자신마저 멀리하지 않을까.

그렇게 생각하니 말이 나오지 않았다.

"조심하세요."

그의 말에 리리카는 고개를 끄덕였다.

"안 그래도 남부 귀족들 때문에 조심하고 있어."

"아."

"그러고 보니 피요, 마격총이라고 알아?"

"알죠."

피요르드가 고개를 갸웃하고 설명했다.

"호신용으로 쓰시기에는 단발총이 많아서 힘드실 겁니다. 게다가 그렇게 총을 꺼내어서 호신해야 할 정도의 대대적인 사냥은 드물기도 하고요."

사냥이라는 단어에 의아했다가, 그게 암살 대상을 '사냥'하는 일이라는 걸 깨달았다.

침을 꿀꺽 삼킨 리리카가 화제를 다시 총으로 돌렸다.

"하긴, 그럴 수도 있겠다. 그럼 피요도 안 가지고 다녀?"

"아뇨, 저도 한 자루 있습니다."

"지금?"

"아뇨, 리리를 만날 때는 두고 나오지요."

"그런데 호신용으로는 별로라며."

7장 독살소동 **49**

"호신용이 아닙니다."

피요르드가 희미하게 웃었다. 리리카는 의아해졌다.

"호신용이 아닌데 왜 들고 다녀? 앗, 설마 암살용?"

놀란 척 물으니 피요르드가 "비슷할지도요." 하고 답했다. 오히려 리리카가 당황했다.

"정말?"

"네, 이런 용도죠."

그가 엄지와 검지, 중지로 총 모양을 만들어 보이고 제 턱 아래 들이댔다.

"탕."

"!!"

리리카가 그의 손을 확 잡아당겼다. 피요르드가 놀라 리리카를 바라보았다.

리리카의 손이 떨렸다.

"그런 거 하지 마."

내뱉은 말에 피요르드가 달래듯 말했다.

"죄송합니다, 그냥 흉내만 낸 것뿐이에요. 진짜 총도 아니고—"

"아니, 안 돼."

리리카가 그를 노려보았다. 피요르드는 마치 그녀의 시선이 제 마음을 꿰뚫는 것 같아 시선을 내렸다.

"안 되나요?"

"안 돼."

"어째서요?"

"내가 울 거야."

"하하."

그는 그녀가 농담이라도 한 것처럼 웃으며 답했다.

"알겠습니다."

리리카는 양손으로 꽉 잡았던 그의 손을 놓아 주었다.

피요르드는 멋쩍은 표정을 짓고 말했다.

"그늘로 갈까요? 해가 너무 쨍하네요."

모자를 더 깊게 씌워 주며 하는 말에 리리카는 고개를 끄덕였다. 드물게 그가 그녀에게 등을 돌리고 앞장서서 걷기 시작했다.

그 뒷모습을 물끄러미 바라보다가 리리카는 떠올렸다.

'바라트 최고의 걸작품.'

그 말이 왜 별로였는지 다시금 깨달았다.

물건은 얼마든지 깨어지고 부서질 수 있다. 그러니까 피요르드가 그렇게 말할 때는 꼭······.

"피요."

그가 천천히 그녀를 돌아보았다.

"깨지지 마."

피요르드가 다시 이쪽으로 걸어왔다. 그는 곤혹스러운 표정을 지었다. 리리카가 다시금 말했다.

"부서지지 마. 산산조각 나지 마."

꾹꾹 눌러 담은 감정을 내뱉었다. 오히려 인지하는 꼴이 될까, 노골적으로 '죽지 마.'라는 말은 하지 못했지만, 뜻은 동일했다.

그가 쓴웃음을 지었다. 리리카의 손을 잡으며 허리를 숙였다. 손등에 입술이 와 닿았다.

"항상 제가 기뻐할 말만 해 주시는군요."

그가 그녀의 손을 잡은 채로 말했다.

"이제 나가죠."

대답을 듣지 못했지만, 그래도 들은 기분이었다. 리리카는 순순히 고개를 끄덕였다.

"응."

뭍으로 다가가니 브린이 보송한 수건을 바닥에 깔아 주었다.

파라솔 그늘은 시원했고, 물가라 바람이 솔솔 불어왔다. 부딪치는 호숫가 물소리를 들으며 둘은 별거 아닌 이야기들을 했다.

바라트와 타카르 사이에 흐른다기에는 온화한 시간이었다.

해가 질 무렵이 되어서야 피요르드를 보내고 돌아오는 길이었다. 평소보다 붉은 석양에 감탄하며 걷고 있는데 한 사람과 마주쳤다.

'아.'

리리카는 숨을 삼켰다.

누군지 듣지 않아도 알 수 있었다.

바라트 공작.

화려한 은발을 꼼꼼히 틀어 올렸다. 늘씬하고 키가 컸다. 단출하면서도 호사스러운 드레스

검은색이니 상복일 텐데, 상복이라기에는 화려하다. 무엇보다도 눈에 띄는 건, 그 눈에 안대를 하고 있다는 점이었다.

검은색 레이스 안대가 눈동자를 가리고 있었다. 그런데도 시선이 느껴졌다.

차가운 경멸의 시선.

그녀는 그대로 서서 가만히 리리카를 내려다보았다. 옆으로 비키지도 않고 고개를 숙이지도 않았다.

리리카는 익숙하게 그 시선을 맞받아쳤다. 경멸 어린 시선이라면 한두 번 받아 본 게 아니다.

리리카가 열심히 일하든, 제 손으로 돈을 벌든, 골목 밖 사람들에게는 상관없는 문제였다.

더러운 꼬마 계집.

온몸을 얼어붙게 만드는 그 표정을 리리카는 잘 알았다.

그래서 그녀는 가슴을 쭉 펴고 당당히 상대를 마주 보았다.

그래서? 뭐?

주변의 시선이 동요할 정도로 시간이 지났다. 리리카는 공작의 시선을 피하지 않았고, 무시하지도 않았다.

이제 웅성대던 사람들은 침묵했다. 당혹감이 주변을 채웠다.

"길 막고 있으면 재밌어?"

뒤에서 들려온 목소리에 리리카는 휙 뒤를 돌아보았다. 아틸이 짜증이 가득한 얼굴을 하고 있었다.

바라트 공작이 슬쩍 허리를 숙였다. 목소리는 깜짝 놀랄 정도로 부드럽고 달콤했다.

"황태자 전하."

"오랜만이군, 바라트 공작."

"저도 바쁜 몸이다 보니."

공작이 부드럽게 답했다. 아틸은 리리카의 어깨를 잡아당겨 제 뒤로 보냈다.

"복도에 서 있을 시간은 있고?"

"생각에 잠겨 있어서 주변을 잠시 잊었습니다."

"은퇴할 나이가 됐나 보네."

"폐하께서 저리 정정하신데, 저도 최선을 다해야지요."

그의 시선이 아틸에게서 리리카로 옮겨갔다. 낱낱이 분해해보는 듯한 시선이었다.

저쪽에서 이쪽을 보는 건 알겠는데, 안대 때문에 이쪽에서 저쪽의 눈을 볼 수 없다는 게 불편했다. 바라트 공작이 느릿하게 말했다.

"그럼 신은 이만 물러가지요."

"가 봐."

바라트 공작은 무표정하게 인사하고 그 자리를 떴다. 리리카는 폭 숨을 내쉬었다.

아틸이 돌아서서 그녀의 어깨를 꽉 잡으며 말했다.

"왜 대치하고 있어? 그 자식이 뭐 먹을 거 줬어? 사탕이나 과자 같은 거."

"안 줬어요. 그리고 줘도 안 받아요."

"혹시 만지거나—"

"안 만졌어요. 서로 아무 말도 안 했는걸요."

아틸이 잡은 어깨를 흔들었다.

"겁도 없어, 쪼끄만 게. 약해빠져서는. 무시하지, 왜 그러고 있어? 바라트가 무슨 수를 썼으면 어쩌려고 그래?"

브란이 곤란한 얼굴로 말했다.

"전하, 주변에 눈이 많습니다."

"어차피 다들 같은 생각할 텐데, 뭐."

리리카가 씩씩하게 제 가슴을 두들기며 말했다.

"걱정 마세요, 저도 비장의 수는 가지고 있으니까요."

"비장의 수? 뭔데?"

리리카가 헛기침을 하고 말했다.

"전하, 주변에 눈이 많습니다."

브란을 흉내 낸 어투에 아틸이 눈썹을 치켜올렸다가 "하." 한숨을 내쉬었다.

"그래, 알았어."

손목을 덥석 잡고 걷기 시작한다. 리리카가 끌려가듯 하자 혀를 찬 후에 언제나처럼 안아 올렸다.

품에 안긴 그녀에게 아틸이 말했다.

"바라트는 약에 능통하니까, 뭐든 조심하는 게 좋아."

"약이요?"

"엄청 큰 식물원을 가지고 있거든. 원래 바라트가 꽃이니까 그런 건지는 모르겠지만."

아틸이 차갑게 말했다.

리리카는 그 말을 듣고 아틸의 목을 양팔로 감싸며 말했다.

"조심할게요."

아틸이 "더워." 하고 말하자 리리카는 괜히 그를 더 꽉 끌어안았다.

"에잇!"

"야, 진짜, 달라붙지 마."

투덜투덜하면서도 리리카를 밀치거나 내려놓을 생각은 전혀 없는 아틸이었다.

흑룡실에 들어서서야 아틸은 그녀를 내려 주었다.

자리에 앉자 브란이 아이스크림을 가져왔다. 아틸이 말했다.

"숙모님이 감기 걸리셨다면서. 요리사가 아이스크림을 만들어 올렸는데, 나보고 가져가라고 하시더라. 너 먹어."

딱 타이밍이 좋네. 하고 아틸이 말했다. 아이스크림을 받은 김에 리리카를 부르려고 했고, 그래서 리리카가 바라트 공작과 대치 중인 걸 알게 됐다.

'빨리 알아서 다행이지.'

아틸이 뚱한 얼굴로 팔짱을 끼고 리리카를 바라보았다. 제 걱정을 아는지 모르는지, 리리카는 헤헤 웃고 스푼을 들었다.

아이스크림을 한 입 먹고 리리카의 표정이 미묘해졌다. 아틸이 물었다.

"맛이 이상해?"

리리카가 혀를 내밀었다.

"어머니께 올리려고, 약초로 아이스크림을 만들었나 봐요."

한입 더 먹고 그녀가 "으음." 하며 아이스크림을 바라보았다.

"꿀 넣은 약초 차 맛이 나요."

"그러면서 그걸 먹냐?"

"아깝잖아요."

"먹지 마."

그가 유리그릇을 당겼다. 도로 돌려 달라고 반항하지 않는 걸 보니, 맛이 별로이기는 한 모양이었다.

리리카가 한숨을 내쉬었다.

"혀가 사치스러워졌어요."

예전에는 뭐든 엄청 좋아하면서 먹었을 텐데, 이제는 고급스러운 입맛이 되어 버렸다.

"사치스러워지기는. 웃기지도 않는 소리. 약초 맛 아이스크림을 누가 좋아해?"

어이없어 아틸이 말하자, 리리카도 어이없어졌다.

'역시 황태자 전하는 황태자 전하구나.'

이럴 때마다 출신 차이를 느꼈다. 아틸이 그릇을 옆으로 밀자 브란이 치우고 냉차를 내려놓았다. 그녀가 걱정스러운 얼굴로 아틸을 바라보았다.

"그런데 아이스크림도 못 드실 정도로 상태가 안 좋으세요?"

"아니, 너무 많이 먹는 것도 안 좋다고 어의가 그랬나 봐. 궁금하면 가 보지 그래?"

"쉬시는 데 방해될까 봐요."

브란이 아이스크림 대신 가져다준 냉차를 마셨다.

"그래서 감기에 좋은 허브라도 가져갈까 하는데……."

갑자기 콧물이 주르륵 흐르는 느낌이 나서 리리카는 당황해 고개를 숙였다.

'어?'

툭 하고 치마 위에 떨어진 건 붉은 색 얼룩이다.

'코피?!'

당황한 리리카가 한 손으로 코와 입을 덮으며 다른 손으로 손수건을 찾았다.

"왜 그래?"

아틸이 이상한 낌새를 알아차렸다. 리리카는 고개를 저었다.

목구멍이 따갑고 간지러웠다. 목 안쪽에 뭔가 걸린 것 같았다.

기침이 당장이라도 튀어나올 것 같아서 리리카는 자리에서 벌떡 일어났다.

여기서는 안 되었다.

아틸이 보는 데서는—

"황녀님?"

놀란 브린이 다가왔다. 도망치듯 뛰쳐나가려는 리리카의 손을 아틸이 자리에서 벌떡 일어나 홱 낚아챘다.

"왜—"

묻던 아틸의 말이 멈췄다. 리리카는 참을 수 없어서 기침했다.

"켁, 컥, 쿨럭!"

보란 듯이 새빨간 피가 흘러나왔다.

"황녀님!"

라우브와 브린의 입에서 비명 같은 목소리가 터졌다. 아틸이 리리카를 당겨 제 품에 얼굴을 가리게 하고 으르렁거렸다.

"다 물러나! 브란, 어의를 불러. 응급약을 가져와."

"예, 전하."

브린이 빠르게 움직였다. 아틸이 리리카의 등을 쓸어 주며 손수건을 꺼냈다.

"괜찮아. 괜찮을 거야. 억지로 기침할 필요는 없지만, 나오는 걸 막을 필요도 없어. 쉬이—"

아틸의 침착한 대응에 리리카는 곧 몸의 긴장이 풀리는 걸 느꼈다. 그의 옷자락을 붙잡으며 리리카는 숨을 헐떡였다.

아틸이 그때 당황했던 건, 리리카를 '자신이 때려서' 이가 빠졌다는 것에 대한 것이었지, 피나 다른 상황에 대해서는 아니었다.

그는 태어날 때부터 훈련받은 황족이고, 독살의 위협이라면 그도 여러 번 겪었다.

익숙했다.

그리고 익숙한 게 치 떨리게 싫다고 생각했지만, 몸은 습관대로 반응하는 법이다.

손수건에 대고 기침을 할 때마다 작은 몸이 크게 떨렸다. 아틸은 이를 악물었다.

'독? 어디서? 언제?'

"남아 있는 음식 건들지 마. 브린 솔, 들렀던 장소, 먹었던 음식, 사람 다 기록해."

브란이 그때 컵 가득히 액체를 가져왔다. 아틸이 말했다.

"리리, 힘들겠지만, 이거 전부 마셔야 해. 마실 수 있겠어?"

리리카는 잔기침을 하며 고개를 끄덕였다. 입 안이 피 맛으로 가득했다. 아틸이 컵을 내밀자 리리카는 미끄덩하고 고약한 맛이 나는 액체를 전부 다 마셨다.

마시고 나니 속이 뒤집혔다. 브란이 양동이를 가져왔다.

"전부 토해."

아틸이 리리카의 머리카락을 잡아 주었다. 리리카는 참지 못하고 마신 것을 전부 토해냈다.

"잘했어."

아까보다 목의 가려움이 훨씬 가라앉았다. 아틸이 그녀를 안아 들어 어깨에 얼굴을 묻게 했다.

그의 품에 안겨서 리리카는 어깨에 기침을 몇 번 더 했다.

"더, 더러……."

말을 꺼내다가 리리카는 깜짝 놀랐다. 두꺼비 같은 목소리가 나왔다.

"나 옷 많아."

옷을 더럽혔다는 말에 아틸이 퉁명하게 답했다. 곧이어 어의가 달려왔다.

아틸이 그녀를 침대에 내려놓자 어의는 그녀의 입 안을 살피고 눈을 살핀 후에 여기저기 진맥을 보았다.

"목과 위, 그리고 점막이 상하셨습니다. 다행히도 그 외에 몸속에 침투한 독은 없어 보입니다. 그렇다 해도 내상이 나으실 때까지는 충분히 요양하셔야 합니다."

어의는 리리카에게 간단히 설명했다. 아틸에게도 고개를 숙였다.

"응급처치가 빨라서 위장으로 독이 돌지 않아 다행입니다."

아틸은 눈을 찌푸리고 아무 말도 하지 않았다. 떨리는 손을 숨기기 위해 그는 주먹을 꽉 쥐었다.

잠시 후, 알테어스가 문을 부술 듯 열며 들어왔다.

"폐하를 뵙습니다."

시종들이 놀라 무릎을 꿇는데도 알테어스는 다 무시하고 리리카에게로 다가갔다.

'동공이…… 불꽃 같아.'

까만색이어야 할 동공이 마치 안쪽에서 불이 활활 타오르는 것처럼 붉은빛을 띠고 있었다.

"상태는?"

"내상을 입으셨지만, 독에 의해 장기가 크게 상하지는 않으셨습니다."

알테어스가 이를 악물었다.

지켜 주겠다.

그리 약속했다. 약속한 지 며칠 지나지도 않았다.

그런데 감히?

치밀어 오르는 분노를 저 아래로, 더 깊이, 더 타오르게 밀어 넣으며 알테어스가 시선을 돌렸다.

"너는?"

아틸이 고개를 저었다.

"저는 괜찮습니다."

"그래."

그의 손이 가볍게 아틸의 머리를 쓰다듬었다. 알테어스가 브린과 라우브를 돌아보았다.

"그럼 이야기를 들어 볼까?"

바라트 공작의 수도 저택은 다른 누구의 저택보다도 크고 화려했다. 모르는 사람들이 오면 '황궁인가' 착각할 정도였다.

벽에 새겨진 화려한 꽃 문장만 아니라면 말이다.

바라트 저택에는 언제나 사람이 북적였다. 황궁과 마찬가지였다. 황제와 다른 생각을 가진 사람들이 늘 바라트 저택에 가득했다.

피요르드 바라트는 인사를 받으며 저택을 가로질렀다. 이 저택 안에서 바라트 일족은 황족과 마찬가지였다.

우아한 미소를 띠며 그들에게 인사를 흘리듯 지나쳤다.

꽃의 뿌리가 흙 속 깊이 파묻혀서 뭔지 모를 양분을 빨아먹는 것처럼 이 저택의 지하실도 아주 깊었고, 그 안에 뭐가 있는지는 바라트밖에 몰랐다.

땅 위에 우뚝 서 있는 화려한 저택만 보며 감탄하는 자들을 보면 냉소만 나왔다.

삼삼오오 모여서 바라트 공작이 나오기만을 기다리며 모두가 타카르를 헐뜯고 있었다.

그때, 새로 저택에 허둥지둥 들어온 자가 자신이 아는 사람을 만나자마자 목소리를 높였다.

"그 천것이 독을 마시고 쓰러졌다 하네!"

"아니, 그게 정말인가?"

"그렇다니까!"

모두의 시선이 이쪽으로 쏠리자 그 남자는 우쭐해졌다.

천것은 리리카를 가리키는 말이었다.

모두가 어떻게 그걸 황녀라고 부를 수 있냐 하면서, 잡종인 황태자가 차라리 나아 보인다고 쑥덕거렸다.

그래서 바라트 저택에서 잡종이라 하면 황태자를, 천것은 황녀를 가리키는 말이었다. 방으로 올라가려던 피요르드의 발이 딱 멈췄다.

난간을 잡은 손에 힘이 들어갔다. 당장이라도 황궁으로 뛰쳐들어가고 싶다.

그런데 그러면?

바라트인 자신은 그녀의 머리카락 한 올도 볼 수 없을 터였다.

그는 깊게 숨을 들이마시고 돌아섰다. 신나게 이야기하는 남자를 향해 다가갔다.

"그 소식이 사실인가?"

피요르드가 말을 걸자 사람들이 물러섰다.

"오오, 소공자님."

"공자님 귀에 천것 이야기가 들어가게 해서 죄송합니다."

앞다투어 아부의 말을 던졌다. 피요르드는 손을 들어 그 말을 끊고 미소 지었다.

"그래서? 상태는 어떻다고 하던가?"

남자가 멋쩍게 말했다.

"상태는 잘 모르겠지만, 분위기로 봐서 죽은 것 같지는 않습니다."

피요르드는 침묵했다. 주변이 오히려 떠들어댔다.

"아아, 천것이라서 끈질기기도 하네요."

"출신이 빈한하니 뭐든 잘 집어삼키는 거 아니겠습니까."

소공자가 생각에 잠긴 듯하자 너나 할 거 없이 그의 눈에 들기 위해서 입을 열었다.

"그나저나 누구일까요?"

"잡종이 아니겠어요? 마음이 급하겠죠."

"하긴 그 여자가 그렇게 총애받고 있으니, 자기를 제치고 천것이 황위에 오를 거라고 짐작한 게 아닐까요."

"하긴 워낙 성정이 폭력적이면서 급하니까요."

말이 안 되는 걸 알면서도 한마음으로 비웃기에 바빴다.

"아아, 산다르일 수도 있겠군요. 요즘 남부가 시끄럽죠? 뱀독을 누가 이기겠습니까?"

"그러게요. 어느 쪽이든 죽지 않았다니, 실패해서 심경이 복잡하겠군요."

모두가 한숨 섞인 웃음을 내쉰 후에 비죽거렸다.

"황제가 우리에게 누명을 씌우지 않았으면 좋겠군요."

"설마요. 만만한 저희만 건드리는 거 같아서 화가 나네요."

"바라트가 누굽니까? 오랫동안 길게 내려온, 지금 그 잡종보다도 더 핏줄이 진한 가문 아닙니까? 그런 곳을 늘 무시하는 행태를 참을 수가 없습니다."

"맞습니다. 그렇지 않으신가요, 소공작님?"

피요르드는 흔들림 없는 표정으로 말했다.

"그래도 바라트는 바라트지요."

그 말에 모두가 고개를 끄덕이며 찬탄했다.

"그렇죠, 바라트는 바라트지요."

"저쪽에서 뭐라고 말하든 말입니다."

"하하, 역시 소공작님다우십니다."

헛소리를 흘려들으며 피요르드는 주먹을 꽉 쥐지 않으려 애썼다. 손바닥 안에 땀이 고였다.

―깨지지 마.

리리카가 자신에게 해 주었던 말이 생각났다. 그 말을 고스란히 돌려주고 싶었다.

"공자님, 공작 전하께서 부르십니다."

그때 시종이 와서 낮은 목소리로 고했다. 다들 아쉬워하면서도 피요르드를 놓아 주었다.

시종을 따라가며 피요르드는 복잡해지는 머릿속을 비우려 애썼다. 리리가 독을 마셨다.

독을.

누가? 왜?

바라트 공작의 집무실은 화려하기 그지없었다. 방음을 위해 설계된 묵직한 문이 소리도 없이 열렸다가 닫혔다.

집무실 안은 조용했다.

바라트 공작가의 집무실은 세상에서 가장 고요한 장소 중의 하나일 것이다.

피요르드는 그리 생각하며 집무실에 놓인 거대한 책상 앞으로 다가갔다.

책상 앞에는 새로운 약이 놓여 있었다.

오른쪽부터 순서대로.

늘 해 오던 일이었다.

'하필 지금. 아니, 하필 지금이라서 다행인가?'

바라트 공작은 창밖을 바라보며 이쪽을 등지고 서 있었다.

"각하, 소식을 들으셨습니까? 리리카 황녀가……."

바라트 공작이 손을 들어 그의 말을 끊었다. 이쪽을 향해 돌아서는 공작의 모습은 역광 때문에 잘 보이지 않았다.

그는 말없이 약을 가리켰다. 피요르드는 자리에 앉아 순서대로 약을 삼켰다.

그걸 바라보며 바라트 공작이 말했다.

"쓸데없는 생각하지 마라."

그녀가 천천히 맞은 편으로 걸어왔다.

"네가 지금 얻은 모든 것은 선조들의 피와 고통으로 얻어진 것이다. 그걸 얻기 위해 얼마나 많은 자들이 고통 속에서 죽고 괴로워했는지 익히 알겠지. 그 수많은 시간이 흐른 끝에 드디어 첫 열매를 본 거다."

약 기운이 돌기 시작하자 순간적으로 정신이 몽롱해졌다. 장갑 낀 손가락이 그의 턱을 들어 올렸다.

"피요르드, 내 첫 번째 걸작."

시선이 일그러졌다. 피가 빠르게 돌고 귓속에서 윙윙거리는 소리가 들렸다.

곧 다가올 고통을 떠올리며 몸이 떨리기 시작했다.

"수많은 실패작 중에 너를 건졌을 때 내가 얼마나 기뻤는지 모른다. 내 자랑스러운 기분을 망치지 마라."

피요르드는 비뚜름하게 미소 지었다. 웃고 싶었는데, 웃었는지 모르겠다.

한때는 당신의 자랑스러운 아들로, 착한 아이로 남고 싶었다.

인정받기 위해서 애썼다.

내가 그저 당신의 작품임을 알기 전까지는.

'난 영원히 당신의 아이는 될 수 없겠지.'

바라트의 걸작.

그렇지 않으면 가치가 없을 테니까.

뚜욱— 시선이 끊기고, 눈앞이 작열했다. 몸 안에 열이 도는 듯 불꽃이 혈관을 태우는 고통이 느껴졌다.

저절로 몸이 구부려졌다. 참으려 해도 신음이 흘러나왔다. 의자에서 굴러떨어져 푹신한 카펫 위에 웅크렸다. 손끝이 카펫을 긁었다.

점멸하는 시야로 구둣발이 들어왔다. 먼지 한 톨 없이 반짝이는 구두. 어머니의 얼굴보다 이 구두를 더 많이 보지 않았을까?

"참아라. 그동안 네가 겪어온 고통에 비하면 이건 아무것도 아니다. 타카르를 생각해. 그들을 눌러 주는 그 순간을 떠올려라."

순간 고통 속에서도 웃음이 터질 뻔했다.

당신은 당신이 겪어 보지 않은 고통을 재단할 수 있습니까?

그러나 입을 벌리면 비명이 나올 것 같아서 그는 입술을 깨물었다. 눈을 감았다.

감아도 눈꺼풀 안쪽이 명멸했다. 그는 리리를 떠올렸다.

빛나는 루딘 호수와 그 호수보다 더 아름다운 청록색 눈동자.

사심 없이 달콤한 소리를 하는 내 황녀님.

그녀가 지금 이렇게 고통스럽다고 생각하면, 타오르는 혈관보다 더한 고통이 심장에서 느껴졌다.

'만나러 가고 싶어.'

손을 잡고 싶었다. 그 뺨을 어루만지고, 살아 있는 걸 실감하고 싶었다.

통증은 한순간에 왔던 것처럼 한순간에 사라졌다. 고통을 견디던 몸이 축 늘어졌다.

식은땀이 뚝뚝 흘렀다. 자리에서 일어날 힘도 없었다. 구둣발이 돌아섰다.

들어온 건장한 시종이 익숙하게 그를 일으켜 세웠다.

"가서 쉬어라."

책상에 앉으며 바라트 공작이 말했다. 이쪽을 보지 않는 그 옆모습을 바라보며 피요르드는 항상 하던 생각을 했다.

당신의 걸작품이 산산조각 나면, 당신은 어떤 표정을 할까?

그런데.

'깨지지 마.

부서지지 마.

산산조각 나지 마.'

괴롭게도, 슬프게도, 그 말이 무척이나 기뻐서…….

피요르드는 눈을 감았다.

리리카는 눈을 떴다.

일찍 자서 그런지, 아니면 약 때문인지 모르겠지만 저절로 눈이 뜨였다.

브린과 라우브는 자리에 없었다. 황제가 부른 것까지는 아는데 그 뒤로 어떻게 됐는지는 모르겠다.

'그 두 사람이 혼나면 안 되는데.'

대체 뭐가 어디서 어떻게 된 걸까? 리리카도 의아했다.

갑자기 독이라니.

목 안쪽이 따끔거렸다.

아픈 어머니까지 달려오셔서 깜짝 놀랐다. 감기에 걸리셨다고 들었는데, 화가 나서 감기마저 날릴 기세였다. 그러다가 열이 핑 도셔서 쓰러질 뻔한 걸 알테어스가 붙잡았다.

옆에서 간호하겠다고 하셨지만, 알테어스는 단호하게 '그러다가 감기까지 옮으면?' 하고 말했다. 루디아는 물러날 수밖에 없었다.

'아틸이 이렇게 믿음직스러울 줄이야.'

피를 토하는 내내 침착하게 곁에 있어 준 아틸이 고마웠다. 그마저 당황해 어쩔 줄 몰라 했으면 더욱 놀랐으리라.

'조용하다.'

리리카는 그리 생각하며 작게 웃었다. 모두가 너무 화를 내서, 오히려 그녀 자신은 화가 나지 않았다.

'하지만 혹시 어머니를 노린 거였다면.'

저도 모르게 이불을 쥔 손에 힘이 꽉 들어갔다.

어머니께 받은 아이스크림을 먹고 탈이 난 거니까, 걱정됐는데, 저녁에 약을 가지고 온 어의가 그건 아니라고 말해 주었다.

약초 아이스크림은 정말로 그냥 감기에 좋은 약초를 넣은 것이었다고 말이다.

대체 어디에서 독이 나온 건지 알 수가 없어서 출처 때문에 난리가 난 모양이었다.

라트와 탄은 오늘은 피곤할 테니 나중에 문병을 오겠다고 전갈을 보냈다.

'두 사람도 바쁘겠지.'

그나저나 독의 위험성을 몸으로 겪으니, 어머니와 아틸, 그리고 황제…….

황제.

'음……. 아, 아바마마.'

마음속으로 한 번 불러본 후, 그 셋을 위해서 아티팩트를 만들어야 겠다는 생각을 했다.

'어라?'

그러고 보니 밤마다 들리던 밤새 소리도 안 들린다. 리리카는 살짝 몸을 일으켜 세웠다.

성 안에 아무것도 없는 듯한 적막이 돌고 있었다. 그럴 리가 없는데, 이상하다.

이상한데.

리리카는 침대 위에서 내려왔다. 아직 열이 남아 있어서 어지러웠다. 잠시 서 있다가 리리카는 발코니로 걸음을 옮겼다.

뭔가 알 수 없는 확신이 그녀를 잡아끌었다.

발코니 창문을 열자 훅하고 열기와 함께 짙은 꽃냄새가 밀려들었다.

새하얀 대리석 난간 위에 피요르드가 서 있었다.

어둠 속에서 은발이 별처럼 반짝였다.

혜성 같은 금홍색 눈동자, 열로 달아오른 새하얀 피부.

굉장히 현실감이 없는 광경이었다. 리리카는 발코니로 한걸음 걸어 들어갔다.

'꿈인가 봐.'

아까부터 꿈을 꾸고 있는 게 틀림없었다.

"피요."

목소리가 나오지 않으니 입만 벙긋거렸다. 알아들은 것처럼 피요르드가 난간에서 사뿐히 내려왔다. 바닥에 내려오는 소리가 나지 않았다.

'꿈이구나.'

안도가 되어 웃었더니 그가 다가와 손을 뻗었다.

"리리."

작게 부르는 이름은 어딘지 애처로웠다. 뺨 근처로 다가온 손은 닿지 못하고 멈춰 서 있었다.

리리카는 고개를 기울여 그의 손에 뺨을 기댔다. 그가 흠칫 놀라는 기척이 느껴졌다.

열이 잔뜩 들뜬 그의 손은 뜨거웠다. 그녀도 열이 나는 것 같은데, 자기보다 피요르드가 더 뜨겁다.

'열나는 꿈인가?'

현실에서 열이 나서 꿈속에서 이렇게 느끼는 건가.

한 번 닿으니 용기를 낸 듯 그가 양손으로 그녀의 뺨을 감쌌다. 가만히 제 눈을 바라보는 그 금홍색 눈동자가 열기로 가득했다. 아지랑이처럼 흔들리는 빛의 파편들이 아름다웠다.

홀린 듯 그걸 바라보는데 그의 손이 점점 더 뜨거워졌다.

끓어오르는 기분이었다.

꿈인데도 실제처럼 느껴졌다.

"피요?"

걱정이 되어 한 번 더 불렀지만, 반응이 없었다. 그때 그가 흠칫 놀란 듯 고개를 들었다.

시선이 그녀의 등 뒤를 향했다.

'어?'

그때 누군가가 제 눈을 가리듯 감쌌다.

"물러나라, 바라트."

꿈이라서 그런지, 목소리를 듣자마자 열에 들뜬 웃음이 흘러나왔다. 목소리의 주인은 눈을 뜨지 않아도 알 수 있었다.

눈을 덮은 손은 굉장히 차가웠지만, 달가웠다.

열을 식혀 주는 반가운 냉기였다.

그녀의 뺨을 감쌌던, 뜨거운 양손이 떨어져 나간다.

"오늘은 봐주마. 가라."

뜨거웠던 공기가 단숨에 사라졌다. 서늘한 밤공기가 사위를 채웠다. 그녀의 눈을 가렸던 손이 이제 그녀를 들어 올렸다.

리리카는 다시 작게 웃었다.

역시나 황제였다.

알테어스의 품은 굉장히 차갑고 시원했다. 끓어오르던 몸이 안정되는 듯해서 그 품을 파고들었다.

아바마마.

작게 불러보니, 한숨 섞인 목소리가 들렸다.

"괴물에 가까울수록 끌리지."

리리카는 눈을 감았다.

"바라트는 여전히 어리석은 짓을 하고 있었나. 멍청한 것도 정도가 있지."

중얼거리는 목소리는 나지막했다.

분명히 꿈인데, 이건 무슨 꿈인 걸까?

'좋아하는 사람들이 나오니까 좋은 꿈이야.'

결론을 내렸다.

"루디아가 알았으면 난리 났겠군."

웃음 섞인 목소리가 들리고 등을 쓸어내리는 커다란 손이 느껴졌다.

리리카는 다시 달콤한 잠속으로 미끄러졌다.

수건이 이마 위에서 떨어져 나가는 걸 느끼며 리리카가 눈을 떴다.

"깼어?"

옆을 돌아보니 아틸이 침대 헤드에 가득 쌓인 베개에 상체를 받치고 앉아 있었다.

"아틸?"

목소리가 나오지 않았다. 아틸이 고개를 흔들었다.

"말하지 마. 앞으로 사나흘은 말하지 말라고 어의가 그랬어."

아틸의 손이 그녀의 이마를 짚었다. 그가 갸우뚱했다.

"열은 내린 거 같은데."

침대 옆에서 수건을 짜던 브란이 다가와 그녀의 목덜미에 손을 대 보고 고개를 끄덕였다.

"열은 다 떨어지신 거 같습니다. 허기가 지십니까? 뭔가 드셔야 약도 드시지요."

리리카가 고개를 끄덕였다.

"음식을 준비하라 이르겠습니다."

브란이 그리 말하고 물러났다. 리리카는 이리저리 둘러본 다음에 아틸을 바라보았다.

입술 모양만으로도 아틸은 그녀의 말을 잘 알아들어 주었다.

'브린과 라우브는요?'

"두 사람은 심문 중이야."

아틸의 말에 리리카가 놀라 몸을 일으키려는 걸 그가 손가락으로 이마를 꾹 눌러 막았다.

"두 사람이 연루되지 않았으면, 무사히 풀려날 거야. 걱정할 필요 없어."

'어머니는요?'

"숙모님은 적극적으로 나으려고 노력하는 중이시지."

독한 약을 들이켜고 있다는 말은 안 하는 게 좋겠지.

리리카는 고개를 끄덕였다. 아틸이 한숨을 내쉬었다.

"너 진짜로 바라트에게 뭐 얻어먹은 거 없어? 그 새끼가 뭔 짓 했을 거 같은데."

리리카는 고개를 좌우로 저었다. 아무리 생각해도 그녀와 자신은 마주보기만 했다.

수많은 사람들이 증인이지 않은가?

"눈빛만으로 독을 줬을 리는 없고. 짜증나네, 진짜."

리리카는 그의 손을 꼭 잡았다. 그리고 제 가슴을 콩콩 두들겨 보았다.

괜찮아, 나 튼튼해.

그 의미는 전해졌지만 아틸은 못마땅하다는 기색이 역력했다.

"왜 하필 너야? 저의가 노골적이어서 화가 나."

무리 중에서 가장 약자를 표적으로 삼았다는 점에서 상대방의 저열함과 악의가 드러났다.

리리카는 고개를 갸웃했다.

정말로 내가 표적이었을까?

아틸이 그런 그녀의 표정을 읽고 뺨을 잡아당겼다.

"그런 안일한 생각을 가지고 있으면 안 되는 거야. 하여간 지금은 호위도 없고, 아무도 없는 상황이라 내가 지켜 주기는 하겠지만."

그가 슬쩍 반대 손에 마격총을 들고 흔들어 보았다.

리리카는 놀라 눈을 크게 떴다.

'왜?'

분명 호위용으로는 그다지 쓸모없다고 그러지 않았는가. 게다가 아틸이 알테어스와 같은 힘을 가지고 있다면, 총은 필요 없었다.

리리카는 피요르트를 떠올렸다.

그가 분명히 총을 사용할 때는······.

'나 사실은 심각한 건가?!'

충격이 머릿속을 강타했다. 사실 지금 이 상태는 마취제를 잔뜩 쓴 거고 난 돌이킬 수 없을 만큼 독에 당한 건가?

그래서, 그래서 아틸이 내가 많이 아프면 날 끝장내 주려고?

리리카의 표정이 창백하게 질리자 아틸이 당황했다.

"왜 그래? 괜찮아? 당장 어의를 불러야—"

리리카가 고개를 마구 저었다. 눈물이 후드득 떨어졌다. 그 기세에 아틸이 멈칫했다. 그녀가 그를 붙잡았다.

"뭐야? 어디 아파?"

리리카가 입을 열어서 뭔가 말했지만, 울면서 하는 말은 입술을 읽기가 힘들었다.

"뭔데? 아니, 아프면 어의를 부르겠다니까?"

리리카가 총을 가리켰다. 아틸이 총을 들어 올리며 물었다.

"마격총? 총이 왜?"

답답해진 리리카는 그의 손을 잡아당겨 제 머리에 가져다 댔다.

"황녀님!"

그 순간 강한 힘으로 뒤에서 누군가가 그녀를 휙 당겼고, 아틸의 손이 한 박자 늦게 그녀의 머리를 퍽 때렸다.

"무슨 짓이야! 총이 무서운 거 몰라?!"

급작스러운 상황에 눈물도 쏙 들어갔다. 리리카는 굳은 채로 눈을 깜박였다. 슬쩍 돌아보니 브란이 굳은 얼굴로 서 있었다.

"무슨 짓을, 아니, 전하. 마격총은 왜 들고 오셨습니까? 안전하다고 해도 그런 장난은 하지 말아 주세요."

"내가 했겠냐!"

억울한 아틸이 소리쳤고, 브란이 리리카를 도로 침대에 눕혔다. 그가 석판을 내밀었다.

"목소리가 안 나오시니 이게 편하시겠죠."

리리카가 석판에 그녀의 추리를 써서 보여 주자 아틸은 어처구니없다는 표정을 지었고, 브란은 다정하게 웃었다.

아틸이 말했다.

"넌 웃음이 나와?"

"아뇨, 예전의 전하가 생각나서요. 황녀님. 황녀님은 괜찮다고 하시지만 지금 충격을 받으신 상태이신 겁니다. 그래서 평범한 사고가 되지 않으시는 거지요. 이상하게 부정적으로 사고가 흘러가시는 것 같네요."

브란이 부드러운 목소리로 말했다. 리리카는 그를 올려다보았다.

"여기에서는 아무도 황녀님을 죽이려 하지 않습니다. 너무 침착해 보이셔서 걱정했는데, 아니라는 걸 알게 되어 오히려 다행입니다."

브란의 말에 리리카는 당혹해 눈을 깜박였다.

'내가 그렇게 놀랐나?'

자신이 생각하기에 자신은 멀쩡하게 느껴지는데…….

'그럴지도 몰라.'

아틸은 자신이 첫 암살 위협을 당했을 때를 떠올렸다. 자신도 그때는 침착하게 행동한다고 생각했지만, 전혀 아니었다.

지금 생각하면 부끄러운 기억인데, 자신이 그랬으니 꼬맹이는 더 심하겠지.

"아, 진짜."

아틸이 투덜거리며 마격총을 브란에게 던졌다. 브란이 솜씨 좋게 총을 낚아채며 말했다.

"던지시면 안 됩니다."

"괜찮아."

아틸이 그녀 양 옆구리에 손을 넣어서 번쩍 그녀를 들어 올렸다.

"자, 팔 둘러."

얼떨떨해하며 리리카가 그를 안듯 목에 팔을 둘렀다. 아틸이 그녀를 마주 안아 주며 등을 토닥였다.

"그래, 그래. 많이 놀랐지? 괜찮아. 옆에 내가 있잖아."

한밤중에, 암살 위협을 당하고 침대 속에서 벌벌 떨면서 몇 번이나 누군가가 와서 달래 주는 상상을 했다.

그가 받지 못했지만, 받고 싶었던 것을 아틸은 서툴게 리리카에게 내주었다.

아틸의 목소리는 어색하고 무뚝뚝했지만, 리리카는 저도 모르게 눈물이 차오르는 걸 느꼈다.

황궁에 온 뒤로 자꾸만 우는 일이 생겼다.

여기서는 그녀가 울어도 아무도 싫어하지 않고, 오히려 다정하게 눈물을 닦아 준다.

리리카가 그의 목에 두른 팔에 힘을 주며 작게 울음을 터트렸다.

한참 울고 나자 더욱 배가 고파졌다. 브란은 그런 상황에서도 들고 온 수프를 한 방울도 흘리지 않았다.

솔가의 저력에 감탄하며 리리카는 그가 가져온 수프를 먹었다. 적당히 식어서 먹기 편했다.

아틸이 피식 웃었다.

"맛있냐? 눈은 떠져? 보이기는 보이냐?"

울어서 부은 눈으로 리리카는 고개를 끄덕였다. 천천히 수프를 입 안에 넣었다. 고소한 우유 맛이 입 안 가득 퍼졌다.

그녀의 숟가락질이 빨라졌다.

브란은 만족스러운 미소를 지었다. 식욕이 있다는 건 상태가 좋다는 이야기다.

'그나저나……'

내부는 조용하지만 외부는 지금 소용돌이였다. 무엇보다도 독이 어디서 들어왔는지 찾을 수 없다는 게 가장 큰 문제였다.

본래대로라면 차를 준비한 자신도 대상이지만, 차를 마신 아틸이 아무렇지도 않았다는 점 때문에 풀렸다.

'브린이 분통 터져 하겠군.'

리리카에게 무척 경도되어 있는 브린이니, 이런 사태가 된 것에 대해서 손수건을 씹으며 분개할 게 틀림없었다.

자신이 용의자로 심문당한다는 불명예보다도, 지금 곁에 있지 못한다는 것에 화를 내고 있을 것이 틀림없었다.

'라우브 경도 괜찮으려나.'

황제가 직접 신문하고 있다는 점이 걸리기는 하지만.

'위협하시려는 거겠지.'

성정상 보지 않아도 뻔하다. 게다가 그 역시 한 번 겪은 적이 있지 않은가. 그때를 생각하면 지금도 손바닥에 땀이 고일 정도였다.

'뭐, 브린은 잘하겠지.'

브린은 비틀거리며 방을 나왔다. 이가 부딪치지 않도록 어금니에 힘을 주는 게 전부였다.

'무, 무서웠어!'

타카르를 안다고 생각했다. 하지만 아는 것과 직접 겪는 것은 전혀 달랐다.

완전히.

부들부들 떨리는 양손을 꽉 쥐는데 그림자가 드리웠다. 고개를 드니 라우브가 서 있었다.

'뭘 멀대같이 서 있어요?'

한소리 톡 쏴 주고 싶지만, 목소리가 떨려 나올까 봐 그냥 노려보기만 했다.

"괜찮으십니까?"

라우브의 부드러운 목소리에 브린은 헛기침을 하고 말했다.

"됐어요."

목소리가 쏘듯이 나오지는 않았다. 하지만 떨리지도 않아서 브린이 휙 고개를 치켜들었다.

"울프는 자기들보다 작으면 다 지켜 줘야 할 존재라고 생각하는 모양인데, 난 괜찮아요. 그쪽이나 걱정하시죠? 이제 그쪽 차례인데."

라우브가 고개를 끄덕였다.

"괜찮은 거 같군요."

"!!"

날카롭게 쏘아보는 그녀에게 라우브는 고개를 끄덕여 인사해 보이고 안으로 들어갔다.

"정말이지."

맞잡은 양손은 이제 놓아도 떨리지 않았다. 투덜거리고 브린은 가볍게 걷기 시작했다.

라우브는 문이 닫히기 직전 멀어져 가는 발소리를 들었다.

무거운 문이 닫히자, 아무런 소리도 들리지 않았다. 이런 공간은 오감에 많이 의지하는 울프에게 쥐약이었다.

자연 채광도 전혀 없는 방 한쪽에는 알테어스가 서 있었다. 셔츠를 접어 올려 팔이 드러나 있었는데, 비누 냄새 너머로 피 냄새가 희미하게 났다.

이런 좁은 곳에서는 후각이 더욱 예민하게 반응했다.

천천히 알테어스의 시선이 이쪽을 향하자 압박감이 전신을 짓눌렀다.

라우브는 이를 악물었다.

아직 시선이 다 닿지도 않았는데, 식은땀이 흐르기 시작했다. 본능이 도망치라고 종용했다. 하지만 도망칠 공간은 없었다.

그렇다면 답은 공격뿐이었다.

시선이 마주쳤다.

새파란 눈 속에서 타오르는 붉은 동공.

'죽는다.'

공포에 생존본능이 솟구쳤다. 라우브는 순간 앞으로 튀어 나갈 뻔한 걸 눌러 참았다. 목걸이에 달린 보석이 얼음보다 더 차갑게 느껴졌다.

핏속을 달구는 열기가 빠져나갔다.

떨며 마주 보고 서 있으니 압박감이 쓱 사라졌다. 라우브는 저도 모르게 다리에 힘이 빠져 그 자리에 주저앉을 뻔했다.

대신 숨을 토해 내며 그는 벽에 등을 기댔다. 아니면 정말로 쓰러질 것 같았다.

"달려들지 않은 건 칭찬해 주지. 이를 드러내는 개는 필요 없거든."

알테어스가 다가와 보석을 손끝으로 쳤다.

"개 목걸이 때문인가?"

"……."

그 손을 쳐내고 싶은 걸 라우브는 꾹 참았다. 희롱당하는 걸 참는 모양새라 알테어스가 피식 웃고 손을 뗐다.

"나가 봐."

"예?"

저도 모르게 되물으니 알테어스가 심드렁하니 말했다.

"왜? 고문이라도 할까?"

긴 시간 기다리고 서류를 작성한 것에 비해서는 너무나 간결한 심문이었다.

알테어스가 말했다.

"이걸로 울프가를 살살이 뒤지고 누르는 것도 재미있겠지. 그래서 묻겠는데, 리리카를 해칠 음모를 꾸몄나?"

"아닙니다."

노려보듯, 반항하듯 하는 말에 알테어스가 피식 웃었다.

"그럼 됐어."

얼떨떨한 기분이 되어 라우브는 밖으로 나왔다. 바깥에서는 탄이 기다리고 있었다.

탄의 눈이 살살이 그를 훑었다. 외상이 없다는 걸 육안으로 확인해도 불안했다.

"괜찮아? 다친 곳은 없고?"

가주의 물음에 라우브는 고개를 숙였다.

"심려를 끼쳐 드려 죄송합니다."

"아냐, 너야말로 마음고생 심하겠네. 하지만 오늘내일은 근신이야."

번쩍 고개를 들었지만, 탄은 번복할 생각이 없었다. 탄이 덧붙였다.

"그건 솔가도 마찬가지고."

라우브의 미간이 더욱 찡그려졌다. 그렇지 않아도 어제오늘 자리를 비우고 있었는데 이틀이나 더 측근이 근처에 없다니, 황녀님이 곤란하지 않을까 싶었다.

탄이 그의 어깨를 툭 쳤다.

"황녀님은 전하께서 돌보실 테니 걱정하지 마. 폐하께서도 눈에 불을 켜고 계시고."

"정말로 불이 켜져 있으시더군요."

타오르던 동공을 떠올리며 라우브가 답했다. 그가 가주를 바라보았다. 가주는 묻고 싶은 게 있으면 물어보라는 얼굴을 하고 있었다.

'그가 정말로 인간입니까?'

그 질문이 목구멍까지 올라왔으나 차마 뱉을 수 없었다.

"아닙니다. 그럼 이만 물러나겠습니다."

"집에 돌아가면 디아레에게 시달릴 거야."

경고하는 말에 라우브의 어깨가 늘어졌다.

"알겠습니다."

답하고 그는 인사한 후에 멀어졌다. 탄은 머리를 긁적였다.

저절로 한숨이 흘러나왔다.

지하 심문실은 들어오는 길부터 압박감이 강하다. 알테어스가 문을 열고 나왔다.

"폐하."

탄이 인사하자, 알테어스가 물었다.

"조사 결과는?"

"독에 의한 건 맞는데, 아무리 조사해도 독이 든 음식은 없나 보더군요. 그래서 두 가지, 혹은 세 가지 조합을 봤더니."

탄이 손가락 두 개를 세웠다.

"약초 아이스크림과 차가 문제였던 모양입니다."

알테어스가 "차?" 하고 되물었다. 탄이 고개를 끄덕였다.

"상단에서 나온 신제품인데 달콤한 꽃향기가 난답니다. 그런데 그 차에 들어간 배합과 약초 아이스크림에 들어간 약초의 배합이 안 좋은 모양이에요."

"그래서?"

"상단에서는 결코 그럴 생각이 없었다고 주장하는 중입니다. 차를 만들어 산다르에 올리고, 산다르에서 황실에 진상한 형태입니다. 물론 아이스크림을 올린 어의도 같은 말을 하고 있습니다. 우연이라는 거죠."

"그래서? 조합은 시험해 봤나?"

실제 인간에게 먹여 봤냐는 질문이라, 탄은 고개를 끄덕였다.

"위와 식도가 상해서 피를 토해 내기는 했지만, 생명을 상하게 할 만큼 심한 독은 아니었습니다."

위협이면 위협이라고, 우연이면 우연이라고 치부할 수 있는 수준이었다.

"우연일 리가 없지."

알테어스가 빙긋 웃고 손을 내밀었다.

"목록."

탄이 떨떠름한 얼굴로 품에서 관련자 목록을 꺼냈다. 신상명세가 자세히 적혀 있는 목록이었다.

"폐하께서 직접 나서시지 않으셔도……."

"됐어."

목록을 받아들자마자 알테어스는 사라졌다. 탄은 저도 모르게 한숨을 내쉬었다.

너무 화가 나서, 잠도 오지 않았다. 루디아는 새벽에 벌떡 자리에서 일어났다.

찬물을 벌컥벌컥 마시고, 이마에 손을 대 보았다. 약에 약을 들이켜서인지 열은 깔끔하게 떨어졌다.

'감히.'

감히 리리카를 노려?

이가 저절로 갈렸다. 너무 화가 나고, 또 무서웠다.

'리리를 잃을 수도 있었어.'

딸을 또 잃어버릴 수도 있었다. 소중한 리리를 또 잃어버리면? 이번에는 돌아가지 못하면?

몸이 떨렸다. 그녀는 자리에서 벌떡 일어났다. 당장 리리를 보러 가야 직성이 풀릴 듯싶었다.

'바라트야.'

이딴 짓거리를 할 말종들은 바라트밖에 없었다. 머릿속이 핑핑 돌아갔다.

이런 식의 복합 독은 바라트가 잘 사용하는 독이었다. 알고 있었고, 상관없었다.

피해자가 제 딸이 되기 전까지는 말이다.

스스로의 이기심에 웃음이 나오면서도 바라트를 향한 분노가 치솟아 나오니, 회심은 역시 어려운 일이었다.

조용히 리리의 침실 안으로 들어갔다. 아틸이 인사해 와서 마주 인사해 주었다.

"오늘 수프도 잔뜩 먹고, 좀 전에 잠들었습니다."

이미 들은 이야기지만, 아틸은 다시 한번 리리카의 일상을 낮은 목소리로 소곤소곤 이야기해 주었다

"돌봐줘서 고마워."

"아닙니다."

아틸이 고개를 저었다. 루디아는 살며시 다가가서 딸의 자는 얼굴을 바라보았다.

저절로 웃음이 흘러나왔다.

귀엽고 사랑스럽다.

살아 있음에 다시 한 번 안도했다. 살며시 둥근 이마를 쓸어 주었다. 다행히도 열이 떨어졌는지 뜨겁지 않았다.

'바라트 공작.'

그 얼굴을 어찌 모르겠는가? 그 반반한 낯짝은 한 번 보면 잊기 어렵다.

'지금까지는 내가 봐줬지.'

황후로서 그저 지위를 쌓고, 황실의 안정을 도모하는 데에만 힘썼다. 바라트 공작가를 적으로 돌리겠다— 같은 생각은 하지 않았다.

'뭐, 내가 잘못하기도 했고.'

바라트 공작가를 선택했고, 실패했다. 거기에 바라트 공작가를 탓할 이유가 뭐가 있는가?

도덕적으로 지탄 받을 짓을 했다고 해도, 거기에 참여한 건 그녀도 마찬가지였다. 일단 돌아오기도 했겠다, 과거에 대해 반성도 하겠다.

나름대로 데면데면하게 굴려고 애썼다.

'그런데 감히.'

감히 세상에서 가장 귀여운 내 딸을 건드려?

'부숴 버리겠어.'

지금보다 훨씬 더 적극적으로, 가능하면 바라트 공작가가 산산조각이 나서 다시는 귀족 연감에 이름이 오르지 않게 만들고 싶어졌다.

'물증은 안 나오겠지.'

바라트는 괜히 바라트가 아니었다. 긴 세월 동안 곳곳에 뿌리를 뻗어서 제국 구석구석 그 잔뿌리가 뻗치지 않은 곳이 없었다.

어떤 뿌리들은 제가 먹여 살리는 게 바라트라는 사실조차 모르고 있을 터였다.

'그러니까 빨리 정보 길드 놈들이 나와야 하는데.'

연락을 취해도 소식이 없었다.

길드장이 누군지 알고 있다고 푹푹 찔러도 꿈쩍도 하지 않았다. 그렇다고 대놓고 길드장을 체포할 수도 없으니 곤란했다.

성에서 몰래 나가 길드장을 찾아간다 해도, 이 상태로는 상대해 주지도 않을 거 같았다.

'뭘 미끼로 삼지. 그 양아치 같은 녀석.'

끙끙거리다가 리리카가 입맛을 다시는 걸 보자 다시 표정이 스르륵 풀렸다.

'귀여워……'

자는 모습을 밤새도록 보고 있어도 질리지 않을 것 같았다.

'어차피 이렇게 된 거, 남부 귀족 연합을 깨버리는 데 이 사태를 이용하는 게 좋겠군. 산다르야 잠시 골치가 아프겠지만, 그쪽으로서도 길게 보면 훨씬 나을걸.'

여러 계산을 하며 루디아는 몸을 숙여 리리카의 이마에 입 맞춰 주었다.

"잘 자렴."

작게 속삭이고 아쉬움을 달래며 몸을 일으켰다.

"아틸, 리리를 부탁할게."

"네, 맡겨 주세요."

"고맙구나. 너는 괜찮니?"

"전 괜찮습니다."

아름다운 숙모 앞에서는 자꾸만 뻣뻣해지는 아틸이었다. 가벼운 웃음에 저도 모르게 시선을 피하게 되고 말았다.

"그래, 너무 무리하지는 말고 너도 얼른 쉬렴."

부드럽게 팔을 토닥인 루디아는 방을 나섰다.

당장 계획해야 할 일이 잔뜩 있었다.

이틀 뒤, 라우브와 브린이 무사히 돌아왔다. 리리카는 두 팔 벌려 두 사람을 얼싸안았다.

아틸도 한 번 꼭 안아 주고 다시 백룡실로 거처를 옮겼다.

목소리는 아직 회복되지 않아서 사람들이 문병 왔을 때엔 석판을 사용해야 했다.

라트는 퀭한 눈을 하고 걸어 들어와, 리리카는 제가 아니라 라트가 더 중병에 걸린 게 아닌가 했다.

그는 깊이 고개를 숙이며 '산다르에서 올린 차에 그런 성분이 들어 있었던 건 불찰이다.'라고 몇 번이나 사과했다.

아무래도 마음고생이 심해 보였다. 리리카는 '잘 해결되길 바라요.' 하고 글씨를 써서 보여 주었다. 이 일은 그녀가 관여할 수 있는 일은 아니었다.

라트가 희미하게 웃으며 고개를 끄덕였다.

이어 찾아온 탄은 그때처럼 화려하고 예쁜 사탕 병을 건넸다. 유리 공예품처럼 아름다운 사탕이 가득했다.

이제 이게 '영주님의 금고'라기보다는, '탄의 월급 주머니'에서 나온다는 걸 알게 된 리리카는 진심으로 감사했다.

그 역시도 피곤해 보였지만 라트보다는 훨씬 상황이 나아 보였다. 탄은 한숨을 내쉬며,

"폐하께서 조금 더 저를, 기사단을 믿어 주셨으면 좋겠습니다."

하고 한탄 아닌 한탄을 했다. 리리카는 위로해 주려 손을 뻗어 그의 머리를 쓰다듬어 주었다. 탄은 벼락 맞은 것처럼 움찔했다가 크게 웃음을 터트렸다.

그는 리리카의 머리를 마구 흩트려 주고는 떠났다.

얼굴을 알지 못하는 사람들에게서도 문병 카드와 함께 선물들이 줄줄 도착했다.

사건과 관련된 사람들 몇몇이 심장마비로 죽었는데, 모두 공포에 질린 얼굴을 하고 있었다는 소문도 돌았다.

귀족들은 납작 엎드려 상황을 살폈다.

그사이 남부 귀족 연합은 이해타산으로 인해 산산조각이 났다.

곧이어 황후가 지원하는 금모래 상단에서 수도에 커피 살롱을 열었다.

고급스러운 분위기에 수해에서 가져온 커피라는 음료까지. 곁들이는 건 값비싼 설탕과 크림이었다.

가격은 무척 비쌌으나, 한 잔을 시키면 언제까지고 앉아서 이야기를 나눌 수 있다는 점이 눈길을 끌었다.

귀족의 전유물인 살롱을 한 단계 아래로 내린 것이었다.

커피 살롱이라고 이름 붙였지만, 차도 함께 팔았다. 수도에 타운하우스를 가지지 못한 영지 없는 하급 귀족들과 궁정 귀족 사이에서 먼저 인기가 되어 퍼졌다.

담소를 나눌 장소로써 그만한 곳이 없었다. 게다가 예술가들도 많이 나왔다.

술 없이도 생각을 명료하게 하는 커피를 마시며 자유로운 대화를 나눈다, 라는 점이 포인트였다.

수도에 첫선을 보인 커피 살롱은 성공적으로 안착했다.

또한 '독살당할 뻔한 평민 황녀님'에 대한 우호적인 이야기며 소문이 퍼져 나가기 시작했다.

이리저리 루디아가 공작을 펴고 있는 사이에, 리리카는 완전히 건강을 회복했다.

'하지만 더 답답해졌어.'

돌아다닐 수 있는 범위도 줄어들었고, 먹고 마시는 걸 따로 전부 기미하는 시녀까지 붙었다.

답답해하는 리리카에게 알테어스는 "열 살까지는 기다려." 하고 말했다.

그녀는 손꼽아 열 살 생일을 기다리게 되었다.

기다릴수록 더디게 가는 시간도 결국은 똑같이 흘러갔다.

알테어스는 어둠 속에서 리리카를 바라보았다. 리리카는 이제 익숙하게 펜듈럼을 들고 마법을 시전 했다.

"어때요?"

답이 없자 리리카는 불안한 얼굴로 되물었다. 알테어스가 손을 내밀었다.

"펜듈럼."

리리카는 의심 없이 펜듈럼을 그의 손에 올려 주었다.

"이건 내가 챙기마."

"네?"

"생일날 돌려줄게."

"내일모레가 제 생일이에요."

"알아."

그가 빙긋 웃었다.

"열 살이군."

"열 살이에요."

리리카가 씩 웃었다. 이제 답답한 태양궁 생활도 끝이었다.

황궁 밖으로 나가는 일도 허락될 테고, 운신도 훨씬 더 자유로워질 터였다.

사교계 사람들도 만날 수 있고, 아이들의 작은 사교계에 참여할 수도 있다.

'디아레랑 피요르드는 안 가도 된다고 했지만.'

그래도 갈 수 있는데 안 가는 것과 가지 못하는 건 완전히 다른 문제였다.

"약간 손을 봐서 돌려주마."

알테어스의 말에 리리카는 갸웃하면서도 고개를 끄덕였다. 알테어스가 피식 웃고 그녀의 이마를 가볍게 밀듯 찔렀다.

"이제 제법 튼튼해졌네."

"브린은 절 망아지만큼이나 튼튼하다고 했어요."

리리카가 허리에 손을 얹으며 자랑스럽게 말했다.

"돌팔매질도 제법 잘한다고요."

"맞아, 솜씨 좋다며."

알테어스가 픽 웃으며 말했다. 무기를 들려 주기 싫다는 루디아의 강변에 따라, 리리카는 날붙이를 다루는 법은 배우지 않았다.

라우브는 그녀의 기초체력을 탄탄히 다지고, 도망치는 방법을 가르쳤다. 그리고 돌팔매질도.

'하지만 그것만으로는 부족해.'

마법을 쓸 수 있는데, 마법을 공개적으로 쓰지 못한다는 건 상당히 불편한 일이었다.

'그러니까 방법을 만들어야지.'

그는 손안의 펜듈럼을 내려다보았다. 반짝이는 달 모양 펜던트는 아름답게 빛나고 있었다.

그가 주머니에 펜던트를 넣고 자리에서 일어났다.

"자."

익숙하게 내민 손을 잡고 리리카는 제 침실로 돌아왔다.

"안녕히 주무세요."

알테어스는 빙긋 웃고 사라졌다. 항상 겪는 일인데도 항상 신기하다. 이 세상에는 익숙해지지 않는 것도 있는 모양이었다.

리리카는 구물구물 옷을 갈아입고 침대로 들어갔다.

'내일모레면 열 살이야.'

제국에서는 열 살이 되면 드디어 영혼이 완전히 안착했다고 믿었다. 불안정한 홀수에서 안정적인 짝수로 들어가는 열 살은 크게 축하하는 날이었다.

여러 가지 권리도 함께 생기며 동시에 의무도 부여되었다.

'권리든 의무든 다 좋아.'

황실 종친회에도 참여할 수 있고, 의견도 내밀 수 있고, 회의에 참여할 자격도 얻는다.

살롱도 드나들 수 있고, 다른 저택에 초대받아 가는 것도 가능했다.

열 살 생일은 '파르타'라고 불렸는데 역시나 고대어였다. 투박하게 직역하면 '완성'이라는 의미였다. 어떤 임무나 목표를 실행하기 위해서 준비를 끝낸—완성된— 상태를 뜻했다.

황녀님의 파르타 준비로 황궁은 바빴다. 한밤중에도 등불을 켜고 시종들이 분주히 움직였다.

루디아는 눈에 불을 켜고 모든 걸 꼼꼼하게 감시했다. 본인 생일보다 더 신경을 쓰는 데다가, 황후마마의 딸 사랑은 유명했기에 누구나 열심히 일에 임했다.

수도 역시 마찬가지였다.

황실 인사의 파르타에는 술과 빵이 풀리기 때문에 모두가 들뜬 마음으로 리리카의 파르타를 기다렸다. 황녀의 모습이 사랑스럽게 그려진 인쇄물도 여기저기 돌아다녔다.

전날이 되자 통금령이 풀려서 밤에도 거리에 사람이 북적거렸다.

그리고 드디어 당일이었다.

Chapter

8

파르타

리리카는 아침부터 정신이 없었다. 기다리고 기다리던 생일 당일이 되었는데, 당일이 되니 정신없이 시간이 지나갔다.

새로 만든 드레스를 입고, 평소보다 훨씬 더 촘촘한 파니에를 입었다.

드레스는 리리카가 '최대한 길게 해 줘'라고 하기는 했지만 어디까지나 정강이 길이였다.

'어른이 되면 바로 긴 드레스를 입을 거야. 뒤쪽은 길게 끌리게 해서……'

리리카는 작은 소망을 마음속에 품었다.

브틴은 기합이 가득 들어가 있었다. 딘발이었던 미리기 제법 길었다. 긴 머리카락은 그녀의 관록을 말해 주는 듯했다.

드레스에 맞춰 둔 사랑스러운 비단 양말을 신기고, 새로 만든 신발을 신겼다.

발등 위로 가느다란 스트랩이 한 줄 지나가는 새로운 디자인의 구두였다.

머리부터 발끝까지 디자이너와 루디아, 그리고 브린까지 얼마나 신경을 썼는지 모른다.

갖춰 입은 모습을 보고 브린은 황홀한 미소를 지었다. 리리카도 거울에 비친 제 모습을 본 후에 활짝 웃어 보였다.

"진짜 예쁘다."

"네, 황녀님. 정말로 사랑스러우세요. 약혼을 청하는 집안들이 줄을 이을 거예요."

브린이 열기 서린 숨을 내쉬었다. 리리카는 웃었다.

약혼을 청하는 '사람'이 아니라 '집안'이라 말하는 것이 참으로 귀족적이었다.

리리카는 주머니에 손을 넣었다. 항상 잡히던 펜던트가 잡히지 않으니 허전했다.

'폐하께서는 뭘 하시려는 걸까.'

궁금하기도 하고, 기대되기도 했다. 리리카는 작게 웃고 거울을 다시 들여다본 후에 발끝으로 한 바퀴 빙글 돌아 보았다.

브린이 박수를 쳤다. 리리카는 옷자락을 붙잡고 인사한 후에 웃어 보였다.

리리카가 라우브를 힐끗 보았다. 이상하게 오늘 그녀의 호위는 평소보다 더 긴장한 모습이었다.

다른 사람은 몰라도 리리카는 알아볼 수 있었다.

"라우브, 괜찮아?"

"괜찮습니다."

라우브가 정중히 답했다. 리리카가 갸웃하고 말했다.

"사람이 많아지니까 걱정돼서 그래? 하지만 폐하도 계시고, 다른 기사들도 많을 테니까 오히려 안전할걸."

그 상황에서 공격을 감행할 얼간이는 없겠지.

브린이 말했다.

"그냥 옷이 너무 갑갑한 게 아닐까요."

브린의 말에 리리카가 웃었다. 그러잖아도 오늘 라우브는 평소보다 훨씬 더 차려입고 있었다.

오늘 리리카를 에스코트하는 사람이 아틸이 아니라 라우브라고 생각될 정도의 차림이었다.

그때 시종이 다가와 아틸이 왔음을 알렸다. 리리카는 갑작스럽게 긴장이 되었다.

분명히, 기다려온 순간인데도 불구하고 막상 눈앞에 닥치니 심장이 쿵쾅거렸다.

브린이 그런 리리카의 마음을 눈치챈 것처럼 다가와 팔을 살짝 쥐었다가 놓아 주었다.

리리카가 고개를 끄덕였다.

"출입을 허가합니다."

리리카가 말하자 시종이 잽싸게 문을 열었다. 리리기기 눈을 휘둥그레 떴다.

그녀도 꾸몄지만, 아틸도 못지않았다. 화려하게 꾸민 사탕 상자가 저절로 생각나는 차림이었다.

커다랗게 눈을 뜬 리리카를 보고 아틸이 웃었다.

"옷이 날개네."

"아틸도요."

"이게."

아틸이 픽 웃더니 허리를 숙이고 손을 내밀었다.

"그럼 오늘 황녀님을 에스코트할 수 있는 영광을 저에게 내려 주시겠습니까?"

내민 손을 바라보았다가 리리카가 손을 뻗었다. 손끝이 조금 떨렸다.

"허하노라."

아틸이 웃고 그녀의 손등에 입 맞춘 후에 제 팔 위에 그녀의 손을 올렸다.

"가자."

별일 아니라는 듯, 그가 가볍게 말해 리리카의 긴장도 누그러졌다. 그녀가 고개를 끄덕였다.

돈을 주고 사려고 해도 살 수 없을 만큼 좋은 날씨였다.

파르타는 태양궁에서도 가장 큰 '유리홀'에서 열렸다.

직사각형인 거대한 홀 양쪽이 모두 높은 창문이기에 그런 이름이 붙었다.

창문 위쪽에는 화가들이 힘을 쏟은 그림들이 쭉 걸려 있었다.

찬란한 햇살이 유리홀 가득 부서졌다. 모든 창문이 햇빛을 반사해 은거울처럼 빛났고, 스테인드글라스들은 보석보다 반짝거렸다.

햇빛이 미끄러지는 대리석 바닥은 아름다운 무늬가 교차하고 있었다.

홀 안에는 들뜬 사람들로 가득했다. 황녀님께 올리는 파르타 선물은 이미 시종들의 손에서 손으로 건네져서 단 위에 차례로 자리 잡았다.

모두가 황녀님의 눈에 들기를 원해 아이들을 데리고 왔기 때문에, 드물게도 유리홀에는 아이들이 가득했다.

오케스트라가 은은한 음악을 연주하고 있었다.

음악이 바뀌었다.

황실 인사의 입장을 알리는 음악이어서 모두가 시선을 계단 위로 돌렸다.

알테어스와 루디아가 모습을 드러냈다. 평소라면 시종의 호명이 있겠지만, 오늘은 리리카의 파르타이니, 주인공은 리리카뿐이었다.

모두가 고개를 숙여 인사했다. 그리고 이어 나올 사람을, 다양한 감정이 섞인 눈으로 기다렸다.

리리카는 대기실에 긴장한 채로 서 있었다. 그녀가 작게 말했다.

"떨려요."

"떨어야 하는 건 계단 아래쪽 인간들이지."

아틸이 그렇게 말하고 그녀의 손을 꽉 잡았다.

"내가 있잖아."

리리카가 그제야 미소를 지어 보였다. 그때 시종이 커다란 목소리로 호명했다.

"리리카 나라 타카르 황녀님이십니다!"

리리카는 힘차게 한 발 앞으로 내디뎠다. 강렬한 햇빛에 어지러웠다.

그녀가 모습을 드러내자 모두가 박수를 쳤다. 오케스트라는 경쾌한 곡을 연주했다.

리리카는 아틸의 손을 꼭 잡고 계단을 내려갔다. 그녀가 계단 중간에 서자 박수가 그쳤다.

연습한 대로 리리카가 빙긋 웃으며 말했다.

"오늘 제 파르타를 찾아 주신 모든 분께 감사드립니다. 즐거운 시간 되시길 바랍니다."

그러며 가볍게 커트시를 하니 축하 인사가 쏟아졌다.

"황녀님, 파르타 축하드립니다!"

"무사히 성년을 맞이하시길!"

"감축드립니다!"

리리카는 생글생글 웃으며 계단을 마저 내려와 어머니 옆에 서서 다시금 인사했다.

알테어스와 루디아가 차례로 축하 인사를 해 주었다. 루디아가 리리카를 꼭 끌어안은 후에 이마에 입 맞춰 주었다.

"파르타 축하한다, 내 딸."

"감사해요."

알테어스가 말했다.

"그럼 먼저 축하하러 와 주신 분들의 선물을 볼까?"

"네."

뒤로 갈수록 신분 높은 자, 혹은 측근의 선물을 열어보기 때문에 이 순서 역시 며칠 동안 고심해서 짜인 순서였다.

아이를 데려온 집안은 전부 아이가 다가와 자신을 소개하고, 축하 인사를 전한 후에 시종이 가져온 선물을 리리카가 열면 선물에 대해 설명했다.

리리카 옆에 열어 본 선물들이 늘어나기 시작했다. 뒤로 갈수록 화려한 선물이 나와, 모두가 감탄사를 냈다.

수많은 보석과 장신구들이 쏟아져 나왔다.

상아로 만든 빗에 자개를 상감한 것, 정교하게 만들어진 인형의 집, 보석 장식이 달린 머리띠, 안개처럼 섬세하고 아름다운 레이스…….

그때 아는 얼굴이 등장했다.

"디아레!"

리리카가 활짝 웃으며 맞이하자 디아레가 씩씩하게 인사했다.

"파르타 축하드려요, 황녀님."

"응, 와 줘서 고마워."

"말벗인 제가 당연히 와야지요."

가슴을 두들기며 말한 디아레가 시종이 가져온 선물 상자를 보며 수줍게 말했다.

"가문의 도움 없이 제가 모은 돈으로 주문한 거예요."

선물은 은으로 만든 편자였다. 앞에 쏟아졌던 선물에 비하면 소박했지만, 마음에 쏙 들었다. 리리카는 환하게 웃었다.

"맨날 함께 승마 나가던 기억이 나는데? 고마워, 디아레."

"아닙니다. 부디 은 편자가 모든 사특한 것에서 황녀님을 지켜 주길 바랍니다."

"응, 고마워."

디아레가 용돈을 한 푼 두 푼 모았을 걸 생각하니 연신 고맙다는 말이 나왔다. 리리카는 디아레를 한 번 꼭 끌어 안아 주었다. 디아레는 활짝 웃은 후에 물러났다.

이어 올라온 사람도 아는 얼굴이었다.

"피요르드."

"황녀님."

피요르드가 우아하게 인사했다. 언제나처럼 그의 움직임 하나하나는 사람을 잡아끄는 데가 있었다.

시종이 바라트 공작가의 선물을 가지고 왔다.

"파르타 축하드립니다. 부디 다음 성년까지 무사하시길 바랍니다."

전형적인 파르타 축하 인사를 읊고 선물이 개봉되었다.

금으로 만든 새장이었다. 안에 새가 들어 있어 리리카는 놀랐다.

"살아 있는…… 건 아니구나."

"손잡이를 돌려 보세요."

리리카가 새장 옆에 붙어 있는 손잡이를 돌리니 태엽 감기는 소리가 났다. 손잡이를 놓자 안에 들어 있는 새가 파닥파닥 날갯짓을 하며 울기 시작했다.

"굉장하다……."

오동통하고 귀여운 갈색의 새는 청록색 눈동자에 붉은 가슴을 가지고 있었다. 리리카는 울새라는 걸 알아보았지만 말하지 않았다. 그저 웃음을 가득 띠고 피요르드를 보았다.

피요르드 역시 부드러운 미소로 그녀를 마주 보았다.

새장 속 새의 아름다운 노래가 끝나자 리리카가 말했다.

"마음에 드는 선물이야. 고마워."

"아닙니다. 오토마타 장인들이 심혈을 기울여서 만든 작품을 황녀님께 가장 먼저 올릴 수 있어서 기쁩니다."

두 사람은 의미 있는 시선을 교환했다. 피요르드가 인사를 한 뒤 단을 내려갔다.

이어 생각지도 못하게 탄이 올라왔다. 리리카가 웃으며 말했다.

"탄이 올 줄은 몰랐는데."

"황녀님의 파르타에 제가 빠질 수 없지요. 게다가 선물의 마음을 생각하면 더더욱이요."

"선물의 마음?"

선물에도 마음이 있는가, 하는데 시종과 함께 라우브가 나타났다. 리리카는 라우브를 보고 탄을 바라보았다.

"두 사람이 같이 주는 거야?"

"아뇨, 제가 드릴 선물이 바로 이 녀석입니다."

울프가 라우브의 등을 탁 쳤다. 리리카의 등을 그렇게 쳤다면 그녀는 단숨에 데굴데굴 도토리처럼 굴러가 버릴 테지만 라우브는 꿈쩍도 하지 않았다.

그는 바싹 긴장한 얼굴로 한 발 앞으로 나가 리리카 앞에 한쪽 무릎을 꿇었다. 그리고 품에서 작은 상자를 꺼내어 열었다.

새하얀 진주 한 알.

라우브가 조용히 말했다.

"처음 받았던 진주를 돌려드리며, 저를 함께 드리고자 합니다. 부디 저를 황녀님의 것으로 받아 주십시오."

조용해진 홀에 그의 목소리는 잘 울려 퍼졌다. 당혹해 탄을 바라보니 그가 어깨를 으쓱하고 씩 웃어 보였다.

리리카는 주먹을 꼭 쥐었다가 풀며 말했다.

"라우브, 만약 황녀의 것이 되고 싶은 거면 지금 그만둬도 괜찮아요."

왜냐면 그녀는 앞으로 황녀로 있을 시간이 6년뿐이니까.

라우브가 고개를 저었다.

"아닙니다. 제 맹세는 리리카 님의 것입니다."

리리카는 진주를 바라보았다. 이런 사람이 많은 곳에서 거절하는 것도 힘든 일이지만, 그걸 원하는 것도 힘든 일일 터였다.

그것도 라우브에게는 말이다.

리리카는 고민했다. 그러나 시선을 어머니나, 다른 사람에게 돌리지는 않았다. 이건 그녀가 정해야 하는 일이었다.

라우브의 어깨가 희미하게 떨리는 게 보였다.

먼지가 햇살에 비쳐 춤을 준다. 고요함 가운데 리리카는 긴 생각을 끝냈다.

리리카는 라우브가 내민 상자를 받아들어 시종에게 건넨 후에 그의 손을 양손으로 꼭 잡았다. 라우브가 고개를 들었다.

리리카가 진지하게 말했다.

"처음 라우브를 만났을 때부터 시작이 쉬운 건 아니었지. 그 뒤로도 많은 일이 있었고, 앞으로도 있을 거야."

청회색 눈동자가 가만히 그녀를 바라보았다.

그것은 마법사의 지혜.

이것은 마법사의 말.

그러나 여기 있는 인간 중 누구도 그 사실을 아는 자는 없었다.

지혜를 다정함으로 자아내며 리리카가 말했다.

"그래도 나는 그 고통과 역경이 그저 고난으로 끝나는 게 아니라, 우리 사이에서 분명히 보물이 될 거라 믿어."

리리카가 방긋 웃었다.

"영원히 빛나는 한 알의 진주가."

비탄과 슬픔도 한 방울의 눈물.

기쁨과 환희도 한 방울의 눈물.

진주는 모든 눈물의 결정.

그녀가 한 손으로 진주를 집어 올려 라우브의 손에 도로 쥐여 주었다.

"그러니 진주는 돌려주고, 라우브는 받을래. 대신 나도 한 가지 부탁이 있어."

"뭐든지 하명하십시오."

리리카는 억지웃음을 짓던 라우브를 떠올렸다. 그녀는 제 기사의 눈을 바라보았다.

"자유롭게 살아."

늑대답게가 아니라.

라우브답게.

이제 다른 굴레는 없다. 그는 오롯이 그녀의 기사다.

그러므로 그녀도 그에게 자유를 준다.

마주 본 눈동자가 떨렸다. 그 한마디가 무슨 뜻인지, 라우브는 알아들었다. 마주친 시선이 수많은 이야기를 하고 있었다.

끓어오르는 감정을 이기지 못하고 그가 시선을 내렸다. 라우브는 손 안의 진주를 내려다보았다가 그녀의 손등에 입 맞췄다.

햇빛이 쏟아지는 거대한 홀에서 기사가 어린 소녀에게 무릎 꿇고 맹세하며 손등에 입 맞추는 모습은 꼭 삽화에서 튀어나온 모습 같았다.

다들 숨을 죽이고 그 모습을 지켜보았다. 그때 탄이 우아하게 거체를 숙이며 말했다.

"경하드립니다, 황녀님."

그러자 단 아래 사람들도 꿈에서 깨어난 듯 박수를 치고, 환호성을 질렀다.

"두 분 모두 축하합니다!"

"경축드려요, 황녀님."

기사와 소녀의 맹세는 사람들의 마음을 울리는 것이었다. 모두가 소리를 지르며 요란하게 박수를 쳤다.

'진주의 맹세'라고 이름 붙여진 이 사건은 그 뒤로 두고두고 회자되었다.

라우브가 일어나자 루디아는 한숨 반, 웃음 반인 얼굴을 했다. 알테어스가 자리에서 일어나 말했다.

"라우브 울프에게 리리카 나라 타카르 직속으로 영구한 기사 작위를 하사한다."

라우브가 알테어스에게 고개를 숙여 감사를 표했다. 리리카 역시 무릎절을 해 보였다.

"감사합니다, 폐하."

알테어스가 빙긋 웃었다.

"라우브 경의 선물도 대단하지만, 내 선물도 그에 못지않다는 점을 말해 두지. 가져와라."

시종이 잽싸게 작은 상자를 가져와 리리카 앞에 내밀었다. 리리카는 그 상자의 크기를 보고 짐작할 수 있었다.

펜듈럼이다.

"열어 보렴."

알테어스의 턱짓에 리리카는 상자를 열었다. 역시나 익숙한 그녀의 펜던트가 놓여 있었다.

초승달과 하트, 그리고 자그마한 왕관.

'놀란 얼굴을 해야 하나?'

그녀가 고개를 드니 알테어스가 말했다.

"가지고 놀던 펜듈럼과 같은 모양이라서 놀랐겠지. 그 펜듈럼의 펜던트는 일부러 그 아티팩트와 모양을 맞춘 거였지."

'네? 아닌데요, 이게 제 펜던트 맞는데요?'

2년 동안 만지고 만져서 이제 감촉만으로도 구분할 수 있는 펜던트였다.

리리카가 갸웃하니 알테어스가 눈을 찡긋했다.

"내 선물이 바로 그거다. 아티팩트 마법 소녀. 사용자가 마법사가 된 기분을 만끽하게 해주는 일대법구(一代法具)지. 만져 보렴."

여기저기서 작게 소곤거리는 소리가 들려왔다. 처음 보는 아티팩트인 데다가 이름 역시 특이하다.

거기다가 일대법구라면 한 사람만을 사용자로 지정되는 아티팩트를 말했다. 그러니 현재 남아 있는 일대법구는 극소수였다.

리리카가 조심스럽게 펜던트를 들어 올렸다.

그러자 갑자기 펜던트에서 환한 빛이 뿜어져 나왔다.

"꺅?"

동시에 어디선가 경쾌한 음악 소리가 들리기 시작했다.

리리카는 당황했다.

'펜던트에서 나는 건가?'

손바닥을 벌려보니 펜던트가 빛을 반짝이며 허공으로 떠올랐다. 빙글빙글 돌며 빛 가루를 뿌렸다.

'누, 눈부셔.'

저도 모르게 손등으로 이마 가를 가리자 그녀의 손바닥에 초승달 모양의 빛이 선명하게 새겨졌다.

리리카는 볼 수 없으나, 모든 사람에게 보였기 때문에 모두가 "와아!" 하고 탄성을 내질렀다.

펜던트에서 작은 마법진이 생성되더니 리리카의 머리를 통과해 발아래 바닥에 선명하고 커다란 마법진을 새겼다.

'빰— 빠— 빰빠—'

노래는 클라이맥스를 향해 가고 있었다.

그때 펜던트가 멈췄다. 아래로 천천히 펜던트가 내려오기 시작해 리리카가 손을 내밀었다.

그녀가 펜던트를 붙잡자 노래가 끝나고, 빛과 마법진이 강렬히 빛나고는 사라졌다. 리리카는 얼떨떨해져서 펜던트와 알테어스를 번갈아 보았다.

알테어스가 고개를 끄덕였다.

'무슨 의미인지 모르겠는데요.'

리리카가 펜던트를 다시 내려다보았다. 이제 빛나지도 않았고 이상한 소리를 내지도 않았다.

"아티팩트가 너를 주인으로 인지하는 과정이었지. 이제 아티팩트를 사용해서 마법사가 된 기분을 만끽할 수 있어. 에르히라고 말해 보렴."

처음 입문할 때 배웠던 빛 마법이다. 리리카는 익숙하게 마법을 시전

했다.

펜던트가 빛나기 시작했다.

모두가 탄성을 내질렀다. 리리카는 저도 모르게 놀란 얼굴을 했다.

'펜듈럼이 이상해.'

마법을 쓸 때 위화감이 들었다. 예전만큼 원활하게 마력이 흘러가지 않는 느낌이었다.

"그런 식으로 여러 가지 마법을 쓸 수 있지."

"감사합니다."

리리카는 인사하면서도 나중에 꼭 자세한 이야기를 듣겠다고 결심했다.

'그래도.'

리리카는 싱긋 웃었다.

이제 편하게 마법을 사용할 수 있게 된 건 기뻤다.

'방법이 독특하기는 했지만.'

리리카가 펜던트를 잘 갈무리했다. 알테어스는 흐뭇하게 웃고 루디아를 슬쩍 바라보았다.

'어때? 괜찮지?'

그런 시선을 던졌는데, 돌아온 것은 분노에 찬 얼굴이었다.

'저런 위험한 걸 아이한테 선물해?'

루디아는 그런 생각이었지만, 알테어스가 그걸 읽을 수 있을 리가 없었다. 그는 기뻐할 줄 알았던 루디아가 화를 내는 듯하자 재빠르게 시선을 돌렸다.

'뭐가 문제지?'

고민하는데, 루디아가 박수를 쳐서 시선을 모은 후에 말했다.

"그럼 다들 즐겁게 먹고 마십시다. 자, 다들 와서 선물을 구경하세요."

오케스트라가 재빠르게 경쾌한 음악을 연주하기 시작했다. 동시에 쟁반을 든 시종들이 줄줄 들어왔다. 다양한 음료와 음식들이 한입 크기로 썰려 있었다.

모두가 잔을 집어 들고 조금씩 음식을 맛보며 삼삼오오 모여 이야기를 나누기 시작했다.

선물 쪽으로 가서 하나씩 구경하는 무리도 있었다.

아이들은 잽싸게 리리카 주변에 몰려들었다.

"마법 소녀라니 멋있어요."

"황녀님, 다른 마법도 보여 주세요."

"와아—!"

"진짜 멋져요."

또래 아이들 가운데에 묻힌 건 처음이지만, 리리카는 익숙하게 작은 마법들을 보여 주었다.

모두가 탄성을 지르고 박수를 쳤다. 어쩐지 쑥스러워진 찰나, 디아레가 불쑥 말을 걸어왔다.

"정원에 가서 놀아요. 그네도 있고, 고리 던지기도 있고 재미있는 게 잔뜩 있어요."

구경거리에서 벗어날 기회라 리리카는 망설임 없이 내민 디아레의 손을 잡았다.

디아레가 리리카를 번쩍 안아 들고 말했다.

"마지막에 도착하는 사람이 술래!"

그러고는 달리기 시작했다. 디아레는 생각보다 무척 빨라서 리리카는 감탄했다.

망설이던 아이들이 앞다투어 달려 나가기 시작했다.

정원에는 차양이 늘어져 있고, 아이들을 위한 놀잇감이 놓여 있었다. 루디아가 열심히 준비한 이벤트들이었다. 얼음이 가득 담긴 레모네이드나 오렌지주스를 끝없이 마실 수 있었고, 바삭바삭한 과자도 잔뜩 준비되어 있었다.

고리 던지기, 퍼즐 맞추기, 달리기와 술래잡기.

실컷 놀고 음료를 잔뜩 마셨다. 아이들 사이의 벽이 조금씩 무너지자 여자아이들은 모두 리리카의 드레스에 대해 말을 꺼냈다.

"드레스가 너무 예뻐요."

"만져 봐도 되나요?"

"어머! 엄청 폭신폭신해요. 어떻게 이렇게 부풀려져 있는 거죠?"

리리카는 파니에에 대해 설명했다. 모두가 눈을 초롱초롱 빛냈다.

"저도 하나 주문하고 싶어요."

"맞아요. 너무 예쁘고 편해 보여요. 앉으실 때 그냥 앉아도 되고."

아이들이 재잘재잘 떠드는데 머리 위에서 목소리가 들렸다.

"재밌냐?"

"아틸!"

리리카가 반색했다. 아이들이 황급히 좌우로 물러나며 무릎절을 했다.

"전하를 뵙습니다."

아틸이 노골적으로 주변을 둘러보고 물었다.

"디아레는?"

"저쪽에요."

리리카가 가리키는 곳에서 디아레는 가죽 공을 걷어차며 공놀이에 열중하고 있었다. 누가 봐도 그녀가 앞서 나가는 게 보였다.

"널 놔두고?"

"도발에 넘어가서 그만."

리리카의 말에 아틸은 웃음 섞인 한숨을 내쉬었다.

"참지 않네."

"디아레는 참지 않죠."

리리카가 킥킥 웃었다. 아틸이 그녀의 손에 제가 들고 온 오렌지주스를 건네주었다.

"과자는 어떠신가요?"

"아, 고마워."

누군가가 과자를 건네었다. 안 그래도 출출했다며 돌아보니 피요르드였다.

"피요. 어디 있었어?"

"선물을 구경했지요."

"그 허접한 나무 인형?"

"빈손인 누구보다는 나은데요."

"내 선물은 따로 줄 거야."

"보이지 못할 정도로 부끄러운 선물은 어떤 걸까요."

"쓸데없는 새장보다는 백 배 나으니 신경 꺼."

대화가 진행될수록 주변의 아이들은 조금씩 간격을 넓혀 물러섰다. 너무 멀어지기에는 이야기가 흥미진진했다.

보고 들은 걸 전부 돌아가서 보고해야 했다.

하지만 너무 가까이 있다가 불똥에 맞고 싶지는 않았다.

"두 사람 다 그만하세요."

리리카가 피요르드가 가져온 감자 칩에 손을 뻗으며 말했다.

"제 파르타잖아요?"

아틸과 피요르드는 서로 마주 보았다가 잠정적인 합의를 하기로 마음먹은 듯했다.

소금을 적절하게 쳐서 바삭하게 튀긴 감자 칩은 무척 맛있었다. 달콤한 오렌지주스와 함께 마시니 무한히 들어갈 것 같았다.

"좀 걸을까요?"

리리카의 말에 두 사람은 고개를 끄덕였다. 주변에서 귀를 세우고 있던 아이들은 속으로 안타까워했다.

걷고 있는 세 사람을 쫓아가면서 이야기를 들을 수는 없지 않은가?

셋은 나란히 정원 가장자리를 걷기 시작했다.

피요르드가 부드럽게 말했다.

"황녀님, 라우브를 얻은 걸 축하드립니다. 그런 이야기는 영웅시에나 나오는 줄 알았어요."

리리카가 어깨를 늘어트렸다.

"내가 라우브를 잘 책임질 수 있을지 모르겠어. 뭘 보고 날 선택해 준 건지는 모르겠지만. 책임지기로 했으니 최선을 다해야지."

'나중에 내가 황궁에서 나가게 되면 라우브와 좀 더 편한 관계가 되지 않을까?'

그때도 라우브는 기사님이겠지만.

황제가 라우브에게 영구 기사 작위를 내려 준 것이 다행이었다. 리리카와 라우브에게는 중요하지 않지만, 그런 걸 중요하게 여기는 다른 사람들이 있으니까.

"황녀님은 잘하실 겁니다."

피요르드는 부러움 섞인 한숨을 내쉬며 말했다.

아틸이 어깨를 으쓱했다.

"지금 네가 마음에 드니까 널 골랐겠지. 딱히 뭘 할 필요가 없는 거 아냐? 그보다 어때? 마음에 드는 애는 있었어?"

아틸이 물어 리리카는 갸웃했다.

"마음에 드는 애요?"

"또래 애들을 이렇게 보는 건 처음이잖아. 한번 잘 봐 봐. 그러다 마음에 드는 애가 있으면 이름도 트고, 교류도 하고 그래."

아틸은 제 부끄러운 과거를 떠올리며 말했다. 그는 자신의 파르타 때, 아이들과 멀리 떨어져 혼자 처박혀 있었다.

'모두 나에게 아부하려는 놈들과 적뿐이야.'

하며 말이다.

그래서 또래 아이들과 교류할 일이 없었다. 지금 생각하면 치기 어린 짓이니, 제 여동생은 같은 전철을 밟지 않길 바랐다.

리리카의 파르타는 아틸에게 두 번째 기회이기도 했다. 아틸이 파르타에 참석한다는 건 익히 알려진 사실이라 그 또래의 아이들도 함께 왔다.

황녀님 눈에 들어도 좋고, 황태자의 눈에 들어도 좋다.

덕분에 아틸은 그때보다 훨씬 더 원만해진 사교 관계를 이뤄가는 중이었다.

"그렇군요. 그러게요. 보기에는 다 좋아 보였어요."

리리카의 말에 아틸이 "어련하겠냐." 하고 한숨 아닌 한숨을 내쉬었다. 피요르드가 말했다.

"그래도 조심할 사람은 조심하는 게 좋습니다."

"바라트처럼."

아틸의 말에 피요르드가 빙긋 웃었다.

"네, 바라트처럼요."

"……."

아틸은 제가 쪼잔한 사람이 된 듯한 기분을 느꼈다. 울컥해서 무어라 말하려다가 참았다.

'참자. 참자. 관대하게. 여유를 가지고.'

아틸은 몇 번 호흡을 가다듬고 빙긋 웃었다.

"경고해 줘서 고맙군."

"별말씀을요."

"경고해 주는 김에 다른 경고도 더 해 주면 좋겠는데."

"무슨 경고를 할까요."

"바라트 공작이 다음에 무슨 일을 할지 같은 것."

피요르드는 멈칫했다. 그가 쓴웃음을 지었다.

"저도 알면 좋을 텐데요."

"변명은 반드르르하네."

"아틸."

리리카가 그의 옷자락을 당기며 있는 힘껏 뺨을 부풀려 얼굴을 찌푸려

보였다. 그 얼굴에 위협을 느낀다기보다는 웃음이 나왔다.

"푸흡."

웃음을 삼키고 아틸이 말했다.

"그래, 그래. 알았어. 알았어."

고개를 끄덕인 후에 그가 이어 말했다.

"올해부터 사냥제가 새로 열리거든. 바라트 소공작도 부디 참여해 주시지."

"사냥제요?"

리리카가 묻자 아틸이 고개를 끄덕였다.

"황가의 숲에서 열려. 네가 다치고 나서 2년 동안 멈췄는데, 드디어 다시 열리지. 이제 파르타도 지났으니 참여할 수 있어."

리리카가 "정말요?" 하고 즐거워하다가 말했다.

"하지만 전 전혀 사냥은 못 하는데요."

"황실의 사냥제는 달라."

아틸의 말에 리리카가 갸웃했다. 아틸이 히죽 웃었다.

"그때 보면 알아. 기대해도 좋아."

리리카는 마음이 설레는 걸 느꼈다. 그건 자신도 참여할 수 있다는 말일까.

리리카가 피요르드를 바라보며 말했다.

"피요르드도 오면 좋겠다."

"초대장이 온다면요."

피요르드가 그리 말했다.

'그렇구나.'

리리카는 아까 아이들을 떠올렸다. 백룡실이라는 작은 세계에 있을 때는 몰랐는데, 아이들과 어울리니 파벌이 나뉘어 있다는 걸 확실히 알 수 있었다.

그녀 주변에 몰려들었던 아이들은 피요르드가 등장하는 순간, 표정이 바뀌었다.

그러니까 이렇게 이 두 사람과 나란히 걷고 싶다는 건, 그저 자신의 어리광과 욕심일지도 몰랐다.

"왜 그래?"

아틸이 묻자 리리카는 고개를 휙휙 저었다.

"아니, 아무것도 아니에요."

"황녀님!!"

그때 저쪽에서 디아레가 무시무시한 속도로 달려왔다. 그녀가 코앞에서 멈춰 서서 가볍게 폴짝 뛰어 보였다.

"보셨어요? 지금 제가 공 넣은 거 보셨나요?"

"으응?"

리리카가 시선을 돌리고 의아한 표정을 지었다.

"왜 다들 쓰러져 있는 거야?"

같이 공놀이하던 아이들이 전부 넘어져 있는 게 보였다. 디아레가 히히 웃었다.

"그야 저의 태양처럼 눈부시고 번개처럼 빠른 '핫 크러시 페퍼'를 맛본 탓이죠!"

"썬 플래시 썬더겠지."

아틸이 작게 중얼거렸다. 피요르드는 슬쩍 얼굴을 돌렸다. 입매가 떨리고 있었다.

리리카는 고개를 끄덕였다.

"그렇구나, 디아레, 멋있어."

"그렇죠?"

환하게 웃고 디아레가 리리카의 손을 잡아끌었다. 끌려가는 그녀의 손에서 아틸이 유리잔을 받아 주었다.

"황녀님도 차 보세요. 제가 막아 볼 테니까요."

"응!"

발로 힘껏 가죽공을 걷어차니 공이 제법 그럴듯하게 날아갔다. 리리카는 환하게 웃으며 서 있는 두 사람을 바라보았다.

아틸은 엄지를 치켜들어 보였고 피요르드는 손뼉을 쳐 주었다.

그 모습을 보며 리리카는 오늘만 어리광과 욕심을 부리기로 했다.

'내 파르타니까.'

화려하고 소란스러운 일정이 끝나고 밤이 되었다. 루디아의 제안에 따라 모두가 응접실에 모여서 게임을 했다.

자신이 리리카의 생일을 잊어버렸다는 것에 충격을 받은 루디아는 그 뒤로 매해 생일이 되면 그걸 보상하려고 애썼다.

이번 파르타가 이렇게 화려해진 것도 그 덕분이었다. 황궁에서 지낸 첫 번째 생일을 완전히 놓쳐버리고 다음 해가 되어서 루디아 자신의 생일을 챙길 때야 '리리카의 생일이 언제지?' 하고 깜짝 놀랐다.

시종을 전부 물린 가족 모임이었다. 긴 겨울밤 리리카와 아틸 사이에서 시작한 이 모임에 오늘처럼 온 가족이 모이는 일은 드물었다.

"내 파르타인데요!"

리리카가 항의했다. 아틸이 웃으며 말했다.

"운이 나쁜 건 어쩔 수 없잖아."

루디아는 걱정스러운 얼굴로 말했다.

"리리는 어디 가서 내기는 하지 않는 게 좋겠구나."

알테어스가 동의했다. 주사위를 굴리는 간단한 게임이었다. 리리카가 운이 나쁜 것만 빼면.

아틸이 히죽 웃었다.

"그럼 꼴찌는 너네, 에잇!"

"앗, 아틸! 꺄하하―"

그가 달려들어 옆구리를 간지럽히기 시작해서 리리카는 웃음을 터트리며 바둥거렸다.

소파에 쓰러진 여동생을 실컷 괴롭히고 아틸은 손을 뗐다. 리리카가 숨을 헐떡이며 몸을 일으켰다. 눈가에 눈물이 맺혀 있었다. 그녀가 억울한 목소리로 말했다.

"이거 말고 다른 기 해요."

리리카의 말에 모두가 동의했다.

열린 발코니 창문으로는 신선한 밤바람이 들어오고 있었다. 모두가 편한 차림이었고, 음식은 한쪽 트레이에 쌓여 있었다.

리리카가 냉차를 따르며 말했다.

"이번에는 꼭 제가 이기고 말 거예요. 제스처 게임 해요."

"좋아."

아틸이 고개를 끄덕이며 주사위와 보드를 치우고 모래시계를 가져다 두었다.

다행히도 이번 게임에서는 리리카가 이겼다. 가장 못 하는 건, 자존심이 강한 사춘기 소년인 아틸이었다.

리리카는 되갚아 주겠다는 양 아틸에게 달려들어 옆구리를 간지럽혔다. 아틸은 웃으며 그녀를 밀어냈다.

실컷 복수를 하고서 리리카는 자리에서 일어났다. 루디아가 웃으며 말했다.

"이제 자는 게 좋겠다. 너무 늦었어. 안 그래도 오늘 피곤한데."

"네, 어머니."

리리카는 얌전히 대답했다. 루디아가 그런 리리카를 보고 웃었다.

"같이 잘까?"

"정말요?"

"그럼."

"그럼 같이 잘래요."

이제 아기도 아니지만, 그래도 어머니와 같이 잔다고 생각하니 무척 기뻤다. 그게 부끄러워 리리카의 뺨이 붉어졌다.

루디아가 리리카의 손을 잡고 말했다.

"자, 그럼 숙녀들의 밤을 보낼 테니까 남자들은 알아서 들어가 주무세요."

"안녕히 주무세요."

리리카가 손을 흔들며 인사하자 아틸과 알테어스도 손을 흔들어 주었다.

"잘 자."

"파르타 축하한다."

리리카는 웃고 얼른 엄마와 함께 침실로 들어갔다.

마지막까지 행복한 파르타였다.

파르타 이후 리리카 나라 타카르 황녀의 인지도는 단숨에 치솟아 올랐다.

그녀가 생일날 입었던 옷, 장신구, 신발, 양말까지 모든 게 유행했다.

'진주의 맹세'라고 이름 붙여진 리리카와 라우브의 이야기는 벌써 각색되어 여기저기서 노래나 연극으로 활용되고 있었다.

이야기를 들으며 남녀노소 누구나 눈을 빛내곤 했다.

진주의 인기도 덩달아 치솟았다. 약혼반지로 진주 반지가 유행을 탔기 때문이었다.

물론 아이들 사이에서 가장 인기 있는 것은 '아티팩트 마법 소녀'였다.

아이들뿐 아니라 어른들에게도 흥미로운 이야기였다.

—마법사가 된 기분을 만끽하게 해 주는 아티팩트.

모두가 그 아티팩트에 대해서 이런저런 이야기를 나눴다.

하늘도 날 수 있는 걸까?

빛을 낸다는데 얼마나 환한 빛을 내는 걸까?

공격 마법도 쓸 수 있나?

마법진이 반짝이고 음악이 흘러나왔다는 장면 역시 흥미진진한 이야깃거리였다.

소박한 갈색 머리카락에 아름다운 호수빛 눈동자.

사랑스러운 황녀님에 대한 이야기는 여기저기서 인기를 끌었다.

귀족가에서는 앞다투어 파니에를 주문했고, 소녀들은 폭신폭신하고 가벼운 파니에를 즐겼다.

물론 가격이 무척이나 비쌌기 때문에 리리카처럼 촘촘하고 풍성하게 파니에를 만들 수 있는 건 상급 귀족들뿐이었다.

리리카 역시 제 인기를 실감했다. 파르타 이후로 서신이 물밀듯이 쏟아지기 시작했기 때문이었다.

"놀러 가도 되나요?"

리리카가 알테어스에게 물었다. 이제 아티팩트 사용법을 가르쳐 준다는 이유로 낮에도 당당히 만날 수 있었다.

낮의 개인 정원은 여전히 빽빽한 나무 덕분에 깊은 숲에 들어온 듯 느껴지는 고요함이 있었다.

나뭇잎들이 바람에 쓸리는 소리만이 들려왔다.

알테어스가 답했다.

"네 엄마에게 물어봐."

리리카가 힐끗 알테어스를 바라보았다. 그녀 손에 들린 펜듈럼이 빙글빙글 돌며 작은 빛 조각들을 반사하고 있었다.

"폐하께서 말씀해 주시면……."

"난 이미 그 아티팩트 때문에 한바탕 혼났다. 애한테 위험한 거 줬다고."

알테어스가 비스듬히 의자에 기대며 귀찮다는 어조로 말했다.

"루디아를 더 화나게 하면 내 손해야."

리리카는 어쩔 수 없어 고개를 끄덕였다. 어머니는 과보호를 하시니 반대하실 거 같아서, 폐하의 힘을 빌리려 한 건데.

아무래도 안 될 모양이었다.

"에잇."

리리카는 분한 마음으로 펜듈럼을 흔들었다. 펜던트에서 작은 빛 덩어리들이 빠져나가 반딧불이처럼 숲 사이로 사라졌다.

그녀가 말했다.

"그런데 제 펜던트가 이상해요. 예전보다 훨씬 더 무거워진 것처럼 느껴져요."

"제약을 걸었으니까."

"제약을요?"

"그래."

알테어스가 손을 뻗어 그녀의 펜던트를 툭 쳤다. 어떻게 친 건지 모르겠지만 펜던트는 꼼짝도 하지 않고 기묘한 진동이 타고 올라왔다.

"후이익!"

간지러움이 줄을 타고 손부터 온몸으로 퍼져나가서 리리카는 몸을 부르르 떨었다. 알테어스가 픽 웃었다.

"초보는 위험하거든."

"뭐가요?"

알테오스가 자리에서 일어나 말했다.

"내가 저쪽에서부터 뛰어와서 공격할 테니까 뭐든 해 봐."

어리둥절해진 리리카를 두고 알테오스는 적당히 간격을 벌렸다. 손을 살짝 들어서 시작한다는 신호를 내자마자 리리카는 전신에 소름이 돋았다.

숨이 꽉 막혔다.

"—!!"

머릿속에서 미친 듯이 경종이 울렸다. 살기등등한 기세에 전신이 꽉 눌리는 느낌이었다.

뭐, 뭘 하지? 뭘 하면—

순식간에 알테오스와의 간격이 줄어들었다. 그가 손을 뻗는 순간 리리카가 소리쳤다.

"케, 켄타나(강절방패)!"

혀를 씹지 않고 단어를 내뱉었다. 알테오스가 멈춰 섰다. 씻은 듯이 살기가 사라졌다.

그런데도 리리카는 방패를 거둘 수 없었다. 떨리는 손을 들어 올린 채로 알테오스를 마주 보았다.

그는 이해한다는 듯 빙긋 웃고는 손등으로 눈앞에 형성된 둥근 우윳빛 반구를 가볍게 쳤다. 리리카는 깜짝 놀라 움찔했다.

알테오스가 물었다.

"지금 힘을 계산하고 넣었어?"

리리카는 고개를 저으며 숨을 헐떡였다. 그저 무서워서 힘을 막무가내로 잔뜩 넣었다.

계산이고 뭐고, 사실 단어조차 제대로 생각나지 않았다. 이제 몸이 좀 진정되어 리리카는 방패를 거뒀다. 몸이 힘이 쭉 빠졌다. 그녀가 털썩 의자에 앉으며 말했다.

"무서웠어요."

"용의 기세를 받아내는 사람은 많지 않지."

리리카는 떨리는 손을 꽉 쥐었다가 폈다. 알테어스가 이어 말했다.

"내가 공격하겠다고 경고했는데도 그래. 그러면 실제가 되면 제대로 주문이 생각날 것 같아?"

생각할 필요도 없었다. 리리카는 힘없이 고개를 저었다.

"그러면 제어 없이 힘을 그냥 사용한다고 치자. 만일 방어가 아니라 사람을 튕겨내려 하다가 네 마력으로 사람을 터트리면 그다음부터 멀쩡히 마법을 사용할 수 있어?"

"!!"

리리카는 눈을 휘둥그레 떴다. 그건 상상도 해 본 적 없는 광경이었다. 그럴 줄 알았다는 듯 알테어스가 고개를 끄덕였다.

"뭐, 그게 되는 사람들도 있겠지. 하지만 넌 안 돼. 그런 꼴을 보면 두 번 다시 마법을 쓰지 못할 가능성도 생겨."

"그래서 제약을 거신 거군요."

마력을 마구 넣어도 일정 강도 이상은 위력이 나지 않게.

안전장치인 셈이었다.

"이해했어요."

그녀는 고개를 끄덕였다. 알테어스가 이어 말했다.

"그래도 급할 때, 아직 머리가 돌아가는데 커다란 마법을 쓰고 싶으면 간단해. 집중하고 '구속해제.'라고 말하면 된다."

"알겠어요."

리리카는 펜던트를 꼭 쥐었다. 이 힘으로 누구를 해친다는 생각은 해 본 적이 없었다.

앞으로도 그런 일이 일어나지 않기를 바랐다.

'그래도 누군가를 지키기 위해서는 써야 할지도 몰라.'

리리카는 정말로 몸에 밸 때까지 주문을 연습하고 또 연습해야겠다고 결심했다.

'어라? 그러고 보니.'

리리카는 문득 항상 가지고 있었던 의문점의 답이 맞아 들어간 기분이 들었다.

곰곰이 생각하다가 리리카가 조심스럽게 물었다.

"혹시, 아틸도 같은 경우인 건가요?"

한 번도 아틸이 힘을 사용하는 걸 본 적이 없었다. 아틸은 타카르의 힘이 있다면 숨기기보다는 의기양양하게 사용할 타입이었다. 그가 그러지 않는 걸 리리카는 의아하게 생각했다.

의아하게 생각했지만, 한 번도 물어본 적은 없었다.

혹시나 아틸에게 힘이 없는 거라면, 그에게는 무척 힘든 일일 터였다.

"맞아."

알테어스는 팔짱을 꼈다. 그가 미간을 찌푸렸다.

"그 힘을 너무 강하게 써서 못 볼 꼴을 봤지. 그 뒤로는 힘을 사용하지 못하고 있어."

"그랬군요."

알테어스가 히죽 웃었다.

"그 녀석, 이런 이야기는 입이 찢어져도 말 못 하겠지."

리리카는 고개를 끄덕끄덕했다. 알테어스가 그녀의 머리를 거칠게 쓰다듬었다.

"그러니 이건 안전한 '장난감'인 셈이야."

루디아는 위험하다고 화냈지만.

"잘 가지고 놀겠습니다."

리리카의 말에 알테어스는 "좋아." 하고 말했다.

"그럼 이제 보여 주러 가자."

"네?"

"네 엄마에게. 위험하지 않다는 걸 보여 줘야지. 오늘 한 걸 보여 주면 될 거 같아."

"폐하……."

"편하게 마법을 사용할 수 있게 해 줬으니, 내 편도 한 번은 들어 줘야지."

이마를 손가락으로 꾹 밀며 하는 말에 리리카는 웃어 버렸다.

"세세당스(나비의 춤)."

펜던트에서 각종 빛의 나비들이 포로로 날아올랐다.

"켄타나(강철방패)."

반투명한 우윳빛 반구가 생겼다가 사라졌다. 여러 가지 마법을 선보인 리리카가 머리에서 모자를 벗어 인사하는 시늉을 해 보였다.

루디아가 박수를 쳤다.

"어머, 진짜 마법사 같구나. 귀여운 마법 소녀, 내 공주님."

"그렇죠?"

리리카가 쪼르르 달려왔다. 루디아는 함박웃음을 지으며 딸을 안아 주었다. 등 뒤로 알테어스를 향해 날카로운 시선을 보냈지만, 화가 풀린 걸 알테어스가 가장 잘 알 수 있었다.

박수를 치고 루디아가 손을 내저었다.

그녀의 손짓에 따라 열심히 구경하고 있던 시녀들이 재빠르게 물러났다.

루디아가 리리카에게 부드러운 미소를 지어 보이고 손을 잡았다.

"알테어스, 잠깐 가까이 와 보시겠어요?"

"음. 왜?"

그가 가까이 오자 루디아가 그의 손도 잡았다. 그녀가 화사하게 웃으며 말했다.

"두 사람, 나에게 숨기는 게 있지요?"

"!!"

깜짝 놀라 리리카는 알테어스를 돌아보았다. 알테어스는 태연히 루디아를 보았다.

"어떤 거?"

그의 질문에 루디아의 미소가 더욱 짙어졌다. 리리카는 오랜만에 어머니가 무섭다고 생각했다.

"정말로 말 안 할 건가요?"

루디아의 목소리가 차가워졌다. 알테어스는 냉정함을 유지했고 리리카는 손에서 땀이 차는 걸 느꼈다.

"뭘 속이고 있다는 건지 모르겠어."

그가 말하자 루디아가 리리카를 휙 바라보았다.

"리리도 엄마가 무슨 말하는 건지 모르겠니? 계속 엄마에게 거짓말 할 거야?"

"그게, 그러니까……."

낑낑거리며 리리카는 알테어스를 힐끗힐끗 바라보았다. 알테어스가 혀를 찼다.

"왜 애를 괴롭혀?"

"!!"

루디아가 자리에서 벌떡 일어나 알테어스의 가슴을 찔렀다.

"애를 괴롭혀요? 괴롭히고 있는 건 당신이죠! 리리를 이용해서 뭘 하고 있는 거예요?"

루디아가 리리카를 잡은 손을 잡아당겨 그녀의 뒤에 숨겼다. 루디아가 으르렁거렸다.

"날 이용하는 건 좋아, 그건 계약 내용이니까 얼마든지 상관없어. 하지만 내 딸에게서는 손 떼! 꺼지라고."

루디아의 마지막 목소리는 나지막했고, 눈동자는 거의 타오르는 얼음 호수처럼 보였다.

리리카는 어쩔 줄 모르며 둘을 바라보았다. 둘 사이에서 뭔가를 해야 할 것 같은데, 어떻게 해야 중재할 수 있을지 감도 오지 않았다.

'그러니까, 그러니까—'

허둥거리는 리리카에게 알테어스가 시선을 돌렸다. 그가 낮게 말했다.

"리리카는 나가 있어."

루디아는 숨을 깊게 들이마셨다. 여기서 리리에게 화를 내면 안 되었다.

그녀를 빼고 두 사람이 뭔가를 쑥덕거렸다고 생각하니 분노가 치밀어 올랐다. 무엇보다도 리리카에게 가장 화가 났다.

알테어스는 그럴 수 있다.

그런데 리리가. 내 딸이…….

나를 속였다.

평소라면 그대로 뺨 한 대 올려붙이고 쏘아붙였을 터였다. 하지만 루디아는 힘겹게 참고 있었다. 그러니 화살을 돌릴 다른 사람이 필요했다.

그 사람이 바로 알테어스였다.

이 사람이 리리를 협박해서 나를 속이게 했을 거야. 그게 아니라면 리리가 나에게 이럴 리가 없어.

그거 하나로 참고 있었다.

파타르에서 '아티팩트 마법 소녀'를 선보였을 때, 다른 사람은 몰라도 그녀는 알 수 있었다.

리리카가 놀라는 표정이 신나거나 즐거운 표정이 아니라는 걸.

게다가 회귀 전에는 본 적 없는 아티팩트였다. 이런 게 있었다면 황실에서 꺼내지 않았을 리가 없었다. 원래라면 자기 대신에 이 자리를 차지하고 있어야 하는 그 족제비는 황실의 아티팩트를 탈탈 털었다.

그러니까.

그러니까…….

루디아는 리리카를 홱 낚아채거나 모진 말을 하지 않기 위해서 무척이나 애를 써야 했다.

누구에게는 무척 쉬울 수 있는 일이 루디아에게는 아니었다. 그래서 루디아는 리리카 쪽을 바라보지 않았다. 딸이 머뭇거리는 게 느껴졌다.

루디아는 나가라는 말도 할 수 없어서 시선을 알테어스에게 고정한 채로 손을 저었다.

리리카가 조심스럽게 응접실을 나가는 소리가 났다.

'달칵.'

문이 닫히자마자 루디아의 목소리가 단숨에 높아졌다.

"리리에게 무슨 짓을 했어!"

"잠깐."

"잠깐은 무슨 잠깐이야! 이 사기꾼! 협잡꾼!"

있는 힘껏 루디아가 그를 밀쳤다. 입술이 떨렸다.

"배신자."

날 사랑한다고 했으면서.

눈물이 굴러떨어졌다.

그 말을 믿은 건 아니다. 믿은 적이 없었다. 어차피 남자들이 하는 사랑의 말은, 전부 거짓말인걸.

그러니까.

"루디아."

알테어스는 눈을 찡그렸다. 그가 손을 뻗자 그녀가 발작적으로 뒷걸음질 쳤다.

"가까이 오지 마요."

양손으로 눈물을 훔치고 루디아는 후, 숨을 내쉬었다.

울면서 이야기하는 것만큼 바보 같은 게 어디 있겠어?

"리리에게 무슨 짓을 했어?"

알테어스는 잠시 침묵했다. 그는 마음이 답답해졌다. 이렇게까지 격렬한 반응이 돌아올 줄은 몰랐다.

"내가 잘못했어. 그대의 아이인데, 내가 리리에게 숨기라고 이야기한 거야."

"물론 그랬겠지."

"진정하고 앉아서 이야기하면 안 되나?"

"난 이미 충분히 진정하고 있으니까, 말해 봐요."

그녀의 말에 알테어스는 한숨을 푹 내쉬었다.

"리리카는 마법사야."

"무슨 뜻이죠."

"순혈 인간이라고."

루디아는 미간을 좁혔다. 다음 순간 그녀의 입술이 살짝 벌어졌다. 충격이, 그리고 이해가 그녀의 얼굴을 스치고 지나갔다.

"그런, 그럴 수가······."

아, 그래. 그랬구나.

충격과 이해가 머릿속에서 복잡하게 부딪쳤다.

루디아의 몸에서 힘이 빠져나갔다. 그녀가 휘청하는 걸 알테어스가 한걸음에 다가와 붙잡았다.

"괜찮은가?"

"하나도 안 괜찮아요."

신음처럼 그녀가 속삭였다. 입술을 깨무는 걸 그가 살짝 엄지로 눌러 막았다.

"그럼 뭐라고 생각했지?"

"당신이 힘을 나눠 주거나, 하여간 뭔가 당신에게 배운 재주 같은 걸 쓰는 줄 알았죠."

생각했던 것 이상의 일이라 말이 술술 나왔다.

마법사.

순혈 인간.

루디아는 한숨을 내쉬고 그를 밀어내며 소파에 풀썩 앉았다. 머릿속이 복잡해졌다. 양손으로 얼굴을 쓸어내리며 그녀가 물었다.

"그런데 왜 숨겼어요?"

"비밀은 아는 사람이 적을수록 나으니까."

루디아의 눈이 날카롭게 알테어스를 살폈다. 알테어스는 당당히 그녀를 마주 보았다.

루디아가 말했다.

"혹시라도 리리를 어떤 식으로든 이용하려고 한다면. 아니."

루디아는 다시 눈을 감았다.

"이용하는 건 좋아요. 하지만 투명하게 해요. 그리고 리리에게 조금이라도 해를 끼치면 용서하지 않겠어요."

알테어스가 물었다.

"이용하는 건 되는 건가?"

"정당한 대가를 지불하고 이용하는 걸 '거래'라고 하죠. '투명하게'라는 말은 일방적으로 대가를 지불하고 이용하는 건 안 된다는 말이에요. 상호동의하에 해요."

"과연."

알테어스가 짧게 웃었다.

그런 알테어스를 못마땅하게 보던 루디아가 나지막이 말했다.

"알겠으니까 나중에 이야기해요. 지금은 리리랑 이야기를 해 봐야겠어요."

알테어스는 불안한 얼굴로 루디아를 보았다가 짧게 고개를 끄덕였다. 그가 응접실을 나가고 교대하듯 리리카가 들어왔다.

불안한 표정의 딸에게 손짓해서 가까이 오게 하고 루디아가 물었다.

"마법사라면서?"

"네."

고개를 숙이고 대답하는 딸을 보며 루디아는 감정이 격해지려는 걸 눌러 참았다.

최대한 부드러운 목소리로 루디아는 천천히 말했다.

"계속 엄마에게 숨기고 있을 생각이었니?"

"……."

대답이 돌아오지 않는다.

빈말로라도 그냥 아니라고, 말하려고 했다고, 그러면 안 되나?

목소리가 조금 더 뾰족해졌다.

"왜 대답을 못 해? 알테어스가 말하지 말라고 했다고 해서, 계속 엄마에게 이 중요한 일을 숨기고 있을 거였어?"

"죄송해요…….."

"죄송한 걸 알면, 왜. 엄마가 못 미더웠어? 그래서 그랬니?"

"아, 아니에요."

루디아가 양손으로 리리카의 팔을 붙잡았다.

"리리, 엄마 봐 봐. 엄마 보고 이야기해. 왜 그랬어?"

딸의 입술이 파르르 떨리는 게 보였다. 눈동자에 눈물이 고였다.

울지 말고, 똑바로 이야기해.

저도 모르게 튀어 나가려는 말을 간신히 붙잡았다.

믿음직한 엄마가 되기 위해서 노력했다. 애썼다. 이 정도면 제법 잘했다고 생각했다.

그런데 아직도 부족한 걸까, 여기서 더 어떻게 노력을 해야 하는 걸까?

자신이 잘못하고 있는 건가?

'아닌가? 다들 이런 때에 화를 내지 않나? 아니면 이해하나?'

엄마가 되는 게 나만 이렇게 어려운 걸까.

나만 이렇게 힘든 걸까.

"폐, 폐하랑 약속을 지키지 않으면, 흑, 나쁜 일이 생길까 봐……."

리리카는 제 마음을 읽은 것처럼 울음을 꽉 참고 이야기했다.

"죄송해요, 잘못했어요."

그래, 잘못했지.

아니, 이게 맞나?

누군가가 제대로 된 정답을 알려 줬으면 좋겠다.

루디아는 깊게 심호흡을 했다. 그녀가 찬찬히 리리카를 끌어안았다.

"엄마는 리리가 걱정돼서 그랬어. 그런 일을 비밀로 하면, 나중에 나쁜 사람이 리리에게 무슨 나쁜 이야기를 할지 몰라."

"네, 잘못했어요."

"약속을 지키려고 한 건 훌륭해. 그걸로 폐하께서 리리에게 요구하거나, 뭐 시키신 건 없니?"

"없어요. 하나도 없어요. 그냥 마법을 가르쳐 주시기만 했어요. 함부로 쓰면 안 되고 다른 사람에게는 절대로 비밀로 해야 한다고 하셨어요."

"그랬구나."

루디아가 리리카를 안은 팔에 힘을 주었다.

"리리가 엄마를 좀 더 의지하고 믿어 주면 좋겠어. 엄마도, 엄마도 정말 노력하고 있으니까. 부족해도, 그래도. 같이 이야기하자. 응?"

리리카는 눈물이 나는 걸 느끼며 작게 말했다.

"네, 저는, 저는 그냥 어머니가 행복했으면 좋겠어요."

속삭이는 말에 루디아는 눈물이 왈칵 솟구쳤다.

"리리, 엄마는, 행복해. 리리가 있어서."

"저도 어머니가 있어서 행복해요, 흑, 다음부터는 전부, 얘기할게요."

"응, 엄마도 화내서 미안해."

모녀는 서로를 껴안고 엉엉 울었다. 한참 후에 루디아가 먼저 손수건을 꺼내 리리의 얼굴을 닦아 주었다. 그녀도 눈물을 훔쳤다.

울고 나서 마주 보고 웃을 수 있다는 건 행복한 일이구나.

루디아는 그리 생각하며 반짝이는 딸의 얼굴을 바라보았다. 멋쩍어진 루디아가 말했다.

"울고 나니까 엄마 얼굴 엉망이지?"

"아뇨!"

리리카가 깜짝 놀라 말했다.

"세상에서 제일 예뻐요."

"리리도 세상에서 제일 귀여워."

딸을 꼭 끌어안았다가 놓고서 루디아가 말했다.

"폐하의 말은 틀린 게 없어. 마법사인 건 꼭꼭 숨기는 게 좋겠다. 아티팩트처럼 보이게 해서 눈속임하는 건 좋은 생각인 것 같아."

마법으로 자기방어를 할 수 있다면 그것만큼 좋은 일은 없었다.

'그리고……'

그리고 자신이 돌아온 것은 분명히 리리카 때문이겠지.

리리카는 루디아가 죽기 전에 이미 죽었다. 그러니 그녀의 소원은 분명 루디아—자신에 대한 소원이었으리라.

마지막 소원마저도 스스로를 위한 게 아니었을 것이다.

딸은 무슨 소원을 빌었을까.

교수대 앞에 서서, 자신과 눈이 마주쳤던 리리카는.

'가슴이 아파.'

두 번째 기회가 주어졌는데도, 제대로 엄마 노릇을 하는지 알 수 없다니.

쓴웃음이 나왔다.

"리리."

"네, 어머니."

"사랑해."

무슨 일이 있어도, 어떤 일이 닥쳐도, 그 어떤 상황에서든.

딸의 얼굴이 붉어지며, 눈동자에 별처럼 빛나는 기쁨이 가득 차는 걸 바라보았다. 그리고 그녀는 딸의 작은 속삭임에 귀를 기울였다.

"저도 사랑해요."

피요르드는 계단을 올라가다가 멈춰 섰다.

'산다르 후작?'

얼핏 실루엣뿐이지만 눈치를 채지 못할 수가 없었다. 빠르게 사람들 사이로 사라진 후작은 단단히 변장하고 있었지만 피요르드의 눈 역시 매서웠다.

'산다르가 왜 여기에? 무슨 일이 있는 건가?'

피요르드는 방으로 올라가며 생각을 정리했다. 남부 연합이 깨지면서 산다르는 골치 아픈 일이 생겼지만, 여러모로 시원하기도 했을 터였다.

쓸데없는 쓰레기들이 쓸려나갔으니까.

산다르 방계가 조각난 영지를 여럿 먹어 치웠다는 소식도 들려왔다. 물론 덕분에 남부는 지금 여러모로 혼란스럽지만…….

'하지만 바라트와 산다르가?'

꽃과 뱀이라니.

좀 더 자세히 캐 봐야 했다. 피요르드가 방으로 들어서니 시종이 은쟁반 위에 편지를 올려 가지고 왔다. 다른 시종들은 말없이 그의 겉옷을 벗겨냈다.

바라트의 시종들은 말수가 극히 적었다.

편지를 힐끗 본 피요르드는 희미하게 웃었다.

하나는 황실에서 온 편지였고, 하나는 리리카에게서 온 편지였다. 실내복으로 갈아입히는 손길을 저지하고 피요르드는 편지를 집어 들었다.

'사냥제 초대장이군.'

황실에서 온 편지는 읽어 보지도 않았다. 그의 손길은 잽싸게 리리카의 편지로 향했다.

> 산딸기 동맹에 초대합니다!

편지의 첫 문장을 보고 피요르드는 눈을 크게 떴다가 이어지는 내용을 보고 웃었다.

> 함께 산딸기를 수확하고 요리하기 위한 동맹원을 모집합니다.
> 직접 산딸기 따는 걸 두려워하지 않으시는 분.
> 산딸기를 따서 함께 요리할 수 있으신 분.
> 요리한 산딸기를 나눠 먹을 수 있으신 분.
> 동맹원을 인정하고 존중할 수 있으신 분.
> 모든 일을 비밀로 하실 수 있으신 분.
> 동맹에 참여하고 싶으신 분은 답장을 주세요.

아래쪽에는 그녀가 직접 그린 듯 교차하는 두 개의 열쇠와 산딸기 그림이 있었다. 피요르드는 바로 답장을 해야겠다고 생각했다. 동맹원에 누가 들어갈지는 대략 예상이 되었다.

아틸이 분개할지라도 이 일에서 빠질 수는 없었다.

"도련님."

조용히 다가온 시종이 낮게 속삭였다.

"공작님께서 부르십니다."

피요르드는 편지를 내려놓고 고개를 끄덕였다.

집무실 안은 언제나처럼 화려했다. 창문 밖에서는 비가 세차게 내리고 있지만, 집무실 안은 조용했다.

바라트 공작은 언제나처럼 등을 보이고 서 있었다. 피요르드는 그가 이야기를 꺼낼 때까지 기다렸다.

"황녀에게 편지가 왔다지?"

"네."

"이제 시답잖은 일에 어울리는 건 그만둬라. 보이는 일에도 신경을 쓸 때가 되었어."

"……."

피요르드는 침묵했다. 대답이 돌아오지 않자 바라트 공작이 돌아섰다.

"피요르드, 이 어미의 기대를 망치지 마라."

피요르드는 여전한 침묵으로 대답했다. 공작은 피식 웃었다.

"아들을 키우면 반항기를 맞이하게 된다지. 내 아이는 그럴 일이 없다고 생각했는데. 좋아. 따라오너라."

생각보다 부드러운 분위기였지만, 피요르드는 방심하지 않았다. 작은 기대를 산산조각 내버리는 방식을, 공작은 즐겨 사용했다.

촛대를 당겨 책장이 돌아가면서 열린 좁은 통로로 공작이 앞장서서 들어갔다.

피요르드는 그 뒤를 따랐다. 이 길이 어디로 이어지는지 피요르드는 잘 알았다.

차가운 미소가 마음속 깊은 곳에서부터 올라왔다.

화려한 바라트 저택의 지하실에 무엇이 있는지 다들 알까.

차가운 철제침대와 구속구, 온갖 약물들.

지금도 피요르드는 빛이 없는 밀폐된 공간에 들어서면 숨이 막히는 기분을 느꼈다.

하지만 이제 이런 곳에 데려온다고, 침대에 묶는다고 공포에 질려 벌벌 떨 나이는 지났다.

그럼에도 불구하고 그는 땀으로 축축해지는 손바닥을 꽉 쥘 수밖에 없었다. 어릴 때부터 박혀 온 두려움이 그를 흔들었다.

"여기는 처음이지."

공작의 말에 피요르드는 퍼뜩 고개를 들었다. 끝없이 이어질 듯한 어두운 길 끝에서 뭔가를 조작하니 새로운 길이 열렸.

더 깊이 들어가는 통로였다.

들어가면 다시는 돌아오지 못할 것 같다는 기분이 들었다. 피요르드는 공작의 얼굴을 한 번 바라보고 안으로 들어갔다.

안으로 들어가니 고통에 찬 신음이 들려왔다. 좁좁한 강철 철장 너머로 어두운 실루엣들이 보였다.

그게 뭔지 깨닫는 순간,

피요르드는 숨이 턱 막혀왔다. 전신이 덜덜 떨렸다.

공작은 희미한 불로 굳이 창살 너머를 비추지 않았다. 그녀가 말했다.

"네 형제들을 소개하마."

"!!"

피요르드는 경악했다. 구역질이 치솟아 오르는 걸 그는 간신히 참아 냈다.

"전부 실패작들이지. 저들의 희생으로 네가 여기 있는 거야. 피요르드."

즐거운 듯한 목소리였다. 피요르드는 바닥이 흔들리는 기분을 느꼈다.

"드디어 네가 나왔을 때 내 기쁨을 어떻게 이야기해야 할까? 반항기, 좋지. 저런 실패작이 되고 싶다면 말야."

조곤조곤한 목소리는 지하실에 잘 울려 퍼졌다. 고통에 찬 흐느낌과 신음을 배경으로 공작의 목소리가 잘 들렸다.

"네 황녀가 이 사실을 알면 어찌 될 거 같으냐? 그 천것이 널 받아 줄까? 피요르드, 내 걸작품. 네 본질은 저것들과 똑같아."

공작이 그를 잡아끌었다. 피요르드는 반항할 수 없었다. 온몸에 힘이 없다.

철장에 피요르드를 밀어붙이고 공작은 웃었다.

"잘 봐라. 넌 나에게 감사해야 해. 네가 먹는 그 약을 멈추면 어떻게 되는지 궁금하면, 마음껏 반항해 봐라."

그녀의 손이 부드럽게 피요르드의 머리를 쓸어내렸다.

"그 고통은 네게 꼭 필요한 거야. 내 자랑스러운 작품."

다정한 목소리에 소름이 돋았다. 숨이 막힌다.

"마음껏 생각해 보려무나."

바라트 공작이 떨어지는 소리가 났다. 묵직한 문이 닫힌다. 좁은 공간 안에 고통에 찬 소리만 공명하며 높아졌다.

피요르드는 양손으로 철장을 붙잡았다. 아니면 쓰러질 것 같았다.

그가 잡은 곳부터 철장이 얼어붙기 시작했다. 새하얀 입김이 흘러나왔다.

뺨을 타고 흘러내린 눈물이 바닥에 닿기 전에 얼어붙어 떨어지면서 산산조각 났다.

지하 감옥은 조용해졌다. 어떤 고통에 찬 소리도 들려오지 않았다. 입김도 얼어붙었다.

차가운 침묵이 감돌았다.

'이렇게 추운데도.'

피요르드는 멍하니 생각했다.

이렇게 추운데도 몸속은 불타오르는 것 같았다. 혈액이 지글지글 끓어서 제 몸을 전부 태워 버릴 것 같았다.

입을 열면 입김이 아니라 불이 토해지는 게 아닐까.

고통이 속죄가 될 수는 없다.

하지만,

하지만.

―산산조각 나지 마.

선명한 푸른색 눈동자.

떠올리는 순간, 감옥 안이 텅 비었다. 그저 눈가루 같은 것만이 가볍게 날릴 뿐이었다.

장마철다운 세찬 비였다.

리리카는 비밀정원, 오두막 포치에 앉아서 모처럼 휴식을 만끽하고 있었다.

어머니와의 사이는 더 가까워진 것 같고, 비가 오니 초대도 줄어들었다. 덕분에 '산딸기 동맹'을 위한 편지를 쓸 수 있었다.

'몇 번이나 고쳐 썼는지.'

아직도 손가락이 아팠다.

그녀는 포치에 놓인 흔들의자에 앉아서 내리는 빗소리를 들으며 멍하니 정경을 바라보고 있었다. 안전하고 따뜻한 곳에서 쏟아지는 비를 바라보는 건 즐거운 일이었다.

'비가 오면 꼭 지붕에서 물이 새니까.'

자신이 비 맞는 건 상관없지만 침구나 가구가 젖어버리는 것은 큰일이었다.

분명 옛날 일인데도 선명한 건 어째서일까.

"황녀님."

브린이 따뜻한 밀크티를 건네었다. 리리카는 잔을 받아들었다.

"고마워, 브린."

"별말씀을요."

"라우브는?"

갸웃하고 입구에서 경계를 서고 있는 라우브에게 묻자 그가 고개를 저었다.

"저는 괜찮습니다. 주공."

맹세 이후 라우브는 그녀를 주공이라 불렀다. 주인을 높여 부르는 말이라기에 무척 부끄러웠지만, 그럼 '주인님이라고 부를까요.' 하는 그의 말에 '주공'으로 합의할 수밖에 없었다.

위화감이 느껴졌던 미소며 말투, 행동이 전부 사라졌다. 한마디로 원래보다도 더 무뚝뚝해졌다.

필요한 말 외에는 하지 않고, 붙임성 좋은 미소도 짓지 않았다. 그래서 같이 있으면 침묵 수행을 하는 것 같지만, 분위기는 훨씬 편하고 온화했다.

리리카는 그게 좋았다.

게다가 그녀와 있으면 그는 제법 자연스러운 표정을 짓기도 했다.

"다 같이 마시면 좋을 텐데."

어차피 오늘은 셋뿐인 오붓한 시간이었다. 브린이 고개를 끄덕였다.

"모처럼 황녀님의 권유이니 함께 하는 게 어떤가요?"

브린의 나긋한 말에 라우브는 무표정한 얼굴로 지그시 브린을 바라보았다. 브린은 그게 뭔지 알았다. 경계하는 눈치다. 브린의 눈이 가늘어졌다.

'어라?'

순간 리리카는 익숙한 기시감을 느꼈다.

'누군가가 부르는 것 같은······.'

그때 꿈과 비슷한 느낌이었다. 흔들의자를 앞으로 기울여 발끝을 바닥에 댔다.

'아, 역시.'

뭔가가 부르는, 당기는 듯한 기분이 들었다. 잔을 들고 자리에서 일어나며 라우브를 힐끗 보았다.

그는 새소리를 들은 사냥개처럼 한쪽을 뚫어지게 바라보고 있었다. 그의 동공이 짐승의 것처럼 훅 넓어지는 게 보였다.

리리카도 시선을 그가 보는 쪽으로 돌렸다.

"아!"

산딸기 덤불 뒤쪽에서 은빛으로 반짝이는 것이 보인 순간, 상대가 누군지 대번에 알 수 있었다.

"라우브!"

리리카는 뛰쳐나가려는 라우브를 불러 저지하고 그에게 잔을 넘겨주었다.

"주공."

"황녀님!"

"괜찮으니까 보일 만큼 가까이 오지 마!"

리리카가 우산을 낚아채며 빗속으로 뛰어들었다.

사실은 아예 오지 말라고 하고 싶었지만, 두 사람이 그걸 받아들일 리가 없었다.

'하지만 지금은 나만 가야 할 거 같아.'

어쩐지 그녀의 감이 그렇게 외치고 있었다.

산딸기 덤불 바로 뒤에는 피요르드가 없었다. 그녀는 끌리는 대로 달려가 나무 아래 서 있는 피요르드를 발견했다.

비를 흠뻑 맞은 모습이었다.

언제부터 와 있었던 걸까?

어떻게 들어온 걸까?

그런 의문은 잠시 생겼다가 사라졌다.

그의 표정은 딱딱했고, 비 맞은 몰골은 형편없었다. 그의 이런 모습은 2년 만이었다.

그녀 앞에서 쓰러졌던 날 이후로 피요르드는 단 한 번도 흐트러진 모습을 보인 적이 없었다. 그는 늘 단정하고 화려한 모습이었다.

"피요."

그녀가 그를 불렀다. 그의 금홍색 눈동자는 붙박인 듯 그녀를 바라보았다.

"감기 걸려."

그녀는 자박자박 다가가서 그에게 우산을 씌워 주었다. 키 차이 탓에 있는 힘껏 까치발을 들어야 했다.

피요르드가 그 자리에 주르륵 미끄러지듯 앉았다.

진흙 바닥에 앉다니!

피요르드가!

이건 있을 수 없는 일이었다. 리리카는 더더욱 당황했다.

"피요, 괜찮아? 무슨 일이야?"

그는 여전히 말이 없었다. 비는 계속 내리고 있었고 그칠 기미는 당연히 없었다.

"피요, 일단 들어가자. 응? 진짜로 감기 걸릴 거야. 씻고 옷 갈아입고 이야기하자."

그녀가 그러며 그의 어깨를 잡았다. 놀랄 만큼 뜨거웠다.

"피요, 엄청 뜨거워. 열나."

그녀의 목소리가 떨리자 그가 답했다.

"아닙니다, 이 정도는 괜찮아요."

"그럴 리가!"

이건 정상이 아니었다. 마치 꿈속에서 만났던 피요처럼······.

그게 예지몽이었나?

리리카는 그를 당겨 일으키려다가 그녀의 힘으로는 불가능하다는 걸 알았다. 피요르드 쪽으로 우산이 크게 기울어져서 그녀도 젖기 시작했다.

"일어날 수 있겠어? 못 일어나겠으면 라우브를—"

그녀가 몸을 돌리려는 순간, 피요르드가 그녀의 손목을 붙잡았다. 놀라 돌아보니 그는 시선을 바닥에 고정한 채였다.

"리리."

그의 손은 무척 뜨거웠다. 리리카는 그에게로 몸을 기울였다.

"응."

나 여기 있어.

그런 대답이었다.

"제가 여기에 있는 줄 어떻게 아셨습니까?"

"어, 그냥······. 감?"

그녀의 말에 그가 작게 웃었다. 웃고 다시 침묵했다.

"피요."

리리카가 그를 불렀다. 누군가를 부르는 건 일단 보류하기로 했다. 지금은 그럴 때가 아니었다.

리리카는 바닥에 무릎을 꿇었다. 피요르드가 움찔했다.

그녀가 살짝 손을 뻗었다.

부드럽게 그녀의 손가락이 그의 젖은 앞머리를 넘겼다. 그러면 표정이 보일 것 같았다.

한순간 그와 시선이 마주쳤다.

처음 보는 얼굴이었다.

깨지기 쉬울 것 같이 연약한.

상처받기 쉬운, 보드라운 꽃잎의 안쪽을 들여다본 느낌이었다.

"피요, 난 피요 편이야."

"……정말로요?"

"응."

"만일……. 제가, 만일……."

말이 허공을 헛돌았다. 빗소리가 요란했다. 이파리에 떨어지는 동그란 소리, 바닥에 떨어지는 딱딱한 소리, 물 위로 떨어지는 날카로운 소리.

그 모든 소리가 하나가 되어 울리고 있었다.

"제가 아주 멀어지면."

빗소리에 녹아든 듯 희미한 목소리였지만 리리카는 잡아냈다.

이건 단순히 물리적인 거리 이야기가 아니리라.

"그래도 난 피요를 찾아낼 거야. 찾아서 피요 편을 들어 줄 거야."

단호한 말이었다.

몰아치는 비에도 흔들림 없는 청록색 호수빛 눈동자가 그를 똑바로 바라보았다.

"정말?"

절박한 물음.

"응. 약속할게."

리리카가 딱 부러지게 답했다.

그녀는 그가 이 말을 얼마나 무겁게 받아들일지, 얼마나 필사적으로 받아들일지 아는 걸까?

피요르드는 리리카를 보았다. 그녀의 눈빛은 단단해서 아무리 무거운 것이라도 받아 주고, 아무리 가벼운 것이라도 소중히 여겨 줄 것 같았다.

수많은 말과 단어들이 솟구쳤다가 엮이지 못하고 부서져 내렸다. 피요르드가 할 수 있는 말은 이것뿐이었다.

"그럼, 산딸기 동맹원으로 받아 주세요."

"물론이에요. 환영합니다."

리리카는 부드럽게 웃었다. 그가 엮지 못하고 부서진 단어들을 전부 알고 있다는 표정이었다.

피요르드는 팔을 뻗어왔다. 젖은 팔이지만, 그녀는 스스럼없었고, 굳이 그를 막지 않았다. 피요르드는 그녀를 안았다. 차갑고 시원했다.

그는 감옥을 떠올렸다. 그리고 어머니를 떠올렸다.

피요르드는 웃었다.

'정말로 반항기가 뭔지 보여드려야겠네요.'

그 기대감이 깨질 때 얼굴이 무척 기대되었다.

'리리, 리리, 내 울새 황녀님. 네가 내 편이 되어 준다면.'

분명 아무것도 필요 없어.

팔에 힘이 들어간다.

생각이 하나로 고립되어 가는 그 순간, 리리카가 소리쳤다.

"피요르드!"

외침에 정신이 번쩍 들었다. 고개를 드니 야무진 리리의 얼굴이 보였다.

떨어지는 빗방울이 그제야 실감 났다. 그녀의 젖은 갈색 머리카락에서 빗방울이 끊임없이 떨어지고 있었다.

모든 것이 색을 되찾았다.

"밥 먹었어?"

리리카의 질문에 피요르드는 허를 찔렸다.

"아뇨……."

저도 모르게 대답했다. 리리카가 진지한 얼굴로 고개를 끄덕였다.

"그럼 씻고 밥 먹자. 무엇 때문인지는 잘 몰라도 원래 배고프면 자꾸 안 좋은 생각이 나."

리리카는 그가 도망치지 못하게 꼭 붙잡고 소리쳤다.

"브린! 라우브!"

멀리 있지 않았던 듯 두 사람이 바로 모습을 드러냈다. 브린은 커다란 우산을 들고 있었고, 라우브는 망토에 달린 후드를 쓰고 있었다.

리리카가 싱긋 웃었다.

"씻고 밥 먹을래."

리리카는 발판 위에 올라선 채로 작은 프라이팬을 멋지게 휘둘렀다.

팬케이크가 뒤집히며 아름다운 밤색으로 잘 구워진 표면이 모습을 드러냈다.

씻고 나온 피요르드가 놀라 화덕 근처로 다가왔다. 여름이라도 젖은 몸은 쌀쌀했지만, 화덕 근처는 따뜻했다.

"식사를 황녀님이 직접 만드시는 건가요?"

"응, 생치즈를 넣은 팬케이크야. 원래는 아틸에게 만들어 주려고 연습하던 건데, 피요에게 먼저 만들어 주게 됐네."

빙긋 웃고 리리카가 접시를 피요르드에게 내밀었다. 그가 접시를 들자 리리카가 팬케이크를 옮겨 주었다.

프라이팬은 그녀의 덩치에 맞춰 자그마한 크기였다. 버터를 잽싸게 문지르고 다시 반죽을 떠 넣었다.

고소하고 맛있는 냄새가 퍼졌다. 피요르드는 처음 맡아 보는 냄새였다. 그는 한 번도 부엌에 들어가 본 적이 없었다.

당연히 음식 만드는 냄새도 처음이었다.

"산딸기 시럽은 이쪽."

리리카의 손가락에 따라 피요르드는 옆에 있는 작은 도자기를 들어 케이크 위에 부었다.

귀족 중의 귀족이 바라트다.

바라트는 미각세포 하나부터 심미안까지 면도날처럼 날카롭게 다듬어진 자들이었다.

새하얀 도자기 접시와 완벽하게 플레이팅되어 있는 음식만이 그가 여태껏 맛본 음식이었다.

팬케이크는 먹어 본 적이 없었다.

그는 포크로 조심스럽게 팬케이크를 잘라 입에 넣었다. 새콤달콤한 시럽과 농후한 팬케이크의 조합은 훌륭했다.

하지만 단지 그뿐만이 아니었다. 맛이 단순히 혀로만 즐기는 게 아니라는 걸 피요르드는 깨달았다.

그녀와 함께 있다는 것, 이곳에 같이 있다는 것.

그게 맛에도 영향을 주었다.

"맛있네요."

"그렇지?"

"뜨거운 음식은 처음 먹어 봅니다."

"아, 데지 않게 조심해."

그녀가 팬케이크를 굽는 족족 그의 접시에서 사라졌다. 그의 속도가 느려졌다 싶을 때쯤, 리리카는 제 접시를 꺼냈다.

피요르드의 뺨이 붉어졌다.

그녀에게 먹으라는 말도 하지 않고 팬케이크를 먹어 치우고 있었다는 걸 깨달았다.

이 얼마나 무례한 짓인가.

리리카가 그의 얼굴을 보며 웃고는 말했다.

"주전자 좀 이쪽 화덕에 올려 줄래?"

"네."

움직일 수 있는 기회가 주어지자 그는 얼른 움직였다. 호리호리한 주석 주전자를 열어 안에 물이 들었는지 보고 화덕 위에 올렸다.

바깥은 여전히 비 오는 소리로 요란했다. 그가 어색한 옷소매를 당겼다. 리리카가 말했다.

"옷 사이즈가 안 맞아?"

"아뇨, 맞춤이 아닌 옷은 처음 입어 봐서요. 어색하네요."

피요르드가 빙긋 웃으며 말해 리리카는 '오' 하고 고개를 끄덕였다. 높으신 분들과 함께 있으면 이런 점에서 이질감을 느끼게 되었다.

"아틸이 멋대로 두고 간 옷이지만, 그래도 맞아서 다행이다."

"그렇군요. 그런데 브린 양과 라우브 경은?"

"밖에."

간단히 답하고 리리카가 제 접시에 케이크를 올렸다. 그녀가 각자 접시에 케이크를 두 개씩 쌓아 올렸을 때쯤에는 피요르드도 차를 다 우린 후였다.

피요르드가 산딸기 시럽을 팬케이크 위에 아름답게 뿌리며 물었다.

"산딸기 동맹은 왜 만들 생각을 하신 건가요?"

"음, 내가 없어도 다들 산딸기를 땄으면 해서."

이때까지는 그녀가 아는 사람들과 함께 땄지만, 그러면 안 된다는 생각이 들었다.

그녀가 이 황궁을 떠나고 나서도 모두가 비밀정원의 산딸기를 즐기게 하고 싶었다.

그래서 고민 끝에 생각해 낸 것이 산딸기 동맹이었다.

피요르드의 손이 멈칫했다. 그가 물었다.

"없어지십니까?"

리리카가 "아." 하고 고개를 돌린 후에 웃었다.

"그야 맨날 내가 딸 수는 없잖아. 내가 없을 때도 있겠지."

"그야 그렇지요."

피요르드가 고개를 끄덕였다. 둘은 접시를 식탁으로 옮겼다. 피요르드는 그제야 서서 음식을 먹은 것도 처음이었단 걸 알아챘다.

단순히 맛을 평가하고, 공복감을 채우기 위한 게 아니라, 그 이상의 것이 이 식사에 존재했다.

그가 쿡쿡 웃어서 리리카가 의아한 얼굴을 했다.

"왜 웃어?"

"아뇨, 아까 황녀님의 말씀이 맞다는 생각이 들어서요."

"응? 아, 그렇지? 그렇지? 배고프면 안 좋은 생각만 난다니까."

겪어 봐서 잘 알아, 하고 리리카가 에헴 헛기침하며 고개를 들었다. 피요르드가 고개를 끄덕였다. 그가 빙그레 웃으며 말했다.

"리리."

"응."

"아까 내 편이 되어 주겠다고 했죠?"

"응."

"저도 언제나 리리 편입니다."

아름다운 금홍색 눈동자를 홀린 듯 바라보다가 리리카는 고개를 끄덕였다.

"그럼 이제 두 사람을 들어오라고 해도 될 것 같은걸요."

"아, 응."

리리카가 고개를 돌렸다.

"브린, 라우브. 내가 팬케이크 마저 구워 줄게."

문이 열리고 브린이 들어오며 가볍게 치마를 털었다.

"괜찮습니다. 제가 굽지요."

"……."

슬쩍 라우브가 브린의 눈치를 보았다.

주공이 구워 준 팬케이크가 먹고 싶다. 그런 눈치였다. 브린의 눈이 가늘어졌다. 그녀가 허리에 손을 얹었다.

"애도 아니고 그러고 싶어요?"

입을 꾹 다문 라우브를 보고 리리카가 웃음을 터트렸다.

"아냐, 정말로 구워 줄게. 브린도 계속 나에게 만들어 줬잖아. 둘 다 아틸에게 나가기 전에 맛을 봐 줘."

피요르드는 식탁에 앉아서 브린이 잔소리하는 소리와 라우브가 리리카를 돕는 모습, 그리고 리리카가 명랑하게 이야기하는 걸 지켜보았다.

그가 물었다.

"전부 다 산딸기 동맹인가요?"

리리카가 씩 웃었다.

"전부 동맹원이야."

아틸이 팬케이크를 한입에 넣으며 투덜거렸다.

"피요르드 바라트가 동맹원이라니, 피요르드 바라트가."

"모든 동맹원은 서로 인정하고 존중해야 해요."

리리카의 말에 아틸이 보란 듯 한숨을 내쉬었다. 리리카가 팬케이크를 한 장 더 그의 접시에 올려 주었다.

갓 구운 팬케이크에서는 김이 나고 달콤한 향이 풍겼다. 그가 말했다.

"뭐, 귀여운 여동생이 이렇게까지 부탁을 하는데 들어주지 않을 수도 없지만."

오두막에서 보내는 시간이 매우 흡족해서 아틸은 져 주는 척했다.

"그래서? 다른 동맹원은 누구누구야?"

"편지는 다 보냈지만……. 지금 답장 온 사람은 아틸이랑 피요르드, 라우브, 브린, 브란, 울랑이랑 디아레, 탄이요."

아틸이 포크를 멈췄다. 그가 의자에 기대어 말했다.

"산다르가 답이 없군. 라트에게도 보냈지? 파이랑."

"네."

"요즘 파이 녀석, 궁에 잘 오지도 않는단 말이지."

"무슨 일이 있는 걸까요?"

리리카가 턱을 괴고 한숨을 내쉬었다. 아틸이 코웃음을 쳤다.

"네 머릿속이 사탕 나라라서 다행이다, 정말."

"비아냥은 금지예요."

리리카의 말에 아틸은 "칭찬인데?" 하고 어깨를 으쓱했다. 리리카가 말했다.

"하지만 걱정되잖아요."

평소라면 대놓고 그 이야기를 비웃었겠지만, 아틸은 대신 잔을 들었다. 시럽을 가득 뿌린 팬케이크와 깔끔한 냉차의 조합은 잘 어울렸다.

배가 불러서인지 생각이 부드럽게 나왔다.

"걱정은 몰라도 궁금하기는 하네. 뭘 하는지."

"그렇죠?"

리리카가 씩 웃었다.

아틸도 제법 날카로운 면이 줄어들었다. 예전 같으면 파이를 배신자라고 하며 입 밖으로 내지 말라고 했겠지만, 지금은 달랐다.

브란은 주인의 변화가 기뻐 웃으며 물었다.

"그러면 파이 님을 초대하시는 게 어떨까요? 오랜만에 이야기도 들으실 겸."

"아냐, 바빠서 못 온다는데 오라고 하는 건 이상하잖아? 내가 찾아가는 게 맞지."

"앗, 그럼—"

"넌 안 돼."

아틸이 고개를 번쩍 드는 리리카에게 손가락으로 엑스 표시를 해 보였다.

"파이는 내 말벗이야. 너는 물러나 있어."

"알겠어요."

리리카가 고개를 끄덕이자 아틸이 화제를 전환했다.

"그런데 동맹 말이야. 뭐 안 만들어?"

"네? 아, 만들어요! 잼이랑 시럽 같은 거 다 같이 만드는 거예요. 거기 초대장에 쓰여 있는데……"

"아니, 그런 거 말고. 배지 같은 거 있잖아."

"배지요?"

뜬금없는 말이라 리리카는 고개를 갸우뚱했다. 아틸이 눈가를 찡그렸다.

"동맹원이면 가지고 다닐 상징이 있어야지."

"상징이요?"

"그래, 맞아. 네 편지 끝에 그려진 그림이 나쁘지 않더라. 그걸로 배지 만들고, 깃발은 뭐 굳이 필요 없겠지. 양동이랑 앞치마 같은 것도 다 같이 맞추는 게 어때?"

아틸은 은근히 들떠서 이런저런 제안을 했다. 리리카는 생각도 못 한 아틸의 제안에 눈을 동그랗게 떴다.

'부자들은 생각하는 게 다르구나!'

피요르드에게서도 느꼈던 뼛속까지 부자 도련님 느낌을 아틸에게서도 받았다. 리리카는 고개를 끄덕였다.

"양동이나 앞치마라니, 비용이 너무 들지 않을까요?"

"그게 얼마나 한다고. 그리고 비용보다 더 중요한 소속감을 얻잖아, 소속감을."

"으음."

리리카는 고민하다가 고개를 끄덕였다. 그녀가 주변을 둘러보고 낮게 말했다.

"사실 저도 돈이 좀 있거든요."

북부에서 설탕이 생산되기 시작하자 리리카에게도 돈이 따박따박 들어오기 시작했다.

너무 큰 금액이라서 실감도 나지 않았다. 전부 어머니께 맡겨 두기는 했지만 이런 일에는 쓸 수 있으리라.

아틸이 픽 웃었다.

"설탕 황녀님 아니십니까."

"네?"

"아니다, 요즘은 마법 소녀로 더 유명하지?"

어쩐지 부끄러워 얼굴이 달아올랐다. 아틸이 그런 여동생을 놀리듯 말했다.

"요즘 엄청 인기 있는 소설이 있는데 뭔지 알아?"

"소설이요?"

"그래, 제목이 '진주의 노래'던가? 갈색 머리 마법 소녀가 그녀에게 맹세한 늑대 기사와 함께 모험을 하는 이야기인데—"

"!!"

리리카가 자리에서 벌떡 일어났다. 아틸이 히죽히죽 웃었다.

"엄청 잘 팔린대."

리리카는 말을 더듬었다.

"그, 그거, 그러니까."

"누가 봐도 네 이야기지. 우리 마법 소녀 리리카 님, 소설도 나오고 대단하네."

"그래도 되는 거예요?!"

"물론 맨 앞에는 이 소설 내용은 실제 인물, 사건, 단체와 아무런 관련이 없다고 쓰여 있기는 해."

"……"

리리카는 한숨을 푹 내쉬고 도로 자리에 앉았다.

"대체 작가가 누구예요?"

"음, 본명은 아닌 거 같던데? 자수정이라는 이름이었어. 하여간 나쁜 일은 아니야."

그래도 리리카가 걱정하는 건 싫은지라 아틸이 뒷말을 덧붙였다.

8장 파르타　163

리리카는 궁금해졌다.

"정말이에요?"

"뭐가?"

"정말로 있는 이야기예요? 제 소설이라는 거?"

"그렇다니까. 초판본은 순식간에 팔렸고. 다음 권이 언제 나오나 출판사에 문의가 빗발친다는데? 나중에 연극도 한다니까 한 번 가 보지 그래? 디아레에게도 물어봐."

"으으……."

부끄러우면서도 궁금해서 리리카는 신음을 내뱉으며 고개를 끄덕였다. 아틸이 더 놀리기 전에 리리카가 재빠르게 화제를 돌렸다.

"그, 그보다 얼른 산딸기가 익었으면 좋겠네요. 다들 오면 재미있을 거예요. 그러려면 배지랑 앞치마도 얼른 맞춰야 하고……."

아틸이 고개를 끄덕였다.

"그 전에 먼저 사냥제가 있을걸? 슬슬 참여할 귀족들도 도착할 거고."

"저 그때 입을 옷도 만들고 있대요. 어머니가 그러셨어요."

"그래? 그거 기대되네."

"네, 저도 무척 기대 중이에요. 근데 정말로 안 가르쳐 주실 거예요? 저도 참여할 수 있는 거요."

"응."

아틸이 고개를 끄덕였다. 리리카는 아쉬웠지만, 동시에 설레는 마음도 들었다.

"엄청나게 기대돼요."

웃는 리리카의 얼굴을 보고 아틸도 고개를 끄덕였다.

"그러게, 기대되네."

사냥.

그가 빙긋 웃었다.

라트는 얼떨떨한 기분이었다. 갑자기 황녀님께 잡혀서 백룡실까지 와 버렸다.

손에 가득 들고 있던 두루마리들은 솔의 손에 들려 사라졌다.

라트는 멍하니 잔을 바라보았다가 주변을 둘러보았다. 백룡실의 응접실은 상당히 아기자기한 맛이 있었다.

접시 크기도 성인용과 미묘하게 다르고 장식물들도 귀여운 것뿐이다. 커다란 곰 인형이나 산딸기와 다람쥐가 그려진 그림이 장식되어 있었다.

황녀님의 취향인지는 몰라도, 호사스러운 부분이 다른 곳보다 적었다.

소박하다고 하면 눈썹을 치켜올리겠지만, 황궁의 다른 곳에 비해 소박하다고 말하면 고개를 살짝 끄덕일 정도였다.

유리잔 안에는 달콤한 레모네이드가 가득 차 있었다.

한 잔을 다 마시고 나니, 브린이 두 번째 잔을 따라 주었다. 리리카가 유심히 라트를 바라보고 말했다.

"이제 좀 괜찮아?"

"네? 네."

세국 재상은 피곤한 얼굴로 미소 지었다. 리리카가 걱정스럽게 말했다.

"눈이 퀭해서 부르는 것도 모르고 비틀비틀 가고 있길래, 그대로 가면 쓰러질 것 같아서 불렀어."

리리카가 눈을 찡그렸다.

"만약에 누가 뭐라고 하면, 황녀님 때문에 어쩔 수 없었다고 말해."

"그래도 되나요?"

"응. 권력은 아랫사람을 보호하기 위한 거라고 배웠는걸."

리리카의 말에 라트가 희미하게 웃었다. 입 안에서 그제야 레모네이드의 맛이 제대로 느껴지기 시작했다.

"일이 많이 바빠?"

"네, 일도 많고 여러 가지로……. 집안 사정도 있고……."

저도 모르게 술술 말했다가 아차 싶어 입을 꾹 다물었다.

역시 이 황녀님은 뭔가 사람 마음이 풀리게 하는 구석이 있었다.

아직 어린 소녀의 얼굴에 진지한 기운이 서렸다.

"그러면 차라리 휴가를 내는 게 낫지 않아? 그러다가 쓰러져서 크게 다치면 어떻게 해?"

라트는 모노클 너머로 눈을 크게 떴다가 웃었다.

이 황녀님의 걱정은 평이하지만, 허를 찌르는 데가 있었다.

무슨 집안 사정인지, 무슨 일이 많은지를 궁금해하지 않는 부분이 그랬다.

라트는 고개를 끄덕였다.

"물론 그렇습니다만, 차라리 일하는 게 낫습니다. 쓸데없는 생각은 안 해도 되니까요. 게다가 요즘 사냥제로 바쁜데 거기에 저까지 빠지면 무척 곤란해질 거예요."

"그렇구나……."

산딸기 동맹에 대한 이야기를 하려 했는데, 그것까지 고민하게 하면 안 되겠다 싶어 리리카는 입을 꼭 다물었다.

라트는 천천히 모노클을 벗어서 옷자락으로 쓱쓱 알을 닦으며 말했다.

"황녀님, 궁금한 게 한 가지 있습니다."

"응, 뭔데?"

"그 아티팩트 마법 소녀 말입니다."

"응? 아……. 응. 라트도 마법 보여 줄까?"

리리카의 말에 라트는 웃음을 참고 고개를 흔들었다.

"아뇨, 그게 아니라. 음, 그걸로 사람도 치료할 수 있을까요?"

"치료?"

"네, 그러니까……."

라트의 눈동자가 리리카를 똑바로 바라보았다. 그 동공이 세로로 길어진 것 같다고 리리카는 생각했다.

"라우브 경처럼요."

아주 작게 속삭이는 목소리였다. 리리카는 순간 눈을 깜박였다.

'라우브가 언제 아팠지?'

"아니, 해 본 적 없는데."

대답하니 라트가 쓴웃음을 지었다.

"그렇군요."

그가 안경을 도로 썼다. 리리카는 자신의 잔을 들다가 떠올렸다.

'아! 설마?!'

라우브가 한 목걸이, 그걸 이야기하는 건가?

'그것도 아팠다고 한 거면 아픈 거겠지만.'

피가 짙은 사람일수록 아프다고 했다. 울프가에 라우브가 있으면 산다르에도 누가 있는 건가?

아니면 라트가 아픈 걸까?

'폐하께 분명히 만들어 드렸는데……'

당장 '내가 폐하께 그거 만들어 드렸어.' 하고 라트에게 말하고 싶었다.

'하지만 안 되지.'

리리카는 꾹꾹 참고 조심스럽게 물었다.

"누가 아파? 혹시 라트가……."

라트가 고개를 저었다.

"저는 아닙니다."

그는 한숨을 내쉬었다.

"산다르는 모두가 냉철하고 감정보다는 이성이 앞선다는 이야기를 하죠. 하지만……."

그가 작게 한숨 쉬듯 했다.

"자식 문제 앞에서는 그 누구도 어쩔 수 없나 봅니다."

리리카가 놀라 물었다.

"라트, 결혼했어?"

라트는 웃었다.

"아뇨, 전 미혼이랍니다."

"미안……."

"아뇨."

라트는 쿡쿡 웃었다. 그는 얼굴을 쓸어내렸다.

이렇게 웃어 본 건 무척 오랜만이었다.

"황녀님과 보내는 시간은 금빛 설탕 가루가 떨어지는 것처럼 느껴지네요."

"칭찬이지?"

"극찬입니다."

라트의 말에 리리카가 헤헤 웃었다. 라트는 그 얼굴을 바라보았다. 이렇게 마음이 편한 게 얼마 만인지 모르겠다.

요즘 가문 내부의 분위기가 너무 어두워서 웃은 지 오래되었다. 특히 형은 더욱…….

생각하니 다시 한숨이 나왔다. 라트가 생각 후에 말했다.

"황녀님, 사냥제에 참석하시지요?"

"응."

"아티팩트를 꼭 챙겨 가세요."

부드럽게 웃으며 그가 말했다. 리리카는 라트를 찬찬히 바라보다가 고개를 끄덕였다.

"응, 그리고 라우브 경과도 절대 안 떨어질 거야."

"훌륭하십니다."

라트가 자리에서 일어났다.

"죄송하지만 이만 실례해야겠습니다. 더 있다가는 한숨 자고 가고 싶어질지도 몰라요."

"자고 가도 되는데."

"안 됩니다."

라트가 웃었다.

"어쨌든 황녀님도 이제 파르타가 지나셨으니까요."

여성으로 대접을 받아야 한다.

브린이 맞는 말이라는 듯 고개를 끄덕이고 라트에게 두루마리들을 돌려주었다.

"덕분에 잘 쉬었습니다. 그럼 소신은 이만 물러가겠나이다."

가볍게 인사하는 라트를 배웅하고 리리카는 일인용 흔들의자로 돌아왔다.

리리카가 손을 흔들자 시녀들이 물러났다. 그녀는 브린과 라우브를 가까이 불렀다.

"저기, 산다르에서 누가 아픈 걸까?"

라우브와 브린은 서로 마주 보았다가 리리카를 바라보았다. 라우브가 말했다.

"제가 들은 바는 없습니다."

브린이 뺨에 손을 대고 갸웃하며 말했다.

"재상께서 자식 문제라고 할 정도로 가까우신 분이라면, 산다르 후작. 그러니까 재상의 형이시지요. 그분의 자식은 제가 알기로는 두 사람이라고 알고 있습니다."

"두 사람?"

"한 사람은 황녀님도 알고 계세요."

"어? 아, 파이?"

"네, 또 한 사람은 산다르 소공자— 그러니까 페레스 님이시죠. 하지만 두 분 다 아프다는 이야기는 들어 본 적이 없는걸요."

"그렇구나……."

파이가 답장이 없는 게 설마 아파서 그런 건 아니겠지.

'나중에 아틸에게 물어봐야겠다.'

아틸이 파이를 만나러 간다고 했으니, 자신은 섣불리 움직이지 않기로 결심했다.

리리카는 라우브 목걸이에 시선을 돌렸다.

'항상 물건을 가지고 다닐 수는 없으니까, 만일을 대비해서 마법으로도 할 수 있게 연습해 두는 게 좋겠다.'

이럴 때는 아티팩트 핑계로 마법을 쓰는 게 편하고 좋구나.

'폐하께 감사해야지.'

"응, 말해 줘서 고마워. 생각 좀 해 봐야겠다. 그리고 브린."

"네, 황녀님."

"그 책, 구해다 줄 수 있을까……?"

무슨 책인지 대번에 알아들어 브린이 고개를 끄덕였다.

"물론입니다."

"고마워."

리리카가 손을 들어 물러나도 좋다는 신호를 했다. 두 사람이 거리를 벌렸다. 브린이 물었다.

"창문을 열까요? 오늘 바람이 시원하게 부네요."

"응, 좋아."

브린이 응접실 발코니 문을 열자 부드럽게 레이스 커튼이 휘날렸다. 리리카는 등받이에서 수첩과 펜을 꺼냈다.

'앞으로 할 일을 정리해서 적어보자, 그러니까……'

흔들의자가 기분 좋게 앞뒤로 흔들거렸다. 나뭇잎이 바람에 휩쓸리는 소리가 난다.

'툭—'

리리카의 손에서 미끄러진 펜이 바닥에 떨어지기 전에 라우브가 잽싸게 받아냈다.

브린이 살짝 리리카의 얼굴을 들여다보고 얇은 이불을 가져다가 덮어 드렸다.

파도처럼 레이스 커튼이 물결쳤다.

"마법의 시작은 기원입니다."

사막의 밤, 낭랑한 목소리가 울려 퍼졌다.

한 명은 앉고, 한 명은 서서 대화를 나누고 있었다. 로브를 쓰고 있어서 얼굴은 보이지 않았다. 새하얀 로브를 입고 서 있는 사람이 물었다.

"바라는 것을 이루는 것이 마법이지요. 하지만 그러기 위해서 형식을 먼저 배워야 합니다. 이유가 무엇입니까?"

앉아 있는 사람 역시 흰 로브를 입고 있었지만, 서 있는 사람보다는 수수했다.

"인간은 자신의 진심을 모르기 때문입니다."

"그렇습니다. 그러기에 말과 언어로 기원의 모습을 축소시킵니다."

주고받는 대화가 이어졌다.

"그러면 마법의 마지막은 무엇일까요?"

"기원입니다."

"그렇습니다. 원시에서 시작하여 형식을 갖추고, 고등에 이르면 형식을 버립니다."

서 있는 사람의 목소리가 부드럽게 이어졌다. 어두운 허공에 밝은 마법진이 그려졌다.

아름다워서 감탄이 저절로 흘러나왔다.

"그러므로 마법사는 스스로를 속이면 안 됩니다. 자기 자신의 추한 면도 밝은 면도 들여다보아야 합니다. 자신을 속이는 마법사는 어떻게 됩니까?"

"비틀린 마법을 사용하게 됩니다."

앉아 있던 사람이 자리에서 일어났다. 두 사람이 동시에 이쪽을 돌아보았다.

"이해하겠습니까? 마지막 마법사여."

"!!"

리리카는 깜짝 놀라 눈을 떴다. 저도 모르게 허공을 발로 찬 것 같았다.

"리리, 안 좋은 꿈 꿨니?"

"어, 어머니?"

놀란 리리카가 일어나려는 걸 루디아가 막았다. 침대가에 앉아 있는 어머니의 등 뒤로 환한 달이 걸려 있었다.

금빛 머리카락이 여신의 황금 실타래처럼 빛난다.

언제 침대로 온 거지?

게다가 한밤중이었다. 고민은 어머니가 얼굴을 가까이하면서 사라졌다.

"엄마 때문에 깬 거야?"

"아니에요, 꿈속에서 사람들이 돌아봐서……."

"그거 무서웠겠네."

웃으며 흰 팔이 뻗어와 그녀를 꼭 끌어안았다. 어머니께 안겨 리리카는 안도의 한숨을 내쉬었다. 놀라서 쿵쿵 뛰던 심장이 가라앉았다.

"엄마, 엄청 좋은 냄새 나……."

저도 모르게 어리광이 흘러나왔다. 루디아는 웃으며 리리카의 머리에 쪽쪽 입 맞춰 주었다.

"우리 리리도 세상에서 가장 귀여워. 자, 얼른 도로 자렴. 엄마가 깨웠나 보다. 자자."

풀썩 도로 침대에 누운 모녀는 서로를 마주 보았다.

리리카가 물었다.

"어머니도 사냥제에 사냥하러 나가시나요?"

"물론이지."

"몸조심하세요."

라트에게 들었던 말이 떠올라서 리리카가 작게 속삭였다. 루디아가 웃었다.

"늘 조심하고 있어. 엄마에게는 알테어스가 붙어 있으니까 걱정하지 말렴. 그보다 리리야말로 조심해. 마법사라니 그나마 안심이 되지만……."

루디아가 리리카의 뺨을 어루만졌다. 통통한 뺨이 말랑하고 부드러웠다.

"리리, 엄마는 리리가 없으면 살 수 없을 거야. 리리가 엄마의 희망이야. 그러니까 늘 몸조심하렴. 알았지?"

"네."

진지하게 고개를 끄덕이고서 리리카가 작게 물었다.

"그런데 어머니."

"응~"

"저는 무척 좋은데, 갑자기 제 침실에 무슨 일이세요?"

"오면 안 되는 거야?"

"네? 아뇨, 그건 아니지만……."

되묻는 게 오히려 이상해서 리리카가 갸웃했다.

"폐하와 무슨 일 있으신가요?"

"알 게 뭐야, 그런 좀팽이."

'아.'

입술을 비죽이는 어머니를 보고 리리카는 고개를 끄덕였다. 이렇게나 아름다운 어머니인데, 뭐든 폐하께서 잘못했겠지.

"폐하께서 잘못하셨겠죠."

"그렇지? 엄마는 정말 리리밖에 없어. 조금만 더 있어 봐, 6년만 지나면 이혼이야. 이혼."

루디아가 힘주어 리리카를 안았다. 리리카는 키득거리며 어머니를 마주 안았다.

루디아가 그녀를 꼭 안은 채로 잠시 있다가 물었다.

"리리."

"네."

"음, 혹시 말야. 아빠가 있으면 좋겠니?"

리리카는 그 말에 고개를 들려고 했지만, 어머니가 꼭 안고 있어서 얼굴을 볼 수가 없었다. 루디아가 말했다.

"그냥 솔직하게 말해 주렴."

"음, 그게……."

리리카는 아바마마라고 알테어스를 불렀던 일을 떠올렸다. 그녀의 뺨이 달아올랐다.

"그게, 계셨으면…… 좋겠어요……."

"그렇구나."

"하, 하지만 어머니로 부족하다는 건 아니에요. 전 어머니와 둘이 있는 것도 무척 좋아요."

"응, 응, 알지, 그럼."

루디아가 방긋 웃으며 딸을 내려다보았다.

"그, 그럼 어머니는요?"

"응?"

"어머니는, 어떠세요?"

루디아는 잠깐 생각에 잠겼다. 남자 따위는 필요 없지만, 리리카의 아빠로 괜찮은 남자라면 상관없지 않을까.

"괜찮을 거 같은데?"

"그렇군요."

리리카는 고개를 끄덕였다. 루디아는 이불 위를 토닥이며 말했다.

"자, 이제 정말로 자자. 늦었어요. 엄마가 자장가 불러 줄게."

"네."

달콤한 노랫소리에 리리카는 귀를 기울였다. 토닥이는 손길이 기분 좋았다. 그녀는 곧장 다시 잠으로 미끄러졌다.

Chapter

9

사냥제

리리카는 마차에서 내려와 기지개를 쭉 켰다.

"으으—!"

브린이 우아하게 내리며 웃었다.

"답답하셨지요?"

"응, 신나는데 답답했어."

마차를 이렇게 오래 탄 건 처음이었다. 하룻밤 투숙까지 하고 이틀을 꼬박 달려야 했다.

이렇게 멀리 나온 건 처음이라서 무척 즐거웠지만, 그래도 마차에 계속 앉아 있는 건 답답한 일이기도 했다.

"이제 마음껏 움직이셔도 되어요."

브린이 짐을 내리는 걸 지시하고는 리리카에게 말했다.

잠시 후, 리리카는 탄성을 내질렀다. 숲속 널따란 공터 곳곳에 천막이

서 있었다.

천막 주변에는 가문의 문장이 새겨진 깃발이 휘날리고 있었다. 금방 가장 커다란 깃발을 찾을 수 있었다.

깃발에 수놓아진 용이 눈에 뚜렷하게 들어왔다.

천막을 한 개만 친 곳도 있었고, 여러 개 친 곳도 있었다. 리리카는 백룡 깃발이 휘날리는 천막에 자리 잡았다.

바닥은 맨땅이 아니었다. 푹신한 카펫이 깔려 있었고, 파티션으로 공간이 나누어져 있었다.

놓인 가구들은 접고 펼 수 있게 만들어진 가구들이었다. 가방 안에서 접힌 책상까지 쑥 나오는 모습을 보면 무척이나 멋졌다.

이렇게 짐을 많이 싣고 왔으니 마차 속도가 느린 게 당연한 일이었다.

"여기서 사흘 동안 묵는 거야?"

"네, 그렇답니다. 다른 영지에서 열리는 사냥제 때는 별채에 묵지만, 황궁 사냥제 때는 전통을 지키고 있다고 해야겠죠."

브린이 가구 위치를 지정하며 답해 주었다.

리리카는 신기한 기분을 느끼며 주변을 둘러보다가 말했다.

"나가 봐도 돼? 라우브랑."

얼른 제 기사의 손을 잡으며 말하자 브린이 밖에 놓인 짐을 보다가 고개를 끄덕였다.

"네, 다녀오세요. 펜던트도 잊지 않으셨죠?"

"응."

리리카가 리본 위에 브로치처럼 단 아티팩트를 가리켰다.

"가자."

리리카가 라우브를 잡아끌었다. 라우브는 미소짓고 작은 황녀님을 따라갔다.

"어디 보자."

깃발 덕분에 길을 헤맬 일은 없어 보였다. 은룡과 흑룡이 보이고, 텅 빈 깃발이 달려 있는 저곳에 어머니와 폐하가 묵고 계시겠지.

"늑대다!"

리리카가 가까이에 있는 깃발을 가리켰다.

"디아레도 온다고 했으니까, 가 보자."

리리카가 빠른 걸음으로 앞장섰다. 천막을 치던 시종과 사람들이 가볍게 무릎절을 하며 비켜섰다.

"디아레!"

"황녀님!"

두 사람이 손을 꼭 맞잡았다. 리리카가 울프가의 천막을 휙 돌아보고 말했다.

"천막이 크구나."

"이것도 설탕 덕분에 좋아진 거예요. 예전에는 천막을 기워서 썼는데 올해는 엄청 크고, 천막도 새것이랍니다. 이제 비 올 때 걱정하지 않아도 될 거 같아요."

"그랬구나, 다행이다."

설탕무 덕분에 북부 영지에 자금이 돌면서 상황이 조금씩 나아지고 있는 중이었다.

"자, 황녀님 들어오세요. 야, 다들 꺼져. 황녀님께서 앉으셔야 한다구."

천막 안으로 들어가며 디아레가 외치자 덩치 큰 남자들이 우르르 일어나 한쪽으로 붙어 섰다. 리리카가 멋쩍게 말했다.

"아니, 다들 앉아 있어도 돼."

"안 되어요. 차라도 한잔하고 가셔야죠."

투박한 잔에 차가 가득 담겨 나왔다. 디아레가 설탕을 넣으며 말했다.

"저희도 이제 부자라니까요."

"디아레, 설탕은 조금만……."

"맞아! 제가 자랑하고 싶은 마음에 그만……. 황녀님이 찾아와 주신 건 처음이니까요. 하필 천막이라서 그렇기는 하지만 그래도 뭔가 사치스러운 걸 대접하고 싶다고 생각해서."

리리카는 큭큭 웃었다.

"충분히 느꼈어."

리리카의 말에 디아레는 에헴 하고 제 잔에 설탕을 우르르 부었다.

디아레가 마주 앉아 생글생글 웃으며 말했다.

"저 이번 사냥제에서 꼭 호랑이를 잡아서 황녀님께 드릴게요."

"호랑이?"

리리카는 입을 떡 벌렸다. 그녀가 아는 그 호랑이가 맞는 건가?

"이 숲에 호랑이가 있어?"

"아뇨, 사냥제용 호랑이요. 올해도 풀겠죠? 곰이나 표범도 좋지만, 역시 호랑이죠."

"사냥제용 호랑이……."

사냥을 위해서 동물을 잡아 온 뒤에 푸는 건가.

"그런……."

그건 동물이 불쌍하기도 하고, 위험하기도 해 보였다. 물론 맹수란

9장 사냥제   183

인간을 해지는 무시무시한 짐승이지만…….

'게다가 그런 사냥에 어떻게 내가 참가한담?'

호랑이라니.

리리카는 백과사전으로만 호랑이를 봤지만, 삽화만 봐도 위협적이었다.

리리카가 침통해하자 디아레는 무슨 생각을 했는지 제 가슴을 두들겼다.

"저 강해요! 2년 동안 누구보다도 빠르게 강해졌어요. 황녀님, 걱정하지 마세요."

디아레의 말에 리리카의 얼굴이 달아올랐다.

"나, 디아레가 위험할 거라는 생각도 못 했어."

미안하다고 덧붙이기도 전에 디아레가 활짝 웃었다.

"역시! 절 믿어 주는 건 황녀님뿐이세요! 다들 호랑이는 이르다고 어찌나 쏘삭거리는지."

싱글싱글 웃으며 디아레는 설탕물과 다름없는 차를 들이켰다. 잔을 내려놓으며 디아레가 말했다.

"이 잔이 식기 전에 적장의 목을 가져오겠습니다."

"?"

리리카가 갸웃하자 디아레가 "아." 하고 말했다.

"이거 요즘 유명한 대사인데. '진주의 노래'에 나오는 기사가 한 대사잖아요."

"디아레도 읽었어?!"

"그럼요, 요즘 얼마나 인기인데요. 울프가에서도 돌려 읽느라 다음

권이 안 와요."

한숨을 내쉬며 디아레는 라우브를 보고, 이어 리리카를 보았다. 그녀가 주먹을 쥐었다.

"저도 언젠가는 황녀님께 진주의 맹세를 할 거예요."

"어어, 디아레는 말벗이잖아."

"그래도요."

"나, 나는, 난 라우브 하나면 충분한데."

당황해서 한 말에 디아레가 축 처졌다. 라우브의 얼굴에 우아한 미소가 그려졌다.

디아레가 슬쩍 리리카의 눈치를 보며 말했다.

"그래도, 그래도, 호위가 여자인 게 더 편하지 않을까요?"

"주공께서 나 하나면 충분하다고 하셨다."

생각지도 못한 답이 뒤에서 들려왔다. 돌아보니 라우브의 청회색 눈동자가 빤히 디아레를 바라보고 있었다.

리리카는 라우브의 말에 놀랐지만, 속으로는 손뼉을 쳐 주고 싶었다.

'라우브가 스스로 나서다니!'

날카로운 말투는 공격적으로 느껴질 수도 있었지만, 예전처럼 억지로 부드러운 어투를 쓰지는 않았다.

말수가 줄어들었으나, 요즘은 제 마음도 솔직하게 툭툭 표현하게 된 점이 마음에 들었다.

그래도 디아레가 혹여 마음 상하지 않았을까, 걱정되었는데 디아레는—역시라고 해야 할까.— 끄떡도 하지 않았다.

"그래도 혼자서 호위를 지속하는 건 힘들걸. 최소 두 명이 한 팀으로,

누 님을 돌리는 게 기본 지침이라고 들었어."

디아레가 지지 않고 라우브를 쏘아보았다. 리리카는 그 말을 듣고 '어, 그런가?' 하며 고개를 갸웃했다.

"나 하나면 충분하다."

"그러다가 황녀님께 무슨 일이 생기면 그 책임을 어떻게 질 거야."

"죽음으로."

디아레는 입을 떡 벌렸고, 리리카도 마찬가지였다. 리리카가 자리에서 벌떡 일어나는 순간 천막 문이 열렸다.

"밖까지 소리 다 들린다. 두 사람 다 쓸데없는 걸로 황녀님을 곤란하게 하면 안 되지."

천막 입구가 낮은 듯 허리를 숙여 들어오는 사람이라면 한 사람뿐이다.

"탄!"

안도감에 리리카가 외치자 탄이 씩 웃었다.

"울프가 천막에 오신 걸 환영합니다, 황녀님."

"가주님."

디아레가 가슴에 손을 대며 가볍게 인사했다. 탄이 허리를 숙이더니 리리카를 안아 올렸다.

"답답하니 걸으면서 이야기할까요?"

"가주님!"

리리카를 빼앗기게 된 디아레가 항의했다. 탄이 말했다.

"나중에. 황녀님의 기사와 꼴사납게 싸우지 않을 만큼 머리가 식으면 해."

"!!"

디아레의 얼굴이 달아올랐다. 탄이 그녀를 뒤로하고 천막을 나섰다. 리리카가 힐끗 뒤를 돌아보고 물었다.

"괜찮을까?"

"그럼요. 요즘 그 책 때문에 어린 것들이 흥분해서는."

탄이 혀를 찼다.

"누군가에게 전부를 맡긴다는 건 아주 무서운 일입니다. 그걸 낭만적으로 생각한다는 것 자체가……."

그가 한숨을 내쉬고 리리카를 본 뒤에 빙긋 웃었다.

"이제 알사탕 정도의 무게가 되셨군요."

리리카는 눈을 둥그렇게 떴다가 웃었다.

"응, 탄이 준 사탕을 다 먹어서 그래."

"더 많은 사탕을 선물해야겠어요."

리리카는 빤히 탄을 바라보았다. 그녀가 말했다.

"난 탄이 참 좋아."

"감사합니다. 저도 황녀님을 무척 좋아합니다."

"응."

리리카는 그렇게 말하며 빤히 그를 바라보았다. 탄이 어색하게 물었다.

"제 얼굴에 뭐가 묻었습니까?"

"아니, 아무것도 아냐."

'탄도 잘생기기는 했지만, 폐하에 비하면 아니란 말야. 어머니는 무척 아름다우시니까 남편도 잘생긴 게 좋겠어. 탄은 성격은 무척 좋지만…….'

마음속으로 어머니의 남편 후보—그러니까 자신의 아빠 후보를 낙점

하고 있는 리리카였다.

그날 밤 이후로 리리카는 처음으로 이혼 후에 생길 다음 '새아빠'를 생각하게 되었다.

어머니도 있으면 좋겠다고 하셨으니까, 좋은 사람이었으면 했다.

무엇보다도 어머니를 무척 사랑해 줄 사람이어야 하고.

'하지만 이 세상에서 어머니와 사랑에 빠지지 않을 남자가 존재할까.'

그 뒤로 리리카 안에서 알테어스가 후보 1위가 되었다. 그녀가 2위를 물색하던 중 탄이 눈에 들어온 것이었다.

그런 대상이 된 줄도 모르고 탄은 고개를 갸웃해 보였다. 리리카는 화제를 돌렸다.

"참, 아까 디아레가 그러는데 호위는 네 명이 필요하다며. 나는 라우브 한 명인데 괜찮은 걸까?"

"실질적으로 교대 시간이 필요하니 그렇지는 하지요."

"그렇구나, 생각도 못 했어."

"하지만 라우브 한 명으로 해주세요. 아직은."

탄의 부드러운 말에 리리카는 고개를 끄덕였다. 그가 멈춰 섰다. 그의 시선이 닿은 곳에 리리카도 시선을 돌렸다.

뱀의 깃발이었다.

"탄."

"네, 황녀님."

"산다르의 누가 무척 아픈가 봐."

그녀는 파이를 만나고 온 아틸을 떠올렸다. 아틸의 표정이 너무 좋지 않아, 리리카는 한마디도 물을 수 없었다.

"파이가 아픈 거야?"

혹시나 하는 짧막한 질문에 아틸은 그건 아니라고 답해 주었다.

탄이 리리카에게로 시선을 돌렸다. 그는 뭔가 말하고 싶은 듯했지만 결국 참고 그녀를 내려 주었다.

"너무 멀리 다니시지는 마세요."

"응, 고마워, 탄."

디아레와 라우브가 계속 대치하고 있었으면 곤란할 터였다. 리리카가 인사하니 탄이 웃고 마주 인사한 후에 돌아섰다.

파이를 만나볼까 했지만, 어쩐지 천막까지 찾아가는 건 아닌 것 같았다.

'바라트도 그렇고……'

어쩐지 당당히 만날 수 있는 친구가 없는 거 같은데.

시무룩해진 리리카는 자신의 천막으로 돌아왔다.

"와—"

리리카는 작게 탄성을 질렀다. 아까도 훌륭하다고 생각했지만 거의 완성된 지금은 또 달랐다. 브린이 의아한 듯 물었다.

"일찍 오셨네요."

"만날 사람이 없었어."

브린이 가볍게 웃었다.

"내일이면 사람이 더 많이 올 거예요. 파르타 때 만나셨던 분들도 대부분 오실 거랍니다."

"응, 고마워. 아, 그리고 브린, 들어오니까 내부가 너무 예뻐져 있어서 깜짝 놀랐어."

9장 사냥제

"미음에 드시나요?"

"무척."

"그거 다행이네요."

천막에도 그럴듯하게 태피스트리가 걸리고, 조립식 가구들이 자리를 잡았다.

칸막이 뒤쪽에는 놀랍게도 임시 욕실까지 마련되어 있었다.

리리카는 어쩐지 신이 나서 말했다.

"어머니랑 아틸에게도 가 볼래."

"네, 다녀오세요."

마저 정리를 하겠다는 브린을 놔두고 리리카는 먼저 아틸의 천막으로 향했다.

"아틸의 천막도 멋지네요."

그녀가 감탄했다. 딱 아틸의 취향대로 꾸며져 있었다. 뭐, 아틸의 취향에 맞춘 브란의 솜씨라고 해야겠지만 말이다.

리리카가 그를 잡아끌었다.

"어머니께도 가 봐요."

"어, 잠시만."

루디아에게 간다는 말에 아틸은 거울 앞에서 잽싸게 매무새를 가다듬었다.

"가자."

어머니의 천막은 우아하고 호화스러웠다. 접이식 의자에도 섬세한 문양이 새겨져 있었다.

승마용 드레스로 갈아입고 나온 루디아가 웃으며 두 사람을 맞이했다.

"리리, 아틸. 어서 오렴."

루디아가 자리를 권했다. 세 사람은 둥글게 둘러앉아 오붓한 시간을 가졌다.

저녁 식사쯤에는 알테어스가 뚱한 얼굴로 들어왔다.

"또 나만 빼놓고."

"폐하께서는 바쁘시니까요."

루디아가 싱긋 웃으며 말해서 알테어스는 '아직도 화난 건가.' 하고 눈을 굴렸다.

그 표정이 더더욱 루디아를 화나게 한다는 걸 아직도 학습하지 못한 그였다.

루디아의 눈썹이 미간 쪽으로 미세하게 모이자 알테어스가 재빠르게 말했다.

"내가 잘못했으니, 사과하지."

그래도 저 표정이 의미하는 게 뭔지는 알았다.

"뭘 잘못해요?"

"내 멋대로 일을 진행한 모든 것에 대해서."

루디아는 빤히 알테어스를 바라보았다. 아틸과 리리카는 두근두근한 마음으로 두 사람을 지켜보았다.

"좋아요. 시녀장, 의자를 가져와요."

루디아가 빙긋 웃으며 하는 말에 모두가 속으로 안도했다. 시종이 재빠르게 의자를 새로 펴고 방석을 올려 알테어스의 자리를 만들었다.

사과 덕분인지 저녁 식사시간은 상당히 화기애애했다. 마지막에는 알테어스가 루디아를 에스코트해 자신의 천막으로 향했다. 두 사람의 못다 한 이야기는 저기서 마무리 지으리라.

아틸이 말했다.

"넌 내가 데려다줄게."

"네, 좋아요."

리리카가 웃으며 아틸의 손을 잡았다. 아틸이 희미하게 웃고 그녀의 손을 꽉 잡았다.

밤이지만 곳곳에 등불이 환히 밝혀져 있었다. 여기저기서 사교 활동을 하는 사람들의 대화와 웃음소리가 들려왔다.

아틸은 그 소리를 들었다.

남들이 떠드는 소리가 듣기 좋았다. 행복하게 들리는 소리가 나쁘지 않았다.

그건 전부 리리카가 등장하고 나서부터였다. 그 전이었다면 저 소리에 분노가 먼저 치밀었을 터였다.

'그러니까……'

파이를 이해했다.

그는 자신의 손을 꽉 잡은 작은 여동생을 돌아보았다.

'나도 널 살리기 위해서라면 뭐든 할 테니까. 그러니까 반대로.'

파이를 이해하는 만큼, 경계하게 되었다.

'이 녀석을 천막에 혼자 재워도 되는 건가.'

황실의 천막으로 숨어들 만큼 간 큰 인간은 없겠지만, 필사적인 사람은 또 다르지 않겠는가?

"오늘은 나랑 같이 자자."

아틸의 말에 리리카는 웃었다.

"좋아요."

"그래, 그래."

건성으로 대답하며 아틸은 제 천막으로 리리카를 데려왔다. 브린은 시종에게 명해서 옷을 가져오게 했다.

리리카가 파티션 너머에서 잠옷으로 갈아입고 나왔다.

아틸이 '잠옷도 꼭 저 같은 것만 입네.' 하는 감상평을 내리는데 불쑥 리리카가 물었다.

"그래서 왜 그런 거예요?"

"어?"

"왜 같이 자자고 했어요?"

순간 아틸은 말문이 막혔다. 하지만 고민은 길지 않았다. 그는 이불을 들고 제 옆자리를 탁탁 두들겼다.

리리카는 얼른 쪼르르 달려가서 그의 옆자리를 파고들었다. 조립식 침대는 황궁 침대보다 좁았지만, 두 사람이 붙어 눕기에는 충분했다.

브린이 바깥 등을 껐다.

머리맡에 놓인 등불만이 부드러운 빛을 희미하게 비추고 있었다.

천막 너머로 아직 사람들이 떠드는 소리와 걷는 소리가 들려왔다.

아틸이 작게 말했다.

"너 그 소리 안 새어나가게 하는 거 있지?"

리리카는 고개를 끄덕이고는 재빠르게 새끼손가락의 반지를 빼서 머리맡 침대 헤드에 올려 두었다. 아틸이 한숨을 푹 내쉬었다.

"나도 어릴 때 남들이 나에게 뭐 숨기는 거 진짜 싫었거든."

이불 속에서 남매는 소곤소곤 이야기를 나눴다. 아틸의 사파이어빛 눈동자가 찬찬히 리리카를 바라보았다.

"남부 연합이 박살 난 건 알지?"

리리카가 고개를 끄덕였다. 아틸이 말을 이었다.

"그래서 이번 사냥제는 꼼꼼한 듯하지만, 은근히 경비가 허술하거든."

리리카는 눈을 찌푸렸다.

"하지만 병사도 많고, 기사도 많던데요?"

"응, 사람은 많지. 근데 사람이 구멍이면 어떨까?"

리리카의 입이 살짝 벌어졌다. 아틸이 말했다.

"내 추측이지만, 분명히 폐하 부처께서는 이 기회에 남부 쪽에 있는 반란 세력을 일소하시려는 거 같아. 사냥제가 딱 좋은 핑곗거리가 돼줬고."

"그, 그럼……."

어머니가 위험하다는 뜻이었다. 당황한 리리카의 이마를 아틸이 툭 쳤다.

"걱정 마. 함정을 꾸밀 정도면 그만큼 대비도 했다는 뜻이니까."

"그런가요……."

이마를 문지르면서도 리리카는 불안했다. 아틸이 말했다.

"뭐, 네 부적도 있잖아? 마법 소녀님."

리리카의 뺨이 붉어졌다. 대체 왜 '마법 소녀'냐고 알테어스에게 물어본 적이 있었다. 알테어스의 답은 간단했다.

"그냥 마법사가 되는 아티팩트면, 아틸에게 왜 안 줬는지 말이 나올 거야."

남자는 쓰지 못해서 못 준 거다—라는 변명이 필요하다는 말이었다.

그러니, 그녀가 마법사가 아니라 마법 소녀가 된 건 눈앞의 아틸 때문이다.

'그런데 이렇게 놀리고.'

리리카는 입을 비죽였다. 아틸이 이어 말했다.

"그리고, 나는 파이도 걱정이야."

"산다르가요?"

"그래."

"누가 아프다는 이야기는 들었어요."

리리카의 말에 아틸이 살짝 웃었다.

"파이의 여동생."

리리카는 갸웃하며 되물었다.

"거기는 형제밖에 없다고 들었는데요."

"응, 그런데 숨겨 둔 막냇동생이 있었던 거야. 태어날 때부터 많이 아팠대. 오래 살지 못할 거라고 생각하고 가계도에 올리지 않았는데……."

아틸이 리리카의 진지한 얼굴을 바라보았다.

"그 여동생이 이제 한계에 달했다는 이야기지."

"그런……."

리리카의 눈썹이 축 처졌다. 라트가 왜 그렇게 힘들어했는지 알 듯했다.

조카가 죽어 가고 있다면 분명 마음이 힘들겠지.

'하지만 라우브처럼 아픈 거라면, 내가 준 아티팩트로 해결이 될 텐데. 폐하께서는 왜 그러지 않으셨을까?'

그렇게 아픈 게 아닐지도 모른다.

리리카는 한숨을 내쉬고 아틸에게 말했다.

"하지만, 산다르의 아이가 아픈 것과 남부 연합이 무슨 상관이 있나요?"

물론 안타깝기는 하지만, 그건 무척이나 사적인 불행이었다.

"바라트."

아틸이 짤막하게 말했다. 그의 목소리가 낮아졌다.

"바라트는 약을 아주 잘 안다고 이야기했지?"

"아, 네."

"산다르 후작이 바라트 공작과 접촉했을 수 있어. 그게 변수로 작용할 수도 있으니까."

"그래서 경계하시는 거군요."

"그래."

아틸이 리리카를 빤히 바라보았다.

"그러니까 라우브 경에게서 떨어지지 마. 알았어?"

"네."

리리카가 눈에 힘을 주고 대답하자 아틸이 웃었다. 그가 손을 뻗어 등불 가리개를 덮었다.

"그럼 자자."

다음 날, 본격적으로 사냥제가 시작되었다.

리리카는 어머니 옆에 앉아서 행사가 진행되는 걸 지켜보았다. 마지막

순서가 되자 시종이 상자를 가져왔다.

상자를 열자 안에는 각종 동물 모양의 나무 조각이 들어 있었다.

알테어스가 나무 조각들을 벨벳 주머니에 넣었다.

"호랑이 두 마리, 불곰 세 마리, 재규어 다섯 마리, 수사슴 열 마리, 암사슴 열다섯 마리, 토끼 스무 마리, 비둘기 서른 마리 정도면 되겠지."

주머니를 잘 흔든 다음 알테어스가 입구를 열자 빛 덩어리가 튀어나왔다.

"!!"

사람들은 환호성을 내질렀고, 리리카는 눈을 크게 떴다.

허공에 뜬 빛 덩어리들은 각각 동물 모양으로 변하더니 숲속으로 사라졌다.

"와아—!"

리리카가 감탄했다. 알테어스가 이번에는 새하얀 주머니를 열었다. 그러자 이번에는 금색 작은 빛무리가 우르르 쏟아져 나와서 숲속으로 사라졌다.

루디아가 리리카에게 속삭였다.

"리리카는 저걸 잡으면 되는 거야."

"저걸요?"

"응, 뜰채랑 채집통을 줄 거야. 재미있겠지?"

리리카의 얼굴이 환해졌다. 동물을 괴롭히는 것도 아니고, 그녀도 참가할 수 있었다.

아틸을 바라보자, 아틸이 '만족했어?' 하고 입을 벙긋거렸다. 리리카는 활짝 웃었다.

잠시 후, 사람들이 우르르 이동했다. 다들 사냥용 활과 마격총을 점검하는 사이에 아이들은 옹기종기 모여서 배지를 차고 뜰채와 채집통을 받았다.

"배지는 절대로 떼면 안 됩니다. 맹수들이 여러분을 인지하지 못하게 하는 물건이에요. 반딧돌을 이 뜰채로 잡은 다음에 수집 통에 넣으시면 됩니다."

"네!"

아이들이 목소리 높여 대답했다. 리리카도 한 손에는 뜰채를 들고 허리에는 수집 통을 매달았다. 휙휙 뜰채를 휘둘러 보며 그녀는 싱글벙글 웃었다.

'엄청 재미있을 거 같아!'

"황녀님!"

디아레가 멀리서 달려왔다. 견습 기사 제복을 입은 디아레의 등에는 장총이 매달려 있었다. 그녀가 리리카의 손을 꼭 잡으며 말했다.

"저, 호랑이를 잡아 올게요."

"응, 너무 무리하지 마."

"걱정 마세요. 황녀님은 채집팀이신 거죠? 즐겁게 즐기고 오세요."

"응."

호랑이라고 해서 걱정했는데, 저런 호랑이면 괜찮지 않을까?

리리카는 편히 생각했다. 곧이어 승마복을 입은 어머니가 모습을 드러냈다.

리리카는 길게 한숨을 내쉬었다. 어머니가 탈 말에는 장총이 세 자루나 매달려 있었다.

"리리, 엄마도 다녀올게. 재미있게 놀고 오렴. 라우브 옆에서 떨어지지 말고."

"네, 어머니."

리리카의 뺨에 입 맞춰 주고 어머니는 말에 올라탔다. 그 모습은 꼭 사냥의 여신 같았다.

주변을 둘러본 리리카는 아틸 주변에 한 무리의 아이들이, 그리고 저쪽에 피요르드 주변에 한 무리 아이들이 모여 있는 걸 알아챘다.

이렇게 나와서 사람들 사이에 있으니 확실하게 무리가 나뉘는 걸 구별할 수 있었다.

'그리고 두 사람 다 엄청 눈에 띄네.'

또래보다 머리 하나씩은 큰 두 남자는 멀리서도 단번에 알아볼 수 있었다.

시선을 보내고 있으니 마주친 아틸이 머리 위로 손을 흔들어 보였다. 리리카는 뜰채를 든 채로 종종 다가갔다.

"아틸은 사냥팀인가요?"

"당연하지. 이제 뜰채 휘두를 나이는 지났어."

"제가 가장 많이 잡을 거예요."

리리카의 말에 아틸이 씩 웃었다.

"타카르라면 그래야지."

"타카르라면 양보의 미덕을 알아야 하는 게 아닌가요?"

"승리의 미덕이 더 좋아."

"승리도 미덕이에요?"

"내가 그렇게 말하면 그런 거지."

키득거리며 대화하는 두 사람을 주변 아이들이 이채롭게 바라보았다.

사이가 좋지 않을 것이라 생각했는데, 두 사람은 무척이나 사이가 좋아 보였다.

황위를 두고 다투거나, 물밑에서 계승권 싸움을 할 것처럼 보이지 않았다.

아직은.

"황녀님, 저희랑 같이 채집하러 가요."

"맞아요, 같이 다녀요. 저희 도시락 먹기 좋은 곳도 알고 있어요."

아이들 몇몇이 아틸 주변에서 리리카 주변으로 옮겨갔다.

그때 등 뒤에 인기척이 느껴졌다. 돌아보지 않아도 리리카는 상대가 누군지 알 수 있었다.

돌아보는 아이들의 표정을 보면 알았다.

어머니가 무도회장에 걸어 들어올 때와 비슷했다. 상대가 싫든 좋든 상관없었다. 눈이 달렸다면 빨려 들어간다. 모두의 시선이 못 박히고 순간 숨을 삼킨다.

짧은 침묵의 시간이 지나가게 하고, 폭력적일 정도의 압도적인 미(美).

아이들의 시선이 홀린 듯 붙들리고 특히 여자아이들의 뺨이 붉어진다면 상대는 딱 한 명이었다.

리리카는 돌아보며 웃었다.

"안녕, 피요르드."

"안녕하신가요, 황녀님. 황태자 전하."

피요르드가 우아하게 인사했다.

"피요르드도 사냥 나가?"

"그렇습니다."

"여리여리한 몸이 곰에게 날아가지 않게 조심하는 게 좋을걸."

아틸의 말에 피요르드가 방긋 웃었다.

"걱정 감사합니다. 전하. 오늘은 여러모로 즐거운 사냥이 될 것 같군요."

"그래야지."

아틸이 그리 말하는데 멀리서 뿔피리가 울렸다. 사냥팀의 준비를 알리는 신호였다.

아틸이 리리카에게 말했다.

"기다리고 있어. 호랑이를 잡아다 줄 테니까."

"몸조심하세요."

"그래."

아틸이 떠나자 피요르드가 리리카에게 말했다.

"몸조심하세요. 황녀님."

"응, 피요르드도."

"감사합니다."

빙긋 웃고 피요르드도 자리를 떠났다.

'같은 팀에게 눈총을 받을 게 뻔한데, 피요르드도 참.'

굳이 인사하러 오는 게 피요르드답다고 해야 하나.

'아.'

근처의 여자아이 몇 명이 피요르드에게 뭐라고 말하다가 그가 웃으며 속삭이자 대번에 수줍게 웃는 게 보였다.

리리카는 '걱정할 필요 없었네.' 하고 피식 웃었다.

뿔피리가 두 번째 울려 사냥팀의 출발을 알렸다. 여기저기서 말발굽 소리가 들렸다.

몰이꾼이 따로 없기 때문에 다들 팀을 이뤄서 움직이고 있었다.

사냥팀이 가고서 텀을 두고 이번에는 채집팀이 출발했다. 리리카도 아이들과 한 무리를 이루어 씩씩하게 숲속으로 나섰다.

처음에는 여럿이 움직이나 싶었는데 여기저기서 반짝이는 반딧돌이가 나타나자 상황이 달라졌다.

"순식간에 혼자가 돼 버렸네."

리리카가 라우브를 돌아보았다. 라우브가 담담히 답했다.

"혼자는 아니시지요."

"응, 그렇지만……."

뭉쳐 다녀야지, 하면서도 반딧돌이를 보면 뛰쳐나가는 게, 아이는 아이인 듯했다.

"그래도 제법 많이 잡았어. 그렇지?"

리리카가 수집 통을 바라보았다. 그 안에는 반짝반짝 빛나는 작은 빛 덩어리가 네댓 개쯤 들어 있었다.

그때 라우브가 리리카의 어깨를 잡고 집게손가락을 입가에 붙였다. 리리카는 입을 꾹 다물었다. 그가 손가락으로 건너편을 가리켰.

시선을 돌린 리리카는 깜짝 놀랐다.

거기에는 곰 그림자가 서 있었다. 새까만 그림자였는데, 누가 봐도 곰 그림자였다. 커다란 곰이 어슬렁어슬렁 걸어가고 있었다. 라우브가 말했다.

"배지 때문에 저희를 인식하지는 못하지만, 너무 큰소리를 내면 주의를 끌 테니까요."

"엄청 크다……. 진짜 곰 같아."

"진짜 곰과 마찬가지입니다. 속도도, 힘도, 공격성도요."

"어……. 마법으로 만든 곰이잖아? 그런데도?"

"그렇습니다. 매해 사냥제에 부상자가 나오는 이유지요. 종종 사망에 이른 경우가 있기도 하고요. 마격총 한 방으로 쉽게 잡을 수 있는 동물이 아니니 조심하는 게 좋습니다."

"그럴 수가."

진짜 동물과 똑같은 힘과 능력이라니.

"게다가 그림자면 찾기 더 어려울 거 같아."

"네, 특히 재규어의 경우는 나무 위로 다니니까요."

갑자기 머리 위가 불안해 지면서 등에 오소소 소름이 돋았다. 리리카의 불안한 얼굴을 보고 라우브가 말했다.

"배지만 제대로 차고 있으면 문제없습니다."

"응."

리리카는 배지가 잘 매달려 있는지 자기 것과 라우브 것을 확인했다. 곰이 어슬렁거리며 지나간 후에 두 사람은 다시 숲속 탐험을 시작했다.

"아!"

그때 누가 나타났다. 뜰채를 든 두 사람은 리리카를 보고 눈을 동그랗게 떴다. 둘은 서로 마주 보았다가 잽싸게 인사를 했다.

"안녕."

"안녕하세요, 황녀님."

"만나 뵙게 되어 영광입니다."

인사를 하고도 쭈뼛거렸다. 너무 어색해서 리리카는 '바라트 쪽 아이들인가?' 하고 갸웃했다.

라우브가 한 걸음 앞으로 나와 둘 사이에 섰다.

"어디 가문이야?"

리리카의 물음에 아이들이 차례로 대답했다.

"산다르 후작가의 리아입니다."

"산다르의 루리입니다."

리리카 또래로 보이는 소녀들이었다. 쌍둥이인가, 하고 리리카는 자리를 뜨기로 했다.

"그래, 그럼 계속 채집해."

그 때, 루리가 입을 열었다.

"황녀님, 잠시만요."

"어?"

"잠시만 시간을 내 주시면 안 될까요? 드릴 말씀이 있어서요."

"무슨 이야기?"

적당히 거리를 유지하며 리리카가 물었다. 루리와 리아는 어물거리며 서로 얼굴을 보았다가 다시 리리카를 보았다.

"잠깐만 기다려 주세요."

리리카는 가만히 두 사람을 바라보았다. 딱히 위험한 기색은 없었다. 감을 너무 믿으면 안 되기는 하지만…….

뒤쪽에서 말발굽 소리가 들렸다. 라우브가 리리카를 번쩍 안아 들었다. 리리카가 반사적으로 가슴에 단 펜던트에 손을 올렸다.

"황녀님."

필사적으로 말을 타고 달려온 사람을 보고 리리카는 손을 내렸다.

"파이."

파이가 루리와 리아에게 말했다.

"물러나."

루리와 리아는 리리카에게 깊이 인사하고 재빠르게 숲속으로 사라졌다. 리리카는 그쪽으로 시선을 주지 않고 물었다.

"무슨 일이야?"

파이가 말에서 내려 한 걸음 앞으로 걸어온 후에 한쪽 무릎을 꿇었다.

"리리카 황녀님, 잠시만 저와 동행해 주시지 않으시겠습니까?"

"거절한다."

라우브가 날카롭게 말했다.

"필요하면 정식으로 알현을 요청해. 그대는 아틸 님의 말벗이니 주공도 거절하시지 않을 터."

"저는 비공식적인 만남이 필요합니다. 황녀님, 제발. 제가 뭐든 하겠습니다. 그러니 지금만 절 따라와 주세요."

리리카는 가만히 그를 바라보다가 물었다.

"여동생 일이야?"

그의 어깨가 움찔했다. 파이가 고개를 들었다.

"전하께서 이야기하셨습니까?"

"응."

"그렇다면 저에 대해 경고도 하셨겠군요."

"맞아."

리리카가 고개를 끄덕였다. 파이가 자리에서 일어났다. 그의 단정한 얼굴이 딱딱하게 굳어 있었다.

"그렇다면—"

그때 나무 위에서 거대한 것이 뛰어내렸다. 라우브가 리리카를 밀치듯 던졌다. 바닥에 떨어진 리리카는 통증도 느끼지 못하고, 너무 놀라 고개를 번쩍 들었다.

검은색 무언가가 라우브에게 올라타고 있었다.

'재규어!'

그림자 재규어였다.

마법으로 만들어졌으나, 온통 검은색이라는 것만 빼면 모든 게 실제와 똑같다.

라우브의 팔을 문 재규어가 턱에 힘을 주었다.

'뚜둑.'

팔뚝에서 기묘한 소리가 났다. 라우브는 재규어의 더운 입김과 비린 내를 느낄 수 있었다. 팔뚝이 부러진 것 같았다. 바깥에 단단한 가죽 토시를 감고 있어 이 정도로 끝났다고 해야 할까.

뒤이어 재규어의 발톱이 어깨를 파고들었다. 어깨뼈도 박살 났나?

생각지도 못한 기습이었다. 그러나 그의 주의는 완전히 리리카에게 쏠려 있었다. 그때 제삼자의 목소리가 들려왔다.

"진짜다! 배지가 고장 났어!"

"좋아, 황녀를 잡아!"

"기사는 쏴 버려!"

"아냐, 접근하지 마! 재규어가 우리까지 인식하면 어떻게 해? 일단 저것만 잡아!"

"다른 놈은 어떻게 하지?"

"산다르인가? 같이 쏴!"

라우브는 이를 악물었다. 그가 힘을 다해 재규어를 밀기 시작했다.

'안 돼!'

힘이 부족했다. 그의 핏속에 흐르는 열기가 전부 목걸이 속으로 빨려 들어가는 게 느껴졌다.

그의 목걸이.

그의 보석.

그가 평범하게 지낼 수 있도록, 주공께서 선물해 주신 것.

끊어내는 걸 망설이는 사이에 적들이 화살을 날렸다.

리리카가 펜던트에 손을 얹고 소리쳤다. 반사적으로 나온 것은 알테어스와 연습했던 마법이었다.

"켄타나(강철방패)!"

반투명한 방어막에 화살 몇 개가 튕겨 나갔다. 파이는 그 기회를 놓치지 않았다. 그의 팔이 단숨에 리리카를 낚아챘다.

"라우브윽?!"

소리치다가 갑자기 배가 졸려 리리카는 숨을 삼켰다.

"주공!"

리리카보다 라우브의 목소리가 더욱더 절규처럼 느껴졌다. 파이는 멈추지 않고 말을 달리기 시작했다.

"잠깐, 파이!!"

라우브를 두고 갈 수 없었다.

파이가 그녀의 머리를 꽉 누르며 소리쳤다.

"황녀님, 다시!"

이런 황망한 상황 속에서도 리리카는 반사적으로 그가 뭘 원하는지 알았다.

"켄타나!"

몇몇 화살이 튕겨 나가고, 동시에 방패가 깨졌다. 리리카는 방패가 깨지면서 둔중한 통증이 몸을 흔드는 걸 느꼈다.

마법으로 다 막아내지 못하면 충격이 온다는 걸 처음 알았다.

"마격총."

파이가 이를 갈았다.

리리카는 힐끗 뒤를 돌아보았다. 놀랍게도 라우브가 재규어를 내동댕이치는 게 보였다. 사람 수는 많지 않았다. 그들이 무기를 들고 라우브에게 달려들었다.

'우우우우ㅡ!'

긴 하울링 소리가 들렸다. 전신에 소름이 돋았다.

그리고, 라우브가, 사람을ㅡ

파이가 그녀의 눈을 가렸다. 리리카가 소리쳤다.

"파이 산다르! 당장 돌아가, 아니면!"

"적아가 구분 안 되는, 폭주하는 울프 앞에 돌아가자고요? 게다가 적이 더 있을지도 모릅니다."

파이의 말은 냉정했다. 그의 머리가 맹렬히 돌아갔다.

숲으로 더 깊이 들어간다 싶었는데, 안쪽에 마차가 준비되어 있었다. 파이가 말에서 내리며 서둘러 리리카에게 말했다.

"황녀님, 이쪽으로."

리리카는 펜던트에 손을 올리고 파이를 바라보았다. 그녀의 작은 손이 말갈기를 꽉 쥐었다.

"황녀님—"

"다가오지 마!"

리리카가 날카롭게 소리쳤다.

"파이가 그 사람들과 한패가 아니라는 걸 어떻게 알지?"

"그건—"

그때 저쪽에서 빛이 반짝였다. 파이의 눈이 먼저 그걸 알아채고 리리카를 제 쪽으로 홱 잡아당겼다.

"!!"

바닥에 떨어짐과 동시에 파이가 그녀를 제 몸으로 덮었다.

'퍽!'

그녀가 있던 자리를 지나 나무에 총탄이 박혔다. 파이가 리리카를 안고 그대로 자리를 박차고 일어난 뒤, 그녀를 짐짝처럼 마차 안에 던져 넣었다.

리리카는 숨을 헐떡였다. 파이가 말했다.

"저격총이었어요. 한 발 쏘면 두 번째 장전에는 시간이 걸리니까……."

'퍽!'

무언가 충돌하는 소리가 함께 들렸다. 파이가 말했다.

"마차에는 마격총을 막을 수 있는 아티팩트가 설치되어 있습니다."

리리카는 숨을 몰아쉬며 물었다.

"남부 연합?"

"네, 하지만 이렇게까지 능력 있는 집단이라고는 생각하지 않았는데요."

누군가의 지원을 받은 것 같은—"

파이가 중얼거리는데 옆에 담요 뭉치가 움직이기 시작해 리리카는 깜짝 놀랐다.

파이가 담요 뭉치를 안으며 말했다.

"미안, 놀랐지? 괜찮아. 일단 마차를 출발시키겠습니다. 여기 머무르면서 적을 기다리고 싶지는 않으니까요."

파이의 말에 리리카는 멍하니 고개를 끄덕였다. 마차가 출발하자 파이가 빠르게 말했다.

"이렇게 모시게 되어서 정말 죄송합니다, 황녀님. 하지만 저도 예측하지 못한 일투성이라……. 이쪽이 제 여동생 페리입니다."

자세히 보니 담요 뭉치가 아니라 커다란 후드 달린 로브를 덮듯이 입고 있는 사람이었다. 겉으로 드러나는 부분이 아무것도 없었다.

그녀가 석판에 글씨를 써서 리리카에게 보여 주었다.

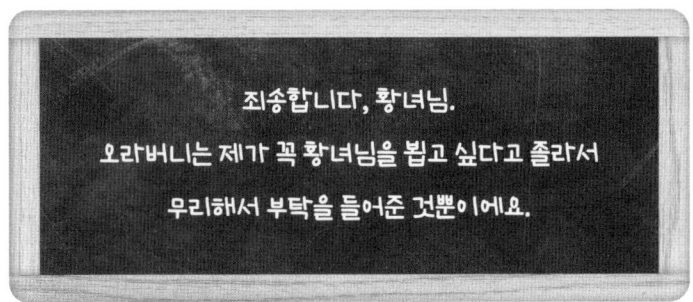

"나를? 왜?"

그녀가 다시 석판을 지우고 쓴 뒤 들었다.

> 진주의 노래를 읽었어요.
> 그 뒤로 꼭 마법 소녀이신 황녀님을 뵙고 싶었어요.

리리카는 빤히 그 글을 보았고 파이가 담담히 말했다.

"제 여동생은 이제 오래 살지 못합니다. 최후통첩을 받았어요. 그래서 저는 뭐든지 하기로 했습니다."

'아틸이 말했던 게 이거였어? 그냥 여동생 한 번 만나 주는 거?'

리리카는 어깨에 힘이 쭉 빠졌다.

"이런 거면, 그냥 귀띔해 줬으면 됐잖아?"

"아틸 전하께서 너무 경계하고 계셔서……. 저도 그날 감정적으로 되었기에 필요 없는 자극을 해 버렸거든요."

파이는 쓴웃음을 지었다. 리리카가 그를 바라보니 파이가 머쓱하게 답했다.

"제 여동생을 위해서라면 뭐든 할 거라고, 그게 황녀님과 관계된 일이라도 하겠다고 했습니다."

"아."

리리카는 한숨을 내쉬었다. 페리는 석판에 쓴 글씨를 보여 주었다.

> 꼭 만나고 싶었어요. 만나 뵙게 되어 영광입니다.
> 정말로 마법 소녀이신가요?

"세세당스."

은빛 나비 떼가 파르륵 솟아올랐다가 사라졌다. 파이는 반사적으로 마격총을 잡았다. 페리가 작게 소리를 내며 나비들을 향해 손을 뻗었다.

덕분에 후드가 뒤로 넘어가서 리리카는 그녀의 얼굴을 볼 수 있었다.

"!!"

놀라 얼굴이 굳어졌다.

페리는 코가 없었다. 코가 있어야 하는 곳에 구멍만 뚫려 있었고, 눈은 다른 사람보다 컸다. 그리고 뱀처럼 동공이 가늘었다. 머리카락이며 체모가 전혀 없고, 얼굴의 절반 정도가 비늘 같은 각질로 덮여 있었다. 파이가 시선을 눈치챈 듯 페리의 후드를 당겨 주었다.

페리도 놀라 허둥지둥 후드를 푹 눌러썼다.

리리카는 저도 모르게 그녀의 하반신 쪽으로 시선을 내렸다. 다리가 있다고 하기에는 부피가 부족한…….

본능적인 혐오를 드러내지 않으려 리리카는 애썼다.

'괴물의 피가 이런 식으로도 나타나는구나…….'

이 상태면 폐하에게 드린 보석으로는 해결할 수 없었다. 파이가 작게 말했다.

"괜찮습니다. 페리는 겉모습만 그렇고, 폭주하지는 않아요. 대신 발작으로 찾아와서……."

파이는 긴장을 늦출 수 없었다. 얼마 전 그의 여동생은 이제 일주일도 넘기기 힘들 거라는 판정을 받았다.

그럼에도 페리는 무리하게 황녀님을 보고 싶다고 말했다.

그 고통 속에서도 한 번도 떼를 쓰지 않던 아이의 소원이다. 어떻게 해서든지 들어주고 싶었다.

자신의 목이 잘리더라도.

뱀을 닮은 제 여동생을 볼 때면 괴로우면서도 동시에 안도감이 들었다. 나는 이렇게 태어나지 않아서 다행이다, 하는 안도감.

그리고 그 안도감이 그에게 참을 수 없는 죄책감과 자기혐오를 일으켰다. 이렇게 극단적으로 행동할 정도로.

그때 마차가 크게 요동쳤다. 마부가 소리쳤다.

"괴, 괴물이 쫓아옵니다!"

리리카는 주먹을 꽉 쥐었다.

'라우브!'

마차의 속도가 대번에 올라갔다. 리리카는 내려야 할지 아닐지 결정할 수 없었다.

어떻게 하지? 어떻게 하면 좋지?

"케헥, 켁, 헥!"

그 순간, 페리가 기침을 하며 몸을 웅크렸다. 파이가 당황해 몸을 돌렸다.

"페리! 괜찮아?"

"흑, 끄흑!"

그 작은 몸이 발작하듯 위아래로 흔들리고 있었다. 파이는 희게 질렸다. 리리카는 눈을 질끈 감았다가 떴다.

그녀가 펜던트에 손을 얹었다.

"구속 해제."

펜던트를 중심으로 톱니 같은 원형의 고리가 생겼다가 깨져나갔다.

파이가 눈물로 범벅된 얼굴을 들었다.

"카루스 아란 니아르 모아타."

이런 일을 대비해서 혹시나 하고 만들어 뒀던 마법이었다.

마법진이 빙글빙글 돌며 빛을 발했다. 점차적으로 페리의 몸이 진정되기 시작했다.

"으, 하아, 우……."

페리의 입에서 신음이 흘러나왔다. 고통스러운 비명은 아니었다. 파이는 그가 끌어안고 있는 작은 몸이 변하는 걸 느꼈다.

그때 다시 한번 마차가 크게 요동쳤다.

"히히힝!"

말이 날뛰었다.

"꺄악!"

리리카는 의자에 엉덩방아를 찧었다.

'마차가 옆으로 넘어지겠어!'

'콰직!'

그 순간, 마차 문짝이 뜯겨 날아갔다. 파이는 반사적으로 페리를 꽉 안았다.

리리카가 소리쳤다.

"라우브!"

이를 드러내고 눈에서 안광을 뿌리며 마차와 나란히 달리는 건 라우브였다. 누구의 피인지, 피를 흠뻑 뒤집어쓴 무시무시한 인간과 늑대 그 사이의 모습이었다.

털로 뒤덮인 팔에 날카로운 손톱이 솟아나 있었다.

파이가 반사적으로 그에게 마격총을 쐈다.

리리카가 뛰어들 듯 그 사이를 가로막았다.

"!!"

마차 밖으로 떨어지는 리리카를 라우브가 받아냈다. 동시에 그가 마차 바퀴를 걷어찼다.

'쾅!'

마차 바퀴가 부서지며 마차가 비틀렸다. 라우브는 뒤도 돌아보지 않고 리리카를 꽉 끌어안은 채 필사적으로 그 자리를 벗어나기 시작했다.

파이가 페리를 등에 업고 사냥터에 절뚝이며 나타나자 분위기는 순식간에 차가워졌다. 마차가 넘어지며 다리를 다친 데다가 여동생까지 등에 업었으니 속도는 지극히 느렸다.

마부는 마차 밑에 깔려 움직일 수 없는 상황이었다. 심지어 숲속에서는 인간사냥이 이루어지는 와중이라 파이는 한참을 숨었다가 온 터였다.

이미 해가 넘어간 상황이다.

파이가 자신을 부축하는 시종에게 말했다.

"당장, 폐하께 드릴 말씀이 있어. 황녀님과 관련된 일이야."

그때 시종을 옆으로 밀며 알테어스가 등장했다. 파이는 훅 끼치는 피비린내를 맡을 수 있었다.

옷을 갈아입는 중이었는지 단출한 차림의 황제는 얼굴에 피가 튀어 있었다.

"무슨 일이지?"

파이는 숨을 헐떡였다. 등 뒤에 업힌 페리가 떠는 게 느껴졌다.

"제가, 황녀님을 쏴서―"

말이 다 끝나기도 전에 파이의 멱살이 덜렁 잡혀 올라갔다. 등 뒤에 업혀 있는 페리를 알테우스가 아무렇지도 않게 떼어냈다.

"폐하, 제 동생은 아무것도 모르니, 제발."

실수라고 해도 황족을 쐈다. 파이는 그때 이미 살아남을 것이란 생각을 버렸다.

하지만 동생은…….

"데려가."

알테우스가 시종에게 페리를 던졌다. 로브 뭉치가 버둥거렸다.

"오빠, 오빠!"

"페리, 괜찮아. 아버님께서 곧 오실 거야."

파이는 끌려가면서도 동생에게 침착한 목소리로 말했다. 천막 안으로 들어가 내동댕이쳐지고 천막 문이 내려갔다.

"자세히 말해."

알테우스가 의자에 앉으며 말했다. 그때 루디아가 이어 천막으로 들어섰다.

"리리 이야기를 가지고 왔다면서요? 맙소사. 몰골이 이게 뭐지? 무슨 일이 있었던 거야?"

파이는 그녀에게서도 피 냄새가 나는 걸 느꼈다. 옷에 피가 튄 걸로 봐서 아주 근접한 거리에서 사람을 쏜 모양이었다.

그리고도 태연히 서 있는, 세상에서 가장 아름다운 황후.

목숨 문제가 아니라 몸 성히 끝나지 않을 거라는 예감이 들었다. 그래도 어쩔 수 없었다.

그가 선택한 일이니까.

"파이 산다르!"

으르렁거리는 목소리와 함께 세 번째로 천막 문이 열렸다. 알테어스가 아틸에게 말했다.

"일단 이야기를 듣지. 한시가 급한 거 같으니."

파이는 솔직하게 모든 이야기를 털어놓기 시작했다.

"배지가 말을 안 들어?"

알테어스가 눈썹을 찌푸리며 묻자 파이가 고개를 끄덕였다.

"그렇습니다. 라우브 경을 그림자 재규어가 습격하고서—"

마격총과 활을 가지고 공격하는 사람들이 나타난 일에 대해 말했다. 그들이 했던 말을 파이는 대부분 기억하고 있었다.

황녀님을 데리고 도망친 것, 황녀님이 마차에서 페리를 고쳐 주신 것과 라우브의 습격.

"폭주?"

루디아의 얼굴이 창백해졌다. 그녀는 라우브가 폭주해서 사람을 여럿 죽인 걸 이미 알고 있었다.

'괜찮아진 줄 알았는데……'

휘청이는 루디아를 알테어스가 자리에서 일어나 붙들었다. 그녀의 몸이 덜덜 떨려왔다.

파이가 이어 말했다.

"그래서 저도 모르게 마격총으로 라우브 경을 쏘았는데, 황녀님께서 그 앞을 가로막으시고서는 마차 밖으로 굴러떨어지셨습니다. 라우브 경이 황녀님을 데리고 사라—"

말을 마저 끝내지 못한 건 아틸이 달려들어 주먹질을 시작했기 때문이었다.

"이 뱀 새끼가!"

안에서 요란한 소리가 들려오는 걸, 천막 밖에서 듣고 있던 산다르 후작은 창백해졌다.

부름을 받아 달려왔지만, 입실을 허락받지 못했다.

그는 눈을 질끈 감았다. 전하께서 부디 그의 말벗에게 자비를 베풀기를 바랄 뿐이었다.

당장이라도 천막 안으로 뛰어 들어가고 싶었다. 그러나 그는 산다르의 가주다. 황제의 심기를 거슬러 가문의 존속을 위태롭게 할 수는 없었다.

제 아들이 황녀를 쏜 지금은 더욱더.

결국 브란이 아틸을 파이에게서 떼어냈다.

"전하, 아직 이야기를 끝까지 못 들었습니다."

아틸은 숨을 몰아쉬었다. 파이는 입 안에 고이는 핏물을 흘리며 제 턱을 스스로 맞췄다. 대답은 해야 하니까. 알테어스가 말했다.

"그 뒤로는?"

"어떻게 되셨는지 모릅니다."

아틸이 또 발길질하려는 걸 브란이 붙잡았다. 분노하는 아틸에 비해 루디아는 창백하게 질려 멍하니 서 있었다.

바닥이 부서져 내린 듯했다.

자꾸 리리카의 미소가 떠올랐다. 사형대 앞에서 보여 줬던 미소가.

또 실패했나?

어쩌지? 어떻게 하면—

알테어스가 루디아를 바로 세웠다. 그녀의 어깨를 잡아 시선을 이쪽으로 향하게 하고 그가 말했다.

"리리카는 마법사야. 아직 괜찮겠지. 당장 추격팀을 구성할 거야."

그 말에 루디아가 휙 몸을 돌렸다.

"맞아요, 당장 찾아야 해요."

"탄을 불러."

알테어스의 말에 시종이 황급히 빠져나갔다. 바깥에서 대기하고 있던 탄이 바로 들어왔다.

그는 쓰러져 있는 파이를 일별하고 알테어스 앞에 허리를 숙였다.

"라우브가 폭주해서 리리카를 데리고 도망갔다는군."

"!!"

탄은 신음을 삼켰다.

"찾아내."

"존의."

짧막하게 대답한 탄은 바로 천막을 빠져나갔다. 그가 집합을 외치는 신호가 들렸다.

루디아가 말했다.

"나도 찾으러 나가겠어요."

"리리카를 다른 자가 찾으면? 대기하고 있는 게 낫지 않겠어?"

"싫어."

루디아는 짤막하게 답하고는 천막 밖으로 뛰쳐나갔다. 말과 총을 준비하기 위한 분주한 소리가 들려왔다.

횃불이 이리저리 움직이고 팀을 이룬 자들이 무리 지어 달려가는 소리가 났다.

"폭주하고 있다면 상대를 자극하지 마라!"

"서로 간격 유지하고 지도 확인해! 빠지는 부분 없게!"

말에 올라탄 알테어스가 낮게 말했다.

"나머지는 전부 대기해라."

큰 목소리가 아니었는데도, 야영지 전체가 목소리가 울려 퍼졌다. 입구에 나와 모여 있던 귀족들이 한목소리로 답했다.

"명을 따르겠습니다."

낮 동안 인간 사냥이 있었다는 걸 모를 수가 없었다. 황녀가 위험에 처했다는 이야기도 소곤소곤 전달되었다.

굳이 여기서 황제의 심기를 거스르고 싶은 자는 아무도 없었기에 귀족들은 쥐죽은 듯 얌전히 굴었다.

모두가 알테어스가 황위에 오르자마자 반란을 일으켰던 검은담비 일족을 기억하고 있었다.

그 후로 황제가 귀족들에게 새로 만든 검은담비 가죽 모자를 하사한 것도 잘 알았다.

와중에 귀족파―바라트 쪽 천막은 속달거리기 바빴다.

"무능한 자들뿐이군요."

"늑대의 폭주라니, 하여간 이래서 울프가는 안 된다니까요."

"그것에게 문제가 생기면 가주가 책임져야죠."

"기사단장이 낙향하겠군요."

"다음은 반드시 저희 쪽 사람으로 합시다."

소곤거리는 와중에 피요르드가 빙그레 웃으며 말했다.

"오늘 밤 이렇게 모여서 떠드는 건 좋지 않아 보입니다. 일단 각자 천막으로 돌아가서 쉬시지요."

"알겠습니다."

"일이 이렇게 되어 아쉬우시겠습니다. 소공자님."

모두가 위로의 말을 건넸다. 남부 연합 찌꺼기들이 사냥제에 어떻게 들어오겠는가?

바라트가 뒤를 봐준 게 틀림없었다. 모두가 그리 여기고 있었다.

다른 귀족들이 빠져나가자 피요르드는 의자에 깊숙이 몸을 묻고 눈을 꾹 감았다.

"한잔하시겠습니까?"

묻는 시종에게 손짓으로 됐다는 표시를 해 보였다. 말이 시종이지, 공작이 붙여 놓은 감시나 다름없었다.

당장 그의 능력을 사용해서 튀쳐나가고 싶은 걸 참으며 그는 끊임없이 리리카의 무사를 빌었다.

그녀는 분명 괜찮을 것이다.

괜찮아야만 했다.

'용이 그녀를 수호하고 있으니까.'

그걸 위로 삼아 피요르드는 머리를 굴렸다.

'깨진 남부 연합 쪽에 바라트가 접촉했겠지. 어떻게? 내가 알고 있는 자들 중에 누구지?'

어머니에게 자신은 그럴듯한 작품일 뿐이지만, 바라트 소공작의 권위는 컸다. 그는 그것과 자신의 매력을 십분 활용해서 정보를 캐내는 중이었다.

그가 죽인 그의 형제들.

그 생각만 하면 구역질이 올라왔다. 어머니가 그 일에 대해 추궁할 것이라 생각했지만 그녀는 그러지 않았다.

그저 "폐기를 너무 앞당겼구나." 그렇게 말했을 뿐이었다.

리리카에게 이 이야기를 하면 어떻게 될까?

이상하게도 그의 울새 황녀님은 그런 이야기를 해도 그를 미워하지 않을 거 같았다. 경멸하거나 두려워하며 물러나지도 않을 것이다.

단지 그 눈에 눈물이 가득 차서 흘러내릴 거라는, 기묘한 예감이 들었다.

그녀는 그를 꽉 안아 줄 것이고, 그 품은 분명 따뜻하겠지.

그러니 그는 스스로를 용서하지 않겠다고 깊이 마음먹을 수밖에 없었다.

피요르드는 눈을 떴다.

'아주 긴 밤이 될 것 같군.'

'온몸이 아파…….'

리리카는 근육과 관절이 비명을 지르는 걸 느꼈다. 무거운 눈꺼풀을 올려 떴다. 돌로 된 천장이 눈에 들어왔다.

'돌…… 천장……?'

"끄응."

몸을 일으키니 그제야 이곳이 바위틈 사이임을 알 수 있었다. 사방이 깜깜했다.

빛을 내고 있던 건 머리 쪽에 놓인 채집통이었다.

'채집통……?'

멍하니 채집통을 바라보았다. 서서히 기억이 명확해졌다. 리리카는 채집통의 튼튼함에 감탄했다.

뜰채는 진즉 사라졌지만, 채집통 안의 작은 빛들은 그녀에게 용기를 주었다.

이대로 다시 잠들고 싶었다. 눈을 꼭 감고 싶었다.

'엄마…… 아빠…….'

하지만 지금 여기에는 엄마도, 아빠도 없다.

무슨 일인지 알아보고, 상황을 살피고, 모든 걸 그녀 스스로 판단해야 한다.

리리카는 더듬더듬 제 펜던트가 그대로 잘 달려 있는지 확인해 보았다. 다행히도 팬던트는 잘 달려있었다.

9장 사냥제 223

일어날 시간이었다.

'그러니까……. 일단은.'

"라우브? 있어?"

리리카가 작게 목소리를 냈다. 목이 꽉 잠겨 있었다. 아무런 답이 들려오지 않았다. 불안해진 그녀는 다시 한 번 그를 불렀다.

"라우브?"

여전히 답은 없었다. 리리카는 무릎에 힘을 주어 자리에서 일어났다.

"이얍!"

목소리가 저절로 나왔다.

비틀거리며 그녀는 바위틈에서 바깥으로 몸을 내밀었다.

밖은 깜깜했지만, 보름달이 환하게 모든 걸 비추고 있었다.

마른 계곡 아래쪽에 내려와 있다는 건 알겠다. 자세히 살펴보니 웅크리고 있는 사람이 보였다.

아니, 사람이 아닌가.

리리카는 태연히 말을 계속했다.

"라우브, 어떻게 된 거야? 여기가 어디야? 아야야……."

아무래도 상처가 난 것 같았다. 바위 틈새에 쑤셔 넣듯 넣어진 건지 팔다리에 온통 긁힌 상처였다.

'아, 그러고 보니 나 마격총에 맞았는데?!'

다친 곳은 없어 보였다. 설마, 하고 안쪽에 목걸이를 꺼내 보았다. 부적으로 만든 금화 목걸이가 움푹 파여 있었다.

'부적이 있어서 다행이다…….'

아직도 금화는 반짝반짝 빛나고 있었다. 마격총 한 방으로는 부적

역할이 다하지 않는 듯했다. 조금 더 마음이 든든해졌다.

리리카는 욱신거리는 통증을 참으며 웅크린 사람 쪽으로 다가갔다. 그러자 그가 화들짝 놀라며 후다닥 다른 바위 그늘로 기어들어 갔다.

"라우브?"

"오, 오지, 오지…… 마십시오……."

그녀는 잠시 멈칫했다. 리리카는 이제 달빛 아래 훤히 노출된 채 서 있었다.

찢어진 옷 사이로 상처가 보였다.

그림자 속에 숨은 라우브는 숨을 몰아쉬며 주공을 바라보았다. 청록색 눈동자가 만월 아래 반짝였다.

만월.

그래, 커다란 달 아래.

그는 홀린 듯이 달리고 울부짖고 싶어지는 걸 참았다. 욱욱거리는 소리가 올라왔다.

자신이 듣기에도 끔찍한 그르렁거리는 소리가 들렸다. 피가 끓어올랐다.

아, 정말로 작은 주공이다.

작고, 연약하고, 부드러운 살점을 가진.

"!!"

라우브는 뒤로 더 물러났다. 그의 손톱이 그의 목을 파고들었다.

당장 제 숨통을 끊어야 했다.

"라우브?"

하지만 저 목소리가 너무나 달콤해서.

라우브는 머리를 세차게 흔들었다. 재규어에게 이기기 위해 목걸이를 끊어 버렸다. 그 뒤로는 기억이 드문드문했다.

피를 뒤집어썼다.

죽이고 찢고 바수었다. 입 안에서 피 맛이 났다. 힘이 온몸으로 퍼져 나가며 관절과 근육들이 삐걱거렸다.

우두둑, 모든 게 뒤틀리는 소리가 났다.

그러나 힘이 더 필요했다.

주인을 찾으려면 더 많은 힘이 필요했다.

그녀를 찾고, 품에 안고서는 그저 '도망쳐야 한다.' 그 생각뿐이었다. 사방이 적이었다. 제대로 된 판단을 할 수가 없었다.

인기척이 나면 무조건 방향을 틀었다. 그래서 이 깊은 곳 바위틈에 주군을 숨겼다.

인간들로부터.

자신으로부터.

돌아올 수 없는 길을 건너 버렸다는 걸 깨달았다. 외형이 돌아오지 않았다.

적어도 지금까지는 인간의 모습을 지켰는데, 이제 더는 아니었다. 더는, 더는.

인간이 아니었다.

'또 버림받는 건가?'

공포와 두려움이 순식간에 라우브를 잠식했다. 숨이 거칠어졌다. 남아 있던 이성이 끊어졌다.

리리카는 그늘 속에 숨은 라우브를 바라보았다.

'아.'

경종이 울린다. 위험을 알리는 그녀의 감이 미친 듯이 그녀에게 도망칠 것을 종용했다.

'그르르릉.'

어둠 속에서 낮은 울음소리가 났다. 리리카는 침을 삼켰다.

펜던트에 손을 올리는 동작이라도 하면, 상대가 그대로 번개처럼 뛰어나올 듯했다.

'어쩌지?'

그 순간 빛이 번쩍했다.

비명도 지르지 못하고 라우브가 쓰러졌다. 두 번, 세 번, 연속으로 빛이 번득였다.

"내 딸에게서 떨어져, 이 개자식아."

루디아가 장총을 든 채로 낮게 읊조렸다.

리리카는 저도 모르게 입을 벌렸다.

"어머니······."

목소리가 떨렸다. 루디아가 마격총을 내리고 딸에게 괜찮다는 듯한 미소를 지어 보였다.

"쏘고 나서 하는 경고는 소용없나?"

"어머니!"

그제야 리리카가 소리쳤다. 땅을 박차고 달려가 루디아에게 안겼다. 루디아의 머리카락은 헝클어져 있었고, 얼굴은 땀범벅이었다.

하도 리리카를 부르고 다녀서 목이 쉬어 있었다.

"다행이다, 정말, 다행이야. 무사해서."

루디아의 눈에서 눈물이 뚝뚝 떨어졌다. 리리카가 어머니를 꽉 마주 끌어안은 후에 놓아 주며 말했다.

"어머니, 라우브를 봐야 해요!"

"안 돼! 괴물이라서 아직 죽지 않았을지도 몰라."

그 말이 끝나기가 무섭게 "끄응" 하는 소리가 났다. 라우브가 어떻게든 몸을 일으켜 세우려고 하는 게 보였다.

"이 괴물 새끼가 진짜……."

그녀가 허리에 찬 홀스터에서 총을 꺼내 드는 걸 리리카가 막았다.

"어머니, 제발, 제가 고칠 수 있어요."

"하지만, 리리!"

"라우브는 절 구하려다가 저렇게 된 거예요! 딱 한 번만 절 믿어 주세요. 네?"

딸아이의 필사적인 말에 루디아는 한숨을 내쉬고 방아쇠를 당겼다.

"큭!"

짚고 일어나려던 팔에 총이 맞으며 그가 다시 쓰러졌다.

"가까이 가지 말고 여기서 해."

리리카는 얼른 펜던트에 손을 올렸다. 역시 만들어 두기를 잘했다. 준비는 언제, 어느 시점이든지 해야 하는 거구나.

"카루스 아란 니아르 모아타."

아까보다 훨씬 큰 마법진이 그려졌다. 마법진이 빛나기 시작하자 거대했던 그의 팔이 줄어들기 시작했다. 기묘했던 관절들도 제자리로 돌아가기 시작했다. 동시에 상처도 회복되었다.

마력을 흐름을 통해서 리리카는 그를 느낄 수 있었다.

처음 페리에게 마력을 썼을 때보다 훨씬 더 능숙하게 마법을 사용할 수 있었다.

그녀의 마력이 그의 몸속으로 흘러 들어가서 어떻게 작동하는지 하나하나 느껴졌다.

어그러진 곳을 고치고, 구부러진 곳을 폈다.

'아, 이 부분이 문제였구나.'

단단하게 굳어 있는 곳을 마력으로 슬그머니 녹여내기 시작했다. 집중하자 그녀의 이마에서 땀이 흐르기 시작했다.

루디아는 입술을 깨물었다. 얼마 지나지 않아서 마법진이 사그라들었다. 리리카는 휴, 하고 숨을 내쉬었다.

"이제 된 거니?"

"네, 끝났어요."

루디아는 총구를 치우지 않았다. 그녀는 다른 팔로 딸을 감싸고는 말했다.

"정말, 정말로 걱정했어. 리리, 널 다시 못 보게 되는 줄 알았어."

리리카는 곧바로 온몸의 긴장이 풀리는 걸 느꼈다. 눈에서 눈물이 방울방울 솟아났다.

그제야 몸이 달달 떨려왔다.

"어, 엄마아—"

리리카가 손을 뻗어 매달리자 루디아가 그녀를 꼭 안아 주었다.

"찾았나?"

다급한 기색이 섞인 목소리였다. 리리카는 우느라 대답할 수 없었다. 그녀를 안고 루디아가 대답했다.

"찾았어요."

"피 냄새가 진동하는군."

"저걸 봤어요."

"아."

알테어스는 딱 한마디만 하고 더 이상 라우브에게 시선을 주지 않았다. 그는 다가와 리리카를 살폈다.

"멀쩡한 것 같네."

"멀쩡? 이게 멀쩡한 걸로 보여요?"

루디아의 목소리가 높아지자 알테어스가 재빠르게 말했다.

"겉보기에는 이상이 없다는 뜻이야."

"리리카! 숙모님!"

아틸의 목소리가 들렸다. 웅성거리며 사람들이 몰려들고 있었다. 드디어 완전히 안전하다는 생각이 들자 몸에 힘이 쭉 빠졌다.

리리카는 단숨에 잠의 세계로 빨려 들어갔다.

루디아는 의사가 '그저 피곤해서 주무시는 것뿐.'이라고 장담하는 걸 듣고서야 안심할 수 있었다.

씻고 옷을 갈아입은 후, 그녀는 리리카 옆에 앉았다.

'그냥 가둬 둘까.'

루디아는 리리카의 자는 얼굴을 바라보며 진지하게 생각했다.

'그냥 딱 6년만, 어디 멀리 떨어진 영지에 가둬 두고. 아냐, 너무 멀리 떨어진 곳은 안 돼. 이미 알려져 있는걸. 게다가 리리는 마법사잖아.'

그럼 가까운 데, 높은 탑 같은 곳에 가둬 두면 되지 않을까? 불편하기는 하겠지만 안전할 것이다.

들어가는 사람을 제한하고, 창문에도 쇠창살을 달고…….

이런저런 생각을 하는데 알테어스가 들어왔다. 루디아가 무감하게 그를 바라보며 물었다.

"일은요?"

"남부 연합 쪽은 끝났어. 계획대로 깔끔하게."

산발적으로 바라트에게 협력하게 될지 모르는, 남부의 반란 세력들을 이 기회에 일소해 버렸다.

바라트를 없애기 위한 네 개의 축 중의 하나를 처리했다.

루디아가 낮게 말했다.

"나에게 총구를 들이댈 때는 괜찮았어요. 나에게는, 얼마든지 괜찮았다고요."

일부러 최대한 자신과 알테어스 쪽으로 유인하기 위해 허술하게 처리했다.

그만큼 위험도도 높았지만, 루디아는 상관없었다. 그녀가 마격총을 뽑아 들어 대응 사격까지 한 위험한 순간이었다.

그러나 그것도 잠깐, 알테어스가 나타나자 모든 게 끝났다. 손 한 번 휘두르는 것으로 모두 무릎을 꿇었다. 적일 때는 괴물 같았는데, 같은 편이니 이렇게 든든할 수가 없었다. 단 한 사람도 도망치지 못하고 제압당했다.

일부러 리리카와 멀찍이 돌아 들어오지 않았는가?

루디아에게 힘을 쏟아도 부족할 판에 설마 리리카에게까지 손을 쓸 것이라고는 생각도 못 했다.

라우브를 붙였으니— 하고 안일하게 생각한 게 문제였던 걸까?

차라리 자신의 팔 한쪽을 내어 주는 편이 더 나았을 터였다.

그러면서도 머릿속으로는 이번 사건으로 얻게 될 이해득실을 끊임없이 계산하고 있었다.

그런 자신이 지긋지긋하지만, 본래 그렇게 머리가 돌아가는 걸 어쩔 수 없었다.

'이걸로 바라트와 손을 잡을 한 축은 없앴는데.'

바라트와 연계점을 찾을 수가 없었다. 핵심이 된 녀석들은 작전에 실패하자 전부 스스로 목숨을 끊었다. 남은 놈들은 찌꺼기뿐이었다.

다른 문제는 배지였다.

어떻게 배지의 힘을 무효화시킨 것인지에 대해서는 알 수가 없었다. 암시장에서 아티팩트를 구매했다는 말이 전부였다.

'이래서 정보 길드를 뚫어 두려고 했던 건데.'

답 없는 놈들이라 짜증이 났다.

'그 양아치 새끼.'

길드장을 생각하니 이가 저절로 갈렸다.

파이 산다르의 돌발 행동도 짜증스러웠다. 산다르 후작은 전혀 몰랐다며 머리를 숙였다.

기절한 아들을 데리고 나가면서도 안도하는 게 보였다.

살아 있으니까.

거기다가 제 딸도 멀쩡해지지 않았는가?

그 생각을 하니 다시 화가 치밀어 올랐다. 리리카를 찾은 지금도 분이 풀리지 않았다.

하지만 파이가 거기서 리리카를 데리고 도망치지 않았다면…….

'죽었겠지.'

라우브와 단둘이었다면 리리카는 잡히거나 죽었을 터였다. 아니, 더 운이 나빴다면 폭주한 라우브에게 찢겼을 수도 있었다. 폭주를 막 시작한 시점이 가장 위험하니까.

운이 좋은 건지 나쁜 건지 도무지 알 수가 없었다.

리리가 위험해진 것만 아니라면 결말은 훌륭했다.

'산다르가 배신한 일을 아예 없애 버렸어. 라우브의 폭주 때문에 탄 울프가 단장 직위를 버리고 낙향하게 되는 일도 이제 없을 거고.'

루디아는 리리카의 얼굴을 바라보았다. 리리카 역시 큰 성과를 올렸다.

'하지만 그런 것보다 리리가 더 소중한걸.'

루디아는 입술을 깨물었다. 알테어스가 그녀 옆에 놓인 작은 조립식 의자에 커다란 몸을 구기듯 넣어 앉으며 말했다.

"가서 쉬어."

"싫어요."

"내가 볼 테니까."

"싫어요."

"루디."

"내 딸이에요, 내 딸이라고요. 내 딸이란 말이에요."

"내 딸이기도 해."

루디아가 붉어진 눈을 들어 알테어스를 보았다. 그녀는 핥듯이 그의 얼굴 구석구석을 살폈다.

믿을 수 있을까?

얼마나?

리리가 마법사인 것을 그녀에게 숨기려고 했던 그를.

알테어스가 찬찬히 말했다.

"다시 한 번 말하는데, 그대를 기만할 생각은 없었어. 마법사란 무척 희귀한 존재라······."

"한마디로 나를 못 믿었다는 거잖아요."

"맞아, 무척 얄팍하고 어리석은 판단이었지."

"아니에요."

루디아의 입술이 비죽 올라갔다.

"무척 현명한 판단이었지요."

등불이 흔들렸다.

흔들리는 빛과 뚜렷한 그림자가 그녀의 얼굴에 드리워져 표정이 더욱 짙게 느껴졌다.

"나도 내가 어떻게 해야 할지 모를 때가 있으니까요. 나는, 분명······."

겁쟁이라서.

알게 되었으면 리리카를 크게 혼내며 다시는 마법을 쓰지 말라고, 쓸 생각도 하지 말라고 하며 꽁꽁 숨겨 뒀을 것이다.

리리카가 마법사인 게 알려질까 무서워서 벌벌 떨었겠지. 어떻게 내 딸을 지킬까, 하면서.

그녀가 아는 방법은 무조건 숨기고, 감추는 것뿐이었다.

루디아의 어머니는 폭력을 휘두르는 방식으로 루디아를 지키려 했다.

착하게, 말을 잘 듣게, 듣지 않으면 사랑이란 이름의 폭력을 휘둘러 바른길로.

이제 와 생각하면 웃기는 소리다. 루디아는 그딴 방식을 사랑이라고 포장하고 싶진 않았다.

"지금도 어떻게 하면 세상으로부터 리리카를 유리시킬 수 있을까, 그 생각뿐인걸요."

알테어스는 웃지 않았다.

"그러지 않을 거잖아."

"그러고 싶어요."

"그러고 싶은 것과 실제 행동 사이에는 커다란 간극이 있지."

알테어스가 그녀 쪽으로 몸을 숙였다.

"나는 감정적인 문제에는 약할지도 모르지만, 다른 건 자신 있어. 그대보다 낫지."

루디아는 눈을 가늘게 떴다.

'그래, 너 똑똑하고 잘났다.'

"나보다 몇 배는 더 살았으니 그래야죠. 물론."

알테어스의 표정에 곤란함이 스쳐 지나갔다.

"자랑하는 게 아니었는데."

달래는 듯한 어투였다. 루디아는 가만히 그를 보았다. 알테어스의 표정에는 어린애 투정을 본다는 듯한 기색이 없었다.

그는 그녀를 대등하게 보고 있다.

루디아는 사과했다.

"저도 예민한 부분이라 민감해졌어요."

알테어스가 의아한 얼굴로 말했다.

"그대는 현명하고 우아해."

"갑자기요?"

황당해하며 되물으니 그가 답했다.

"예민한 부분이라기에. 보통 자기 약점일 때 예민해지지 않나? 그대는 바라트만큼 귀족적이고 산다르만큼 현명한데."

루디아의 뺨이 붉어졌다. 그건 그저 그녀가 돌아왔기 때문에 아는 지식일 뿐이었다. 그녀가 고개를 돌리며 말했다.

"그래도 리리카에게 도움이 될 수는 없잖아요."

"충분히 되고 있어."

답하고 그가 고개를 저었다.

"대화가 튀었군. 아니, 돌아온 건가? 하여간 리리카는 내 딸이기도 해. 그대 혼자 짊어지고 갈 필요가 없어."

그의 푸른 눈동자 가운데 동공이 춤추듯 붉은빛을 냈다.

"나는 맹세했고, 계약 동안 맹세는 어기지 않아. 그대는 내 반려고, 리리카는 내 딸이야."

용의 맹세는 무겁다.

그러기에 루디아는 부러 그에게 맹세를 받았다. 그렇게 받은 맹세는 생각보다 훨씬 더 무거워서…….

루디아가 손을 뻗어 그의 뺨을 꾹 잡아당겼다.

"이건 무슨 뜻이지?"

알테어스가 묻자 루디아가 웃었다.

"맞네요. 계약 동안은 제 남편이고, 리리카의 아버지죠."

"내가 몇 번이나 말했는지 모르겠는데."

"별로 실감이 안 났거든요."

그녀가 손을 놓았다.

용의 맹세는 믿어도 된다. 그 말은 이 사람을 믿어도 된다는 뜻이다. 누군가를 믿는다는 건 어려운 일이지만, 한 번 믿고 나면 그보다 마음 편한 일도 없다.

믿고 맡기면 되니까.

게다가 뭐랄까?

'넌 잘하고 있다. 지금도 훌륭하다.'

이런 말을 듣는 게 싫지 않았다. 그런 말을 들을 때마다 기뻤다. 가슴 속에 비어 있는 무엇인가가 채워지는 기분이 들었다.

아무리 애를 써도 제대로 되는 게 없다고 느껴지는 때, 저런 말은 도움이 되었다.

홀가분해진 얼굴로 루디아가 말했다.

"고마워요. 하지만 리리가 깨어났을 때 곁에 있어 주고 싶어요."

이 대답은 '가서 쉬라'는 알테어스의 제안에 대한 바뀐 답이었다.

그는 말없이 시선을 돌려 잠자는 리리카를 바라보았다. 그의 표정이 어두워졌다.

"염려되는 점이 있어."

"뭔가요?"

"운명이 그녀를 몰아가고 있다는 생각이 들어."

"무슨 말이에요?"

"라우브도, 페리도. 마법사가 아니라면 해결할 수 없는 일들이었지. 리리카가 거기에 휘말려 일들을 해결했고."

루디아의 눈이 가늘어졌다. 리리카와 무척 닮은 그 눈동자는 딸과 달리 싸늘한 형광빛을 발했다.

"마법이 필요한 일에 리리카가 끌어들여지고 있다는 뜻인가요? 그럴 리가 없어요, 왜냐면—"

왜냐면 저번 삶에서는 단 한 번도 그런 일이 없었으니까.

리리카는 마법사로 눈을 뜬 적도 없고, 마법을 쓴 일도 없다.

저번에는.

'그러면 이번에는?'

'아마도' 리리카가 마법을 써서 자신이 과거로 돌아왔다.

'그리고 모든 게 바뀌었지.'

만약 그녀가 알테어스와 결혼하지 않았다면, 리리카는 마법을 체계적으로 배울 일이 없었을 것이다.

마법사라는 걸 알테어스가 알아챌 일도 없었을 터였다.

'리리가 그냥 마법을 써서 돌아온 걸까? 혹시 무슨 대가를 치르고 있는 게 아닐까?'

그녀를 과거로 돌려보낸 대가를, 리리가 마법사의 임무를 다함으로써 마저 치르고 있는 거라면.

"말도 안 돼, 그런, 그런 건—"

"루디아."

알테어스가 그녀의 손을 잡았다. 루디아가 흠칫하고 그를 바라보았다.

"짐작 가는 일이 있나?"

그의 말에 루디아는 몇 번이나 망설이다가 입을 열었다.

"리리카가 운명을 바꾸는 마법을 쓴 거 같아요……."

압축된 말이었지만, 알테어스는 어느 정도 알아들었다.

"그래서 운명이 리리카에게 대가를 요구하고 있다고?"

"그런 게 아닐까요?"

"글쎄, 그게 사실이라면 적어도 나쁘지 않은 점이 하나 있지."

"뭐죠?"

"그렇다면 운명이 원하는 모든 일을 마칠 때까지 리리카가 죽지 않을 거라는 점."

"전혀 위로가 안 돼요."

중얼거리고 루디아는 한숨을 내쉬었다. 그래도 이야기하고 나니 머리가 식는 기분이었다. 운명이니 뭐니 그런 거창한 이야기는 이제 더 이상 상관없었.

그녀가 할 일은 명확하니까.

그녀는 의자에서 일어나더니 알테어스의 다리 위에 털썩 앉았다. 그가 놀라 그녀를 내려다보았다.

루디아가 말했다.

"그쪽이 원하는 대로 의지할 겸 위로도 받으려고요."

알테어스가 피식 웃고 양팔로 그녀의 허리를 감았다.

"2년 만에 인정받은 건가?"

"그러게요."

중얼거리고 루디아가 그의 어깨에 머리를 기댔다.

"나는 그냥, 리리카가 행복해지기를 바랄 뿐이에요."

"리리카도 당신이 행복해지길 바라는 것 같던데?"

그 말에 울음이 터질 것 같았다. 하지만 눈물 대신 어쩐지 웃음이 나와, 루디아는 슬프게 웃었다.

브린은 요즘이 아주 '평생 기억할 만한 사건'의 연속이라고 생각했다. 이런 사건은 띄엄띄엄 생겨도 되는데, 좋은 의미든 나쁜 의미든 몰아치고 있었다.

"이봐요."

브린이 임시로 만들어 놓은 나무 감옥 안에 쭈그리고 앉아 있는 라우브를 보았다.

"괜찮아요?"

어차피 나무막대기는 브린의 힘으로도 부러트릴 수 있는 것이었다. 형식적인 감옥일 뿐이다.

"아니, 왜 굳이 혼자 감옥 안에 들어가겠다고 우기고 그래요? 천막에 들어가 있으랬더니."

"……."

브린이 눈을 가늘게 떴다.

"이런 모습으로 황녀님의 동정심을 유발하려는 거죠? 그런 계획이라면 관두고 얼른 나와요, 잠깐만. 울어요?"

무표정하던 라우브의 눈에서 갑자기 눈물이 툭툭 떨어지기 시작했다.

브린은 당황했다.

무디고 튼튼한 줄 알았더니 아니었나?

"잠깐, 에잇!"

브린은 나무 창살을 적당히 빼서 던지고 안으로 들어갔다. 그 옆에 나란히 쭈그려 앉으며 등불을 내려놓았다.

"뭐, 폭주할 뻔했지만 괜찮았잖아요? 적아 구분이 안 되는 상황이었으니, 멀리 가서 숨은 것도 나쁜 판단이 아니었다고 생각해요."

"……."

여전히 눈물만 흘리는 라우브를 보고 브린이 "아, 짜증 나네." 말하고는 그의 양어깨를 잡아 휙 돌렸다. 당황한 라우브가 눈을 깜박였다.

"이런 걸로 내칠 거였으면, 처음부터 당신을 호위로 받지도 않았을 거예요. 맹세도 안 받았을 거고요. 황녀님을 그렇게 몰라요?"

라우브는 저에게 이런 식으로 대하는 사람이 처음이라 놀랐다. 그는 똑바로 자신을 쏘아보는 보라색 눈동자를 보다가 슬그머니 시선을 돌렸다. 브린이 다그쳤다.

"또 이러네. 다물지 말고 말을 하라고, 말을."

"말."

"……죽고 싶어요?"

브린의 목소리가 스산해지자 라우브가 작게 말했다.

"보셨으니까……."

"뭘요?"

"내가…… 변한 걸……."

"아, 뭐야. 그거예요?"

브린의 말투가 너무 가벼워서 라우브는 깜짝 놀라 브린을 보았다. 브린이 말했다.

"지금은 멀쩡하잖아요?"

"……."

"그럼 황녀님이 아티팩트를 사용해서 고치신 게 아닐까요? 버릴 거라면, 거기서 버렸을 거라고 생각해요. 황후마마 사격술도 좋으신데."

냉정하지만 그래서 오히려 마음에 와 닿는 말이었다. 라우브가 슬쩍 브린을 바라보았다.

브린이 손을 놓고 등불을 들어 자리에서 일어났다.

"얼른 천막으로 돌아가요. 아님 계속 여기서 쓸데없는 짓 하고 있든가."

그녀가 휙 몸을 돌려 감옥을 나섰다. 라우브는 망설이다가 그 뒤를 따랐다.

리리카는 눈을 뜨자마자 허기를 느꼈다.

온 가족의 환대 속에서 리리카는 식사를 시작했다. 상처에 붕대를 감아두기는 했지만, 그녀가 만들어 둔 연고가 워낙 효과가 좋아서 이미 깨끗하게 나은 후였다.

근육통이 남아 있기는 했지만 심각한 정도는 아니었다.

어의가 완쾌라는 소견을 내리고서야 모두 안도했다.

리리카도 음식이 들어가니 정신이 돌아왔다.

모두가 걱정하는 얼굴로 자신을 보고 있었다. 리리카는 씩씩한 미소를 지어 보였다.

"저 정말로 괜찮아요. 몸 상태도 쌩쌩해요!"

루디아가 미소 지었다.

"그거 다행이구나."

리리카가 얼른 물었다.

"대체 일이 어떻게 된 건가요? 파이와 라우브는요? 페리는 어떻게 됐나요? 그리고 활 쏜 사람은 누구예요?"

알테어스와 루디아는 서로 마주 보았다. 알테어스가 어깨를 으쓱하며 루디아에게 손을 내밀었고, 그녀가 상황을 설명했다.

"활 쏜 사람은 남부 연합 쪽 사람이었어. 전부 다 잡혔단다. 그리고 라우브는 근신 중이고, 파이와 페리 역시 따로 구금 중이야."

"구금이요?"

"그래."

아틸이 날카롭게 말했다.

"대체 어떻게 된 거야? 양측의 이야기를 듣긴 했지만, 네 이야기도 들어야겠어."

아틸의 말에 리리카는 사실대로 차근차근 이야기했다.

파이가 부탁한 것, 라우브를 그림자 재규어가 덮친 것, 사람들이 나타나서 떠들어댄 것, 파이가 그녀를 데리고 도망친 일.

그녀의 이야기를 들은 세 사람은 서로 얼굴을 마주 보았다.

"진술이 다른 건 없군."

"정말로 어이없는 일이에요."

알테우스와 루디아가 한숨을 쉬는 와중에 아틸은 화를 냈다.

"호위로 라우브를 붙인 게 잘못이었어. 내가 처음부터 뭐라고 그랬어? 어?"

"라우브 잘못이 아니에요."

리리카가 그를 감싸자 아틸은 짜증이 확 솟구쳤다. 계속 걱정했던 만큼 반동이 컸다.

"야, 뭐가 라우브 잘못이 아냐? 그 자식이 폭주해서 너 데리고 숨지만 않았어도 이렇게까지 안 됐어!"

아틸이 짜증을 내며 리리카의 뺨을 쭉 잡아 늘였다.

"아흐에―"

"아프긴 뭐가 아파? 내가 얼마나 마음고생했는지 알아? 파이가 페리를 업고 와서는 라우브가 널 데리고 사라졌다고 그러고……. 넌 보이지도 않고. 혹시나 남부 연합에게 당했나 하고."

아틸이 푹 한숨을 내쉬고 리리카의 뺨을 놓아 주었다. 리리카는 붉어진 뺨을 문질렀다.

"저 환자라구요."

리리카의 말에 아틸은 순간 할 말을 잃었다.

"그러네. 내가 심했네."

"심했어요."

투덜거리는 여동생을 보고 아틸은 안도하며 한숨을 내쉬었다. 정말로 멀쩡하다.

알테우스가 말했다.

"사냥제를 계속할 건데, 나올 수 있겠나?"

리리카는 고개를 끄덕였다.

"숙부님."

아틸이 미간을 찡그렸지만 알테어스는 개의치 않고 말했다.

"이런 일로 황실이 흔들리지 않는다는 걸 보여 주는 자리야. 전원 참석해야지."

루디아가 걱정스럽게 리리카를 바라보았다.

"리리, 잠깐 얼굴만 비추는 걸로 괜찮아."

"아니에요! 저도 채집 마저 하고 싶어요."

리리카가 자리에서 벌떡 일어났다. 몸이 이렇게 무척 쌩쌩하단 걸 보여 주기 위해서였다.

맛있는 걸 먹고 푹신한 이불에서 잠들 수 있는 건 그녀가 '타카르'이기 때문이다.

그렇다면 타카르로서 해야 할 일은 해야겠지.

만약 부상을 입었더라도 그녀는 자리에서 일어나서 참가해야만 했다. 언제나 말하지만,

'일은 신용'

암살당할 뻔해서 정신적으로 무리가 왔어요, 행사에 참여하지 못할 것 같아요, 하는 말은 프로답지 않다. 그런 모든 상황에도 불구하고 일을 해내는 게 프로다.

리리카가 강력히 말하자 알테어스가 고개를 끄덕였다.

"좋아."

그가 시간을 가늠해 보았다.

"사냥제는 정오부터 다시 시작되니까, 그전에 만나 보는 게 좋겠지."

누구를, 묻기도 전에 알테어스가 손짓하자 천막 문이 열리고 라우브가 들어왔다.

아틸도, 루디아도 못마땅한 얼굴로 라우브를 바라보았다.

언제 폭주할지 모르는 존재.

커다란 맹수의 목줄을 리리카에게 쥐여 주는 기분이라 영 탐탁잖았다.

"주공."

"라우브! 몸은 괜찮아?"

리리카가 반색하며 다가가 물었다. 라우브가 무릎을 꿇었다.

"죄송합니다. 제가 주공을 지키지 못하고—"

"어쩔 수 없었잖아? 갑자기 재규어가 덮칠 줄 누가 알았어?"

"그래서 라우브의 처분 말인데……"

알테어스의 말에 리리카가 펄쩍 뛰었다. 그녀가 무릎 꿇은 라우브의 팔을 잡아당겼다. 리리카의 힘으로 그가 당겨질 리 없지만, 라우브는 작은 손에 끌려 얼결에 일어났다. 리리카가 그를 제 등 뒤로 당겨 숨기며 말했다.

"제 거예요."

"!!"

라우브는 숨을 삼켰다. 리리카가 다시 말했다.

"제 거예요, 라우브는 제 거니까, 제가 처벌하고 책임지게 할 거예요."

리리카가 뒤를 돌아보았다.

"그렇지? 라우브는 내 것, 라우브? 울어?!"

놀란 리리카는 허둥지둥 손수건을 꺼냈다. 아틸은 혀를 찼고, 루디아는 한숨을 내쉬었다.

저 덩치에 눈물을 뚝뚝 흘리는 걸 보고 있으니, 갑자기 자기들이 무척 나쁜 사람이 된 기분이 들었다.

"괜찮아. 왜 그래?"

"죄송합니다. 그게, 자꾸만."

감정이 제어가 되지 않고 멋대로 소용돌이치고 있었다.

"멀쩡하군."

알테어스가 신기하다는 표정으로 말했다.

감정이 저렇게 소용돌이치면, 괴물의 피도 함께 날뛰어야 했다. 그런데 지금 라우브는 리리카가 선물해 준 제어구가 없이도 멀쩡했다.

리리카가 말했다.

"제가 마법을 걸어 줬으니까요. 이제 괜찮아요."

병으로 치자면, 완쾌나 다름없었다.

알테어스의 표정에 이채가 섞였다. 루디아와 시선을 교환한 알테어스가 말했다.

"그럼 라우브의 처분은 리리카에게 맡기기로 하지. 그리고 산다르는……. 라우브 데리고 직접 가 봐."

"말도 안 됩니다!"

아틸이 대놓고 불만을 표했지만 알테어스가 고개를 흔들자 입을 꾹 다물었다.

리리카는 "감사합니다!" 하고 환하게 웃었다.

눈물을 그친 라우브를 데리고 리리카는 산다르의 천막을 찾아갔다.

가면서 주변을 둘러보고 리리카가 말했다.

"라우브, 나 부탁하고 싶은 게 있는데."

"무엇이든지, 주공께서 명하신다면."

리리카가 그 말에 작게 웃었다.

"피요르드 있잖아. 피요르드랑 나랑 만나면, 열 걸음은 떨어져 있어 줄래?"

"바라트 소공작님 말입니까?"

"응, 피요가 뭐 해도 다가오지 않기. 약속이다?"

"그런—"

"라우브, 우리가 누구지?"

리리카의 말에 라우브는 고개를 갸웃했다. 리리카가 발을 동동 굴렀다.

"차암, 우리는 산딸기 동맹이잖아."

"아."

리리카가 다시 말했다.

"우리가 누구다?"

"산딸기 동맹입니다."

"맞아, 산딸기 동맹원은 산딸기 따는 걸 두려워하지 않고, 언제나 동맹원을 믿어 주지."

그녀가 빙긋 웃었다.

"피요도 동맹원이니까 믿어 줘. 내가 라우브를 믿는 것처럼."

라우브가 천천히 눈을 내리깔았다. 그가 말했다.

"주공께서 절 믿어 주시는 것처럼은 무리겠지만, 노력하겠습니다."

"그거면 돼. 고마워."

"아닙니다."

라우브가 고개를 저었다. 그녀가 자신을 믿어 주지 않았다면 지금 자신은 여기에 있을까?

아니다.

사냥당해서 죽었겠지.

그런 황녀님께서 믿는 또 다른 사람이라면, 그도 믿어 줘야 하는 게 맞다.

산다르 천막 앞에 도착하자마자 둘은 환대를 받으며 안으로 안내받았다.

순식간에 상석에 앉게 된 그녀 앞에 상자들이 주르륵 늘어섰다.

'이게 뭐지?'

당황스러워 주변을 살피고 있을 때, 키가 큰 남성이 들어왔다. 한눈에 누군지 알 수 있었다.

'산다르 후작.'

그리고 그 뒤를 따라서 파이와 페리가 들어왔다. 리리카는 깜짝 놀랐다.

"파이? 얼굴이 왜 그래?"

파이의 얼굴은 퉁퉁 부어서 알아볼 수 없을 지경이었다. 파이가 웃으려다가 말았다. 이런 얼굴로는 웃는 게 이상해 보일 것 같았다.

"여러 가지 사정이 있었답니다. 보기는 이래도 괜찮습니다."

"안 괜찮아 보이는데……."

"괜찮습니다. 사지와 목이 멀쩡히 붙어 있는걸요. 관대한 처분이죠."

후후 웃으며 하는 말에 리리카는 다시금 귀족의 배짱에 대해 고찰했다.

산다르 후작이 공수하며 깊이 허리를 숙였다. 남부지방 특유의 예의였다.

"황녀님께 깊이 감사 인사를 올립니다. 덕분에 제 자식이 목숨을 건지게 되었습니다. 자, 페리. 인사드리거라."

그 말에 옆에 서 있던 페리가 잽싸게 후드를 걷어 보였다. 리리카의 얼굴이 밝아졌다.

"나왔구나!"

"네, 황녀님. 덕분입니다."

페리는 이제 평범한 소녀의 얼굴이었다. 눈동자가 아직도 세로로 긴 모양이기는 하지만 그 정도는 아무렇지도 않았다.

머리카락도 자라나서 파이와 비슷한 베이지색 머리카락이 어깨쯤을 덮고 있었다. 눈썹도 제대로 나 있고.

무척이나 귀여운 얼굴이었다.

페리도 공수하며 말했다.

"제 목숨을 구해 주신 분이 황녀님이시니, 이제 제 목숨은 황녀님의 것입니다. 죽이든 살리든 황녀님 뜻대로 해 주세요."

만약 리리카가 남자였다면, 첩으로든 잠자리 시녀로든 데려가라고 하겠지만 후작으로서는 안타깝게도 리리카는 여자였다.

리리카가 페리의 말에 당혹한 사이, 산다르 후작이 말했다.

"하녀로 쓰셔도 좋고, 허드렛일을 시키셔도 괜찮습니다."

리리카는 퉁한 표정을 지으며 말을 끊어냈다.

"안 괜찮은데."

그녀가 턱을 괴고 말했다.

"내가 페리를 고친 건 그냥 후의(厚意)지, 그녀의 목숨을 받고 싶어서 그런 게 아냐."

더 이상 책임져야 할 것을 늘리고 싶지 않았다. 라우브 한 사람만으로도 충분했다.

거절 의사를 밝히니 오히려 페리가 무릎을 꿇고 말했다.

"저 정말로 뭐든지 잘할 자신 있어요, 황녀님. 부탁드립니다."

리리카는 눈을 찡그렸다.

'사람을 더 받기는 싫은데······. 음······. 그래!'

리리카는 더 이상 고민하지 않기로 했다.

어려운 문제를 해결해 줄 사람이 따로 있지 않은가?

혼자서 일할 때는 한 번도 하지 못하던 발상이었다. 하지만 머리를 마구 헝클어트리는 커다란 손을 생각하면 자연스럽게 떠오른다.

'폐하께 맡기자.'

그녀가 페리에게 물었다.

"왜 그렇게까지 해?"

"산다르는 은원을 확실히 갚습니다."

페리의 말에 리리카는 고개를 끄덕인 다음, 곰곰이 생각하고 고개를 들었다.

"페리의 목숨을 구했으니까, 페리의 처분은 내게 달렸다는 거지?"

"그렇습니다."

후작의 말에 리리카가 말했다.

"그리고 페리의 책임자는 후작인 거고?"

"예?"

"페리가 산다르라면서. 산다르 책임자는 산다르의 가주니까, 후작 아니야? 울프의 책임자가 탄인 것처럼."

울프가 이야기까지 끌고 나오니 아니라고 할 수 없었다. 그녀의 지적은 정확했다.

"맞습니다."

"그럼 후작이 책임을 져야지, 저렇게 어린아이에게 책임을 지라고 하면 어떻게 해?"

열 살짜리 아이가 하는 이야기였지만 정론이었다.

"나도 타카르잖아. 그러니까 이 건은 나랑 페리의 일이 아니라 타카르와 산다르의 일이니까, 후작과 폐하의 일로 해 둘래."

잽싸게 '어른들의 일'로 미뤄 버리는 리리카였다. 후작은 탄식을 삼켰고, 파이는 애매한 미소를 지었다.

물론 폐하께도 따로 죄를 청하겠으나, 황녀님께서 페리를 받아 주셨다고 하면 이야기의 결은 달라졌을 터였다. 그러나 그녀는 그렇게 하지 않았다.

이 황녀님은 무척 허술한 것 같은데도, 허술한 구석이 없단 말이지. 파이가 생각했다.

리리카가 말했다.

"파이에게 연고를 보내 줄게. 분명히 아틸이지?"

리리카의 말에 파이가 고개를 숙이며 말했다.

"괜찮습니다. 이건 제가 받아야 할 당연한 벌입니다."

"난 싫어. 그런 애매한 것보단 확실한 보상이 좋아. 가자마자 연고 보내 줄게."

리리카의 말에 파이가 쿡쿡 웃다가 찢어진 입가 때문에 웃음을 멈췄다. 아틸이 들으면 또 한바탕 난리를 칠 이야기였다.

그러니 연고를 바를 생각은 없었지만, 감사 인사는 했다.

"감사합니다, 황녀님."

리리카가 자리에서 일어났다.

"그럼 다 끝난 거지?"

"아, 아닙니다. 황녀님 앞에 놓인 상자들을 받아 주십시오."

화려하게 상감된 상자를 여니, 각종 보석과 희귀한 향료들이 가득 들어 있었다. 그런 게 한두 개도 아닌, 열 개가 넘어갔다.

"페리와 함께 드리려 했는데, 적어도 이 정도 성의라도 받아주시길 바랍니다. 파이가 황녀님께 무례히 군 것에 대한 아주 약소한 사죄입니다."

"아, 잘 받을게."

준다는 건 거절하지 않는 리리카였다.

페리가 어물어물하며 앞으로 나섰다. 잠시 말을 고르나 싶더니 고개를 번쩍 들었다.

"황녀님, 전 정말로 황녀님 곁에 있고 싶어요."

양손을 꼭 잡은 그녀의 눈이 반짝거렸다. 마법을 쓰는 모습이 얼마나 멋있었던가?

게다가 자신도 이렇게 멀쩡한 모습이 되었다.

페리의 모습을 본 산다르 후작은 그녀를 끌어안고 울기만 했다. 온 가족이 어제 숨죽여 기쁨의 눈물을 흘렸다.

그녀 때문에 괴로워하는 가족을 더 이상 보지 않아도 된다는 것과 죽음의 공포에서 벗어났다는 게 기뻤다. 만약 폐하께서 처벌을 바라신다면, 페리는 죽어도 좋을 정도로 행복했다.

단 하루라도 완벽한 날을 누렸으니까.

그걸 만들어 준 게 황녀님이셨다.

심지어 황녀님은 '진주의 노래'에 나오는 주인공을 빼닮았다. 그 책을 외우다시피 하는 페리로서는 어떻게든 리리카의 곁에 있고 싶었다.

리리카가 말했다.

"시녀나 하녀 말고, 나중에 파이랑 같이 놀러 와."

"네, 네!"

페리가 활짝 웃었다.

리리카가 손을 흔들고 산다르 천막을 나서는데 라트가 따라붙었다. 어라, 하고 그를 돌아보았다. 라트가 조용히 말했다.

"황녀님, 잠깐 걸을까요?"

"그래."

라트가 힐끗 라우브를 바라보았다. 리리카는 눈치껏 그에게 멀어지라는 손짓을 했다. 라우브는 정확히 다섯 걸음 물러났다.

리리카와 라트는 말없이 잠시 걸었다. 야영지에서 어느 정도 멀어졌다.

정오 전이지만 여름이니 햇볕은 뜨거웠다. 라트와 리리카는 나무 그늘로 들어갔다.

나뭇가지가 드리워져 만들어낸 아치 사이로 햇빛이 모래알처럼 부서져 떨어졌다. 기분 좋은 나무 향기가 나고, 경쾌한 목소리로 노래하는 새소리가 들렸다.

부드럽게 침묵을 채우는 것들을 즐기고 있는데 라트가 입을 열었다.

"황녀님."

"응."

"감사합니다."

리리카가 고개를 돌려 라트를 바라보았다.

"아냐, 내 아티팩트로 고칠 수 있어서 다행이었어. 눈을 보니까 완벽하게 고치지는 못한 것 같지만."

시간이 부족했다.

"그 정도면 충분하지요. 그 아이가 두 다리로 걷고, 남들 앞에 얼굴을 드러내고 이야기할 수 있다는 게, 아니……."

라트가 고개를 흔들었다.

"살아 있다는 게 기적이죠."

"하긴, 나도 갑자기 상태가 안 좋아져서 놀라긴 했어. 파이가 멋대로 굴기는 했지만, 아니었으면 늦었을지도 몰라."

"산다르에 그렇게 무모한 피가 흐르는 줄 몰랐습니다. 뭐, 무모한 짓을 한 만큼 대가를 치르겠지만요."

조카의 일을 남의 일처럼 아무렇지 않게 말한다. 리리카는 그래도 라트가 속정이 깊다는 걸 알고 있었다. 그녀가 쿡쿡 웃었다.

라트가 그녀를 힐끗 보았다. 리리카가 놀리듯 말했다.

"라트는 그렇게 냉정하게 말해도 사실은 걱정하잖아."

좋은 사람인 거 다 알아, 하는 말에 라트는 그녀를 바라보다가 웃었다. 정말로 이 황녀님은…….

그가 웃은 후, 말했다.

"얼마 전, 가주님께서 바라트 공작과 긴밀한 만남을 가지셨습니다."

"!!"

리리카는 멈춰서서 휙 라트를 돌아보았다.

"어떻게 알았는지 몰라도 페리의 존재도, 그녀가 아프다는 것도 알고 있더군요. 바라트의 뿌리는 참으로 깊고 넓지요."

리리카의 시선에도 라트는 태연자약하게 말을 이었다.

"뭐, 내용은 단순했습니다. 부적격자의 상태를 호전시키는 약이 있다는 이야기였지요."

"!!"

리리카는 깜짝 놀랐다.

"심지어 효능 중에 사람 모습으로 돌려 준다는 이야기도 있더군요. 가주께서 직접 확인을 하러 가셨습니다만."

라트는 잠시 말을 멈추고 리리카를 바라보았다. 그녀는 무척 진지한 얼굴을 하고 있었다. 라트는 미소짓고 말을 이었다.

"모호한 대가로 고민하셨죠. 바라트에서 원했던 건 '단 한 번의 협조'였다고 합니다."

"그거 나에게 이야기해도 되는 거야?"

"황녀님이니까 이야기해 드리는 거지요."

라트가 웃었다. 그의 마음은 가벼워져 있었다.

'단 한 번의 협조.'

이 얼마나 가벼워 보이면서도 무거운 말인가.

"그래서 약은 받았어?"

"아뇨, 아직이요."

"다행이네."

"음, 받았어도 좋았을 뻔했지요. 뭔지 분석해 볼 시간이 있었을 테니까요."

"그 생각은 못 했는걸."

라트가 후후 웃었다. 리리카는 갸웃했다.

"그런 좋은 약이 있으면 파는 게 좋지 않아? 그리고 대체 뭘 도와 달라고 하려는 거였을까?"

루디아가 들었으면 '아, 역시 이거였네. 산다르가 배신 때린 이유.' 하고 납득하겠지만, 리리카로서는 알 도리가 없었다.

어렴풋이 짐작만 하는 라트도 그저 "글쎄요." 하고 중얼거릴 뿐이었다. 그가 이어 말했다.

"그리고 그런 약은 돈 주고도 구할 수 없는 겁니다. 생명에 값을 매길 수는 없으니 말이죠."

"하긴."

"그러니, 페리가 나은 것도 저희는 비밀로 할 생각입니다."

라트가 검지를 입가에 대고 미소 지었다. 리리카는 고개를 끄덕였. 리리카가 작게 물었다.

"그런데 이 이야기 다른 사람에게 해도 괜찮아?"

"그건 황녀님께 달렸지요. 전 그냥 산책하면서 이런저런 이야기를 한 것뿐이니까요."

"그런 이야기구나."

"그런 이야기입니다."

라트는 별거 아니라는 듯한 태도와 얼굴로 가장 커다란 문제를 막은 황녀의 얼굴을 바라보다가 정중하게 인사하고 자리를 떴다.

리리카는 머릿속으로 이야기를 정리하며, 잊어버리기 전에 얼른 폐하께 이야기해야겠다고 생각했다.

'바라트는 약 제조에 강하다고 하더니, 정말로 온갖 약을 다 만드는구나.'

슬쩍 돌아가는 길을 보았다가 리리카는 앞을 바라보았다. 드리워진 나무 아치는 아직 끝나지 않았다. 마저 걷고 돌아가자는 유혹에 휩싸여, 리리카는 걷기 시작했다. 이제 보니 길이 크게 유(U)자로 구부러져서 야영지를 감싸고 있는 형태였다.

"와—"

중간부터 수종이 바뀌었는지, 새하얀 꽃이 가득 피어 있었다. 달콤한 꽃향기가 났다. 포도송이처럼 늘어진 새하얀 꽃이 바람에 흔들렸다.

그리고 흔들리는 꽃 그림자 아래에 피요르드가 그림처럼 서 있었다.

그녀를 발견한 피요르드의 얼굴이 한순간 밝아졌다.

"피요!"

리리카는 활짝 웃으며 달려갔고, 피요르드도 그녀에게 빠르게 다가갔다.

목소리가 떨려 나왔다.

"리리. 괜찮으신가요? 다친 곳은 없으시고요?"

"응, 괜찮아."

리리카는 보란 듯이 한 바퀴 빙글 돌아 보였다. 피요르드는 리리카의 손을 꼭 잡았다. 그와 그녀의 키 차이 탓에 그가 허리를 깊이 숙여야 했다.

찬찬히 자신을 살피는 아름다운 금홍색 눈동자.

고요한 바람 소리. 달콤한 꽃향기. 부서져 떨어지는 햇빛.

입술이 살짝 벌어졌다. 피요르드가 작게 속삭였다.

"괜찮지만, 무서우셨죠."

리리카의 눈에 천천히 눈물이 고이기 시작했다. 피요르드가 부드럽게 그녀를 당겨 안았다. 리리카는 그를 꼭 마주 안았다.

무서웠다.

정말로 무서웠다.

하지만 무섭다고 말하면, 모두가 걱정하니까. 안 그래도 걱정이 많은 어머니를 더는 걱정시키고 싶지 않았다.

난 괜찮아. 난 괜찮은걸.

정말로 괜찮아.

분명히 괜찮았다. 괜찮지만.

그래도 무서웠다.

괜찮지만, 무서웠고. 괜찮지만, 떨렸다.

리리카는 작은 소리로 흐느껴 울기 시작했다. 피요르드의 품 안에서는 부드러운 풀과 꽃향기가 났다. 서늘하고 매끄러운 옷자락에 눈물로 달아오른 얼굴을 묻었다. 리리카는 그녀를 단단히 감싸 안은 팔을 느끼며 눈물과 안도의 숨을 토해냈다.

막혀 있던 것을 전부 토해내고 나니 몸에 힘이 쭉 빠졌다. 슬쩍 고개를 드니 피요르드가 그녀의 젖은 뺨을 쓸어 주었다.

리리카가 숨을 내쉬었다.

"고마워, 피요."

"어째서요?"

피요르드가 웃고 그녀를 안아 올렸다. 시선이 맞았다. 가느다란 소년처럼 보이지만 그의 몸은 단단하고 흔들림이 없었다.

리리카가 그의 어깨를 붙잡았다. 피요르드가 빙긋 웃었다.

"제게 기쁜 일만 해 주시는걸요."

"우는 게?"

"네, 무척이요."

리리카가 잘 모르겠다는 표정으로 그를 보았지만, 그는 그저 웃을 뿐이었다.

"제 사랑스러운 울새 황녀님."

속삭이는 말에 리리카의 뺨이 달아올랐다. 그녀가 밀듯이 손바닥으로 피요르드의 입을 철썩 막았다. 피요르드의 눈이 동그래졌다. 리리카가 우물거렸다.

"부끄러워."

피요르드는 씩 웃었다. 짓궂은 웃음이었다. 아틸이 그녀를 놀릴 때 짓는 웃음과 비슷했다.

"안 돼, 또 놀리려고 그러지?"

그녀가 손바닥을 떼지 않자 피요르드는 곤란하다는 얼굴을 했다.

"놀리지 않을 거지?"

피요르드가 고개를 끄덕였다.

리리카가 슬며시 손을 떼자 피요르드가 말했다.

"단 한 번도 리리를 놀린 적 없는데요."

리리카는 눈을 찡그렸다가 웃었다. 어쩐지 피요르드가 사람들 사이에서 왜 인기가 좋은지 알 것 같았다.

"전부 진심이라는 거지?"

"그럼요."

"알았어."

리리카가 고개를 끄덕였다.

"나도 피요에게 거짓말은 안 해."

리리카의 말에 피요르드가 말했다.

"저뿐만 아니라 누구에게도 안 하실 거 같아요."

"음, 그야 어지간하면 할 일이 없잖아. 하여간 그래도 피요에게 안 하는 건 안 하는 거야."

리리카의 말에 피요르드는 웃었다.

"그걸로도 좋습니다."

리리카는 피요르드의 뺨을 당기고 말했다.

"피요는 꼭 어딘지 걸리게 말하는 버릇이 있어. 그걸로도 좋은 게 아니라, 원하는 게 있으면 말해 봐. 우리가 누구야?"

"산딸기 동맹이죠."

피요르드의 답은 매끄러웠고 리리카는 활짝 웃었다.

그래, 이렇게 나와야지!

피요르드는 '원하는 게 있으면 말해. 다 들어줄게.'라는 듯한 표정을 짓고 있는 황녀님께 무슨 이야기를 해야 하나, 고민했다.

말하고 싶은 건 무수히 많았는데, 그 모든 게 목구멍 안쪽에 틀어막힌 것처럼 올라오지 않았다.

명징한 청록빛 눈동자는 스스럼없이 그를 들여다보고 있었다. 피요르드는 시선을 피하고 싶은 걸 참았다.

그가 아주 작게 말했다.

"가을이 되면 커다란 축제가 열립니다."

리리카는 더 이야기해 보라는 듯 몸을 기울였다. 피요르드가 입만 벙긋했다.

'같이 가실래요?'

"좋아."

"정말이요?"

"응, 약속한 거다?"

리리카의 말에 피요르드는 환하게 웃었다.

"네, 약속입니다."

정말로 리리카가 같이 가겠다고 할 줄은 몰랐다. 벌써 마음은 축제를 향해서 달려가고 있었다.

그때만큼은 수도도 통금이 풀려 밤새 자유로운 분위기였다.

피요르드는 빙글 한 바퀴 돌고 그녀를 내려 주었다. 예민한 그의 귀에 다른 사람의 소리가 들렸다. 라우브도 같은 소리를 들었는지 시선을 그쪽으로 고정하고 있었다.

"그럼 이만 가 보겠습니다. 같이 있는 모습은 보이지 않는 게 좋겠지요."

리리카도 이제 그게 무슨 말인지 이해했다. 그녀보다도 분명 피요르드가 더 곤란해지리라.

'바라트 공작.'

한 번 봤을 뿐인데도 그 눈초리가 잊히지 않았다. 리리카가 피요르드에게 속삭였다.

"혹시 누가 괴롭히면 이야기해. 나 이래 봬도 황녀님이야."

"감사합니다."

피요르드는 뭐라고 이야기할 방법이 없다는 게 안타까웠다.

당신의 존재가 날 어떤 형태로든 지켜 주고 있다는 걸, 뭐라고 설명해야 좋을까.

피요르드는 알 수 없었다. 그래서 그는 단지 감사 인사만 보냈다. 발걸음 소리가 더 가까워지자 그는 얼른 몸을 숙여 리리카의 이마에 입 맞추고는 나무 사이로 사라졌다.

"!!"

부드러운 꽃잎이 스치고 지나가는 느낌이었다. 이마를 문지르는데 라우브가 냉큼 다가왔다.

사람들이 막 모습을 드러냈다. 사냥총을 등에 메고 이야기를 나누던 귀족이 리리카를 보고 허리를 숙였다.

리리카는 고개를 끄덕여 보이고는 그들을 지나쳐 다시 천막으로 돌아왔다.

마주치는 사람마다 살피듯 바라보는 걸 보면, 그녀가 정말로 무사한지 아닌지 계산하는 듯했다.

리리카는 천막으로 돌아와 알테우스와 어머니에게 산다르에서 있었던 일과 라트에게 들은 이야기를 전부 털어놓았다.

루디아가 "어휴, 우리 딸, 정말 똑똑해. 천재네." 하고 그녀를 둥개둥개해 주었다.

"잘했다. 그보다 바라트에서 그런 약이라……."

"리리가 해결하지 않았으면, 산다르에게 뒤통수 맞았겠죠."

루디아가 확정 짓듯 담담히 말했다. 실제로도 산다르가 왜 배신했나 했더니, 딸 때문이었다.

예전이었다면 고작 딸 때문에 그런 짓을— 하고 분노했겠지만. 이제

9장 사냥제   263

자신에게도 리리카가 있지 않은가?

산다르 후작의 심정도 충분히 이해되긴 했다. 그보다는 가족을 담보로 삼은 바라트 공작이 괘씸했다.

"그런데 정말로 그런 약이 존재할까요?"

루디아는 리리카를 끌어안은 채로 중얼거렸다. 물론 산다르가 배신한 걸 보면, 그 약은 효과가 있었을 것이다.

하지만 리리카가 해 준 것만큼 대단한 효과는 아니었을 터였다. 그랬다면 페리는 사교계에 나왔을 테니까.

하지만 전생에서 페리는 영영 사교계에 등장하지 않았다.

알테우스는 희미하게 웃었다. 칼처럼 날카로운 웃음이었다.

"바라트가 재미있는 작당을 하고 있는 건 알고 있지."

바라트라는 말에 리리카의 귀가 쫑긋했다. 루디아도 시선을 그에게 보냈다.

알테우스가 말했다.

"그런 약은 없어. 고친다기보다는, 고통을 경감시키거나 수명을 조금 더 연장하는 정도는 가능하겠지."

"그렇군요."

합리적 판단이었다. 루디아는 고개를 끄덕였다. 한편으론 고작 그 정도로 산다르가 알테우스를 배신했다는 게 의아했지만 곧 납득했다.

'하긴, 나도 리리를 위해서라면 뭐든 하긴 했을 거야.'

리리를 떠올리면 이해되었다.

"바라트가 무슨 작당을 하는데요?"

리리카가 궁금증을 참지 못하고 물었다. 알테우스가 유하게 답했다.

"확실해지면 알려 주지."

리리카는 고개를 끄덕였다. 궁금하긴 했지만 확실한 정보가 중요하니까.

그때, 아틸이 천막으로 들어오면서 말했다.

"이제 곧 정오 나팔을 불 겁니다. 다시 사냥제를 시작해야죠. 그리고 꼬맹이. 넌 이제 내 옆에 딱 붙어 다녀."

"호랑이 잡으신다면서요. 전 채집 왕이 될 거예요."

"안 돼."

"이제 라우브도 괜찮고, 걱정되면 브린도 데려갈게요. 그리고 다른 애들과도 안 떨어질게요."

"안 돼."

리리카가 발을 토끼처럼 탁 굴렀다.

"그럼 아틸도 따라와요."

"뭐?"

"걱정되면 아틸이 날 따라와야죠. 안 그래요?"

리리카는 우승을 포기할 생각이 없었다.

아틸이 "야." 하고 목소리를 깔며 눈을 찡그리자 리리카가 순진한 표정을 지어 보였다.

"아니면 '전하'께서 하자는 대로 따를까요?"

"너—"

말문이 막힌 아틸이 팔짱을 꼈다. 일 년에 한 번 있는 사냥제에서 아이들 꽁무니를 따라다니느냐, 아니면 멋지게 사냥에 성공하느냐.

심각한 기로에 선 열네 살 소년의 미간은 있는 대로 찌푸려졌다.

루디아가 말했다.

"아틸은 편히 사냥제에 참가하렴. 디아레가 리리카와 함께 가겠다고 했단다."

"아……."

참지 않는 디아레.

요사이 그녀의 검술 실력은 급속히 성장해서 견습 기사 사이에서 톱이라는 이야기가 심심찮게 들려왔다.

아틸이 마땅찮은 얼굴로 고개를 끄덕였다.

"숙모님께서 그리 말씀하신다면 알겠습니다."

리리카가 재빠르게 어머니 옆에 붙어서서 혀를 내밀어 보였다.

"요게?"

알테어스가 자리에서 일어나 루디아에게 손을 내밀었다. 두 사람이 앞서 나가자 리리카와 아틸은 투덕거리며 그 뒤를 따랐다.

"'불미스러운 일'에도 불구하고 '가벼운 소동'으로 사냥제를 그만둘 수는 없지."

알테어스가 짤막하게 말하고는 사냥제의 이틀째 개막을 선언했다.

리리카의 그룹에는 라우브와 브린, 디아레, 거기에 파이까지 합류했다.

"이런 몸으로 사냥은 무리니까요."

파이는 시원하게 말했다. 디아레가 '어머나' 감탄하며 파이에게 말했다.

"눈도 혀도 손가락도 무사하네요? 요즘 폐하께서는 기분이 무척 좋으신가 봐요."

리리카가 그 말에 질색하는데 파이가 태연히 고개를 끄덕였다.

"다 황녀님 덕분이죠."

"아, 역시. 그랬군요."

싱글싱글 웃으며 디아레가 "역시 황녀님이세요." 하고 목소리를 높였다. 이어 그녀는 찬찬히 라우브를 살폈다.

"흠."

의미심장한 소리를 내뱉은 디아레가 리리카의 손을 꼭 잡았다.

"그럼 가 볼까요? 황녀님께서 우승자가 되셔야죠."

"디아레는 괜찮아? 호랑이 잡는다고 그랬었잖아."

"괜찮아요, 울프가의 패착은 울프가가 보상해야죠."

노골적으로 라우브를 바라보며 디아레가 말했다. 리리카가 "아냐." 하고 디아레의 손을 잡아당겼다.

그녀가 눈을 동그랗게 떴다.

"라우브는 울프가 아니라, 내 것이니까. 울프가 책임질 필요 없어."

단호한 말이었다. 디아레는 눈살을 찌푸렸다.

리리카는 '대체 디아레가 왜 이리 라우브를 싫어할까?' 의문스럽게 그녀를 바라보았다.

디아레는 한숨을 내쉬고 싱긋 웃어 보였다.

"뭐, 그 때문이 아니더라도요. 제 명성도 중요하지만, 그보다 저에게는 황녀님이 더 소중하거든요. 자, 얼른 가요."

"응, 나도 그렇게 말해 주는 게 훨씬 기뻐."

리리카의 솔직한 말에 디아레는 환하게 웃었다.

"저 말벗이잖아요!"

"그렇지."

디아레가 작게 속닥거렸다.

"그리고 같은 동맹원이고요."

"그렇지!"

리리카는 신나서 뜰채를 휘둘렀다. 디아레는 싱글벙글 웃었다.

울프가는 어딘가에 속하는 걸 무척 즐거워했다. 솔직히 말해서 울프에서 '아웃사이더'라고 하면 정신적으로 심각한 문제가 있다고 봐야 했다.

언제 폭주할지 모르는.

그러니 산딸기 동맹이라는 귀엽고 사랑스러운 동맹을 디아레는 무척 소중하게 여겼다.

파이가 말했다.

"자, 얼른 출발하죠. 이러다가 뒤처지겠어요."

"응!"

리리카가 씩씩하게 대답하고 앞장서서 걷기 시작했다. 파이는 다리를 절면서도 어려움 없이 잘 따라왔다.

두 번째 하는, 일행이 늘어난 채집은 훨씬 더 즐거웠다.

디아레가 덤불을 흔들면 날아오르는 반딧돌이를 뜰채로 휘둘러 잡기도 하고, 라우브가 목말을 태워 줘서 위쪽에 있는 빛무리를 잡기도 했다.

파이는 절대로 길을 헤매지 않았다. 사냥터 지도가 머릿속에 전부

들어 있는 듯했다.

　중간에 간식을 먹을 만한 적당한 지점까지 안내해 줘서 모두가 둘러앉아 간식을 먹었다.

　간식은 달콤하고 상큼한 레몬 파운드 케이크와 차가운 우유, 고급스러운 햄과 치즈를 껴 넣은 샌드위치 같은 것들이었다.

　대화는 디아레와 리리카가 주로 나누었다. 간간이 파이가 끼어들기도 했다.

　시냇가 근처에서 점심을 먹고, 잠깐 신발을 벗고 물장구도 쳤다. 그러다가 반딧돌이가 물속에도 있다는 걸 알아채고 치마를 단단히 묶은 후에 시냇물 속을 뜰채로 훑었다.

　햇빛이 강하다고 브린이 단단히 씌워 둔 보닛까지 머리 뒤로 넘긴 채 반딧돌이 사냥에 열중했다.

　다른 아이들도 주변을 기웃거리기 시작했다. 디아레가 으르렁거려서 쫓아내려는 걸 리리카가 막았다.

　"같이 잡을래? 햇볕이 뜨겁긴 한데, 물은 시원해."

　리리카의 권유에 아이들은 하나둘 슬그머니 다가왔다.

　파이는 어느 가문, 어느 아이인지 훤히 알고 있기 때문에 그저 웃으며 상황을 지켜보았다.

　디아레는 리리카 옆에 바싹 붙어서 '내가 황녀님과 가장 가깝고 친한 사람이야.'라는 걸 강력하게 어필했다.

　그런 와중에도 리리카는 스스럼없이 아이들에게 말을 걸었다. 다들 분위기가 느슨해지는 걸 느꼈다.

　리리카가 마법 몇 개를 보여 주자 아이들의 눈이 대번에 빛났다.

가문을 등에 업고 있으나, 그래도 어린아이들이었다. 특히 '진주의 노래'를 읽은 아이들은 순식간에 리리카에게 빠져들었다.

모두가 리리카에게 말을 걸기 위해 애썼다. 리리카는 모두에게 말을 걸어 주었다. 가장 소심한 아이조차도 소외된다는 기분을 느끼지 않고 리리카와 이야기할 수 있었다.

자연스레 모두에게 자리를 내주는 게 리리카의 천성이었다.

몇몇이 손을 들고 "저 반딧돌이 가장 많은 곳을 알아요." 하고 말했다.

일행은 우르르 이동하기 시작했다.

"요즘 수도에 커피 살롱이 그렇게 대단하대요. 유명한 작가도 거기에다 모인대요."

"맞아, 나도 크면 가 보고 싶어. 예술가들이 모여 토론한다는데?"

"자수정 작가님도 거기 계실까? 진주의 노래를 집필하고 계실지도 몰라."

"사인 받을래!"

"나도, 나도."

"황녀님, 저 황녀님과 똑같은 파니에를 주문했어요. 엄청 편하고 좋아요."

"맞아요."

"황녀님은 아티팩트를 가지고 계시니 검술은 안 배우시나요?"

"같이 대련도 하고 그러면 좋을 텐데요."

"아, 요즘 유행하는 과일 절임 먹어 보셨어요?"

"맞아, 설탕이 넉넉해져서—"

요즘 유행하는 옷이며 음식, 음악 이야기까지 다양한 이야기가 흘러나왔다.

그 사이에도 아이들은 뜰채를 열심히 휘둘렀다.

옷차림에 신경 쓴 아이들은 뜰채를 휘두르기보다는 또래 아이들을 유심히 살폈다.

슬슬 정략혼을 할 나이이기에 그랬다.

몇몇이 리리카에게 궁금한 듯 물어왔다.

"그러고 보니, 황녀님. 바라트 소공작님과 가까우시죠?"

"음, 멀지는 않지."

리리카의 답에 여자아이들이 까르륵 웃었다.

"다정하신가요?"

"어머, 누구에게나 다정하시다고 사교계에 이미 소문이 쫙 났잖아."

"맞아, 그렇지만 그래도 아직 대화해 본 적이 없으니까 궁금한걸."

리리카가 갸웃했다.

"다들 피요르드에게 관심이 많네?"

"당연하죠."

"바라트는 모두의 첫사랑이다."

멀찍이서 듣고 있던 소년이 말하자 모두가 웃음을 터트렸다.

"맞아."

"그렇죠."

"지금 바라트 공작님도 사교계에서 한창 활동하실 때 인기가 어마어마했다고 하던걸요."

"맞아요. 지금 소공작님을 봐도 그렇지 않나요?"

어차피 파벌 때문에 결혼할 수 없었다. 게다가 바라트에서 흘러나오는 소문만 들어도 뒷걸음치게 만드는 상대였다.

그러니 접점이 있을 리가 전혀 없는, 사교계에서 눈길을 끄는 아름다운 상대—그것도 가문에 대해 씹을 거리가 많은 대상으로 떠드는 건 얼마나 즐거운가.

리리카는 파르타 때보다 더 많은 이야기들을 접했다.

가십은 언제나 흥미진진하기 마련이라, 뜰채를 휘두르는 속도가 자연히 느려졌다.

리리카가 험담을 끊어내며 말했다.

"하지만 가장 아름다운 건 우리 어머니인걸."

잠시 루디아 황후를 떠올리고 아이들이 모두 고개를 끄덕였다. 리리카가 활짝 웃었다.

"그렇지? 어머니는 세계에서 가장 아름다우시니까!"

아이는 언제나 제 부모가 최고이니 할 수 있는 말이다—라고 할 사람은 아무도 없었다.

객관적으로 보기에도 그렇기 때문이었다.

"맞아요, 황후마마께서도 정말 아름다우시죠."

"그 금색 머리카락이요, 그런 금발은 처음 봐요. 정말 황금을 녹인 것 같죠."

"피부는 우윳빛이시고, 눈동자도 아름다우세요."

다들 한숨을 내쉬었다.

"하지만 폐하도 멋있지 않으신가요?"

"황후마마와 나란히 서 있으셔도 전혀 꿀리지 않으시고요."

"두 분이 잘 어울리시죠."

리리카는 아빠 후보 1위를 떠올리며 고개를 끄덕였다.

와중에도 리리카가 가장 열심히 뜰채를 휘두르고 있었다. 그녀의 채집통이 묵직해지고 환하게 빛나기 시작할 때쯤 됐을 때 사냥의 끝을 알리는 나팔 소리가 들려왔다.

돌아가야 하는 아이들은 아쉬워하며 서로를 돌아보았다. 조금 더 놀고 싶다, 그런 눈빛이었다.

리리카도 그런 마음이 들었다. 사냥은 끝났지만 조금 더 놀고 들어가면 안 될까?

그러나 냉정한 브린이 상황을 정리했다.

"황녀님, 이제 돌아가죠."

조금만 더, 하는 말이 가득 올라왔지만 리리카는 꾹 참고 고개를 끄덕였다.

"응. 다들 돌아가자."

아이들과 뭉쳐서 리리카는 야영지로 돌아갔다.

그녀가 도착할 때쯤 사냥팀도 돌아와 있었다. 아틸은 말 위에 앉은 채로 눈을 찡그렸다.

"뭐야, 애들 데리고 노나? 왜 저렇게 뭉쳐 있어?"

무리 가운데에 리리카가 있기에 하는 말이었다. 브란이 쿡쿡 웃었다.

"황녀님은 인기 좋으시니까요."

"아, 그래. 난 없지."

아틸이 투덜거리며 말을 탄 채로 리리카에게 다가갔다.

아이들이 잽싸게 좌우로 비켜섰다. 사람 사이를 말로 가로지르는 무례한 행위였지만, 황태자에게 뭐라고 할 사람은 없었다.

"많이 잡았어?"

아틸의 물음에 리리카가 고개를 끄덕이며 채집통을 들어 보였다.

"잔뜩 잡았죠?"

리리카가 웃으며 답하자, 아틸이 뚱하니 말했다.

"타."

"네?"

"타라고."

제 안장 앞을 탁탁 두들기며 하는 말에 리리카는 당황했다. 그녀는 아이들을 둘러보고 말했다.

"난 이만 가 볼게. 오늘 즐거웠어. 내일 또 보자."

"네, 황녀님."

"오늘 무척 즐거웠습니다."

"무사히 들어가시길."

무릎을 굽히고 허리를 숙이며 아이들이 정중히 인사했다.

리리카는 아직 혼자 등자를 밟고 말을 탈 수는 없어서 라우브가 도와주었다.

아틸이 제 앞에 리리카가 올라타자 말을 몰며 말했다.

"그렇게 신났어?"

"네, 재미있었어요."

"어, 그래."

리리카가 다른 아이들과 어울리기 바랐던 아틸이지만, 막상 리리카가 다른 아이들과 신나게 노는 걸 보니 기분이 별로 안 좋았다.

그걸 티 내자니 자신이 너무 속 좁은 사람 같았지만. 리리카 앞에서는 저절로 흘러나오고 만다.

리리카가 그의 가슴에 몸을 푹 기대며 말했다.

"다음에는 아틸이랑 함께 갔으면 좋겠어요."

"내가 애냐?"

"그러니까, 제가 더 크면 그때는 사냥팀이잖아요. 그럼 같이 사냥할 수 있겠죠?"

리리카의 말에 아틸은 그 계획을 그려보았다. 같이 말을 타고 사냥하는 모습을 생각만 해도 흐뭇했다.

"언제 키우지?"

"금방 커요."

리리카의 말에 아틸이 "하." 한숨을 푹 내쉬었다. 그 사이 기분은 훨씬 더 나아져 있었다.

'그러니까 나랑 사냥하고 싶다, 이거지?'

말을 가볍게 달려 황실 천막 쪽으로 돌아오니 루디아도 말에서 막 내리고 있었다.

아틸이 황급히 말에서 내리고 리리카도 말에서 내렸다.

"숙모님."

아틸이 정중히 인사하고, 리리카는 달려갔다.

"어머니!"

"리리, 즐거웠니?"

"네, 이것 보세요!"

말에서 내린 루디아는 리리카를 꼭 안아 주었다. 리리카는 가득 찬 채집통을 자랑해 보였다.

"정말 많이 잡았네. 우리 리리 장하다."

"어머니는요? 즐거우셨어요?"

"그럼. 자, 봐라."

루디아가 주머니에서 작은 나무 모형을 꺼냈다.

호랑이였다.

리리카가 눈을 동그랗게 뜨고 모형과 어머니를 번갈아 바라보았다.

"호랑이 잡으신 거예요?"

"그래, 리리의 엄마니까."

후후 웃으며 하는 말에 리리카는 연신 감탄했다. 그러고 보니 라우브에게도 백발백중이었지. 옆에 선 알테어스가 피식 웃으며 아틸의 머리를 거칠게 쓸어넘겼다.

"너는?"

"저는 이 정도……."

슬그머니 꺼낸 모형은 재규어 한 마리와 수사슴 두 마리였다.

"괜찮네."

알테어스가 고개를 끄덕였다. 그 나이대에서는 대적할 상대를 찾기 힘들 수확이었다.

"폐하는요?"

리리카의 물음에 알테어스가 곰 두 마리와 재규어 한 마리를 꺼내 보였다. 모형이 전부 귀여워서 수집해 늘어놓고 싶을 정도였다.

멀찍이서 몇몇이 소리치는 것이 들렸다. 알테어스가 말했다.

"올해는 부상자가 많이 생기는군."

"오랜만이라 무뎌졌나 보죠."

루디아가 어깨를 으쓱했다. 잠시 후, 시종이 모형과 채집통을 가져갔다. 가문별로, 개인별로 잡은 동물의 수와 반딧돌이 계산되었다.

리리카는 타카르에서 혼자 채집을 했기 때문에 전체로는 가장 적었지만, 개인으로는 제법 높았다.

리리카는 아쉬워하며 말했다.

"아직 난 부족하네."

"어제 많이 못 잡으셨으니까요. 하지만 오늘 거의 따라잡았는걸요. 내일까지 하시면 우승하실 수 있을 거예요."

브린이 기운을 북돋아 주었다.

"응!"

리리카는 힘차게 고개를 끄덕였다.

셋째 날도 무사히 흘러갔다. 채집 우승자는 결국 리리카가 되었다.

사냥 쪽은 약간의 갑론을박이 있었으나, 결국 알테어스와 루디아의 공동우승이 되었다.

아틸은 아쉬워했지만, 그 나이대에는 훌륭한 전적이었다. 단지 아틸을 짜증 나게 하는 것은 피요르드 바라트와 토끼 한 마리 차이밖에 나지 않는단 것이었다.

다음에는 더 큰 차이로 이겨 주겠다고, 그는 마음먹었다. 피요르드는 리리카가 무사한 데다가, 따로 축제에 함께 가기로 약속까지 했으니, 아무래도 좋았다.

모두에게 나름대로 만족스러운 사냥제가 끝났다.

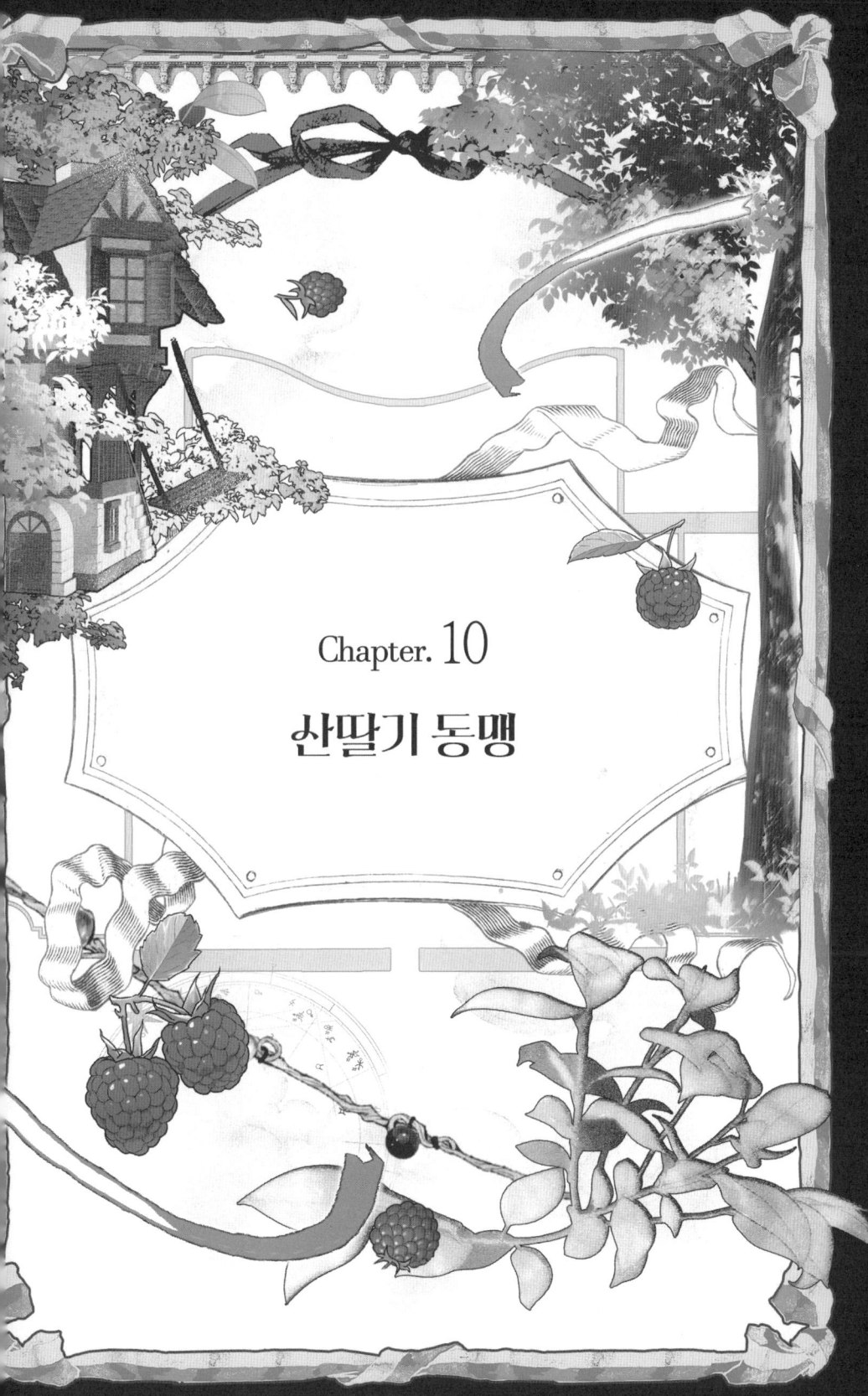

Chapter 10

산딸기 동맹

 루디아는 정신이 번쩍 들었다.

 '어어……?'

 자신이 어디에 서 있는지 인지하기도 전에 주변의 수많은 사람들에게 밀리기 시작했다.

 "죽여라!"

 "반역자를 죽여!"

 사람들의 얼굴이며 형체가 잘 보이지 않았다. 루디아는 저도 모르게 시선을 앞으로 향했다.

 광장에 교수대가 마련되어 있었다. 그리고 그 교수대에 올라가는 한 사람.

 루디아는 이게 언제인지, 어느 때인지 단박에 깨달았다.

 다시 돌아온 건가?

"리리카!"

루디아는 소리쳤다. 앳된 얼굴을 한 리리카는 창백한 얼굴로 교수대 앞에 서 있었다.

"아냐, 안 돼!"

루디아는 목이 터지게 소리를 지르며 앞으로 가기 위해 애썼다.

"나야! 나라고! 반역을 저지른 건 나야! 내 딸은 아무것도 몰라, 정말 아무것도! 리리카! 리리!"

악을 쓰고 있는데 주변 소리에 묻혀서 들리지 않았다. 필사적으로 앞으로 나가려고 해 보아도 인파 때문에 앞으로 나갈 수가 없었다.

죽여라!

목매달아!

이제 사람들은 검은색 파도나 진흙 덩어리 같았다. 헤쳐나가는 게 무겁게 느껴졌다.

눈물이 계속 흘러나와 눈이 뜨거웠다. 루디아는 소리 질렀다.

"싫어, 안 돼, 그만해! 멈춰!"

어린아이처럼 악을 써도 집행인은 들리지 않는지 리리카의 목에 밧줄을 걸었다.

부탁이야, 그만해.

"리리카!"

제 외침을 들은 것처럼, 꼭 그날처럼 리리카의 시선이 루디아에게 와 닿았다.

시선이 교차한 한순간,

희미한 미소.

"안 돼, 안 돼―"

이렇게 발악하는데도 단 한 걸음도 앞으로 갈 수가 없었다. 그래도 멈출 수가 없었다.

다음 순간 교수대 발판이 빠지고―

"!!"

비명도 지르지 못하고 루디아는 번쩍 눈을 떴다.

"악몽을 꾸는 것 같아서."

나지막한 목소리에 멍하니 고개를 돌렸다. 낯선 얼굴이 자신을 내려다보고 있었다.

심장이 빠르게 뛰고 온몸이 식은땀투성이였다.

"루디아?"

다시금 속삭인 목소리에 그제야 정신이 들었다.

"알테어스."

짤막하게 내뱉고 루디아는 한숨을 푹 내쉬었다. 그의 손이 젖은 머리카락을 넘겼다.

"괜찮은가?"

"지독한 꿈이었어요."

"그런 거 같더군."

무슨 꿈인지 묻지 않고 알테어스는 침대에서 일어나며 가운을 걸쳤다.

그가 직접 물을 따라 루디아에게 건넸다.

아직도 희미하게 손끝이 떨리고 있었다. 물을 한 모금 마시고 컵을 협탁 위에 올렸다.

침대에서 일어나 루디아가 말했다.

"리리를 보러 가야겠어요."

겉옷을 걸치며 하는 말에 알테어스가 별말 없이 고개를 끄덕였다.

리리카는 푹 잠들어 있었다. 안전하고 푹신한 침대에서 쌔근쌔근 잠들어 있는 딸의 얼굴을 보자 루디아는 긴장이 풀렸다.

알테어스는 숨을 길게 내쉬는 루디아의 허리를 감싸, 그녀가 그에게 기대게 만들었다.

루디아는 별다른 반항 없이 순순히 그에게 몸을 기댔다.

한참을 말없이 리리카를 바라보다가 루디아가 말했다.

"이제 내게는 리리밖에 없어요. 이제 내게는……."

입술을 꽉 깨물었다.

사실은 달려가서 바라트 공작 머리에 마격탄을 박아 주고 싶었다. 그렇게 해서 끝낼 수 있으면 그렇게 끝냈을 터였다.

'하지만 그렇게 쉽게 끝나지는 않겠지.'

게다가 그러면 자신은 살인죄로 잡혀갈 테고, 리리카는 혼자가 될 터였다.

그러니까 이번에는 두 사람 모두 다치지 않고, 완벽하게 적을 이겨야 했다.

이쪽에는 손해가 하나도 없는, 그런 승리가 아니라면 그녀의 패배였다.

루디아는 생각에 잠겼다.

바라트가 가지고 있는 여러 패 중에서 루디아가 알고 있는, '귀족파'라는 가장 큰 패를 빼고 나면 나머지 주요 패는 총 네 개였다.

첫 번째는 남부 연합, 그중에서도 산다르의 배신이고 두 번째는 수해의 마수였다.

'세 번째가 리제르트고, 네 번째는 지금은 손이 안 닿으니.'

딸아이의 둥근 뺨을 어루만지고 싶지만 깰까 봐 두려웠다. 잠시 생각하다가 루디아가 조용히 물었다.

"알테어스, 수해에 가 본 적 있나요?"

"있어."

"용은 헤매지 않나 보죠?"

돌아보니 알테어스가 피식 웃었다.

"헤매. 수해의 혼돈은 마법에 의한 것이니까."

예상치 못한 이야기라 루디아는 그를 돌아보았다. 알테어스가 이어 설명했다.

"수해의 마수가 나오지 못하도록 마법을 걸어 둔 거야."

"전혀 몰랐어요."

"기록이 남기 전 이야기니까."

"그럼 하나 더 물을게요."

그가 루디아를 바라보았다. 루디아가 물었다.

"수해에 있는 마수 중에 당신이 이기지 못할 마수가 있을까요."

알테어스가 이를 드러내고 웃었다.

"없어."

루디아가 피식 웃었다.

"그거 든든한 말이군요."

"그보다 수해의 마수를 상대할 일이 있는 건가?"

"있을지도 모르죠."

말하는 그녀를 알테어스는 가만히 바라보았다. 그 시선을 어떻게 이해한 건지 루디아가 "아." 하고 말했다.

"무조건 기댈 생각은 아니에요. 당신은 이제 인간이니, 다치기도 하고 피로하고 잠을 잘 필요도 있겠죠."

너무 부담가지지 말고요.

알테어스는 순간 눈을 크게 떴다가 웃음을 터트렸다. 아니, 터트릴 뻔했다. 루디아가 잽싸게 그의 입을 막았다.

"리리, 깨요."

알테어스는 웃음을 삼켰다. 대신 그는 루디아의 손가락을 가볍게 물었다.

"?!"

너무 놀라 루디아는 그대로 굳어 버렸다. 지나가던 개가 물더라도 이렇게 놀라지는 않았을 터였다.

눈에 웃음을 담고 그가 손가락을 놓아 준다 싶더니만, 뜨겁고 물컹한 게—

"알테어스!"

차마 목소리를 크게 내지 못하고 루디아가 입만 뻐끔거렸다. 확 손을 빼내자 그가 놓아 주고는 양팔로 그녀를 휙 잡아당겼다.

"부담 주지 않겠다는 말은 처음 들어 봐서."

귓가에 속삭이는 말에 루디아가 품 안에서 버둥거렸다.

"잠깐—"

"쉿."

리리카 깨겠어.

불만 가득한 형광빛 눈동자가 알테어스 자신을 올려다보고 있었다. 복잡한 감정이 올라왔다.

그가 헤아리기에는 복잡하고 난해한 감정들.

그가 내뱉을 수 있는 건 질문뿐이었다.

"널 어떻게 하면 좋을까?"

재듯이 하는 말에 루디아가 턱을 들어 올렸다.

"사랑하겠다면서요."

"아."

알테어스가 씩 웃었다.

"그걸 원하는지는 몰랐는데, 지금 당장 사랑하러 가야겠군."

"아니, 그 뜻이—"

알테어스와 루디아의 모습이 순식간에 리리카의 침실에서 사라졌다.

'달칵.'

잠시 후, 브린이 들어와 주변을 살피고 리리카의 이불을 덮어 주며 말했다.

"사이가 참 좋으시네요."

쌔근쌔근 여전히 잘 자고 있는 황녀님의 얼굴을 보니 절로 웃음이 나왔다.

"그럼 좋은 꿈 꾸세요."

'쿠르릉—'

"비가 오네……."

리리카는 창가에 턱을 괴고 창문 밖을 바라보며 한숨을 내쉬었다. 날씨가 쨍쨍했던 게 거짓말인 듯, 산딸기 수확을 위한 날짜를 잡으려니 비가 오기 시작했다.

이러다가 열매가 다 떨어져 버리면 어쩌나, 걱정했지만 울랑이 그런 걱정은 하지 말라며 황녀님을 격려했다.

신나게 산딸기를 따 잼과 시럽, 그리고 요즘 유행한다는 설탕 절임을 만들어 보려고 했는데…….

기대했던 만큼 아쉬움도 컸다. 하지만 그만큼 시간을 벌었기 때문에 리리카와 아틸은 배지와 양동이, 그리고 앞치마까지 완성할 수 있었다.

칠보 장식으로 완성된 산딸기 배지는 정말로 먹음직스러운 빨간색이었다. 초록빛 이파리도 아름다웠고, 아래쪽의 열쇠 모양도 정교했다.

제안한 건 아틸이지만, 리리카의 마음에 더 쏙 들었다.

하지만 이렇게 비가 오니 활동을 할 수가 없었다. 할 수 없이 배지만 봉투에 넣어서 동맹원들에게 부쳤다.

그녀가 펜듈럼을 휙 꺼내 들며 말했다.

"내일도 비가 올까요?"

'빙글.'

펜듈럼이 원을 그렸다. 리리카는 어깨를 늘어트렸다.

"모레도 올까요?"

'빙글.'

"글피도요?"

'빙글.'

"다음 주에는 멈추나요?"

'빙글.'

"멈춘다!"

리리카는 다음 주에는 꼭 날씨가 좋기를 양손을 모아 기원했다.

"하아."

한숨이 절로 나왔다. 라우브는 기운 없는 주인을 보고 안절부절못하고 있었다. 브린이 말했다.

"산책이라도 할까요?"

"산책? 비 오는데?"

"회랑만 걸어도 기분이 훨씬 나아지실 거예요."

"아!"

반색한 리리카가 벌떡 몸을 일으켰다. 회랑에서 비 쏟아지는 걸 보며 걷는 건 생각만 해도 즐거웠다. 즐겁지만.

"귀족들과 잔뜩 마주치지 않을까?"

"요즘처럼 비가 자주 오는 날 입궁하는 사람이 드물 거예요. 그리고 인적 드문 곳으로 가면 되지요."

"그렇겠지?"

리리카는 얼른 자리에서 일어나 준비했다.

회랑은 놀랍도록 적막했다.

비 쏟아지는 소리만 요란했다. 가장자리는 젖어 있었지만, 안쪽까지 비가 들이치진 않았다. 어찌나 조용하던지, 그녀의 발소리가 궁륭에 반사되어 울렸다.

"좋다……."

리리카는 사람도 좋지만, 이런 적막한 시간도 좋아했다. 걷다가 멈춰 서서 빗줄기를 바라보았다.

정원을 뿌옇게 만드는 물안개와 빗소리가 요란히 들려왔다.

'그리고 이렇게 비가 오면…….'

피요르드가 생각났다. 비를 맞고 있던 피요르드. 상처 입기 쉬워 보였던 눈동자.

그때 건너편에서 구두 소리가 들려왔다. 리리카는 아무 생각 없이 고개를 들었다가 멈칫했다.

'바라트 공작?'

드물게도 그녀는 추종자들 없이 단신이었다. 라우브와 브린이 긴장의 밀도를 올리는 게 느껴졌다.

리리카는 그녀가 다가오는 걸 바라보았다. 전처럼, 바라트 공작은 거리를 띄우고 멈춰 섰다. 여전히 인사는 없었다. 그녀는 말없이 리리카를 내려다보았다.

빗소리만 들리는 가운데, 두 사람은 말없이 서로 마주 보고 있었다.

누가 먼저 말을 걸 것인가.

그런 의미 없는 기 싸움을 하기에는 눈도 귀도 없는 장소였다. 리리카가 먼저 입을 열었다.

"왜 눈을 가리고 다니죠?"

바라트 공작은 황제도, 황후도, 황태자도 아닌 황녀에게는 존대를 들을 자격이 있었다.

"눈은 마음의 창이기 때문입니다."

얼음장 같은 목소리가 돌아왔다. 그러나 대답은 대답이었다. 돌려 말하거나, 비아냥거리는 게 아닌 솔직한 답.

바라트 공작이 살짝 머리를 기울이며 말했다.

"마음을 읽히는 것만큼 불유쾌한 일은 없지요."

"그렇군요."

궁금증이 풀려, 리리카는 시원한 마음이 되었다. 저 레이스를 풀면 마안이 나온다거나, 이상한 눈동자가 나오지는 않는 모양이었다.

"그럼 볼일 보세요."

리리카가 그리 말하고 지나가려는데 바라트 공작이 입을 열었다.

"궁금하지 않으십니까?"

리리카는 멈춰 섰다. 바라트 공작이 무표정하게 고개를 돌려 그녀를 바라보았다.

"아버지가 어떻게 되었는지 말입니다."

리리카의 표정이 굳었다.

놀랍게도 '아버지'라는 단어를 들었을 때 떠오른 사람은 알테어스도 아니고, 다른 아빠 후보자들도 아니었다.

배를 타고 떠나서 돌아오지 않은 아버지.

언젠가, 배를 타고, 돌아올.

리리카의 표정을 보고 바라트 공작은 미소 지었다.

"알고 싶지 않으신가요?"

리리카는 땅으로 떨어지려는 시선을 간신히 붙잡았다. 레이스에 가려진 눈동자를 똑바로 바라보았다. 주먹을 꽉 쥐고 리리카가 말했다.

"폐하께 무슨 일이 생겼나요?"

나는 지금 타카르.

리리카 나라 타카르이다.

일은 언제나 신용.

바라트 공작은 아무 말도 하지 않았다. 그저 물끄러미 리리카를 바라보았을 뿐이었다.

"궁금해지면 언제든지 연락 주십시오."

"폐하의 일은 공작보다 내가 더 잘 알 거 같네요."

바라트 공작은 기묘한 기분을 느꼈다. 이런 일로 화낼 나이도 아니고, 그렇게 얄팍한 수양을 쌓았다고 생각하지도 않는데.

무척이나 거슬렸다.

이 꼬마는 그녀의 깊은 곳에서부터 본능적인 거부감이 들게 하는 면이 있었다.

그 아티팩트 때문일까?

아티팩트 마법 소녀.

마법사와 같은 기분을 느끼게 해 주는 아티팩트. 정말로 그녀를 마법사 비슷하게 만드는 효과를 가졌다면 불쾌할 수도 있을 듯했다.

진정한 마법사는 순혈 인간이어야 했다.

그리고 바라트는 인간을 완전히 벗어나고자 하니까.

뿌리부터가 완전히 다른 존재를 향한 적대감은 분명 태고부터 내려온 것이겠지.

바라트 공작은 제 불쾌함을 그리 정리했다.

이런 불유쾌한 기분도 오랜만이라 바라트 공작은 흔치 않게 말을 더 했다.

"한 가지 부탁드리지요."

"뭐죠?"

"제 작품에 진흙질하지 마시길."

순간 이해되지 않아 눈을 찌푸렸다가, 곧바로 피요르드 이야기라는 걸 알아챘다. 공작은 충고하듯 이어 말했다.

"피요르드는 제 작품입니다. 불꽃에도 타오르지 않는 훌륭한 걸작이지요. 그걸 망치려는 시도는 즐겁지 않습니다."

단숨에 리리카의 기세가 변했다. 그녀의 눈동자가 푸르게 타오르기 시작했다.

'쿠르릉.'

멀리서 번개가 번득였다. 희미한 천둥이 그 뒤를 따랐다.

"저도 피요르드를 괴롭히는 사람은 싫어요."

리리카는 그의 상처를 떠올렸다. 오래전부터 쌓아 왔던 상처들을. 깊은 흉터를.

그녀가 적의를 가지고 누군가를 대하는 건 처음이었다. 바라트 공작은 우아하게 고개를 기울였다.

"타인이라면 괴롭힘이겠지만, 제가 제 소유를 건드리는 건, 다듬어 간다고 해야 하는 거겠지요."

"소유라고요?"

"네, 제가 열 달 동안 품고 낳은. 내 소유물이지요."

리리카는 말문이 막혔다. 그녀는 멍하니 바라트 공작을 보다가 말했다.

"정말로 '합리'는 개인적인 거라고 다시금 깨달았어요."

리리카는 한숨을 내쉬었다.

이런 사람들이 있다. 자신이 옳다고 생각하며, 자신만의 합리로 무장한 사람들.

이런 사람과 다퉈 봐야 입만 아플 뿐이다. 리리카가 말했다.

"저는 피요르드를 인정해요."

다듬든 다듬지 않든, 걸작이든 아니든. 그가 무엇이라도 그녀는 그의 존재를 인정할 터였다.

순간 바라트 공작은 저도 모르게 "네가 뭔데?" 하고 내뱉을 뻔했던 걸 눌렀다.

입을 벌렸다가 다물고, 다시 입을 벌리는데, 밝은 목소리가 들려왔다.

"다들 여기 모여 있었네."

갑작스러운 목소리에 리리카가 돌아보았다. 거기에는 우아하게 성장(盛裝)한 루디아가 서 있었다.

우중충한 날씨 속에서 금빛 머리카락은 마치 빛이 쏟아지는 듯한 기분을 느끼게 해 주었다.

리리카는 온몸에 긴장이 탁 풀리는 걸 느꼈다.

그녀가 다가와 리리카의 어깨에 손을 올리고 바라트 공작에게 빙긋 웃어 보였다.

"약속에 늦으시기에."

"아, 이런."

바라트 공작이 회중시계를 열어 보였다.

"30초 정도 늦었군요. 죄송합니다, 황후마마."

"날씨가 이러니 마중이라도 갈까 싶었는데, 내 딸과 이야기를 나누고 있을 줄은 몰랐군."

"제 딸 이야기를 하려던 참이었답니다."

바라트 공작은 희미하게 웃어 보였다.

"시골에 두었던 제 딸을 이제 수도로 불러올릴까 하고요."

"어머, 딸이 있다는 이야기는 못 들었는데."

"후후, 몰래 숨겨 뒀던 딸이 있답니다."

숨겨 뒀던 땅문서가 있었다는 이야기를 하듯 바라트 공작이 아무렇지도 않게 말했다.

"그럼 전 이만 가 봐야겠군요. 황녀님, 즐거운 시간 보내시길 바랍니다."

바라트 공작은 루디아와 친한 친구 사이라도 되는 것처럼 나란히 회랑을 걸어 나갔다. 리리카는 그 뒷모습을 바라보았다.

여러 가지로 머릿속이 복잡했지만, 가장 먼저 떠오르는 단어가 있었다.

'아버지.'

리리카는 그 말이 마음에 걸렸다. 바라트 공작이 쓸데없는 이야기를 할 사람은 아닌 거 같으니까.

'아버지.'

리리카는 주먹을 꽉 쥐고 입술을 깨물었다. 빗소리가 요란하게 회랑을 울렸다.

라우브가 조심스럽게 말했다.

"주공, 괜찮으십니까."

리리카는 고개를 들어 라우브를 바라보았다. 청회색 눈동자에 걱정이 가득했다. 보통은 한 걸음씩 물러나 있기 때문에 이런 식으로 말을 걸지 않았는데…….

그만큼 가까워졌다는 뜻일까, 아니면 그만큼 내 표정이 안 좋은가.

리리카는 억지로 웃어 보였다. 그의 얼굴이 툭 떨어지듯 더욱 어두워졌다. 그 모습에 리리카가 진심으로 웃으며 고개를 흔들었다.

"아냐. 걱정해 주는 사람이 있다는 걸 보니까, 뭔가 힘이 나서 웃은 거야. 고마워, 라우브."

"아닙니다."

그제야 안심한 듯 그가 미소 지었다. 역시 처음에는 리리카가 억지로 웃은 줄 알고 '도움이 안 되나.' 생각했던 게 틀림없었다.

하지만 정말로 덕분에 힘이 났다.

어떤 상황 속에서도 내 편이 있다는 건 언제나 힘이 되는 사실이었다.

"브린."

"네, 황녀님."

"내 아버지에 대해서 조사해 줄 수 있어?"

"알겠습니다."

브린은 망설이지도, 이유를 묻지도, 말리지도 않았다.

리리카는 브린을 바라보며 웃었다.

"고마워."

"저에게는 무엇보다 황녀님의 부탁이 언제나 최우선이지요."

리리카는 마음이 조금 가벼워졌다. 뭐가 뭔지 모른 채로 있는 것보다는 알 수 있다는 게 기뻤다.

그제야 손발이 식은 게 느껴졌다. 여름인데도 몸이 떨렸다.

10장 산딸기 동맹 295

브린이 들고 있던 얇은 숄을 리리카에게 둘러 주며 말했다.

"몸이 다 식으셨네요. 얼른 방으로 돌아가시죠."

"응."

가벼워진 걸음으로 방으로 돌아가니 아틸이 기다리고 있었다. 제 방처럼 떡하니 자리 잡고 있는 모양새는 이제 익숙했다.

그녀가 들어서자마자 아틸이 날카롭게 물었다.

"야, 괜찮아?"

"아틸? 무슨 일이에요."

"무슨 일이긴. 너랑 바라트 공작이 나란히 이야기하더라는 소문이 황궁에 쫙 퍼졌는데."

"네에? 아무도 없었는데요?"

"보이는 사람이 없다고 해서 정말로 사람이 없는 건 아냐."

"아, 충고 아닌 충고를 잔뜩 들었어요. 그래서, 음……."

더는 뭐라고 설명해야 할지 알 수 없어서, 리리카는 아틸을 바라보았다. 아틸이 목소리를 높였다.

"대체 왜 그딴 인간이랑 이야기하고 그래? 아무도 없는 곳에서. 넌 도대체 목숨이 몇 개야?"

미간을 찡그리고 타박을 늘어놓지만 걱정하고 있다는 걸 알았다. 마음 안쪽이 살살 녹아내려서 리리카는 소파에 앉아 있는 그의 다리 위로 꾸물꾸물 올라갔다.

"뭐야? 무슨 일 있었어?"

품속으로 꾸욱 밀어붙이듯 안기자 그의 팔이 자연스럽게 그녀를 감싸 안았다.

"바라트 공작이 뭐라고 했어?"

"이런저런 이야기를 잔뜩 했어요. 그래서 기운이 하나도 없었는데, 아틸이 여기서 이렇게 기다리고 있어 줘서 힘이 났어요."

"아니, 그러니까 처음부터 왜 말을 거냐고."

"궁금하잖아요. 왜 레이스로 눈을 가리고 있는지 말이에요. 아틸은 안 궁금해요?"

"하."

아틸이 짧게 웃었다.

"정말로 겁도 없어."

"라우브도 있고, 브린도 있었으니까요."

"그래도. 그것들이 언제 어떻게 무슨 수를 쓸 줄 몰라. 대체 뭐라고 했는데?"

리리카는 아틸에게 하나도 남김없이 이야기를 털어놓았다. 아틸은 딱 한 마디를 했다.

"미친 자식."

그가 머리를 북북 긁었다.

"네 아버지에 대해서는 나도 한번 알아볼게. 뭐, 바라트 공작이 알고 있는 걸 숙부님께서 모르실 거라고는 생각하지 않지만……."

"네, 그래도 다른 사람에게는 비밀로 해 주셨으면 좋겠어요."

리리카의 말에 아틸이 빙긋 웃었다.

"알았어. 걱정하지 마."

나만 믿어, 하고 아틸이 거칠게 리리카의 머리를 쓰다듬었다. 작은 여동생이 저만 믿고 푹 안겨 있는 게 상당히 마음에 들었다.

10장 산딸기 동맹

"그나저나 바라트 공작에게 딸이 있다니. 또 어디서 '만들어' 왔는지 모르겠군."

"'낳아' 온 게 아니고요?"

리리카의 물음에 아틸은 싱긋 웃었다. 바라트에 대한 악담이야 사흘 내내 할 수 있지만, 지금 할 이야기는 악몽을 꾸게 할 법한 이야기였다. 그런 이야기를 어린 리리카의 귀에 흘려 넣고 싶지 않았다.

"어느 쪽이든."

대강 답하고 아틸은 말머리를 돌렸다.

"그러고 보니 가을에 큰 축제가 있는 거 알아?"

"네."

"같이 가자."

순간 리리카는 대답을 하지 못하고 아틸을 바라보았다. 아틸이 피식 웃었다.

"왜? 말도 안 나올 만큼 좋냐? 슬쩍 변장하고 나가면 모를 거야."

"음……."

우물우물하던 리리카가 물었다.

"축제가 길게 하나요?"

"맞아."

"그럼 좋아요."

"뭐야?"

아틸은 눈을 가늘게 떴다. 그는 촉이 무척 좋았다.

"누구야?"

"네?"

"나 말고 대체 누구랑—"

아틸이 말을 뚝 멈췄다.

"바라트?"

딱 한 마디 물음이었지만, 리리카의 표정에 고스란히 드러났다. 아틸은 어이가 없어져서 여동생의 양어깨를 꽉 잡았다.

"너 미쳤어? 진짜 돈 거 아냐? 피요르드 바라트랑 축제? 단둘이서? 정신 차려!"

그 자식이 감히 얼굴로 내 여동생을 꼬셔?

리리카는 펄펄 뛰는 아틸을 진정시키려 애썼다.

"당연히 라우브를 데리고 가려고 했어요."

"당연하지! 허락은 어떻게 받으려고 했어, 어?"

"네? 아뇨, 그냥 그때 가서……."

"와, 진짜."

아틸이 찌릿하고 리리카에게 바싹 제 얼굴을 들이댔다.

"나랑 같이 가."

"네, 같이 가요."

어차피 축제가 길면, 하루는 아틸, 하루는 피요와 함께 가면 되지 않겠는가?

리리카의 그런 마음이 훤히 드러나, 아틸이 날카롭게 말했다.

"아니, 피요르드 바라트랑 갈 때 나도 같이 가겠다고. 웃기지 말라고 해."

"아, 음. 동맹원으로 피요를 대해 주시겠다고 하면요."

"피요? 그딴 식으로 불러?"

"아틸."

이를 갈면서도 아틸은 "후—" 숨을 내쉬고 말했다.

"좋아. 동맹원으로서 존중해 주도록 하지."

"알겠어요. 그럼 피요르드에게도 물어볼게요."

"그 자식 의견이 뭐가 중요해."

"중요해요."

리리카는 그리 말하고 고개를 휘휘 저었다.

"알았어. 일단."

아틸이 그렇게 말하자 리리카는 가슴을 쓸어내렸다. 아틸은 한숨을 내쉬었다. 리리카가 웃으며 그의 목에 팔을 감았다.

"고마워요."

"됐어."

"아니, 정말로 고마워요."

리리카를 생각해서 양보해 준 것을 알았다. 감사할 일이었다.

리리카는 아틸의 뺨에 입 맞췄고, 아틸은 입술을 꾹 깨물고 미간을 찡그렸다.

"하여간 어디서 이런 건 배워 가지고."

리리카는 킥킥 웃으며 그의 어깨에 뺨을 기대 재잘거렸다.

"다음 주에 날씨가 맑을 거래요, 그러면 산딸기를 잔뜩 따요."

"그래, 그래, 그래."

적당히 맞장구쳐 주는 듯하지만, 잼을 담기 위한 유리병을 주문한 건 아틸이었다.

아틸은 비 오는 창문을 힐끗 바라보았다.

"날씨가 좋았으면 좋겠네."

무르익은 늦여름다운 황홀한 날씨였다. 태양은 한여름보다 좀 더 농밀한 꿀빛을 띠고 있었다. 층층이 쌓은 바닐라 아이스크림을 닮은 적란운이 황금빛 테두리를 둘렀다.

정원에는 농익은 산딸기의 달콤한 향이 진동했다.

모두가 비밀정원에 감탄하고 울랑에게 찬사를 보냈다. 울랑은 겸손히 인사를 받았다.

"처음 치우실 때는 모두가 도와주셨지요."

"맞아, 라트와 탄은 빼고."

꼭 집어서 이야기하며 리리카가 맞춤 양동이를 나눠 주었다. 아틸이 모인 면면들을 확인하고 리리카에게 속삭였다.

"모르는 사람이 봤으면 반역을 일으키려는 건가 했을 거야."

그도 그럴 게 제국의 두 팔이라고 할 수 있는 기사단장과 재상이 나란히 양동이를 들고 있으니 말이다.

거기에 바라트의 차기 후계자에 황녀와 황태자. 울프가의 촉망받는 견습 기사, 이보다 호화로울 수 없는 모임이었다.

리리카가 "에헴." 하고 헛기침을 한 다음에 속삭였다.

"산딸기 동맹의 잠재력이죠."

"무서운 소릴."

아틸은 피식 웃었다. 그는 완전히 새로워진 비밀정원을 바라보았다. 다시는 열 일이 없을 것이라 생각했던 정원이 다시 열리고, 아름다워졌으며, 심지어 사람들로 가득했다.

예전의 그에게 이야기해 줬어도 믿지 못했을 광경이었다.

리리카가 맞춤 제작한 앞치마도 하나씩 나눠 주었다. 디아레가 앞치마를 입으며 웃었다.

"너무 귀여워요."

"같은 옷을 입으니 정원사 모임 같군요."

라트의 말에 리리카가 "산딸기야." 하고 정정해 주었다. 벌써 열매를 하나둘 따먹고 있던 탄이 물었다.

"그러고 보니, 황녀님. 부모님은 초대하지 않으셨군요."

"응, 두 사람은 너무 높은 사람이잖아."

다들 불편하지 않겠어? 그 말에 라트가 쿡쿡 웃었다.

"그럴 것 같네요."

파이가 이어 질문을 던졌다.

"그런데 황녀님, 산딸기를 따는 데 무슨 용기가 필요한가요?"

"음, 울랑이 그러는데 산딸기 덤불 속에 뱀이 많이 있대."

그 말에 모두가 저도 모르게 덤불 아래를 내려다보았다. 리리카가 싱긋 웃었다.

"열매를 얻으려면 용기가 필요하지."

"저는 용맹하니까요."

"그럼, 산딸기 동맹원인걸."

리리카의 말에 디아레가 제 다리를 한 번 들어 보이고 말했다.

"그리고 울프는 어지간한 뱀독에는 면역이 있다구요."

"정말?"

"네."

"황녀님께서는—"

라트가 얼른 시선을 내렸다가 그녀가 단단한 부츠를 신고 있는 걸 보고 안심했다.

역시, 허투루 옷을 입힐 솔이 아니었다.

리리카가 주먹을 치켜들었다.

"다들 산딸기 가득 따고 점심 먹자, 그러고 나서 잼이랑 시럽을 만들 거야."

생각만 해도 즐거워 모두 양동이를 들고 덤불 사이로 사라졌다.

"자, 피요르드 이리 와."

리리카가 얼른 피요르드의 손목을 잡아당겼다. 끌려가듯 가면서도 피요르드가 웃었다.

디아레가 대번에 쌍심지를 켜고 물었다.

"왜 피요르드만 챙기세요?"

"하지만 울프도 둘이고, 산다르도 둘이고, 타카르도 둘인데 바라트는 혼자잖아."

챙겨 줘야지.

본의 아니게 초대한 사람들의 면면을 살피니 그랬다. 리리카의 말에 대답이 궁해졌지만 디아레는 잽싸게 그녀 옆에 붙어 섰다.

"저도 같이 딸래요."

"응."

어차피 산딸기는 많았다.

피요르드는 아무 말도 하지 않았다. 디아레와 리리카, 그리고 아틸의 대화가 이어졌다.

멀리서 라트가 입가에 손을 대고 외쳤다.

"황녀님, 탄이 따는 것보다 더 많이 먹고 있는데요."

"야!"

"음, 양동이만 채우면 괜찮아."

리리카가 웃으며 손을 흔들었다. 탄이 라트의 멱살을 쥐고 흔드는 게 보였다.

얼마 전에 둘의 신경이 날카로워졌던 일이 떠올랐다. 분명 페리 때문이었겠지.

둘 사이가 다시 좋아져서 다행이었다.

그런 생각을 하며 리리카는 안도했다. 디아레가 리리카에게 말했다.

"그러고 보니 황녀님, 진주의 노래는 읽어 보셨어요?"

"응, 브린이 구해다 줬어. 재미는 있는데……."

어쩐지 부끄러워서 읽을 수가 없었다.

"이번에 엄청 크게 연극을 하거든요. 같이 가서 보지 않으실래요?"

"정말?"

"네, 정말이요. 티켓 구하기도 엄청 어려운데 간신히 두 장 구했어요."

"갈래, 갈래."

"네!"

디아레는 함박웃음을 지었다. 힘들게 티켓을 구한 보람이 있었다. 파이가 "오." 하고 말했다.

"그 티켓 구하기 힘들다고 들었는데요."

"밤새 줄을 섰죠."

리리카가 깜짝 놀라 득의양양한 표정의 디아레를 바라보았다. 파이가 "와—" 하고 웃었다.

"몸으로 때운다는 점이 울프답네요."

"아, 저 그 말 싫어해요."

디아레가 날카롭게 말해, 파이는 눈을 깜박였다가 사과했다.

"마음을 상하게 할 생각은 없었어요."

"아녀요."

디아레는 고개를 까닥했다. 탄이 말했다.

"디아레, 너는 성질을 좀 죽여야 해. 얼마 전에도 애들에게 주먹질하고 말이야."

"가주님!"

디아레의 뺨이 붉어졌다. 리리카가 갸웃했다.

"주먹질했어?"

"네, 하지만 그쪽이 먼저 잘못했어요."

"화나서 때린 거야?"

"음……. 네에……."

"디아레는 화나면 주먹이 먼저 나가?"

"……."

디아레가 입을 다물었다. 리리카가 웃으며 그녀의 입술에 산딸기를 대 주었다.

"뭐라고 하는 게 아니라 묻는 거야."

"죄송해요."

"어째서? 디아레가 내게 미안할 건 없는걸."

10장 산딸기 동맹

"미안해해야지, 네 말벗이잖아."

옆에서 아틸이 툭 내뱉었다. 리리카가 까치발을 들어 그의 입에도 산딸기를 넣어 주며 말했다.

"아틸에게 안 물어봤어요."

디아레가 말했다.

"저도 모르게 그만……. 황녀님을 욕했다고요."

"아, 그럼 잘 때렸네."

아틸이 "뭐야, 그런 거였어?" 하며 고개를 끄덕였고, 피요르드도 "그 거라면요." 하고 웃었다. 리리카만 당황해서,

"아니, 두 사람 다 그거 아니거든요?"

말하고 디아레에게 물었다.

"그 사람 디아레보다 강해?"

"아뇨? 제가 더 강한데요?"

"역시. 디아레가 강하다는 이야기는 여기저기서 듣거든. 이번 사냥제에서도 성적 좋았잖아. 강한 사람은 약한 사람을 괴롭히면 안 된다고 생각해."

디아레는 잠시 멈칫했다. 그녀는 한 번도 그런 식으로 생각해 본 적이 없었다.

그런데 황녀님의 말이 틀린 건 아니었다.

그녀는 강하니까.

"네, 알겠어요."

앞으로 약한 자를 상대할 때는 조심해야겠다고, 디아레는 결심했다. 좀 떨어진 덤불에서 귀를 쫑긋 세우고 있던 탄이 작게 말했다.

"청춘이네."

"그러게. 보기 좋네."

"그런데 영, 황녀님은 그 나이대 아이 같지 않단 말야."

"그런가요? 산다르는 저 나이대에 이미—"

"아니, 그렇게 말하면 울프는 저 나이면 이미 맨손으로 나무판 열 장을 부수거든?"

라트가 웃었다.

"무슨 말인지 압니다. 상대방이 불편하지 않게 이야기하는 능력이 있으시죠."

탄이 고개를 끄덕였다. 또래 아이들이 모여서 산딸기를 따는 모습은 보기에 즐거웠다.

그 가운데 저 황녀님이 있기 때문에 가능한 일이라는 걸 탄도, 라트도 잘 알고 있었다.

"산다르도 저기 끼어 있으면 좋을 텐데요. 디아레도, 라우브도. 둘 다 울프군요."

라트의 말에 탄이 어깨를 으쓱했다.

"그리고 바라트 하나."

"눈에 띄죠."

"눈에 띄지."

"뭐, 산딸기 동맹은 추천제이니까요."

라트가 산딸기 한 알을 입에 던져 넣었다. 새콤달콤한 맛이 입 안 가득 퍼졌다.

매일 서류에 치이며 살다가 모처럼 가지는 여유였다.

'나도 산딸기 농사나 지을까.'

시답잖은 생각을 할 만큼 머릿속이 비워진 게 즐거워 라트는 피식 웃었다. 힐끗 시선을 돌리니 열심히 산딸기를 먹고 있는 탄이 보였다.

'늑대라기보다는 곰 같지 않아?'

북부에 산딸기가 없는 것도 아닐 텐데, 왜 저리 굶주린 사람처럼 군담. 라트는 고개를 절레절레 흔들었다.

중간중간 쉬는 시간이 자주 주어졌다. 그때마다 아이스크림이며, 차가운 산딸기 주스, 가벼운 먹거리들이 함께 나왔다.

그늘 아래서 서로 딴 양동이 속 산딸기를 비교해 가며 아이들은 먹고 마셨다.

탄과 라트를 위해서는 신선한 생크림과 산딸기, 그리고 차가운 샴페인이 나왔다.

라트는 기포가 올라오는 샴페인을 바라보며 한숨을 내쉬었다.

"재상 때려치우고 산딸기 동맹에 취직하고 싶은데요."

"동감입니다."

다시 일할 때는 일에 이미 익숙해져서 손이 더욱 빨라졌다.

"피요."

리리카가 그와 나란히 바싹 붙어 산딸기를 따며 속삭였다.

"그때 이야기했던 축제 있잖아."

"네."

대답하고 피요르드는 불안해 저도 모르게 먼저 되물었다.

"일이 생기셨습니까? 같이 못 가게 되었을까요?"

"아니, 그건 아닌데. 아틸에게 들켜 버렸어. 같이 가겠다고 하거든."

"아."

아쉽지만, 그 정도는 괜찮았다. 피요르드가 흔쾌히 고개를 끄덕였다. 미안한 마음이 든 리리카가 덧붙였다.

"축제 길게 한다면서. 하루는 아틸이랑 같이 가고 하루는 따로 우리끼리 가자."

"!!"

생각지도 못한 행운에 피요르드가 숨을 삼켰다. 디아레가 불쑥 끼어들었다.

"무슨 이야기를 그렇게 하세요?"

리리카가 태연히 답했다.

"바라트가 모두의 첫사랑이라는 이야기."

"!!"

피요르드는 다시 한 번 펄쩍 뛸 만큼 놀랐다. 물론 펄쩍 뛰지는 않았지만, 어깨가 움찔 떨렸다. 디아레도 눈을 크게 떴다.

"그게 무슨 이야긴데요?"

"어? 전에 사냥제 때 다들 이야기했잖아. 바라트는 모두의 첫사랑이라고."

"그랬죠. 그래서요?"

디아레의 진녹색 눈동자가 가늘어졌다. 묘하게 날이 서 있는 게 의아했지만, 리리카는 순순히 말을 이었다.

"피요르드를 보면 그 말이 이해 간다는 이야기를 했어."

"네?"

피요르드가 오히려 당황해 되물었다. 리리카가 고개를 끄덕였다.

"피요르드가 나에게 하는 걸 보면 딱 알겠는걸. 다른 사람들에게도 친절하잖아? 보면 알아. 음, 그 바라트 공작님이 다른 사람들에게 친절했을 거 같지도 않고……."

리리카가 진지하게 말했다.

"그래서 바라트 중에 피요르드가 가장 인기 좋은 게 아닐까?"

디아레는 안심한 듯, 아닌 듯 싱숭생숭한 얼굴이 되었다. 피요르드는 복잡한 얼굴로 말했다.

"황녀님께 하는 걸 다른 사람에게도 한다고 생각하시면 곤란합니다."

"아, 그래? 그럼 나에게만 친절한 거야? 그것도 좋네."

하하, 농담처럼 리리카는 웃어넘겼다. 멀리서 보니까 대화는 들을 수는 없어도, 그의 태도를 보면 주변 사람들에게 부드럽게 대한다는 걸 알 수 있었다.

그런 와중에서도 '너는 특별해.' 라니.

'역시 만인의 첫사랑.'

저절로 고개가 끄덕여졌다.

옆에서 파이가 거의 다 채운 양동이를 내려놓으며 말했다.

"아, 하지만 황녀님도 첫사랑의 상당 부분을 차지할걸요?"

"어?"

리리카가 놀라서 돌아보니 파이가 싱글싱글 웃으며 말했다.

"저희 쪽에도 황녀님이 좋다는 아이들이 많이 있거든요."

디아레는 어쩐지 섭섭한 얼굴로 웅얼거렸다.

"울프 쪽에도 있어요."

"그런데 왜 그런 얼굴이야?"

"황녀님은 저만 알면 좋겠으니까요."

디아레가 툴툴거리며 답했다. 파이가 리리카를 지그시 바라보았다.

잘 다듬은 호두나무 같은 부드러운 갈색 머리카락, 아름다운 청록색 눈동자. 반듯한 이목구비.

바라트나 황후마마 같은 화려함은 없지만, 거기에 뒤지지 않는 힘이 있었다.

저 두 사람이 모란이나 작약 같다면, 황녀님은 은방울꽃이라고나 할까. 거기에 심지 굳고 온화한 태도.

"분명, 시간이 지나면 잔뜩 고백받게 되실 거예요."

파이의 장담에 리리카의 얼굴이 달아올랐다. 아틸이 옆에서 놀리듯 말했다.

"세상에서 가장 귀여운 리리카니까."

"아틸!"

빽 소리를 질렀지만, 아틸은 그저 웃기만 했다.

"왜 맞잖아? 숙모님께서 매일 그렇게 부르시잖아."

"그건, 그야, 그렇지만……."

저도 모르게 리리카는 피요르드를 슬쩍 바라보았다. 그에게 커트시를 배울 때가 생각났다.

눈이 마주친 피요르드가 미소 지었다.

"맞습니다. 세상에서 가장 귀여우신 분이죠."

"피요르드까지……."

리리카는 작게 투덜거렸다.

사실 '진주의 노래' 발매 이후로 리리카의 평판은 눈에 띄게 좋아졌다.

물론 책의 맨 앞에는 '실제 사건 및 인물과 관련이 없음'이라고 적혀 있기는 하지만, 그래도 모티브가 된 인물이 리리카라는 걸로도 충분했다.

책의 인기가 높아질수록 리리카의 인기도 높아졌다. 심지어 귀족파 아이들도 몰래몰래 '진주의 노래'를 돌려 읽을 정도였다.

부모님이 알게 되면 경을 칠 일이지만, 책이 재미있는 걸 어떻게 하겠는가?

진주의 노래 이후로 비슷한 '사파이어의 노래' 혹은 '루비의 이야기' 같은 책이 나오고 있으나, 오리지널의 인기를 뛰어넘지는 못하고 있었다.

리리카는 모임에 나가면 몰려들거나 동경의 눈으로 바라보는 아이들이 많다는 건 알고 있었지만, 그게 책 때문이라는 생각은 하지 못했다.

마법 소녀 아티팩트 때문에 신기해서 그러나 보다, 그리 짐작할 뿐이었다.

파이가 투덜거리는 리리카를 보고 웃으며 말했다.

"두고 보시라니까요."

"만약 아니면?"

리리카가 도발적으로 되묻자 파이가 진지하게 답했다.

"그럼 제가 책임지지요."

"파이가?"

어떻게, 라고 묻기 전에 아틸이 그의 목을 조르기 시작했다.

"컥, 잠깐, 전하!"

"내 여동생에게 손가락 하나 대기만 해!"

"아틸!"

당황한 리리카가 둘 사이를 말리는 소동이 지나가고서, 파이가 제 목을 문지르며 말했다.

"전하의 힘으로는 제 연약한 목뼈를 분지를 수도 있다는 걸 알아주세요."

"그걸 알면 내가 봐줬다는 것도 알아라."

"그것도 그러네요."

답한 파이가 리리카에게 빙긋 웃어 보였다.

"그럼 목숨을 구해 주셔서 감사합니다, 황녀님."

그가 몸을 숙여 리리카의 뺨에 입 맞추기 직전에, 피요르드의 손이 끼어들었다.

파이가 흥미로운 눈으로 피요르드를 바라보았고, 피요르드가 "허락도 없이 숙녀에게 실례지요." 말하고 방긋방긋 웃어 보였다.

'하, 이거 봐라?'

파이의 심중에 아른아른 뭔가가 떠오르는데 뒤에서 아틸이 그의 목덜미를 꽉 붙잡았다.

"파이 산다르으—"

"잠깐, 전하. 이 정도는 가벼운 예의범절입니다."

"그냥 죽어."

"황녀님, 살려 주세요."

"아틸, 그만 해요."

"엇, 황녀님. 그냥 죽게 내버려 둬도 될 것 같은데요?"

디아레가 슬쩍슬쩍 제 양동이의 커다란 산딸기를 리리카의 양동이에

10장 산딸기 동맹 **313**

던져넣으며 말했다.

"동맹원끼리는 안 돼요. 하고 싶으면 나중에 일 끝나고서 하세요!"

리리카가 단호하게 말하자 아틸은 파이의 목을 놓아 주었다. 파이가 기침하며 "두 번 제 목숨을 구해 주셨네요." 하고 말했다.

웃는 얼굴에 딱 장난기가 가득한 게, 아틸을 놀리는 게 빤했다.

저번에 아틸에게 그렇게 얻어터졌으면서도, 오늘은 놀릴 수 있다니.

'다들 대단해, 정말.'

브란이 다가와 물었다.

"많이들 수확하셨나요? 브린이 슬슬 냄비를 준비할지 여쭤보라고 해서요."

"앗, 아니 조금 더 이따가."

리리카가 제 양동이를 들여다보고 고개를 저었다.

"얼른 채울게!"

"괜찮습니다. 천천히 하세요."

브란이 웃으며 물러났다. 그 후로 산딸기 동맹원들은 속도를 올려 양동이를 가득 채웠다.

산딸기를 가볍게 씻은 후에 커다란 냄비에 와르르 부어 넣었다. 이어서 설탕도 한가득 쏟아 넣고, 커다란 주걱으로 잘 버무려 끓이기 시작했다.

번갈아 가며 잼을 젓고 완성된 잼을 병에 나눠 담는 일까지 함께했다.

완성된 잼은 곧바로 스콘과 핫케이크에 곁들여졌다.

아이들은 웃고 떠들며 달콤한 맛을 아낌없이 즐겼다. 해는 천천히 저물고 있었다.

브린이 닭고기구이를 내왔는데, 산딸기 소스가 곁들여져 있었다. 달콤하고 짭짤한 맛에 한없이 고기가 들어갔다.

에일이 마시고 싶다는 탄의 한탄에, 브린이 슬쩍 에일도 내왔다. 브란이 라트의 잔에 따라준 것은 증류주를 차갑게 희석한 것이었다.

어른들은 어른들 나름의 만족스러운 자리였고, 아이들은 아이들대로 신난 자리였다.

디아레가 궁금한 듯 물었다.

"그런데 황녀님, 전하께서는 무슨 선물을 주셨어요?"

"비밀이야."

리리카가 고개를 흔들었다. 선물을 공개적으로 주지 않은지라, 아틸의 선물이 뭘까 하는 이야기는 간혹 도는 이야기였다. 그러나 다른 선물—특히 아티팩트 마법 소녀 이야기로 바로 넘어가고는 했다.

디아레는 리리카가 비밀이라고 하자 궁금하기는 했지만 곧 고개를 끄덕였다.

"알겠어요. 아, 저 황녀님께 자랑할 게 있답니다."

후후 웃으며 하는 말에 리리카가 "뭔데?" 하고 물어왔다. 디아레가 말했다.

"아티팩트 송곳니의 주인이 될 생각이에요."

"품, 켁—"

에일을 마시던 탄이 도로 뿜어 버렸다. 라트는 "더럽게 정말." 하고 질겁했다.

탄은 괴로워하며 브란이 건네준 냅킨으로 얼굴을 닦고 말했다.

"그게 그냥 주인이 되고 싶다고 해서 되는 거냐?"

"시험만 통과하면 되는 거잖아요. 송곳니가 절 주인으로 고르지 않을 이유가 뭐가 있어요?"

뻔뻔한 얼굴을 보고 탄이 말을 잇지 못하는데, 디아레가 입을 비죽였다.

"송곳니라도 가지지 않으면, 라우브 경을 이길 수 없을 거 같은걸요."
"아니, 송곳니를 그런 이유로 가지고 싶다는 사람이 어딨어?"
"여기 있죠."

디아레가 손을 번쩍 들었다. 탄이 억울한 얼굴로 라우브를 바라보았다.
"야, 네가 말 좀 해 봐라."
"저는 울프가의 가보에 대해서 할 말이 없습니다."
"와, 너 완전히 결혼해서 본가랑 연 끊은 사람처럼."
"결혼은 뭔 결혼이야. 쓸데없는 소리를 해."

아틸이 한마디 던졌다. 리리카가 대화를 따라가지 못하고 물었다.
"대체 '송곳니'가 뭔데?"
"아티팩트 송곳니. 사용자의 모든 신체 능력을 끌어올려 주는 아티팩트라고 합니다."

옆에 앉아 있던 피요르드가 부드러운 목소리로 설명했다.
"더 자세한 내용은 울프가만이 알고 있지만요."
"엄청 좋아 보이는데?"

리리카의 말에 디아레가 "그죠?" 하고 웃었다.

탄은 어이가 없어졌다. 리리카가 물었다.
"그런데 그럼 탄이 써야 하는 거 아냐? 가주잖아?"
"송곳니는 사람을 가립니다. 저는 탈락했고요."

탄이 어깨를 으쓱하고는 이어서 히죽 웃어 보였다.

"그리고 안 써도 강하거든요."

디아레가 입을 비죽였다.

"가주님이야 그러겠지만, 전 송곳니가 필요하다니까요."

"위험한 거야?"

리리카의 물음에 디아레가 부끄러운 듯 고개를 기울였다.

"사람에 따라 위험할 수 있다고도 하지만, 괜찮아요."

"안 괜찮아."

탄이 투덜투덜하는 말에 리리카가 진지하게 고개를 끄덕였다.

"위험하다니까 가주님과 이야기한 다음에 해도 좋을 거 같아."

"네."

디아레의 대답이 너무 산뜻해서 모두가 동시에 '의논 안 할 거 같은데.' 생각했지만 그걸 굳이 입 밖으로 내지는 않았다.

식사를 끝내고 모두가 잼 병을 하나씩 안고서 리리카와 아틸에게 인사한 후에 떠나갔다.

리리카가 뒷정리를 도와주겠다는 걸, 당연히 브린과 브란이 뜯어말렸다.

아틸이 리리카를 끌고 나와 그네에 앉혔다.

그가 뒤에서 줄을 잡고 리리카를 내려다보았다.

"황녀가 무슨 뒷정리를 해?"

"지금은 산딸기 동맹원이에요."

"그럼 그들이 하는 일을 존중해."

아틸의 말에 리리카는 "아." 하고 작게 탄성을 지르고 고개를 끄덕였다.

"알겠어요."

"좋아."

그가 그네를 가볍게 흔들어 주었다. 앞뒤로 가볍게 흔들리는 그네를 즐기는데, 아틸이 입을 열었다.

"여기에 다시 돌아와서, 이렇게 즐거울 수 있을 거라고는 생각 못 했어."

"……."

리리카가 슬쩍 그를 돌아보았다. 아틸이 빙긋 웃었다.

"이 정원은 어머니를 위해서 아버지가 특별히 만들어 주신 거야."

"아……."

"어머니는 하급 귀족이라 여러모로 공격당하는 일이 많으셨다고 해. 그런 어머니를 위해 아버지가 만들어 주신 거지."

아틸이 어깨를 으쓱했다.

"황후가 이런 곳에 처박히는 게 옳은 일인가는 차치하고 말야."

아틸은 천천히 정원을 바라보았다. 리리카가 예전의 모습을 살리려 애썼기에 군데군데 과거의 모습이 많이 남아 있었다.

"거기에 오랫동안 아이가 생기지 않으셔서 고생했다고 하더라. 심지어 어머니가 하급 귀족이라 타카르의 피를 받아들이지 못하는 거라는 소문도 돌고."

아틸이 부모님 이야기를 하는 건 처음이라 리리카는 진지하게 귀를 기울였다.

"그러다가 내가 생겨서 엄청 기뻐하셨다고 들었어."

"그러셨겠어요."

리리카가 고개를 끄덕이자 아틸이 그녀를 내려다보고 싱긋 웃었다.

"이 정원 열쇠는 뭐라고 할까. 내게 필요 없는 부분처럼 느껴졌거든."

부모님은 돌아가시고, 자신은 암살 위협에 시달렸다.

돌아가신 부모님을 찾으며 추억에 젖어 엉엉 울 시간 따위는 없었고, 그런 장소도 필요 없었다.

도피처는 단 한 개도 필요하지 않아.

그러니까 열쇠를 리리카에게 건네준 건, 그녀에게는 이런 곳이 필요하지 않을까— 싶어서였다.

그는 도망칠 수 없었으나, 그녀는 도망쳐도 되지 않을까.

그런 생각.

그는 정원을 바라보았다.

어릴 때 돌아가셨으니 함께한 기억은 희미하지만, 이 정원에서 산딸기를 따던 기억은 남아 있었다.

그러니까, 이 장소가.

이런 식으로 돌아올 거라고는 생각하지 않았다.

리리카가 그네에 앉아 물장구치듯 발을 까닥거리며 말했다.

"저는 누구에게나 도피처가 필요하다고 생각하는걸요."

"뭐?"

"누구나 휴식은 꼭 필요해요. 여기에 있으면 괜찮아, 안전해. 하고 줄을 느슨하게 해 두지 않으면 끊어진다고 그랬어요."

"누가 그래?"

"구두닦이 아저씨가요."

리리카가 줄을 잡고 등을 뒤로 젖혀 그를 올려다보았다.

"맛있는 걸 먹고, 안전한 곳에서 자고, 좋아하는 사람이랑 이야기하는 건 꼭 필요하다고 생각해요."

그녀가 진지하게 말했다.

"그래야 하기 싫은 일을 할 수 있어요. 그런 게 없이 하기 싫은 일만 하면, 점점 기쁨이 사라지고 슬픔만 가득 차게 돼서……."

꼬르륵, 잠겨 죽게 되지 않을까.

리리카가 점점 더 몸을 뒤로 젖히더니 순간 앗, 하고 손끝에서 줄을 놓쳤다.

아틸이 그녀를 등 뒤에서 받쳐 주었다.

"위험하게."

"아틸이 있잖아요."

"그래. 내가 있지."

리리카가 어깨를 쭉 펴고 말했다.

"그리고 아틸에게도 제가 있다는 걸 잊지 마세요."

"그래."

그가 앞으로 돌아와 그녀를 그네에서 일으켜 세웠다.

"돌아가자. 더 늦어지면 해가 지겠어."

리리카는 고개를 끄덕였다.

산딸기 동맹의 첫 번째 모임은 약간의 소란이 있었으나, 만족스러웠다. 앞으로 익숙해지면 점점 더 좋아지리라.

'아니, 좋게 만들겠어.'

어머니에게 이런저런 것들을 물어보고 배워야겠다.

리리카는 다짐했다.

"파티를 잘 꾸리는 법?"

새로운 가든파티를 위해 유리 램프 디자인을 보고 있던 루디아는 딸의 질문에 고개를 돌렸다.

"네, 배우고 싶어요."

"어머나."

루디아는 단숨에 마음이 사르르 녹아내리는 걸 느꼈다.

자신을 지켜 주겠다고 애쓰던 리리카였다. 조금은 루디아에게 기대나 싶었는데, 이제 엄마에게 뭘 배우고 싶다니.

리리카에게 인정받은 기분이 들었다.

"그럼 물론이지, 엄마가 뭐든 가르쳐 줄게."

모녀가 함께 파티를 준비하며 알콩달콩하게 시간을 보낸다고 생각하니, 갑자기 쌓여 있는 모든 일과 고민들이 단숨에 아무것도 아닌 것처럼 느껴졌다.

"일단 파티에서 가장 중요한 건 먹는 거란다."

"먹는 거."

"그렇지. 그러니까—"

어쨌든 주최하는 파티에 사람들의 흥을 돋우어 주는 것은 볼거리와 먹을거리였다.

작은 파티라면야 손님 선정이 중요하겠지만, 큰 파티는 다르다.

"리리카가 열 만한 작은 파티는 사람도 중요하겠지. 일단 사교계에서 너무 얽혀 있는 사람들은 피해야 해. 각 파벌 대표도 피하는 게 좋겠지."

리리카는 연신 고개를 끄덕였다. 그로부터 며칠간 리리카는 파티에 대한 특훈을 받았다.

리리카와 하루에 두 시간씩 꼭 함께 시간을 보내는 터라 루디아의 얼굴에는 웃음과 미소가 떠나지 않았다.

"후후후."

"황후마마, 뭐가 그리 즐거우세요?"

"아뇨, 제 딸을 생각하니 너무 귀여워서 말이에요, 글쎄 제 딸이 얼마 전에ㅡ"

팔불출이라는 건 알고 있었지만, 요즘 더욱 심해진 듯하다고 티 파티에 모인 여인들은 생각했다.

그녀 주변의 사용인들도, 만나는 사람들도, 그녀가 기분이 무척 좋다는 걸 쉽게 알아챌 수 있었다.

"요즘 황녀님과 시간을 자주 보내신다고 들었습니다."

"맞아요, 탄, 글쎄, 내 딸이 말이죠."

탄은 쏟아지는 칭찬을 고개를 끄덕이며 들어 주었다. 한참 쏟아낸 뒤 루디아가 "후" 숨을 내쉬었다.

"그래서 무슨 일인가요?"

"아, 금모래 상단 때문에 말입니다. 북부에서 활개 치는 건 좋은데, 정도는 지키게 하고 싶거든요."

울프가의 가주가 하는 말이다. 루디아는 잠시 고민했다. 금모래 상단과 울프 가문 사이의 일인데, 굳이 이걸 루디아에게 보고하는 것은 상단의 뒷배가 루디아임을 알고 있기 때문이었다.

"상단이 선을 넘었나요?"

"부추겨진 멍청이들도 잘못이기는 하지만, 토지 전부에 설탕무를 심을 수는 없잖습니까?"

"아아, 그건 뭐. 멍청이들 잘못이기는 하겠네요."

"네, 하지만 이야기는 해 둬야 하는 게 제 일인지라."

탄은 머쓱한 표정이었다. 루디아는 고개를 끄덕였다.

"가문의 일은, 가주인 그대가 알아서 할 일이지요."

탄이 씩 웃었다.

"그럼 그렇게 하겠습니다."

루디아는 순간 눈을 가늘게 뜨고 탄 울프를 바라보았다.

자신을 빤히 보는 시선에 탄은 점점 당혹스러워져 물었다.

"제 얼굴에 뭐라도 묻었습니까?"

"음, 아뇨. 아무것도 아니에요."

리리카가 '아빠가 가지고 싶다.'라고 한 후로 루디아 역시 아빠 후보를 물색하는 중이었다.

알테어스도 나쁘지는 않았지만, 아빠로서는 사람 좋은 탄 울프가 더 괜찮지 않을까?

'하지만 형제들이 너무 많이 생길 거 같아.'

아이들로 북적이는 가정은 영 상상이 되지 않는 루디아였다. 그래도 그게 리리카에게는 좋으려나.

고민하며 보고 있으니 점점 탄의 고개가 아래로 떨어졌다. 그제야 루디아는 그녀가 실례를 넘어 무례라고 할 만큼 긴 시간 그를 바라봤다는 걸 알았다.

"아, 미안해요. 이만 가 봐도 좋아요."

"아닙니다."

낮은 목소리로 대답하고 탄은 허둥지둥 자리를 떠났다. 어쩐지 얼굴이 홧홧 달아오르는 기분이었다.

'안 되는데.'

안 되는 걸 잘 알면서.

탄은 푹푹 한숨을 내쉬었다.

알테어스는 콧노래까지 흥얼거리며 머리를 빗고 있는 루디아를 힐끗 바라보았다.

거울 속의 그녀는 무척 행복해 보였다. 그는 가만히 루디아를 바라보았다.

―사랑은 그런 게 아니에요.

제법 건방졌던 목소리가 기억났다.

지금 생각하니 순순히 따라보겠다는 마음이 든 건 순혈 마법사의 충고였기 때문이 아니었을까.

오기로 '널 사랑하겠어.'라고 선언한 뒤, 각종 구애를 했지만 루디아는 질색하기만 했다. 그것도 유희 중 하나라 생각했다.

사랑이든 뭐든, 그녀는 그의 아내이고 지금 그녀를 독차지하는 건 자신이니까.

그런데.

'탄 울프.'

그와 나란히 서서 이야기하는 루디아를 보았다. 루디아는 즐거워 보였다. 그리고 나중에는 빤히 그를 바라보았는데, 그 멍청한 늑대가 고개를 푹 숙이고 수줍어하는 꼴이, 아주……

몸속에서 뭔가 기분 나쁘게 부글부글 끓어올랐다.

지금까지 느꼈던 어떤 감정과도 다른, 새로운 감정이었다.

결코 유쾌하지 않은.

그래서 황후의 몸가짐에 대해 한소리 해 줄 생각으로 가득 차서 왔는데, 저렇게 즐거워하는 얼굴을 보고 있으니 할 말이 없었다.

'요즘 마법 수업에서 리리카도 행복해 보이고 말이지.'

리리카는 틈만 나면 어머니와 오늘 뭘 했는지 재잘재잘 떠들고는 했다.

덕분에 마법 수업 시간이 길어지기도 했지만, 아이의 이야기를 듣는 건 놀랍게도 전혀 지루한 일이 아니었다.

상기되어 사과처럼 붉어진 뺨으로 리리카는 후, 긴 숨을 내쉬며 이야기를 마무리했다.

"그걸 전부 해내는 어머니가 대단해 보여요."

"맞아. 그렇지."

루디아의 파티는 사교계에서 정평이 나 있었다.

어디서 굴러들어온 황후가— 하는 시선도 파티 한 번이면 다른 방향으로 튀었다.

그녀의 파티는 늘 활기차고 신선했다.

그걸 위해서 루디아가 얼마나 노력하는지 알테어스도 잘 알고 있었다.

10장 산딸기 동맹

그가 힘으로 찍어 누른다면, 루디아는 회유했다.

'그리고 공포와 회유 중 편한 쪽을 고르라면 공포지.'

그러니 회유정책을 펴는 루디아가 그보다 나은 정치인인 셈이었다.

리리카가 슬쩍 알테어스를 바라보고 말했다.

"저, 폐하."

"말해."

"제가 다음에 파티를 열면 잠깐 참석해 주시지 않겠어요?"

알테어스는 씩 웃었다.

"내 딸이 여는 파티라면 가 봐야지."

그 말에 리리카의 얼굴이 빨개지고, 눈이 반짝반짝 빛났다. 부끄럽고 어색해하는 얼굴이지만, 기쁨도 엿보였다.

'귀여워라.'

역시 루디아의 입버릇이 옳은 게 틀림없지만, 귀여운 건 귀여운 거니까, 어쩔 수 없었다.

리리카가 어색하게 헛기침을 하고 말했다.

"그, 그래서 오늘 배울 건 뭔가요?"

"단축어."

"단축어요?"

"긴 주문을 단축하는 거지, 그러니까. 흠."

알테어스가 어떤 게 좋을까 하다가 낮게 말했다.

"울려라, 천둥. 떨어져라, 낙뢰. 땅을 흔들고 깨부수어 걷는 자들이 없게 하라."

말을 듣고 있던 리리카는 눈을 크게 떴다. 알테어스가 말했다.

"이런 식의 주문을 고대어로 번역해서 읊는다고 생각해 봐라. 너무 길잖아? 그러니까 줄이는 거지. 세밀하고 긴 주문일수록 위력이 좋아. 강한 이미지화가 가능하니까."

그냥 천둥이 아니라 '울려라 천둥'인 것은 그걸 말했을 때 의미가 더욱 명확하기 때문이다.

"하지만 그걸 읊고 있다가는 적에게 맞아 죽을 거야."

"그렇겠죠."

"그러니까, 핵심을 모아서 나만의 단축어를 만드는 거지."

"이해했어요."

"좋아, 그러면―"

차근차근 알테어스는 그녀에게 방식을 알려 주기 시작했다. 리리카의 마력이 범상치 않다는 건 이미 알고 있었다.

그녀라면.

어쩌면.

저주를 풀지도 몰랐다.

하지만 자신은 정말로 그걸 원하는 걸까?

쓴웃음이 흘러나왔다. 그 앞에서 단축어를 만들어 보던 리리카가 문득 생각난 걸 물었다.

"폐하, 저번에 바라트가 재미있는 일을 하고 있다고 그러셨잖아요."

"그랬지."

"대충 무슨 일인지 알려 주실 수 있으신가요?"

알테어스는 "글쎄다." 하고 턱을 괴었다.

"용은 불과 공기로 이루어져 있지."

리리카는 문득 꿈속에서 봤던 용을 떠올렸다. 하늘을 자유롭게 나는, 거대한 생물.

불과 공기로 이루어졌다는 말이 이해가 되었다. 고개를 끄덕이니 알테어스가 빙긋 웃었다.

"뭔가 하나 부족하지 않나?"

"네?"

"불과 공기. 뭔가 하나 부족하지 않아?"

리리카는 끙끙거리며 고민하다가 조심스럽게 답했다.

"연료……?"

"맞아."

용이 용인 것은, 그 자신이 불꽃을 만드는 존재이기 때문이다. 공기를 빨아들여 제 안을 불꽃으로 가득 채웠다.

"바라트가 그걸 여러모로 연구하는 모양이야. 그 부분이 재미있지."

리리카는 어디가 재미있는 포인트인지 알 수 없었다. 단지 무척 뜨거웠던 피요르드가 생각나 걱정이 앞섰다.

알테어스는 어두워진 딸의 얼굴을 가볍게 쓰다듬어 주었다.

"자, 다시 해 보자."

노트를 손가락으로 가리키니 리리카는 고개를 끄덕였다. 그녀가 피요르드에게 뭔가 도움을 줄 수 있다면, 마법뿐이었다.

'열심히 하자!'

리리카는 끙끙거리며 단축어를 이리저리 짜 보기 시작했다. 알테어스는 희미하게 웃으며 그 모습을 바라보았다.

뭐든지 간에 열심히 하는 사람을 보는 건 즐거운 일이었다. 그게 자신이 가르치는 사람이라면 더욱더.

정원은 여전히 조용했다. 절정을 지나간 숲은 가을이 오길 바라며 숨을 고르고 있었다.

수반에서 작은 새들이 몸을 씻는 소리가 들려왔다.

양부녀는— 세상에 하나뿐인 용과 하나뿐인 마법사는 나란히 앉아 깊은 소원과 영원한 기원에 대한 이야기를 나누었다.

나무들만이 그 조용한 이야기를 들을 뿐이었다.

"후후, 어때?"

"사랑스러운 귀족 영애 같으세요."

황족이 아닌 귀족이라는 점에 포인트가 있었다.

브린이 제 작품에 만족스러운 표정을 지었다.

오늘은 디아레와 함께 '진주의 노래' 연극을 보러 가는 날이었다.

황녀임을 밝히지 않고, 비밀스럽게 외출할 작정이었다. 일단 그 연극의 모티브가 된 본인이 직접 간다는 게 부끄러웠다.

알리고 싶지 않다.

게다가 황족이라면 자연스럽게 따라오는 모든 절차도 번잡했다. 리리카의 부탁에 루디아는 고심에 고심을 거듭해 고개를 끄덕였다.

울프가의 마차가 마중을 나올 예정이었다.

모처럼 시내에 나가는 것이었다.

황궁이 아무리 넓다고 해도 이제 지겨웠다. 외부로 나가는 일은 언제나 즐거운 일이었다.

사복 차림의 디아레는 리리카를 보고 활짝 웃었다.

"황녀님, 너무 귀여우세요."

"응, 디아레도. 하지만 밖에서는 황녀님이 아니라, 나라고 불러 줘."

중간 이름을 대자, 디아레는 고개를 끄덕이며 그녀의 손을 꼭 잡았다.

"얼른 올라타요. 연극 시간보다 일찍 가야 이것저것 살 수 있으니까요."

"사?"

"네, 연극 기념품을 팔거든요. 예쁜 건 금방 나가니까 미리미리 가야 해요."

"신기하다."

리리카는 두근두근한 마음으로 시선을 창밖으로 돌렸다. 마차 바퀴가 돌아가는 소리도 경쾌하고, 바깥의 풍경도 경쾌했다.

수도의 잘 깔린 널찍한 돌길을 이렇게 마차로 달리게 될 줄은 상상도 못 했는데.

좁고 어두운 골목을 떠올리니 마음이 아파 왔다.

'그러고 보니 구두닦이 아저씨는 잘 지내시나?'

축제 때 아틸과 피요르드와 함께 몰래 나가게 되면 한 번 만나러 가야겠다.

구두 닦는 그 장소에 늘 있으니까, 그 자리에 가면 만날 수 있을 터였다. 매일매일 꼬박꼬박 같은 시간에 그 자리에 있는 게 바로 신용을 쌓는 거라고, 그렇게 알려 줬으니까.

마차는 금방 극장 앞에 두 사람을 내려 주었다. 앞에는 사람이 가득했다. 암표상이나, 티켓을 구하는 사람들도 섞여 있었다. 티켓이 없더라도 기념품만을 구매하기 위해서 온 사람도 있었다.

귀족뿐 아니라 평민들도 저렴한 티켓을 손에 들고 있었다.

"사람 정말 많다."

리리카가 감탄하자 디아레가 의기양양하게 웃었다.

"말했잖아요? 인기 좋다고요. 자, 얼른 이쪽으로 오세요."

디아레가 리리카의 손을 잡아끌었다.

'와.'

수많은 인파를 사정없이 뚫고 지나가는 디아레의 당당함이 대단하게 느껴졌다.

그녀는 별다른 어려움 없이, 리리카를 순식간에 극장 안으로 데리고 들어갔다.

기념품 매장에는 벌써 사람들이 줄을 서 있었다.

"앗!"

리리카는 한쪽에 좌르륵 놓인 펜던트를 보고 깜짝 놀랐다.

'내 것과 똑같이 생겼어!'

그녀의 진짜 펜던트와 거의 흡사한 모습이었다.

그 외에도 늑대 모양 봉제 인형이라든가, 컵이나 파우치, 펜 같은 것들이 가득했다.

디아레는 봉제 인형과 컵을 들고 계산대에 섰다. 리리카는 신기하다는 얼굴로 기념품 가게를 여기저기 구경했다.

계산을 끝낸 디아레가 환하게 웃는 얼굴로 돌아왔다.

"나라는 뭐 고를 거 없나요?"

10장 산딸기 동맹 331

"응, 난 괜찮아."

"그럼 이제 올라가요. 엄청 좋은 자리니까요."

디아레의 말대로 좌석은 훌륭했다. 리리카는 한 번도 이런 문화생활을 즐긴 적이 없었다.

조명이 꺼지는 순간부터 심장이 두근두근해서, 그녀는 연극에 푹 빠져들었다.

모두가 환호하는 곳에서 같이 환호하고, 모두가 탄식하는 곳에서 같이 탄식했다.

황제의 명으로 잠입 수사를 한 마법 소녀 리리가 위기에 빠질 때는 리리카 역시 저도 모르게 소리 질렀다.

"뒤에! 뒤에 악당이 있어!"

리리카의 말을 들은 것처럼 뒤를 돌아본 주인공을 악당이 덮치는데 멋지게 기사가 나타나 구해 주었다.

"와, 늑대 기사!"

다들 발을 구르고 환호성을 질렀다. 그리고 마법 소녀는 증거를 모아, 악당을 멋지게 마법으로 제압하고 황제에게 상을 받은 후, 새로운 모험을 준비하며 이야기가 끝났다.

리리카는 환호하며 박수를 쳤다. 눈을 반짝반짝 빛내며 리리카가 디아레에게 말했다.

"엄청 재미있었어! 진짜 즐거웠어."

"그죠? 그죠?"

"응, 기사님도 진짜 멋있고, 마법 소녀도 너무 대단하고."

리리카가 와르르 감상을 늘어놓았다. 디아레가 쿡쿡 웃고 말했다.

"가까운 카페에 가서 이야기 나눠요. 제가 좋은 곳을 알아 뒀어요."

"응!"

극장을 나오며 리리카는 기념품 가게에서 하나 남은 늑대 봉제 인형을 사 버렸다.

아까는 그냥 늑대 인형이라니, 특이하네, 싶던 게 지금은 왜 이렇게 멋있게 보이는지.

마차도 좋지만, 걷는 것도 좋았다. 짐을 마부에게 맡기고 두 사람은 거리를 걸었다.

쇼윈도 너머로 물건을 구경하기도 하고, 연극 이야기를 하기도 했다.

디아레는 산딸기 잼을 호시탐탐 노리고 있는 울프가 식구들에 대해서도 말했다.

그렇게 도착한 카페는 전면이 유리창으로 되어 있는 호화로운 장소였다.

리리카는 연신 감탄하며 자리에 앉았다. 황궁과는 전혀 다른 분위기여서 매우 신선했다.

칸막이들이 적절히 자리들을 가려주고 있었다. 디아레는 커피를 시키고, 리리카에게는 아이스크림을 시켜 주었다.

음료가 나오자 디아레가 빨대로 음료를 저으며 말했다.

"송곳니를 사용하기 전에 의논하는 게 어떠냐고 하셨잖아요."

"응, 그랬지."

디아레가 어깨를 으쓱했다.

"어머니께 여쭤보니 네 마음대로 하라고 하셨어요. 원래 그런 분인 줄 알았지만, 역시나였답니다."

디아레의 부모님 이야기는 처음이었다. 그러고 보니 디아레는 울프와 산다르 사이에서 나왔다고 했지.

"아버님은?"

조심스레 질문을 던졌다. 디아레가 빙긋 웃었다.

"에이, 그 사람은 저에게 더욱 관심 없는걸요."

디아레는 아무렇지도 않은 듯 말을 이었다.

"애초에 두 사람이 결혼한 것도 아니었고. 어머니도 생겼으니 낳았다, 라는 입장이라."

빨대가 유리잔 속을 거칠게 헤집었다.

"하지만 괜찮아요. 지금 저는."

울프나 산다르나, 그게 중요한 게 아니라.

"산딸기 동맹이잖아요."

목소리를 낮춰 말하니, 리리카가 환하게 웃었다.

"그렇지."

카페에서 시간 가는 줄도 모르고 있는데, 밖이 소란스러워졌다.

웅성거리는 소리에 의아해져 리리카는 고개를 돌렸다. 디아레는 대번에 전투 모드로 들어가 온 신경을 곤두세웠다.

"꺄아아악!!"

그때 찌르는 듯한 날카로운 비명이 들렸다. 동시에 악다구니 쓰는 소리가 났다.

디아레가 리리카를 잡아끌었다. 아까 인파 속에서 수월하게 밀치고 나왔던 것처럼, 당황하는 사람들이 아직 입구로 모이기도 전에 디아레는 카페에서 뛰어나왔다.

"마수!"

"마수다!!"

"도망쳐!"

"살려 줘!!"

마수!

리리카는 우바에게 들었던 수해의 마수를 떠올렸다. 수많은 끔찍한 마수들!

그런데 수해가 아니라 수도에? 마수가?

주머니 속에 있는 펜듈럼을 꺼내 들었다.

'위기 상황에서 무기는 미리미리 꺼내놓는 게 좋아.'

아틸이 그렇게 가르쳐 주었다.

그때 쿵— 하고 낮게 울리는 소리가 났다. 땅이 울렸다.

"황녀님!"

높은 종탑이 무너져 내리고 있었다. 디아레가 리리카를 덮쳤다.

'아.'

자신을 꽉 안은 디아레의 팔을 느끼며 리리카는 간신히 목소리를 냈다.

"루바라(멈춰라)!"

동시에 무너지던 종탑이 그대로 허공에 멈춰 섰다. 눈을 꾹 감고 있었던 디아레는 귀신같이 상황을 알아채고 리리카를 안은 채로 달려 무너지는 종탑 밑에서 벗어났다.

뒤를 돌아보자, 허공에 기울어진 종탑이 그대로 얼어붙은 듯 멈춰 있었다. 둘은 그 모습에 탄식했다.

"세상에."

"더는, 유지가, 안 돼."

제대로 한 마법 영창도 아니었다. 엉겁결에 튀어나온 고대어는 정련된 영창에 비하면 터무니없이 효율이 좋지 않았다.

구속을 해제해야 하나, 하며 리리카는 마지막 힘을 썼다. 종탑이 천천히 아래로 내려앉았다. 거인이 종탑을 집어 들어 바닥에 사뿐히 내려놓은 듯.

몇몇 사람들이 멈춰서서 그 광경을 보고 있었다.

도망쳐야 할 때지만, 사람의 발걸음을 잡아채는 모습이었다.

'딸랑딸랑.'

그때 명랑한 방울 소리가 울렸다. 허공에서 울리는 소리에 고개를 드니, 거기에는 작고 귀여운 유니콘 봉제 인형 같은 게 허공에 떠 있었다.

"어?"

저게 마수라고?

리리카의 얼굴에 의문이 떠오르는데 다시금 그 작은 봉제 인형이 앞발을 굴렀다.

'딸랑딸랑, 딸랑딸랑.'

"황녀님! 황녀님, 어디 계세요!"

디아레가 갑자기 비명을 질렀다. 리리카가 깜짝 놀라 디아레를 돌아보았다.

"디아레? 괜찮아?! 안 보이는 거야? 나 여기 있어!"

디아레가 그녀를 뿌리쳤다.

"이 괴물! 황녀님을 돌려줘!"

"뭐? 잠깐!"

디아레가 허벅지에 매어 뒀던 단검을 꺼내 들었다. 피하던 리리카가 소리쳤다.

"켄타나(강철방패)!"

디아레의 날카로운 공격이 우윳빛 방패에 의해 막혔다. 그런데 문제는 디아레만이 아니었다. 사람들이 모두 다 비명을 질렀다. 서로를 괴물로 생각하는 것 같았다.

'딸랑딸랑, 딸랑딸랑.'

'저 소리 때문인가!'

리리카는 어쩔 줄 몰랐다. 아직까지는 마법 두 개를 동시에 펼쳐 본 적이 없었다.

'어떻게 하지?'

눈물이 나올 것 같았다. 디아레가 그녀를 공격하고 있는 상황도 무서웠다. 사람들이 서로를 해치는 것도 무서웠다.

다리가 후들후들 떨렸다.

'정신 차려! 소리 때문이니까, 소리를 막아야 해, 그러니까.'

리리카는 목 안쪽에 걸어 두었던 금화 부적을 떠올렸다. 마격총을 막아 줬으니, 디아레의 공격도 한 번쯤은 막아 줄 수 있을 터.

소리를 막는 마법은 소음차단 반지를 만들 때 고안한 적이 있었다. 뒤집는 건 쉬웠다.

제 방어막을 해제함과 동시에 리리카는 소리쳤다.

"칸스아!(소리 방패)"

디아레의 머리에 둥근 어항 같은 것이 씌워졌다. 디아레의 검이 휙 하고 머리로 내려왔다. 눈을 질끈 감았지만, 통증은 없었다.

아무런 소리도 들리지 않았다. 슬쩍 한쪽 눈을 뜨자 디아레가 당황한 표정으로 이런저런 이야기를 하는 게 보였다.

하지만 들리지 않았다.

"그, 아니, 어쩌지?"

소리 방패가 밖에서 나는 소리뿐 아니라 안에서 나는 소리도 막는 모양이었다.

당황하는데 디아레가 리리카의 양어깨를 잡고 크게 입을 벙긋거렸다.

'말하세요.'

아!

입술을 읽을 수 있구나!

리리카는 또박또박 큰 소리로 말하기 시작했다.

"저 인형이 내는 방울 소리가 환각을 일으키는 거 같아. 디아레에게는 소리가 들리지 않게 마법을 걸었어."

디아레가 눈을 찌푸렸다가 제 머리를 가리키고 공중에 있는 유니콘을 가리켰다.

"저쪽에 걸면요?"

"아!"

어떻게든 디아레를 막아야겠다는 생각만 해서, 거기까지는 생각이 미치지 않았다.

리리카는 여전히 방울 소리를 내는 유니콘을 향해 몸을 돌렸다. 그녀의 손가락에 끼워진 펜듈럼이 맑은 소리를 냈다.

"칸스아!"

동그란 비눗방울 같은 게 유니콘 주변에 생겨났다. 동시에 방울 소리가 멈췄다.

"됐다!"

리리카는 주먹을 꽉 쥐었다. 디아레가 그녀를 안아 올렸다. 아까 검을 들이댔던 걸 반성하는 것보다, 리리카를 데리고 이 장소를 탈출하는 게 먼저였다.

싸움이 멈췄다. 디아레가 소리가 멈추자마자 바로 환상에서 빠져나온 것에 비해, 일반인들은 환상에서 빠져나오는 게 한 박자 늦었다.

"꺄아악!"

"아, 안 돼!"

서로서로 해치던 사람들은 혼란에 빠진 비명을 질렀다.

유니콘은 제 소리가 들리지 않는 걸 눈치챈 듯 더욱 강하게 힘을 썼다.

'웅웅웅—'

그러자 칸스아가 울리는 소리를 냈다. 리리카는 헉 숨을 삼켰다. 당장이라도 방어막이 깨질 거 같았다.

"칸스아! 칸스아!"

두 겹, 세 겹 마법을 겹쳤다. 동시에 여러 번 마법을 운용하고 있다는 걸 깨닫지도 못했다.

웅웅거리던 소리가 딱 멈췄다. 유니콘이 빙글 돌아 이쪽을 바라보았다.

"아."

들켰다.

동시에 유니콘이 이쪽으로 날아왔다. 디아레가 복잡한 골목 안쪽으로 달렸다.

쾅! 쾅!

유니콘은 방해물이 되는 건물을 돌아오지 않고 그대로 뚫으며 최단 거리로 날아왔다.

"아니, 미친."

디아레가 중얼거리고 한 번의 도약으로 지붕 위로 올라왔다.

순식간에 따라 올라온 유니콘이 시야에 들어온 순간, 디아레가 유니콘을 걷어찼다.

인형을 찬 것 같지 않게 가죽 북 같은 소리가 나며 유니콘 인형이 저만치 날아갔다.

"쯧."

디아레가 혀를 찼다. 지금 타격으로 알았다.

푹신한 솜인형을 걷어찬 것처럼, 타격이 흡수되는 느낌이었다.

"황녀님, 공격 마법 있으신가요?"

"어? 어어."

알테어스는 뭐든 할 줄 아는 것과 하지 못하는 것은 전혀 다른 것이라며 공격 마법도 배워 놓아야 한다고 말했다.

"최선의 방어는 공격이라고 하죠."

디아레는 방금까지 가지고 있었던 도피계획을 버렸다. 단순한 도피로 저놈을 떼어놓을 수 있을 것 같지가 않았다.

리리카는 그녀를 안고도 이렇게 움직일 수 있는 디아레가 놀라웠다.

"어떤 마법이 있으신가요?"

"어, 얼리는 거."

"음, 일단 해 보죠."

디아레가 리리카를 내려놓았다.

"시야에 나타나면 절 믿고 바로 마법을 써 주세요."

"응."

리리카가 고개를 끄덕였다. 디아레와 함께 있으니 든든했다.

화려한 드레스를 입은 두 사람이 높은 지붕 위에 서 있는 모습은 무척 눈에 띄었다.

"화, 황녀님?"

"저거, 설마……."

"마법 소녀!"

"마법 소녀다!"

웅성거리는 소리가 퍼졌지만, 두 사람에게는 들리지 않았다.

"구속해제."

리리카가 마력 제한을 풀었다. 마력이 순식간에 거친 물살처럼 흘러넘쳤다.

디아레에게 차여서 날아갔던 유니콘이 휙 회전하여 다시 이쪽으로 날아오기 시작했다. 아까와는 비교도 되지 않는 속도였다.

하지만 단순한 직선 운동이었다. 리리카는 상대를 똑바로 보며 소리쳤다.

"플리카 루간!(절대영도)"

청백색 마법진이 그려졌다. 날아오던 유니콘이 마법진을 통과하며 새하얗게 얼어붙었으나, 기세가 죽지는 않았다. 디아레는 지붕을 박차고 전력으로 검을 휘둘렀다.

'캉!'

기묘한 소리와 함께 디아레의 검이 깨졌다. 동시에 금이 간 유니콘에게 두 번째 발차기가 날아들었다.

"좀, 뒈져라!"

거친 소리와 함께 회전력과 전신의 힘을 실은 발차기에 유니콘이 조각났다.

'쩌적—'

얼음이 깨지는 듯한 기묘한 소리와 함께 조각난 유니콘이 바닥으로 떨어졌다.

디아레는 숨을 몰아쉬었다. 리리카가 깜짝 놀랐다.

"디아레, 발!"

"네? 아."

유니콘을 걷어찬 부츠가 새하얗게 얼어붙어 있었다.

"어, 어떡하지?"

"괜찮아요. 발까지 얼어붙은 거 같지는 않은걸요."

디아레가 앞뒤로 발을 움직여 보였다.

"다행이다."

가슴을 쓸어내리는데 갑자기 한 사람이 소리 질렀다.

"이, 이겼다!"

놀라 아래쪽을 바라보니 삼삼오오 모여 있던 사람들이 동시에 환성을 지르기 시작했다.

"와아아!"

"마법 소녀 만세!"

"황녀님 만세!"

"진주의 기사!"

리리카는 당혹했다.

"어? 어어."

뒤로 물러나려는데 디아레가 번쩍 그녀의 손을 잡아 들어 올렸다. 앗, 하는 사이 다시금 환성이 터져 나왔다.

"디아레!"

"아이코, 저도 모르게."

디아레가 히 웃었다. 리리카는 이 상황을 어떻게 해야 하나, 하고 있는데 작은 방울 소리가 들려왔다.

'딸랑딸랑.'

"!!"

귀가 좋은 디아레가 리리카의 앞을 가로막으며 돌아서는데 푸른 불꽃이 훅 타올랐다.

뜨거운 열기와 빛 때문에 저절로 눈이 감겼다.

"마수는 마지막의 마지막까지 숨통을 끊었는지 확인해야 해. 탄이 안 가르쳤나?"

나른하고 심드렁한 목소리에, 리리카는 눈물이 왈칵 나올 거 같았다.

"폐하."

목이 콱 메어 목소리가 잘 나오지 않았다. 알테어스가 완전 연소된 불꽃 속에서 하트 모양 보석을 꺼냈다.

"흠."

그가 눈을 찌푸리고 그걸 살피는데 보석이 파삭 부서지더니 가루가 되어 사라졌다.

손을 털고 알테어스가 팔을 벌렸다.

"이리 와."

리리카는 달려가 그의 품에 꽉 안겼다. 그제야 정신 차린 디아레가 재빠르게 한쪽 무릎을 꿇었다.

그게 신호가 된 것처럼 아래 서 있던 사람들도 하나같이 무릎을 꿇고 엎드렸다.

"폐하를 뵙습니다."

디아레가 낮게 말했다. 알테어스가 제게 안긴 리리카의 등을 토닥이며 답했다.

"수고했다."

리리카는 그 품 안에서 고개를 휘휘 저었다. 아니면 안도해서 엉엉 울 것 같았다.

모두가 지켜보는데 울 수는 없었다. 알테어스가 그녀의 어깨를 힘주어 붙잡으며 속삭였다.

"여기를 맡기면 지휘할 수 있겠나?"

"!!"

숨이 꾹 막혔지만 리리카는 고개를 들어 올렸다. 타오르는 알테어스의 눈동자가 보였다.

"네."

계약은 계약.

일은 신용.

완벽한 황녀가 되려면 할 일은 해야지.

"좋아, 그러면."

알테어스가 휙 주변을 둘러보고 말했다.

"크라바스 경."

수도경비대장인 크라바스는 놀라 몸을 튕기듯 일으켰다. 황제가 제 이름을 알고 있을 거라고는 생각도 못 했다.

"리리카 황녀의 지휘 아래 상황을 정리해. 곧 루디아가 올 거다."

"명을 받듭니다."

통제해야 할 인원 가운데는 그보다 작위 높은 귀족들도 섞여 있을 터, 황족이 지휘자로 있다면 그들에게 대응하기도 훨씬 쉬웠다.

알테어스는 눈을 감았다가 천천히 떴다.

"색적(索敵)."

그의 눈동자가 금빛으로 빛났다. 홍채가 길고 가늘게 늘어나며 붉은 빛을 띠었다.

"!!"

리리카는 흠칫 놀라 저도 모르게 주변을 둘러보았다. 누군가가 자신을 보는 시선이 뚜렷이 느껴졌다. 그건 디아레도 마찬가지였다. 쏘아보는 시선에 돌아보고 싶은 마음이 굴뚝같지만, 돌아봐야 아무도 없을 거라는 걸 알고 있었다.

거기 있는 사람들, 아니, 지금 수도에 있는 자들 모두가 '시선'을 느꼈다.

"찾았다."

그가 웃으며 그대로 사라졌다. 남겨진 리리카는 깊게 숨을 들이마신 후에 디아레에게 말했다.

"나 내려가게 도와줘."

"분에 넘치는 기쁨입니다."

늑대 기사다운, 고풍스러운 대사를 읊고 디아레가 웃으며 리리카를 안아 올렸다.

부상자를 분류하고, 무너진 종탑을 치웠다. 귀족들은 가문마다 마차가 달려와 부상자를 확인하고 데려갔다. 그런 마차가 한둘이 아니니 결국 길이 막혀 버렸다.

리리카가 마차에서 내려 들것만 들고 와서 사람을 싣고 가라고 명령했다.

"너 우리가 무슨 가문인지 알아?"

병사에게 그렇게 외쳤던 귀족가의 사람들은 "황녀님의 명입니다." 하는 말에 입을 꾹 다물었다.

암만 불만스러워도 황족에게 대놓고 반항하기는 어려웠다.

그러자 마차에서 내린 귀족이 직접 리리카에게 알현을 요청하고 자신들이 먼저 길을 나가게 해 달라고 부탁해왔다.

다친 사람은 귀부인이다, 아무리 이런 상황이라도 누운 모습을 보이고 싶지는 않다, 그런 이야기였다.

리리카가 점점 힘에 부친다―라고 생각하는 찰나에 루디아가 도착했다.

"리리카 황녀."

모두 앞에서 리리카를 부르는 목소리는 나긋나긋하고 여유가 흘러넘쳤다.

그녀의 푸른 눈이 주변에 선 사람을 한 명씩 둘러보았다.

"내 딸에게 무슨 용건이?"

"황후마마를 뵙습니다."

여기저기서 인사와 함께 몸을 숙이는 사람들을 둘러보고 루디아가 말했다.

"가서 병사들을 도와주겠니? 마법 소녀의 힘이 필요한 것 같더구나."

"네, 황후마마."

인사하자 루디아는 퇴석을 명했다. 리리카는 살았다, 하는 마음으로 막사를 빠져나왔다.

그 뒤를 디아레가 바싹 따라붙었다. 임시 막사를 나오니 라우브가 서 있었다.

"라우브."

"무사하셔서 다행입니다."

"응, 디아레가 지켜 줬어."

"황녀님께서 애쓰셨죠."

서로 마주 보고 치하하는 말을 한 다음, 리리카가 말했다.

"어머니께서 내 힘이 필요할 거라 하셨는데……."

"황녀님!"

그 말을 들은 듯 저쪽에서 크라바스 경이 허둥지둥 달려왔다.

"황후마마께서 납셨다고……."

"응, 안에 계셔. 그보다 내가 도울 일이 있나?"

크라바스 경이 조심스럽게 물었다.

"황녀님께서 마법 소녀라고 들었습니다. 혹시 무거운 걸 옮기는 것도 가능하신가요?"

"응, 가능해."

크라바스의 얼굴이 확 밝아졌다.

"종탑이 멈추는 걸 한순간 막은 게 황녀님이시군요. 그 종탑 때문에 길이 막혀서요. 병사를 통해 치우고 있기는 하지만……."

"가서 도와줄게."

"감사합니다!"

크라바스가 근처의 경비대원을 불러 리리카를 안내하게 했다.

종탑을 치우고 있던 병사들을 물러나게 하고, 리리카는 펜듈럼을 꺼냈다. 모두의 시선이 펜듈럼에 집중되었다.

"피 아나 로엔(보이지 않는 손)."

무너진 종탑이 둥실 일어나기 시작했다.

"와아."

모두가 탄성을 내질렀다. 리리카는 조심스럽게 돌을 한쪽에 쌓아 올리기 시작했다.

유니콘의 공격으로 완전히 산산조각 난 돌들도 있어서 원래대로 짜 맞출 수는 없었다.

착착 돌무더기를 쌓고, 조각난 돌들은 수레에 우르르 실었다. 모두가 탄성을 내질러서 리리카의 뺨이 붉어졌다.

일을 끝낸 리리카가 옆에 멍한 얼굴로 서 있는 경비대원에게 물었다.

"더 할 일은?"

"아, 아뇨. 이제 없습니다."

"그래? 그럼 돌아가자."

어머니께 돌아가니, 귀족들이 모두 입을 꾹 다물고 돌아가는 게 보였다.

크라바스 경이 시원한 얼굴을 하고 있는 걸 보니 일이 잘 풀린 모양이었다.

"어머니, 다 치우고 왔어요."

루디아는 주변에 아무도 없는 걸 확인하고 리리카를 와락 끌어안았다.

"리리, 리리. 아, 정말. 어쩌면 좋아."

"어머니? 괜찮으세요?"

"아니, 안 괜찮아. 어쩜 왜 자꾸 이런 일이 생기는 거야? 리리를 내보내기 싫어지잖아."

"이렇게 무사하잖아요. 자요."

리리카가 루디아를 꼭 마주 안았다.

"그리고 제가 아니었으면 피해가 더 커졌을 거예요."

알테어스가 곧장 도착하긴 했지만, 그래도 그사이에 더 많은 사람들이 다치고 수도가 무너졌으리라.

루디아는 미간을 찡그리고 리리카의 양 뺨을 꾹 누르듯 감쌌다.

"네가 그걸 신경 쓸 필요는 없어."

어린애는 어린애답게 노는 데 집중해야지.

리리카는 어색한 웃음을 흘렸다. 지금도 충분히 놀고 있다고 생각하는데.

딸의 반응에 루디아는 울적한 기분이 되었다. 한숨을 내쉬고 리리카에게 말했다.

"여기는 이제 내가 맡을 테니 황궁으로 돌아가렴."

"네, 어머니."

리리카는 귀엽게 커트시를 해 보이고는 물러났다.

황실 문장이 새겨진 마차를 위해서 모두가 비켜 주었다. 지나가는 길에 몰려든 사람들이 만세를 외쳤다.

"리리카 황녀님 만세!"

"마법 소녀 만세!"

리리카가 어쩔 줄 몰라 하는데 디아레가 말했다.

"창문을 열고 손이라도 흔들어 주지 그러세요?"

"어?"

"그냥 무시하고 가는 것보다는 낫잖아요."

디아레가 갸웃하는 말에 리리카는 고개를 끄덕였다. 그녀가 마차 창문을 열자 밖에서 나란히 말을 달리던 라우브가 바싹 붙었다.

"무슨 일이십니까?"

"아니, 손이라도 흔들어 주려고."

라우브는 창문으로 마격총이라도 날아오지 않을까 고민했지만 자신의 반응이 좀 더 빠를 것 같아 수긍했다.

"잠깐입니다. 몸은 안쪽에 그대로 두십시오."

"응."

라우브가 비켜서자 그녀가 창문가로 붙어 앉아 손을 흔들어 주었다.

다시금 사람들이 환성을 질렀다. 그렇게 인파 속을 빠져나오자 라우브가 재빠르게 문을 닫았다.

리리카는 심장이 콩닥콩닥 뛰는 걸 느꼈다. 이렇게 많은 사람에게 환성을 들은 건 처음이었다.

디아레가 싱글싱글 웃으며 말했다.

"오늘 분명히 호외가 나올 거에요."

"그, 그런……."

"저도 그 옆에 작게 나오면 좋겠네요."

디아레가 웃으며 말했다. 그녀의 말대로, 얼마 지나지 않아 호외가 나왔다.

지나가는 사람들이 재빠르게 호외본을 살폈다.

다음날에는 제대로 삽화까지 실린 기사가 나왔는데, 지붕 위에 서 있는 리리카와 디아레의 모습까지 그려져 있었다.

진짜 마법 소녀와 늑대 기사

이런 기사 제목이었다.

리리카가 어찌나 신비하게 그려져 있던지, 손에 든 게 펜듈럼이 아니라 흔드는 향로처럼 보일 지경이었다. 머리에 베일이라도 씌워놨으면 성녀 삽화라고 해도 믿을 정도였다.

아련한 표정을 짓고 있는 리리카 삽화를 본 아틸은 마구 웃은 후에 툭 신문을 던지며 말했다.

"원래 리리카가 백 배는 더 귀여워."

브란은 그 말에 동의하면서도 안도했다.

아틸이 물론 황태자이기는 하지만, 이렇게까지 리리카—황녀의 인지도가 커지면 보통, 황태자는 불안감을 느꼈다.

언젠가 다른 형제에게 황위를 빼앗길 수 있다는 불안감.

그러나 아틸에게는 그런 불안감이 엿보이지 않았다. 리리카를 견제하거나 없앨 생각도 없어 보였다.

'본인들이 그럴 생각이 없다 해도, 문제는 주변이니까.'

원래는 마음이 없더라도 이렇게 되면 사람 마음이 변하기 마련이다. 게다가 주변에서 쏙살거린다면 더욱 그렇다.

'뭐, 타카르와 피가 전혀 섞이지 않았으니 여러모로 어려움이 있겠지만.'

남편을 피요르드 바라트로 한다면 어떨까?

'와.'

자기가 생각하고도 그럴듯해서 소름이 돋았다. 아틸이 자리에서 일어났다.

"무슨 생각하는지 알아."

꿰뚫어 본 듯한 말에 브란이 아틸을 바라보았다. 아틸이 그를 돌아보며 쓴웃음을 지었다.

타카르의 권능도 쓰지 못하는 황태자.

'능력을 쓰려고 해도.'

쓰려는 순간 숨이 턱 막혀왔다. 그때 광경이 자꾸만 다시 떠오르면서 눈앞이 캄캄해졌다.

그가 피요르드를 그렇게까지 미워하는 건, 분명······.

아틸은 눈을 감았다 떴다.

'똑똑.'

노크 소리에 시종이 얼른 문을 여니 은룡실에서 온 사람이었다.

"황후마마께서 황태자 전하를 뵙고자 하십니다."

"알겠다."

아틸은 답하고 옷차림을 가다듬은 후, 곧장 은룡실로 향했다.

루디아가 두루마리를 쌓아 두고 있다가 아틸이 들어오는 걸 보고 자리에서 일어났다.

"아틸, 어서 오렴."

"얘는 왜 불러?"

퉁명한 목소리에 흠칫하고 돌아보니 긴 의자 위에 알테어스가 반쯤 눕듯이 앉아 있었다. 막 깨어난 건지, 양모로 짠 얇은 담요가 미끄러져 내렸다.

"왜 부르냐니요? 당연히 불러야죠."

"네 말대로 애잖아."

알테어스가 말하자 루디아가 빙긋 웃었다.

"네, 그리고 황위 계승자죠. 조사한 걸 들을 권리가 있어요."

"하."

알테어스는 얼굴을 쓸어내렸다. 그는 루디아를 쏘아보았고, 그녀는 어깨를 으쓱했다.

"놓쳤어."

짤막한 한마디.

"네?"

아틸이 의아해서 묻자 알테어스가 퉁하니 말했다.

"놓쳤다고."

"놓친 건 아니죠. 죽어 버린 거니까요."

루디아가 정정했다. 알테우스는 짜증 난 얼굴을 했고, 아틸은 흠칫했다.

루디아가 말했다.

"이 사람은 너에게 못난 모습 보여 주는 게 싫어서 그런 거야. 신경 쓰지 말렴."

"루디아."

눈을 찡그리며 알테우스가 낮은 목소리로 말했다. 아틸은 당혹감을 숨기려 애써 무표정을 유지하며 되물었다.

"놓쳤다고 하신다면, 이번 수도에서 마물이 나타난 일 말입니까?"

"그래."

알테우스가 완전히 몸을 일으켜 앉았다.

"찾았는데, 이미 죽었더군. 뭘 한 건지……. 뒤져봐도 아무것도 나오는 게 없고. 게다가 그 봉제 인형 안에 남아 있던 하트."

루디아가 낮게 말했다.

"역시 그거예요."

알테우스가 혀를 찼다.

"다 부순 줄 알았는데."

"아티팩트 수리 장인이 있다는 건 비밀도 아니잖아요?"

마법은 쓰지 못하지만, 마법진을 연구하는 자들은 있었다.

아틸이 대화를 따라가지 못하고 눈을 찌푸렸다. 그가 첫 번째 의문점을 제시했다.

"누군가가 일부러 마수를 풀었단 말입니까? 그게 가능한가요? 일단 수해에서 마수를 잡아 오는 것 자체가……."

"있단다."

루디아가 서류 하나를 빼 들며 말했다.

"사람이 돈이 많아지면, 돈으로도 사기 어려운 걸 원하게 되기 마련이지. 수해에 있는 신비한 동물을 사들이는 자들이 존재해."

우바를 통해서 확인받은 내용이었다.

"그런 멍청한 짓을 하는 인간이 있다고요?"

"있어."

알테어스가 그렇게 말하고 팔짱을 꼈다.

"나는 그보다 당신이 그 아티팩트의 존재를 알고 있다는 게 놀랍군."

"어머, 모든 소문이 흘러들어 오는 사교계를 얕보지 말아요."

루디아가 두리뭉실하게 넘겼고, 결국 궁금해진 아틸이 물었다.

"대체 뭔가요?"

"아티팩트 '하트의 여왕'······."

알테어스가 짤막하게 답했다.

"마수에게서 능력을 빼앗기 위해서 만들어진 아티팩트인데, 좋은 꼴을 본 적이 없어서 다 없앴다고 아는데."

알테어스의 말에 루디아는 입술을 깨물었다.

'빨라.'

원래라면 이렇게 빠르게 저 아티팩트가 나오지 않아야 했다. 그리고 수도에 등장하지도 않고.

지방 도시를 공격해서, 기사단의 시선을 흔들고, 황실에서 기사단을 분산하여 내보내게 하고 불안감을 조성했다. 동시에 착실한 공작으로 백성에게 황실에 대한 불만을 심게 하는 방식이었다.

'그런데 왜? 지금?'

루디아의 머리가 빠르게 돌아갔다. 루디아 자신이 변수를 만든 것은 알았다.

하지만 이런 식으로 파장이 커질 거란 생각은 못 했다.

후, 숨을 길게 내쉬고 루디아가 아틸에게 말했다.

"크라바스 경에게 물으니, 아틸 너와 안면이 있다고 하더구나."

"네."

아틸은 슬쩍 시선을 아래로 내리며 대답했다. 리리카가 당할 뻔했던 인신매매 사건을 조사하다 보니 당연히 그쪽에도 손이 닿을 수밖에 없었다.

"그래서 이 일의 마무리를 아틸에게 맡기고 싶은데."

루디아의 말에 아틸이 고개를 들었다. 루디아가 빙긋 웃으며 말했다.

"겉보기에 반지르르한 부분은 리리카가 가져가고, 잡무를 맡긴다고 생각할지도 모르지만—"

"아뇨, 그렇게 생각하지 않습니다."

아틸이 고개를 저었다. 리리카가 신문에 나와 인기를 얻는 것과 자신이 실무자와 직접 접촉해서 경험치와 인맥을 쌓아 나가는 건 전혀 다른 일이었다.

"그래, 다시 한번 말하는데 황위 계승에는 관심 없어."

루디아는 대답을 바라는 게 아니었다. 짧게 선언하듯 말하고 그에게 서류를 건넸다.

아틸이 안도감과 함께 서류를 들고 나가자 알테우스가 말했다.

"꼭 걔에게 그렇게 말을 해야 했어?"

"뭘 말이에요? 뭐든 확실하게 말하는 게 좋아요. 두리뭉실하게 말고요."

"아니, 못난 모습 보여 주기 싫다든가."

"맞잖아요."

"루디아."

낮은 목소리에 루디아는 코웃음을 치고 말했다.

"아틸은 이미 당신을 충분히 대단하다고 생각하고 있다고요. 게다가 압박의 원인이기도 하고요."

"내가?"

"그래요. 당신은 권능으로 적을 누르는 게 특기인데, 아틸은 권능을 못 쓰죠."

알테어스는 눈을 찌푸렸다. 루디아가 서류를 던지듯 내려놓으며 말했다.

"아틸에게 당신은 친아버지나 다름없어요. 부자간에 좀 더 오붓한 대화라도 나눠 보는 게 어때요? 나도 리리와 함께 있으니까 참 좋더라고요. 새로운 사실도 알게 되고."

결국 함께 보내는 시간 만큼 가까워지는 게 아닐까.

루디아의 말에 알테어스는 한숨을 푹 내쉬었다.

"참고하지."

루디아는 빙긋 웃어 보였다가 한숨을 내쉬었다.

"왜?"

"아티팩트요. 왜 수도를 공격했는지 모르겠어요."

"심심해서?"

"세상에 당신 같은 사람만 있는 줄 알아요?"

"혹시 모르잖아."

알테어스의 말에 루디아가 눈을 가늘게 떴다. 그리고 새로운 두루마리의 인봉을 떼며 말했다.

"그런 사람이 있다면, 아."

루디아는 두루마리에 적힌 소식을 읽고 묘한 표정을 지었다.

"왜?"

"아뇨, 당신 같은 사람이 또 있을지도 모른다고 생각했어요."

바라트 공작의 숨겨둔 딸 리제르트 바라트가 수도에 있음.

'리제르트라면 충분히 그럴 수 있지.'

그녀가 고개를 흔들었다.

바라트다운 아름다운 얼굴로, 바라트다운 잔혹한 짓을 아무렇지 않게 하는.

알테어스가 물었다.

"생각나는 사람이라도 있는 건가?"

"바라트요."

"공작도, 소공작도 즉흥적인 성격은 아니라고 보는데."

"딸이 있다더군요."

"하."

짧게 혀를 차듯 웃고 알테어스는 재미있다는 얼굴을 했다.

"딸이란 말이지? 그것도 숨겨 놓은? 아버지가 누군지 궁금해지는군."

사생아란 늘 추문 아닌가.

귀족 중의 귀족인 바라트 가문에서 뭐라고 변명할지가 기대되었다.

알테어스가 흥미진진해하는 것과 반대로 피요르드는 바닥이 꺼지는 듯한 기분을 맛보고 있었다.

"안녕하세요, 피요르드 오라버니. 안녕하세요, 안녕하세요."

생글생글 웃으며 리제르트는 몇 번이나 다시 인사를 해 보였다. 인사하는 그 자체가 즐겁다는 듯한 행동이었다.

화려한 은발에 금홍빛 눈동자.

피요르드 바라트와 함께 나란히 두면 누구라도 남매라는 걸 알아챌 외모였다.

"어머니께 이야기 많이 들었어요. 이렇게 만나게 되어서 정말로 기뻐요."

양손을 꼭 잡고 리제르트는 들뜬 기분을 감추지 않았다.

피요르드는 혼란 속에 빠져 그녀를 바라보다가 물었다.

"내 여동생이라고?"

"네, 쭉 시골에서 살다가 얼마 전에 수도에 올라왔답니다. 이렇게 많은 사람을 보는 건 처음이라서 무척 설레요."

"네가 내 여동생이라고."

다시 읊조리는 피요르드를 리제르트가 바라보았다.

"네, 전 계속 피요르드의 이야기를 들었는걸요. 최고의 걸작품이라고, 저도 지지 않아야 한다고."

피요르드는 무표정하게 리제르트를 바라보았다. 그녀가 한 발 바싹 다가오더니 속삭였다.

"실패작들을 직접 처분하셨다고 들었어요. 그래도 형제들인데, 제가 얼마나 감탄했는지—"

말이 끝나기도 전에 피요르드가 리제르트의 목을 졸랐다. 숨이 막힌 리제르트가 컥 소리를 냈다.

피요르드가 말했다.

"형제들을 다 죽였으니, 너라고 못 죽일까?"

그의 눈이 차갑게 가라앉았다.

"입 조심해."

순간 리제르트의 눈이 환하게 반짝였다.

"어쩜, 그렇죠. 제가 실패작이 된다면요, 후후."

킥킥 웃는 그녀를, 피요르드는 눈을 찡그리며 놓아주었다. 목덜미를 매만지며 리제르트가 말했다.

"제 방에 오시지 않을래요? 인형이 잔뜩 있어요."

"사양하지."

피요르드가 간결히 말하고는 멀어지자 리제르트가 "아아." 하고 한숨을 내쉬었다.

"아쉽네요. 예쁜 인형이 잔뜩 있는데 말이에요."

흘리는 말을 듣지 않고 피요르드는 곧장 집무실로 향했다. 당혹하는 시종을 옆으로 밀어내고 직접 문을 열었다.

"공작 각하."

바라트 공작이 서류에서 눈을 떼지 않고 물었다.

"무슨 일이지?"

"제 여동생이라고 주장하는 여자를 만났습니다."

"주장하는 게 아니라, 리제르트는 네 여동생이지."

"부친이 누구입니까?"

바라트 공작이 그제야 고개를 들었다. 그녀의 매끄러운 입술에 미소가 그려졌다.

"누구긴? 당연히 네 아버지지."

이반 대공.

전 황제의 형제 중 한 명.

"제 아버님은 분명 제가 세 살 때 돌아가신 걸로 알고 있습니다만."

"그때 리제르트가 생긴 거란다. 네 아버지의 죽음이 암살인 듯해서, 리제르트를 숨겨서 키운 것뿐이야."

미리 준비해 온 변명문을 읽는 것 같은 어조에 피요르드는 어이가 없어졌다.

"그게 말이……."

"피요르드."

바라트 공작은 그의 말을 끊어냈다.

"쓸데없는 생각이 늘어났군. 내가 리제르트를 딸이라고 하면, 그 애는 딸인 거다."

레이스 안대 너머로 시선이 마주쳤다는 걸 느꼈다. 바라트 공작이 굳은 표정을 한 그에게 천천히 말했다.

"네 그 시답잖은 놀이도 내가 봐주고 있다는 걸 알아라."

피요르드는 시선을 아래로 내렸다.

"알겠습니다."

그가 대답하자 바라트 공작은 다시 펜을 움직이기 시작했다.

사각거리는 펜 소리 외에는 다른 어떤 소리도 들리지 않았다. 잠시 침묵 속에 서 있다가 피요르드는 집무실을 나섰다.

자신은 겉모습만 번드르르한 괴물이다.

그렇다면 그 여동생은 그 겉가죽 안에 대체 무엇을 품고 있을 것인가?

그는 주먹을 꽉 쥐었다.

'두고 보면 알 일이지.'

피요르드는 리리카를 떠올렸다. 보고 싶다는 충동이 불쑥 찾아왔다.

보고 싶다.

그는 그 충동을 몇 번이나 눌러 삼켰다. 충동대로 리리카를 만나러 가는 건 열 번에 한 번도 되지 않을 정도였다.

"도련님."

조용한 잰걸음으로 다가온 시종이 공손히 은쟁반을 올렸다. 그 위에는 밀봉한 편지가 놓여 있었다.

바라트 가문의 최측근 중 하나인 누비라 가문의 인장이었다.

피요르드는 편지를 받아들고 제 방으로 올라갔다.

'그래.'

피요르드의 금홍색 눈동자가 좀 더 붉은빛을 띠었다.

'바라트 최고의 걸작품이 어디까지 할 수 있나 보여 드려야지.'

후계자가 가주를 제치고 멋지게 가문을 장악한다면, 그것도 즐거움 아니시겠는가.

아니면 내 목이 떨어지는 게 먼저일까?

리제르트가 생겼으니, 제가 죽어도 후계 걱정은 없을 터였다.

피요르드가 페이퍼 나이프로 편지를 갈랐다.

리리카는 평소에 그다지 신문을 볼 일이 없었다.

그래서 자신의 모습이 1면에 크게 그려진 신문이 처음 본 신문이 되었다.

"이, 이게 뭐예요!"

리리카가 비명처럼 목소리를 높이자 아틸이 웃음을 터트렸다.

"뭐긴 뭐야, 너지."

"이게요? 저라고요? 아무리 봐도 아닌데요? 세상에, 옆에 디아레예요? 이럴 수가."

리리카가 아틸이 가져온 신문을 뚫어져라 바라보다가 고개를 들었다.

"브린, 이것 좀 봐봐. 이게 나래!"

브린이 진중한 얼굴로 말했다.

"사실 저는 로데아보다, 사린 쪽이 더 황녀님을 잘 표현했다고 생각해요."

"사린?"

의아해하는 리리카와 달리 아틸은 질린다는 얼굴을 했다.

"너 신문을 종류별로 봐?"

"아뇨, 이번에 특히 황녀님이 나오셨기에……."

그러며 브린이 슬쩍 컬렉션을 꺼내 들었다. 리리카의 삽화만 잘라서 모아놓은 것이었다.

"어디, 아, 그러네. 사린이 더 씩씩해 보이네."

아틸이 가져온 신문이 성스러운 분위기를 풍겼다면, '사린'은 좀 더 명랑하고 발랄한 느낌이 났다. 다른 신문들 역시 삽화가의 개성을 뽐내고 있었다.

"아아아! 보지 말아요!"

리리카가 스크랩북을 몸으로 덮었다. 아틸이 히죽거렸다.

"왜? 귀여운데. 이야, 이제 유명인이라서 길 가면 사람들이 알아보고 인사하는 거 아니야?"

"아틸!"

"왜 이 정도로 그래? 숙부님과 숙모님은 금화랑 은화에도 새겨져 계시는데."

"그, 그거랑은 다르잖아요."

더듬거리는 리리카를 옹호하듯 브란이 말했다.

"황녀님께서는 이렇게 대대적으로 실리신 게 처음이시니 당연히 어색하시겠죠."

리리카는 그 말에 눈을 깜박이다가 시무룩해졌다. 스크랩북에서 몸을 떼고 소파로 주르륵 미끄러지듯 돌아왔다.

"왜 그래?"

"아니, 처음이라고 하니까. 앞으로 더 많아질 거라는 생각이 들어서요."

"유명세는 마법 소녀가 감당해야 할 몫이지."

아틸이 위로하듯 말하며 스크랩북을 접어 브린에게 돌려주었다.

"오늘 온 건 그 이유가 아니라."

아틸이 곤란한 듯 헛기침을 몇 번 하고 느릿하게 말했다.

"내가 수도에서 일어난 이 사건을 맡게 되었는데."

"아틸이요?"

"그래, 수도에서 누군가가 고의로 마수를 출몰시킨 거잖아. 게다가 인형 모양이라니 수상하기 짝이 없지."

"그렇군요."

아틸이 다시금 "큼." 하고 목을 가다듬었다.

"그래서 수도경비대와 같이 조사를 하는데, 뒤쪽에서 정보 얻기가 어렵단 말야. 그러니까, 음……."

말을 고르는 그를 보고 리리카가 고개를 끄덕였다.

"빈민가 쪽 말이지요? 그야 경비대는 편을 잘 들어주지도 않고, 먹이지 않으면 곤란하니까……."

"먹여?"

"아, 뇌물이요."

리리카의 말에 아틸이 허, 하고 팔짱을 꼈다. 그의 눈이 날카롭게 빛났다.

"그래? 경비대원들이 뇌물을 받아먹는단 말이지?"

"네, 그렇다고 들었어요. 음, 하지만 그쪽으로는……. 아, 구두닦이 아저씨는 오래 일해서 이야기를 자세히 들어 볼 수 있을지도 몰라요."

"아, 그 사람?"

종종 리리카의 이야기에 나오는지라 아틸은 누구를 말하는지 금방 알았다.

"네, 안 그래도 이번에 가을 축제 때 만날 수 있으면 인사라도 드려야겠다— 했으니까, 그때 이야기를 듣는 게 어떨까요? 제가 나타나면 깜짝 놀라겠지만요."

리리카의 말에 아틸은 고개를 끄덕였다.

인신매매에 대해 조사할 때도 그랬는데, 단서가 빈민가 쪽으로만 연결되면 뚝 끊어져 버렸다.

구두닦이니까 쓸 만한 이야기를 들을 수는 없겠지만, 굳이 소개해 준다는 리리카를 실망시키고 싶지도 않았다.

'그리고 거기서 오래 살았으면 뭐라도 알겠지.'

일단 작은 접점이라도 필요했다.

리리카가 진지하게 말했다.

"저는 안에서 링(ring)에 들어가지 않아 잘 모르지만, 아저씨는 그런 쪽 사람들과도 가까워 보이셨거든요."

"링?"

아틸이 갸웃하니 리리카가 고개를 끄덕였다.

"자기들끼리 모여서, 최대한의 이익을 온갖 방법으로 동원하는……."

"범죄조직이네."

아틸이 깔끔하게 정리했다. 리리카는 미묘한 얼굴로 말했다.

"그렇지만, 음. 너무 범죄가 심해지지 않게 조절하기도 하고? 사실 저도 잘 모르겠어요. 전 정직하게 살았으니까요."

엣헴, 헛기침하며 하는 말에 아틸이 "그랬지." 하고 깊이 고개를 끄덕였다. 이제 그놈의 '즈언하' 메들리는 사양하고 싶다.

리리카가 물었다.

"그런데 마수가 원래 그런 인형 모양인가요? 저는 무시무시한 모습이라고만 생각했는데."

우바가 말해 준 마수들은 하나같이 기상천외한 모습이지 않았는가? 그런데 봉제 인형 마수라니.

"그게······."

아틸이 손을 들어 사람들을 물렸다. 그가 낮은 목소리로 말했다.

"내가 들은 바로는 마수의 힘을 빼낼 수 있는 아티팩트가 있는 모양이야. 그 힘을 다시 봉제 인형에 집어넣은 거지."

"그런 아티팩트가 있다고요?"

"그래. 비밀이야. 어디에도 자료가 남아 있지 않다고 해. 전부 소실됐대. 대체 그걸 누가 어떻게 구한 건지는 모르겠지만."

"그렇군요······."

리리카가 작게 한숨을 내쉬었다.

"가을 축제까지는 별일이 없었으면 좋겠네요."

"그래, 별일이 없었으면 좋겠네."

가능할지는 모르겠지만.

아틸은 그리 생각하며 브린이 내온 차를 마셨다.

Chapter. 11

가을 축제

Chapter 11

가을 축제

리리카의 바람대로, 큰일 없이 가을 축제가 다가왔다.

물론 리제르트 바라트가 당당히 사교계에 등장했던 일이 있었지만 말이다.

열 살이 지나 공개적인 파르타를 치르지는 못했으니, 늦은 생일이나마 공식적으로 치른다는 바라트 공작의 선언이었다.

귀족파 아이들이 선물을 가지고 모였다.

피요르드와 나이 차가 대체 어떻게 되는 거지? 대공이 죽은 후인가? 그렇다면 아슬아슬하게 그 직전에 아이를 가졌다는 것인가? 하는 수군거림은 당연히 흘러나왔다.

물론 눈 흘김 한 번에 모두 입을 다물 정도로 바라트는 강력했다.

게다가 리제르트의 외모는 누가 봐도 바라트였다.

피요르드와 나란히 서 있으면 세트로 파는 인형 같다고, 사람들이 칭찬인지 아닌지 모를 말을 했다.

게다가 바라트답지 않게 생글생글 웃으며 명랑하게 말하는 모습이 사람들의 시선을 잡아끌었다.

시골에서 자라서 예의를 모른다는 말이 그냥 하는 말 같지 않았다.

품에 인형을 꼭 안고 다니는 것도 모두가 눈살을 찌푸리는 행동 중 하나였다.

그러나 리제르트는 생글생글 웃으며 인형을 놓지 않고 다녔다. 그 점 때문에 종종 리제르트를 놀리는 아이도 나왔다.

그날까지는.

드물게도, 그날은 리리카가 하늘궁으로 내려간 날이었다. 리리카 앞으로도 이제 제법 알현 신청 편지가 오고 있었다. 그렇게 많은 양은 아니었지만, 소박한 두꺼비집 크기 정도로 편지가 쌓였다.

리리카는 덕분에 주기적으로 하늘궁을 방문해, 하급 귀족들과 이야기를 나누고는 했다.

태양궁까지 올라오지 못하는 아이들이 리리카의 주변을 둘러싸고는 했다.

라우브와 브린이 항상 리리카에게 붙어 있었다. 그래서 종종 라우브를 향해 '늑대 기사님이다.' 하는 이야기도 흘러나왔다.

책을 가지고 와서 사인을 해 달라는 아이도 있었다. 리리카는 그건 자신이 아니라며 거절했다.

하늘궁의 정원은 태양궁의 정원처럼 비밀스러운 장소로 넘치지는 않았지만 규모만은 어마어마했다.

마차나 말이 없이는 하루 만에 정원을 둘러보는 게 힘들 정도였다.

그러니 리리카가 분수대에서 아이의 머리를 꽉 누르고 있는 리제르트를 발견한 건 어마어마한 우연이었다.

순간, 리리카는 상황이 파악되지 않아 멈칫했다.

대낮이라 초가을의 쨍한 햇빛이 사방을 환하게 비추고 있었다.

'첨벙첨벙.'

버둥거리는 아이가 튀기는 분수 물이 햇살에 반짝거렸다. 리제르트는 희열에 찬 얼굴로 아이의 머리를 꽉 누르고 있느라 리리카 일행이 온 걸 인지하지도 못했다.

분수대 안에 아이가 바닥을 보고 누워 있고, 리제르트가 올라타 앉아 머리를 꽉 누르고 있는 모습이었다.

버둥거리며 리제르트의 팔과 손목을 잡아 뜯으려 애쓰는 게 보였다.

"멈춰."

리리카의 말에 리제르트가 퍼뜩 놀라 고개를 들었다. 눈이 마주치자 쑥스럽다는 듯 웃는다.

리제르트가 손을 놓고 몸을 일으켰다. 아이는 튕기듯 몸을 일으켰다.

"허억, 어흑, 큭, 쿨럭, 켁, 허으, 윽—"

아이는 기침하며 필사적으로 리제르트에게서 멀어지려 애썼다. 리제르트와 비슷한 나이의 소녀였는데, 이마가 까져서 피가 나고 있었다.

분수대에서 기듯이 나와 바닥에 몸을 던지고 다시금 물을 토해 냈다. 그러다 리리카를 발견하고는 안도의 울음을 터트렸다.

리리카는 그 소녀를 보지 않고 리제르트만을 바라보았다. 그건 라우브도 마찬가지였다.

리제르트에게는 움직이면 공격할 듯한, 야생동물 같은 느낌이 있었다.

반짝이는 은발과 금홍빛 눈동자.

'닮았지만, 전혀 달라.'

피요가 훨씬 더 예뻐.

리리카가 그런 생각을 하며 리제르트를 바라보았다. 리제르트가 먼저 인사를 해 왔다.

"안녕하세요, 황녀님."

다시 커트시를 해 보였다. 두 번, 세 번. 망가진 인형처럼 리제르트는 인사를 반복했다.

"안녕하세요, 안녕하세요."

브린이 노골적으로 인상을 찌푸렸다.

리제르트는 뭔가 마음에 들지 않는 듯 고개를 갸웃했다가 다시 커트시를 해 보였다.

"안녕하세요, 황녀님."

"왜 자꾸 인사하지?"

리리카가 물었다. 리제르트가 웃었다.

"즐거워서요."

"뭐가?"

"받아 주는 사람이 있다는 게 무척 즐거워요."

순수한 즐거움처럼 이야기하지만, 그 뒤에 그림자가 느껴졌다.

단순히 상대방이 인사를 무시했다거나, 인사할 상대가 없었다—같은 이야기가 아니었다.

리리카가 아직도 떨고 있는 소녀에게 말을 걸었다.

"일어날 수 있겠어? 어의를 불러서—"

"아닙니다. 저, 저는 괜찮습니다."

소녀가 고개를 흔들었다.

"하지만 피가 나는데?"

"금방 멈출 거예요. 괜찮습니다."

흠뻑 젖어 떨면서도 그녀는 고개를 흔들었다. 표정에 두려움이 가득 차 있었다.

리리카가 눈을 찌푸리는데, 저쪽에서 목소리가 들려왔다.

"리제르트, 이런."

시선을 돌리니 피요르드였다. 그는 상황을 보고 멈칫했다가, 리리카와 시선이 마주치자 미소 지어 보였다.

이런 상황에서도 흠잡을 곳 없는 미소였다.

"반갑습니다, 황녀님."

"안녕, 피요르드."

인사하니 소녀가 살았다! 하는 어조로 외쳤다.

"피, 피요르드 님!"

"일어날 수 있겠어?"

"네, 네에."

눈물이 그렁그렁해져서 소녀는 피요르드가 내민 손을 붙잡고 일어났다. 리제르트가 입술을 비죽였다.

"하지만, 제 인형을 분수에 떨어트렸는걸요."

"……."

피요르드는 소매를 걷지도 않고 분수대로 다가가 인형을 건져 올렸다. 인형을 리제르트에게 내미니 그녀가 활짝 웃으며 인형을 꽉 안았다.

인형에서 물이 주르륵 흘렀지만 상관하지 않는 듯했다.

피요르드가 리리카에게 정중히 말했다.

"실례를 끼쳤습니다."

"아니, 괜찮아."

리리카는 그렇게 말하고 잠시 피요르드를 바라보았다. 시선이 맞닿았다가 떨어졌다.

맞닿은 곳에서 온기를 느꼈다면 착각일까.

피요르드가 두 사람과 함께 떠나자 리리카는 한숨을 내쉬었다. 브린이 날카롭게 말했다.

"저런 게 새로운 바라트라니, 바라트 공작가도 많이 쇠락했군요."

예전이었다면, 저런 예의도 모르는 천치를 바라트라고 내놓으니 독살했을 거예요.

브린이 중얼거리듯 말했다. 리리카는 끙하고 다시금 한숨을 삼켰다.

2년이나 지났지만, 아직도 저런 '귀족적 사고방식'에는 도무지 익숙해지지 않았다.

"오늘은 이만 돌아가자."

"네, 황녀님."

리리카는 정원을 가로질렀다. 다가와 인사하며 말을 걸어주길 바라는 귀족들이 많았지만, 그녀는 그저 싱긋 웃어 보이기만 했다.

가을 축제가 다가왔다.

예전에는 그냥 '다들 바쁘구나.' 하고 다른 사람들의 즐거운 기분을 나눠 받았다면, 이번에는 즐거워하는 당사자가 되었다.

'축제! 밖에!'

생각만 해도 마구 발이 동동 굴러졌다.

아틸에게 슬쩍 어머니께 허락받았냐고 물어보니 아틸은 뻔뻔한 얼굴로 "받았겠냐?" 하고 답했다.

"그, 그럼 어떻게 하려고요?"

"괜찮아. 나는 밖에 나갈 수 있으니까, 널 몰래 데리고 나가면 되지."

"음……."

어머니께서 걱정하실 텐데, 하는 생각은 축제에 대한 기대에 밀려서 사라졌다.

'그리고 어머니께서 모르시면 걱정도 안 하시지 않을까? 정말로 모르게 빠져나갔다가 오는 거야!'

리리카는 슬쩍 브린과 라우브에게만 그 사실을 귀띔했다. 라우브는 대번에 따라가겠다고 했지만, 리리카는 정중히 사양했다.

브린이 말했다.

"그래도 몰래 따라가는 게 좋지 않을까요?"

리리카가 그 말에 쿡쿡 웃었다.

"몰래 따라오는 건 상관없지만, 들키면 안 될 텐데."

"잘 숨겠습니다."

어둡던 그의 표정이 단숨에 밝아졌다. 브린 역시 리리카를 그냥 내보낼 생각이 없었다.

분명 브란도 마찬가지겠지.

브린은 변장용 옷을 준비하겠다고 말했다.

아틸은 적당히 날짜를 정했고, 피요르드에게 알리는 편지도 보냈다고 했다.

혹시나 걱정이 되어서 피요르드에게 확인하니, 그는 알고 있다고 답장을 보내왔다.

브린이 변장을 위해 준비한 옷을 걸어 두었다. 화려하고 사랑스러운 축제 의상이었다.

고급스러운 천을 쓴 게 아니라 오래오래 공을 들여서 자수를 놓고 바느질을 한 모습이었다.

리리카는 몇 번이나 축제 의상 주변을 빙글빙글 돌았다.

브린이 웃었다.

"그렇게 좋으세요? 이제 하룻밤만 자면 되네요."

"응, 엄청 엄청!"

리리카는 저도 모르게 발을 동동 굴렀다. 브린이 쿡쿡 웃었다. 리리카는 해가 지기 시작하는 창밖을 바라보았다.

하루가 이렇게나 길다니.

그때 변복한 라우브가 어색하게 문가에서 모습을 드러냈다. 리리카는 눈을 동그랗게 떴다. 브린이 위아래로 라우브를 훑어본 뒤에 신랄하게 말했다.

"뒷골목 범죄자 같지 않아요?"

"브린!"

"그렇잖아요? 어쩜, 변장을 해도 저런 옷을 구해 오죠? 좀 더 평범한 게 있을 텐데 말이에요."

"……."

"일단 라우브는 키도 크고, 외모도 눈에 띄니까."

"네, 그러니까 저런 옷차림을 하면 범죄자로밖에 안 보이는 거죠. 뒷골목 용병이라든가."

리리카가 헛기침을 했다.

"그럼 브린이 도와주는 건 어때?"

"제가요?"

"응."

브린이 보라색 눈을 깜박였다.

"황녀님께서 그리 명하신다면 어쩔 수 없죠."

브린이 코웃음을 치고 라우브를 스쳐 지나가며 말했다.

"내일 새 옷을 구해다 놓지요."

"고맙습니다."

"황녀님께서 부탁하신 거니까요."

브린이 휙 방을 나섰다. 시무룩해진 라우브의 팔뚝을 리리카가 까치발을 들고 두들겼다.

"괜찮아, 괜찮아. 난 그래도 나쁘지 않다고 생각해."

"정진하겠습니다."

"하하."

리리카가 가볍게 웃었다.

그때 시종이 아틸이 왔음을 알렸다. 리리카가 얼른 침실 밖으로 나갔다.

"앗, 옷 갈아입었네요?"

"보여 주려고."

아틸도 변장을 마친 상태였다. 리리카보다 훨씬 수수한 옷차림이었다. 그래도 새하얀 얼굴이나, 흉터 하나 없는 손 같은 곳에서 귀한 집 자제 티가 났지만 말이다.

"어때?"

"잘 어울려요."

아틸이 씩 웃고 리리카에게 말했다.

"네 옷도 보여줘. 엉뚱한 거 준비했을지도 모르잖아?"

"브린이 준비해 준 거예요."

실수가 있을 리가 없다는 어투로 리리카가 아틸을 데리고 침실로 들어갔다.

시녀가 물었다.

"다과를 올릴까요?"

"응, 응접실에 준비해 줘."

아틸이 나가라는 손짓을 해 시녀들은 침실을 비웠다.

돌아온 브린은 아틸이 변복하고 왔다는 말에 웃었다.

응접실에는 사랑스러운 다과들이 준비되었다.

남매는 무슨 이야기를 하는지 침실에서 오래 나오지 않았다. 기다리던 브린이 결국 자리에서 일어나 공손히 말했다.

"황녀님, 혹시 옷 갈아입고 계신가요? 제가 도와 드릴까요?"

대답이 돌아오지 않았다.

불길한 예감이, 까마귀의 감각이 울리기 시작했다. 그래도 예의를 갖춰, 브린은 침실 문을 두드리며 한 번 더 물었다.

"황녀님, 황태자 전하. 안에 계신가요? 문을 열고 들어가겠습니다."

침묵.

브린은 문을 벌컥 열었다. 침실 안에는 아무도 없었다.

"!!"

브린은 변장용 옷이 없어진 것을 금방 발견했다.

리리카는 숨을 몰아쉬었다. 불안해서 어쩔 줄 모르는 그녀와 달리 아틸은 태연했다.

갑자기 옷을 갈아입으라고 하더니, 그녀의 손을 잡고 비밀통로로 탈출을 감행한 것이다.

궁을 나가는 짐 마차에 몰래 숨어 올라타는 것까지 성공해, 두 사람은 지금 궁 밖이었다.

"봤지? 들어오는 건 꼼꼼하게 검열하지만 나가는 건 대충대충 하거든."

한두 번 해 본 솜씨가 아닌 듯했다. 아틸은 자신만만한 얼굴이었다. 리리카는 이리저리 주변을 둘러보았다. 그녀가 손을 더 꽉 잡으며 붙어서 아틸은 웃으며 단단히 손을 잡아 주었다.

"브란은 이제 이런 거에 안 속는데, 네가 있으니까 홀랑 속아 넘어가네."

리리카는 가발까지 쓰고 있었다. 금색 머리카락이 부드럽게 얼굴을 감싸고 있었다.

"이래도 되는 거예요?"

"아니면 몰래 따라오겠다면서 한 부대는 끌고 나올걸, 아! 저기다! 얼른 가자!"

광장 입구에 세워진 기둥이 보였다. 수확제이니만큼 보리와 밀을 기둥에 장식으로 묶어 놓았다.

"와아—!"

순간적으로 탄성이 흘러나왔다. 많은 사람들과 간판들, 노래, 활기찬 분위기.

황궁과는 완전히 달랐다. 황궁이 꿈의 세계, 구름 위의 사람들이라면 이곳은 리리카와 훨씬 더 가까우며 리리카가 발 디디고 있는 현실의 세계였다.

좁은 골목 사이에서 언제나 동경해 왔던 곳.

멍하니 바라보다가 퍼뜩 깨어난 리리카가 물었다.

"참, 그러면 피요르드는요?"

약속을 하루 앞당긴 건데 괜찮은 걸까?

리리카의 걱정에 아틸은 떫은 표정으로 손가락을 들었다. 그의 손가락을 따라 시선을 돌리니 기둥 아래 서 있는 남자아이가 보였다. 모자를 눌러쓰고 있어도, 금방 알아볼 수 있었다.

"안 속였어. 동맹원이잖아."

칫, 혀를 차면서 하는 말에 리리카는 아틸을 꽉 끌어안았다. 아틸은 피식 웃고 그녀를 잡아끌었다.

말을 거는 여자아이들에게 계속해서 정중히 사양을 하고 있던 피요르드는 리리카를 발견하고 환하게 웃었다.

단숨에 빠른 걸음으로 걸어와 그가 말했다.

"오늘도 무척 귀엽네요, 울새 아가씨."

"웩."

다른 사람의 반응이 어떻든 상관없었다. 리리카는 다른 한 손으로 피요르드의 손을 꽉 잡았다.

"그럼 이제 보러 가요!"

흥분으로 가득 찬 리리카의 목소리에 두 소년은 웃음을 삼키고 고개를 끄덕였다.

길거리 악단의 경쾌한 노랫소리와 인형 연극, 갓 수확한 과일들이 높이 쌓인 가판대.

즉석에서 엿을 막대기에 감아 주는 가판대도 있었고, 솜사탕을 파는 가판대 주변에도 사람들이 가득했다.

리리카의 시선을 유심히 지켜본 아틸이 길거리에서 파는 개암을 한 봉지 사서 내밀었다.

오도독오도독 고소한 개암을 씹으며 리리카는 여기저기 둘러보았다.

많은 인파 속에서도 리리카의 귀여운 옷차림과 행동은 시선을 끌었다. 남자아이들이 무의식적으로 시선을 던졌다가, 피요르드나 아틸과 시선이 마주치면 그냥 포기하고 재빠르게 걸어가 버렸다.

물론 남자아이들만 시선을 주는 건 아니었다. 아틸도 피요르드도 어디

가서 빠지지 않는 모습이라 시선을 끌었다.

따로따로 다니면 그나마 덜하겠으나 이렇게 모여 다니니 더더욱 눈에 띄는 그룹이 되어 버렸다.

그러나 두 소년은 개의치 않았다. 애초에 둘은 인간의 시선에 무척이나 익숙한 위치에 있는 사람이었다. 리리카는 축제 장식과 화려한 가판대에 완전히 정신이 팔려 그런 시선을 눈치채지 못했다.

'와아, 와아아!'

리리카는 마음속으로 연속해서 탄성을 내질렀다.

즉석에서 엿을 막대기에 감아 주는 가판대도 있었고, 솜사탕을 파는 가판대 주변에도 사람들이 가득했다.

무척 비싼 가격이지만, 그래도 축제 분위기에 이끌려 지갑을 열었다. 솜사탕은 만들어지는 과정을 보는 것만으로도 즐거웠다.

리리카는 커다란 솜사탕이 만들어지는 걸 보며 눈을 휘둥그레 떴다.

제 머리만큼 커다란 솜사탕을 받아들고 리리카는 행복한 얼굴을 했다. 솜사탕을 이리저리 휘둘렀다. 솜사탕은 가볍고, 환상적일 정도로 완벽한 동그라미였다.

살짝 뜯어서 한 입 넣자 그 달콤함도 굉장했다.

"으음!"

"그렇게 좋냐?"

"네, 엄청 맛있어요! 자요!"

솜사탕을 들이대자 아틸이 손으로 찢어 한입 맛보았다.

"완전 설탕이네."

"그야, 설탕으로 만든 거니까요. 자, 피요도."

"전 괜찮습니다."

"얼른."

리리카의 성화에 피요르드도 솜사탕을 한입 먹었다.

"단맛이 나네요."

"좋지?"

리리카가 웃었다. 리리카의 웃음에 피요르드도 따라 웃었다.

"좋습니다."

그는 그저 그녀와 이렇게 걸으며 평범하게 이야기할 수 있다는 걸로 충분히 만족스러웠다.

몇 번이나 몇 번이나, 평생 계속해서 되새길 수 있으리라.

아틸이 말했다.

"뭐 하고 싶은 거 있어?"

"네?"

"저기 말야."

아틸이 가리킨 곳에는 여러 가지 게임을 하는 가게들이 늘어서 있었다. 장난감 활과 화살로 물건을 쏘아 넘어트리거나, 멀리서 고리를 던져 제대로 들어가는 대로 점수를 줘서 상품을 주는 게임도 있었.

눈길을 확 끌기 위해서 유치할 정도로 알락달락하게 꾸며놨는데 그것도 축제 분위기에 잘 어울렸다.

성공한 사람의 환호성과 실패한 사람의 탄식, 놀리는 웃음소리까지 섞여 들려왔다.

"고리 던지기 해 봐도 돼요?"

아틸이 고개를 끄덕였다.

"그럼."

돈을 내니 고리 한 무더기를 내주었다. 리리카는 금 가까이 붙어서서 고리를 던졌다.

놀랍게도 고리는 잘 들어가지 않았다. 그렇게 거리가 먼 것 같지도 않은데, 어쩜 이렇게 안 들어가는지 모를 일이었다.

아틸은 웃었고, 피요르드는 울상인 리리카에게 다가와 팔을 잡았다.

"힘을 잘 조절하셔야 해요, 자 이렇게."

그가 그녀의 팔을 움직여 고리를 휙 던졌다.

'탁.'

고리가 걸렸다.

"들어갔다!"

"아시겠어요?"

"응!"

리리카는 눈을 빛내며 나머지 고리를 던지기 시작했다. 처음보다는 훨씬 더 나아져서, 리리카는 상품으로 도토리나무 조각을 받았다.

"귀여워."

"쓸모없다, 진짜."

"그럼 아틸은 잘해요?"

리리카가 부릅뜨고 묻자 아틸이 코웃음을 쳤다.

"내가 얼마나 명사수인지 봐봐라."

아틸이 동전을 내고 활과 화살을 가져왔다. 그가 리리카에게 가지고 싶은 걸 물은 다음에 활시위를 당겼다.

아틸의 등 뒤에 서서 그를 바라보는데 피요르드가 슬쩍 리리카의 손을 잡아 왔다.

바라보니 그가 "잃어버리면 안 되니까요." 하고 변명하듯 말했고, 리리카는 웃었다.

"언제든지 잡아도 괜찮아."

그의 손을 리리카가 꼭 마주 잡았다. 리리카는 시선을 다시 아틸에게 돌렸다.

그런데 계속 이쪽을 보는 시선이 느껴졌다. 리리카가 결국 고개를 돌려 다시 피요르드를 보았다.

"이상해?"

"네?"

"머리. 일부러 금색으로 준비했는데."

어머니를 닮은 화려한 금발은 아니지만, 그래도 비슷한 금빛 가발이었다.

쓰고 나니 어머니를 많이 닮은 거 같아서, 조금 뿌듯했는데.

역시 어색한 걸까?

"귀여워요."

"어?"

리리카가 되묻자 피요르드가 웃으며 말했다.

"계속 귀엽다고 생각했어요, 설탕 과자처럼 깨물어 삼켜 버리고 싶을 정도로 귀여워요, 내 울새 아가씨."

리리카의 뺨이 달아올랐다.

"저엉말로 피요는……."

인기 있는 이유를 알겠어.

그렇게 말하려는데 언제 돌아왔는지 아틸이 손날로 둘이 잡고 있는 손을 퍽 내리쳤다.

"뭐 하냐? 내 멋있는 모습을 봐야지."

"아, 미안, 앗."

아틸이 커다란 봉제 인형을 리리카의 품에 밀어붙이듯 안겼다.

"자, 가지고 싶다고 했던 거."

아틸이 피요르드를 바라보았다.

"너는 얘기 좀 하자."

그사이에 해가 졌다. 여기저기 등불이 켜지고 있었다.

밤의 축제는 낮이나 노을빛 속 축제와는 완전히 달랐다.

모든 것이 더욱 어렴풋이, 꿈속의 세계처럼 다가왔다. 더러운 곳은 전부 감춰지고 따뜻한 등불에 닿은 곳만 반짝거렸다.

셋은 서서 음식을 먹는 테이블이 잔뜩 놓인 간이음식점을 찾았다. 주변의 음식점이나 가판대에서 음식을 사 와서 먹으면 되는 형식이었다.

아틸은 보기에도 매워 보이는 향신료가 가득 들어간 스튜를 샀다. 리리카는 볶음면 요리를, 피요르드는 샌드위치를 들고서 테이블 앞에 섰다.

테이블이 제법 높아 리리카는 나무 상자를 하나 얻어와 올라섰다.

오랜만에 먹는 자극적인 음식이어서인지, 아니면 밖이어서인지 평소보다 훨씬 더 맛있게 느껴졌다.

아틸이 내민 스튜도 한 입 받아먹었는데 너무 매워서 눈물이 났다. 피요르드가 얼른 물을 내밀어서 입 안을 헹궜지만 그래도 화끈거렸다.

아틸은 "그렇게까지는 안 매운데." 하며 어깨를 으쓱했다.

피요르드는 샌드위치에 손만 댄 채로 물었다.

"무슨 이야기를 하고 싶으신 건가요?"

"아, 맞아. 너 뭘 어떻게 하고 싶은 거야?"

아틸의 물음에 피요르드는 멈칫했다. 그가 그린듯한 귀족적 미소를 지으며 물었다.

"무슨 말씀이신지 모르겠습니다."

"와, 여기서까지 그런 말투랑 표정은 집어치우지? 주변 사람들이 우리 귀족인 거 알아채면 백 퍼센트 네 책임이야."

리리카는 저도 모르게 고개를 끄덕였다. 피요르드는 아마 거지 옷을 입혀놔도 귀족처럼 보일 터였다.

"이게 저니까요."

피요르드는 아틸의 말에도 꿈쩍하지 않았다. 아틸은 코웃음을 친 다음 말했다.

"그러니까 어떻게 하고 싶은 거냐고. 지금 네 행동을 보면 머릿속에 뭐가 있는 건지 모르겠거든?"

"……"

피요르드는 아틸을 바라보았다. 아틸은 스튜를 스푼으로 휘휘 저으며 말했다.

"네가 리리에게 접근하는 거? 그럴 수 있지. 나쁘지 않은 방법이고. 그런데 이용할 생각이 없다면, 그거야말로 뭔데?"

피요르드의 시선이 리리카를 향했다가 다시 아틸에게 고정되었다.

"리리는 널 믿는다고 해. 나는 모르겠어. 하지만 어쨌든 한 번 정도 말은 들어볼 수 있겠지."

아틸이 낮게 또박또박 말했다.

"너 대체 뭘 어떻게 하고 싶은 거냐."

리리카는 침을 꼴깍 삼켰다. 아무래도 자신이 끼어들면 안 되는 이야기 같았다. 그녀는 얌전히 포크로 면을 돌돌 마는 데에만 집중했다.

피요르드는 무슨 말을 할지 생각하는 듯 오랫동안 시선을 아래로 내리고 있었다.

아틸은 기다렸다.

피요르드가 간신히 입을 열었다.

"저는."

피요르드는 저도 모르게 리리카를 바라보았다. 리리카는 입 안 가득 들어 있던 면을 꿀꺽 삼키고 힘내라는 듯 포크든 손을 좀 더 들어 올려 보았다.

웃음이 나왔다.

피요르드는 가볍게 웃었다.

어깨 힘이 쭉 빠졌다. 그가 말했다.

"그렇군요. 사적 복수를 하고 싶은 거라고 봐야겠지요."

"사적 복수?"

"네."

피요르드가 길고 아름다운 은빛 속눈썹을 살짝 내리깔며 말했다.

"걸작품이 어떻게 그녀 자신을 무너트리는지 말입니다."

리리카는 눈을 깜박였다. 아틸은 얼굴을 찌푸렸다.

"그러니까 사춘기 반항이라고?"

"그렇게 들렸나요?"

피요르드가 빙긋 웃었다. 아틸은 여전히 못마땅한 얼굴이었다. 그가 두 번째 질문을 던졌다.

"뭐, 네 반항은 그렇다고 치고. 리제르트는?"

"이번에야말로 질문의 의도를 이해하기 어려운데요."

"걔 정말로 네 동생이냐?"

"각하께서 그리 말씀하시니까요."

"하."

아틸은 아예 테이블에 팔꿈치를 괴고 불량한 자세를 취했다.

"그래서 되겠어?"

"뭐가 말입니까?"

"무너트리려면 좀 더 잘 알아야지. 이대로 있다가는 이게 바로 바라트의 걸작품입니다, 하고 벽에 목만 걸리고 끝날걸."

"충고는 감사합니다."

빙긋 웃자 아틸이 고개를 끄덕였다.

"어쨌든 됐어. 아 참, 그리고."

아틸이 손을 뻗어 피요르드의 멱살을 잡아 올렸다.

"내 리리에게 손가락 하나라도 까닥하면 죽여 버린다."

피요르드는 그 말에 한쪽 손을 들었다. 그리고 느리지도 빠르지도 않게 손을 뻗어 콕 리리카의 뺨을 찔렀다.

리리카도 아틸도 순간 말문이 막혔는데, 피요르드가 태연히 말했다.

"이미 손은 까닥했는데요."

아틸은 어이가 없었다. 그 앞에서 이렇게 행동하는 인간은 단 한 명도 없었다.

오늘까지는.

"아, 그래? 그럼 죽어."

아틸이 부웅 휘두른 주먹을 피요르드가 피했다.

"두 번은 안 맞아드립니다."

"그게 네 뜻대로 되는 거였으면 내가 주먹을 안 휘두르지!"

"두 사람 다 멈춰요!"

리리카가 나무 상자에서 뛰어내려 아틸의 옷을 잡아당겼다.

"다들 보잖아요."

그 말에 아틸이 멈칫했다. 주변 사람들의 흥미진진한 시선이 느껴졌다. 아틸이 혀를 차며 손을 놓았다. 피요르드가 옷을 가다듬었다.

"뭐야, 벌써 끝이야?"

"사랑싸움 아니었어?"

"시시하네, 꼬맹이들."

"남자라면 끝까지 가야지. 어?"

술에 취한 사람들이 한마디씩 던졌다. 아틸이 매서운 눈빛으로 주변을 휙 돌아보았다.

닥치라는 말이 혀끝까지 올라왔지만 참았다.

여기서 싸움이라도 나면 리리카를 말려들게 하고 만다.

여동생과 첫나들이를 이런 식으로 망치고 싶지는 않았다.

"가자."

대신 그는 리리카의 팔을 잡아당겨 그곳을 벗어났다. 더 있다가는 주먹이 먼저 나갈 듯했다.

웃는 소리를 뒤로하고 일행은 그 자리를 빠져나왔다. 피요르드가 마지막으로 손끝을 까닥했다.

'우지끈, 쨍그랑!'

갑자기 남자들의 테이블이 쪼개지면서 음식과 술잔이 떨어졌다.

"이게 뭐야!"

"제길!"

피요르드는 만족스러운 얼굴을 했고, 아틸은 '와, 진짜 짜증 난다.' 말하고 완전히 그 상황을 외면했다.

리리카가 놀라 뒤를 돌아보았다가, 잽싸게 아틸의 허리를 끌어안았다.

아틸은 웃었다.

"뭐야?"

"아뇨, 고마워요."

여러 가지를 참아 줘서 고맙다는 복합적인 말에 그는 다시 웃고 그녀를 머리를 쓰다듬으려다가 멈췄다.

'가발이지.'

벗겨질지도 모르니 대신 그는 그녀의 뺨을 잡아당겼다가 놓아 주었다. 리리카는 그를 올려다보고 헤헤 웃어 보였다. 아틸이 히죽 웃었다.

"아, 제길. 먹다 말아서 배고프네. 뭐라도 하나 더 먹을까?"

"맛있는 냄새가 나네요."

"저쪽에서 소시지를 팔고 있군요."

숯을 피워 놓고 즉석에서 이것저것 구워 주는 가판대였다. 육즙이 자르르 흐르는 갓 구워진 소시지를 하나씩 손에 들고 걷기 시작했다.

안쪽으로 걸어 들어가니, 제법 번듯하게 차려놓은 가게들도 보였다.

축제에 맞춰 등을 잔뜩 걸어 두고, 난간마다 꽃이며 덩굴 장식도 해 놓은…….

"!!"

리리카가 깜짝 놀라 멈춰 섰다. 양쪽에 서 있던 두 소년이 기민하게 눈치채고 물었다.

"왜 그래?"

"무슨 일이세요?"

리리카는 휙 돌아서서 걷기 시작했고, 둘은 영문도 모른 채 따라 걸었다.

근처 좁은 골목에 몸을 숨기고 리리카가 말했다.

"어머니가 계셔요."

아틸은 눈을 크게 떴고, 피요르드가 물었다.

"황후마마께서 여기 계시다고요?"

"응. 나처럼 변장하셨는데, 변장하신다고 해서 내 눈은 못 속이지."

"어디에?"

"아까 그 지나가려던 찻집 테라스에요."

아틸과 피요르드가 나란히 골목에서 머리를 내밀었다. 맨 아래에 리리카가 머리를 빼꼼 내밀고 말했다.

"저기요, 저기. 머릿수건으로 감추고 있지만 전 알 수 있어요. 저 파란 머릿수건 쓰신 분이요."

두 소년은 열심히 난간 안쪽을 바라보았다. 아까는 왜 눈치채지 못했나 싶을 정도로 쉽게 루디아를 찾아낼 수 있었다.

금빛 머리카락은 전부 틀어 올려서 삼각건으로 덮듯 마무리했지만, 미모는 숨길 수 없었다.

새파란 눈동자가 같은 빛의 머릿수건 아래에서 더욱 두드러졌다. 수더분한 옷을 입고 있어도 뽀얀 팔목과 목덜미는 눈에 확 들어왔다.

"아."

"하."

아틸이 짧게 한숨을 내쉬고 말했다.

"그리고 맞은편에는 숙부님이신 거 같은데."

리리카와 피요르드는 다시 고개를 내밀었다. 얼굴이 잘 보이지 않지만, 알테어스가 맞는 것 같았다.

주변의 사람들이 루디아를 힐끗거리다가 남자 쪽만 보면 바로 시선을 원위치로 돌리고는 두 번 다시 그쪽으로 시선을 주지 않는 걸 보면 알 수 있었다.

용병처럼 등에 검까지 매고 있어서 더욱 그랬다.

"음……. 돌아갈까요?"

피요르드의 말에 두 사람은 고개를 끄덕였다. 괜히 마주쳤다가는 좋지 않은 꼴을 볼 성싶었다. 리리카는 어머니가 얼마나 잔소리를 하실지 생각했다.

이번에야말로 방 안에 가둬 버릴지도.

세 사람은 살살 그 주변을 벗어나 다시 광장으로 돌아왔다. 사람이 잔뜩 몰려 있어서 리리카는 까치발을 했다.

"자요."

피요르드가 리리카를 들어 올려 안아 주었다.

"뭐 하냐? 이리 내."

"팔이 아프실 테니 제가 대신, 아, 그렇게 하다가 떨어지시겠어요."

"이게? 순순히 넘겨."

"싫습니다."

"야, 봤냐? 이게 얘의 실체다."

"피요의 제멋대로인 점이라면 이미 알고 있었는걸요?"

"네?"

놀란 피요르드가 리리카를 보았지만, 리리카의 시선은 이미 앞으로 고정되어 있었다. 그녀가 제 눈을 가렸다.

"맙소사, 마법 소녀 인형극이에요."

"어디? 아, 그러네."

아틸이 킥킥거리고 팔짱을 꼈다. 최근에 벌어진 사건을 그럴듯하게 각색한 내용이었다.

"저, 저는 괜찮아요. 그만 볼래요."

"왜? 재미있기만 하구만."

아틸의 말에 리리카가 눈을 부릅떴다. 피요르드가 쿡쿡 작게 웃었다.

사악한 유니콘이 나타나고 마법 소녀가 '사람들을 괴롭히다니, 용서할 수 없어!'라고 외치는 부분이 되자, 아틸은 대놓고 웃어 버렸다.

리리카의 얼굴이 새빨갛게 달아올랐다. 그녀가 작은 목소리로 주장했다.

"전 절대로 저런 말을 한 적이 없어요."

"물론 그렇겠지. 암."

리리카가 피요르드를 돌아보았다.

"피요는 믿지? 그지?"

"네, 그럼요."

싱글싱글 웃으며 피요르드가 대답했다. 리리카는 눈을 찡그렸다가 말했다.

"맞아. 이제 구두닦이 아저씨 만나러 가요."

"벌써?"

"구두닦이 아저씨요?"

리리카가 고개를 끄덕였다. 그녀가 아틸을 힐끗 보았고, 아틸이 피요르드에게 물었다.

"어디까지 입 다물고 있을 수 있어?"

"처음부터 끝까지요."

어지간한 고문으로는, 입을 열지 않는답니다.

피요르드의 말에 리리카는 슬픈 얼굴을 했다. 그녀의 표정을 본 피요르드는 귀엽고 통통한 크림색 뺨에 입 맞추고 싶은 걸 꾹 눌러 참았다.

그랬다가는 정말, 아틸이 그를 살려 둘 것 같지 않았다. 아틸이 두려운 건 아니지만, 리리카가 아틸의 편을 들고 그에게서 멀어지는 건 두려웠다.

품에 안고 있는 리리카는 곰 인형처럼 기분 좋게 묵직하고 따뜻하며, 어린아이답게 사랑스러운 설탕 과자 냄새가 났다.

내려놓고 싶지 않았다.

그러니 이 분위기를 망치고 싶지도 않다.

피요르드의 말에 아틸은 인파 사이를 걸어 나가며 손가락을 까닥했다.

"안내해."

리리카에게 말하고 아틸이 설명을 시작했다. 리리카는 피요르드가 내려 줄 것이라 생각하며 그를 보았다가 그럴 생각이 없는 걸 알고 한숨을 내쉬었다.

아틸이 따낸 인형을 품에 꼭 안고 리리카가 길을 설명했다.

"저쪽."

리리카의 말에 따라 걸으며 피요르드는 아틸의 간결한 설명을 들었다. 수도에서 벌어진 사건을 조사하기 위해 빈민가의 협력이 필요하고, 리리카가 잘 아는 구두닦이 아저씨에게 한번 물어보기로 했다는 것이다.

구두닦이 아저씨라면 그녀의 옛이야기에 종종 등장하기에 피요르드도 아는 사람이었다.

'하지만 고작 구두닦이잖아? 도움이 될까 싶지만…….'

딱히 다른 방법을 찾기도 애매하리라.

리리카가 피요르드의 팔을 탁탁 쳤다.

"이제 내려 줘."

피요르드는 "위험하니까요." 하고 말했고, 리리카가 대꾸했다.

"피요르드가 팔을 못 쓰는 상황인 게 더 위험해."

피요르드는 아쉬움을 달래며 리리카를 내려놓았다.

골목 안으로 들어갈수록 인적은 점점 드물어졌다. 방금까지만 해도 활기찬 수도였는데, 순식간에 소리도 불빛도 멀어졌다.

두 소년은 바싹 긴장했다. 그러나 리리카의 발걸음만은 씩씩했다.

반짝이는 거리보다 훨씬 더 익숙한 동네였다.

'오랜만이라서 그런가. 그때보다 더 어두워진 거 같아.'

그래도 축제 기간이니 꽃 파는 아이들이 다리에 나와 있어야 하는데 영 보이지 않았다.

"이상하네요."

리리카가 중얼거리자, 아틸이 눈을 찌푸리며 말했다.

"수도에 이런 곳이 있다는 걸 알았지만, 눈으로 보는 건 또 다른데."

그때 골목 맞은 편에서 남자들 몇몇이 걸어왔다. 한눈에 보기에도 건달 같아 보이는 작자들이었다.

피요르드가 아틸에게 속삭였다.

"리리카를 데리고 피해 주세요."

아틸이 눈을 찌푸리며 "내가 왜?"라고 하려는데 피요르드가 이어 빠르게 말했다.

"보여 주기 싫으니까요."

무엇을 보여 주기 싫다는 건지, 아틸은 무척 잘 알았다.

그는 리리카의 손을 잡았다.

리리카는 별다른 두려움 없이 다가오는 불량배들을 마주 보고 있었다. 술에 취했는지, 약에 취했는지 남자들의 눈이 풀려 있었다. 그제야 리리카가 눈을 살짝 찡그렸다.

"뭐야? 부잣집 애들이 구경 왔나?"

"온 김에 싹 다 내놓고 가라."

"여자애도 놓고 가고."

남자들이 위협적으로 허리춤에 칼자루를 쥐고, 막대기로 바닥을 탁탁 내리쳤다.

리리카가 말했다.

"전 구두닦이 존을 만나러 왔는데요."

당당한 말에 남자들은 멈칫했고, 곧장 행동으로 옮기려던 두 소년도 멈칫했다.

"구두닦이……?"

"존?"

남자들은 자기들끼리 취한 시선을 마주치다가 소리쳤다.

"잡아!"

"!!"

리리카가 깜짝 놀라 숨을 삼켰다. 날쌔게 아틸이 그녀를 옆구리에 끼고 뛰기 시작했다. 피요르드가 그들을 쫓아가려는 남자들의 앞을 가로막고 섰다.

"죽어!"

막대기를 휘두르는 남자를 가볍게 피해 낸 피요르드가 으스스한 미소를 지었다.

"한 사람도 못 지나갑니다."

좁은 골목길로 들어서자 아틸은 길이 헷갈리기 시작했다. 빈민가는 낮은 집들이 증축에 증축을 거듭한 곳인지라 갑자기 길이 막히거나, 생각지도 못한 곳에 길이 있기도 했다.

"넌 배짱도 좋다."

아틸이 그녀를 내려놓고 말했다. 리리카나 숨을 헐떡였다.

"구, 구두닦이 아저씨는 다들 알고 있고, 또 존경해서…… 괜찮은데……."

이름을 대면 어지간하면 보호받는 사람이었다.

"야, 그래 봐야 구두닦이가 구두닦이지."

"그거야 그렇지만……."

리리카가 놀란 심장 위에 손을 얹었다. 주변을 둘러보고 리리카가 숨을 삼켰다.

"피요르드는요? 괜찮아요?"

"걔는 걱정 안 해도 돼. 만약 내게……."

아틸은 말끝을 흐렸다.

만약 내게도 권능이 있었으면, 도망치지 않았을 거야.

이어지는 말이 무엇인지 알 것 같았다. 리리카는 입을 다물었다. 아틸이 뒷머리를 긁적였다.

"일단 잠깐 여기 있다가 다시 나가서 그 녀석이랑 합류하든가, 오늘은 여기까지만 하고 돌아가자."

"네."

리리카가 고개를 끄덕였다.

그때였다.

"케르르르륵……."

기묘한 소리가 들려왔다.

동시에 쇠사슬이 바닥에 끌리는 소리가 들려왔다. 아틸은 리리카를 등 뒤로 숨겼다.

"케르르륵……."

골목 끝에서 '그것'이 모습을 드러냈다. 머리에 사형수가 쓰는 면포 같은 걸 쓴 사람이었다.

양발에 쇠고랑을 차고 있는데 거기 연결된 쇠사슬이 끌리는 소리였다. 옷인지 아닌지 모를 이상한 옷을 입고 있었다. 단순한 원피스 같아 보이기도 하고, 하여간 이상한 차림새였다.

리리카는 등 뒤에 오싹로 소름이 돋는 걸 느꼈다. 저도 모르게 무서워서 아틸의 옷자락을 쥐었다.

"케르륵, 케헥, 켁켁, 켁—"

면포를 뒤집어쓰고 있는데도 이쪽이 보이는 듯 그가 돌아서서 웃는지 아닌지 모를 소리를 냈다.

아틸의 온몸이 경고를 울렸다. 신경이 바싹 긴장했다.

아무리 봐도 정상은 아닌 녀석이었다.

"케하!!"

상대가 땅을 박차더니 어마어마한 속도로 달려들었다. 아틸이 리리카를 당기며 피했다.

'콰직!'

두 사람 뒤에 있던 나무집이 힘없이 뚫렸다. 리리카는 다리가 얼어붙었다. 그러나 아틸은 아니었다.

"뛰어!"

아틸이 리리카의 등을 밀며 소리쳤다. 그제야 그녀의 발이 움직이기 시작해 리리카는 달렸다.

인형이 그녀의 품에서 떨어졌다.

익숙한, 익숙하지 않은 골목을 몇 번이나 꺾었다.

이렇게까지 인기척이 없을 수 있을까?

분명히 이렇지 않았는데.

무작정 달리던 리리카는 멈춰 섰다.

"힉, 히끅, 헉."

숨을 몰아쉬며 리리카는 뒤를 돌아보았다.

"아, 아틸……?"

따라오는 줄 알았던 아틸이 보이지 않았다. 순간 눈앞이 깜깜해졌다. 온몸이 와들와들 떨려왔다.

거기 남았구나.

그걸 상대하느라 아틸은 그 자리에 남아 있는 것이었다. 자신은 그것도 모르고 도망쳤다.

아틸도, 피요르드도 남겨두고.

'어, 어떻게 하지? 어쩌지?'

머릿속이 새하얗게 변했다. 다리에 힘이 풀려 리리카는 그 자리에 무릎을 꿇었다.

눈물이 올라올 거 같았다.

'안 돼! 울지 마! 울지 마, 리리카! 지금 우는 걸로 힘을 뺄 때가 아니야.'

속눈썹이 젖어 드는 게 느껴졌지만 리리카는 주먹을 꽉 쥐었다.

'경비대에게 가서, 그래서, 아냐, 너무 늦을 거야. 너무 늦을 거야. 어쩌지?'

리리카는 숨을 몰아쉬었다. 깊게 숨을 들이마셨다가, 길게 내쉬었다. 리리카는 주머니에서 펜듈럼을 꺼냈다.

―네가 사람을 죽일 수 있어?

알테어스의 목소리가 귓가에 생생하게 들려왔다.

리리카는 펜던트를 양손으로 꽉 쥐었다.

"힘내라, 리리카. 힘내. 할 수 있어. 괜찮아. 다리야, 일어나."

허벅지를 주먹으로 두들기며 리리카는 일어섰다.

"달려, 리리카 나라 타카르. 괜찮아. 달려!"

리리카는 땅을 박찼다.

아틸은 헛웃음이 나왔다. 마격총 두 발이 다 명중했는데도 상대는 꿈쩍하지 않았다.

무릎이 흔들렸다.

아까 살짝 관자놀이 부분을 빗맞은 게 원인인 듯했다. 흔들리는 시선을 다잡으려고 애쓰며 아틸은 상대를 바라보았다.

분명히 총구멍이 난 곳에서 피가 흐르는데도, 고통 따위는 느끼지 못하는 듯 보였다.

'여기서 죽으면 세상에서 가장 멍청하게 죽은 황태자가 될 텐데.'

"케륵, 케륵, 케륵."

그런 아틸을 비웃듯이 면포 너머에서 웃는 소리가 들려온다. 무척이나 거슬리는 소리였다.

아틸은 총을 쥐었다. 망가지겠지만, 이걸로 상대를 치는 편이 훨씬 더 타격을 줄 것 같았다.

죽을 생각은 추호도 없었다. 얌전히 죽어 줄 생각이야 더더군다나 없고.

죽더라도 상대방 목에 이를 박겠다.

아틸이 그리 생각하며 상대방을 노려보았다.

'순간 빠르게 움직이지만, 그 힘을 제어할 만한 능력은 없어. 피하고 바로 반격해야 해.'

무게중심을 낮추기 위해서 한쪽 다리를 미끄러트리듯 벌린 순간 상대가 뛰쳐 들어왔다.

"케하!"

아틸은 몸을 돌리는 것만으로 공격을 피하고, 상대방의 머리를 총으로 내려쳤다.

손가락이 아플 정도로 강하게 내려쳤는데도 돌로 된 머리를 가진 건지, 상대는 꿈쩍도 하지 않았다.

"크에!"

몸을 빙글 돌려 양팔로 아틸을 끌어안으려 하는 걸 획 앉아서 피하며 동시에 발목을 걷어찼다.

"케!"

우두둑 소리가 나며 균형을 잃은 상대가 휘청거렸다. 아틸이 잽싸게 굴러 빠져나오려는데 넘어진 상대가 그의 발목을 잡았다.

'아.'

발목을 으스러트릴 듯한 악력이었다. 아틸이 이를 악물고 상대의 안면을 걷어찼다.

요란한 소리와 함께 고개가 뒤로 젖혀졌지만, 손은 놓지 않았다.

"케륵, 케륵."

"이 새끼가 진짜!"

아틸은 소리 지르며 발로 계속 그를 걷어찼다. 그러나 발목에 가해지는 힘은 더욱 강해지기만 했다.

이대로 발목이 산산조각 나겠다, 싶었다.

"세세당스!"

그때 환하게 빛나는 나비 떼가 괴물의 면포에 달라붙었다.

"케에엑!"

처음으로 괴물이 비명을 지르며 제 얼굴을 양손으로 감싸고 바닥을 구르기 시작했다.

"아틸!"

"너, 왜 왔어!"

아틸이 버럭 소리를 질렀다. 리리카도 지지 않고 소리쳤다.

"당연히 돌아오죠!"

그녀가 달려와 그의 앞에 버티고 섰다. 빛나는 나비 떼가 사라지자 더욱 분노한 듯 상대가 고함을 지르며 달려들었다.

"켄타나!"

'캉!'

우윳빛 방패에 막혀 들어오지 못하자, 그는 온몸으로 방어막을 걷어차며 소리를 질러댔다.

리리카는 숨을 가다듬었다.

할 수 있어.

해야 해.

마수였다고는 해도, 솜뭉치 인형을 공격하는 것과 진짜 생물을 공격하는 건 전혀 달랐다.

칼을 쥐고 있고, 커다란 개가 달려든다면 아무렇지도 않게 그 개를 몇 번이나 찌를 수 있는 사람이 얼마나 될까?

하물며 어쨌든 사람과 비슷한 모습을 한 상대였다.

리리카는 눈을 질끈 감고 소리쳤다.

"플리카 루간!(절대영도)"

청백색 마법진이 그려지자 상대가 그것을 재빠르게 피했다. 아틸이 혀를 차며 그녀를 잡아당겼다.

"눈 떠, 멍청아!"

"어? 아?"

눈을 뜬 리리카는 상대가 회피했다는 걸 알고 당황했다.

"케, 켄타나!"

다시 방어주문을 외우자 괴물은 거리를 벌렸다. 뭔가 생각하는 듯 묘한 대치가 이어졌다.

괴물이 이쪽을 향해 팔을 뻗으며 손바닥을 펴 보였다. 손바닥 안에 새겨진 마법진이 보였다.

"어?"

푸른색 빛이 발사되어, 방패막에 직격했다.

"!!"

마력이 급격히 빨려 나가다가 리리카가 평정을 유지하지 못하자 방어막이 깨졌다.

헉 숨을 삼키는 리리카를 아틸이 뒤에서 잡아당겼다.

갈퀴 같은 손가락이 코앞을 스치고 지나갔다.

"헉, 허윽."

"정신 차려."

아틸은 이를 악물었다. 그의 품속에 리리카가 떨고 있는 게 느껴졌다.

"케, 켄타나!"

리리카가 다시 방어막을 쳤다. 그녀는 마음을 가다듬으려고 애썼다.

아틸은 리리카를 안은 팔에 힘을 주었다.

그를 지키겠다고 돌아와서, 되지도 않는 공격 마법을 쓰고 있었다.

정말, 정말로.

아틸 사우 타카르.

그녀에게 사람을 죽이게 할 거야?

어쩔 수 없을 때도 있지.

그럴 때가 올 수도 있을 거야.

그런데 나랑 있는데?

나와 함께 있는데?

심장이 크게 뛰기 시작했다. 핏줄 속에서 누군가가 북을 치는 기분이었다.

관자놀이를 둥둥 울리는 듯한 느낌을 받았다.

전신이 울렸다.

폭풍이 몰아치는 것처럼 피가 내달렸다.

리리카는 펜던트를 들었다. 그때 아틸이 그녀의 눈을 가렸다.

"보지 마."

속삭이는 목소리는 천둥처럼 낮고 거칠었다.

당황한 리리카는 그대로 멈췄다. 그녀의 시야를 가린 손이 익숙했다.

공격은 오지 않았다.

오지 않고,

"케에에엑!!"

처절한 비명이 들려왔다. 리리카는 귀를 틀어막고 싶었다. 바지직하는 소리가 들렸다.

타는 냄새가 나기 시작했다. 동시에,

'우두둑, 와드득.'

뭔가가, 알고 싶지 않은 것이 찢어지고 빠지는 소리가 났다.

"하하―"

귓가에서 웃음소리가 들렸다.

피 냄새가 훅 끼쳤다. 도살당하는 짐승 같은 비명이 계속해서 들려왔다.

리리카의 전신이 떨려왔다.

아틸은 그걸 눈치채지도 못했다. 그가 뻗은 팔을 감싸듯 스파크가 튀었다. 아틸은 천천히 뻗은 손을 뒤틀었다. 그럴 때마다 상대방의 몸이 어마어마한 힘에 의해 분해되어 나갔다.

한순간 비명이 멈췄다.

아틸이 팔을 거두자 조각난 몸이 핏물 위에 철퍽 떨어졌다.

아, 뭐야.

이런 거였어?

이렇게나 쉬운 거였나?

강해서 이길 수 없다고 생각했던 상대가, 헝겊 인형처럼 느껴졌다. 이음매가 있는 곳을 잡아당기면 쉽게 솜이 튀어나오는 헝겊 인형.

웃음이 새어 나왔다.

윙윙 소리를 내며 폭풍이 귓전을 맴돈다. 상쾌했다. 너무나 기분이 좋았다.

모든 걸 해방시킨 후, 굉장한 힘이 그를 휘감고 있었다.

리리카는 숨을 헐떡였다. 그녀의 눈을 가린 손은 굳건했다.

바람이 미친 듯이 불고 있었다. 그녀의 치맛자락이 거센 폭풍 한가운데 서 있는 것처럼 나부꼈다. 한순간 가발이 휙 날아가 버렸다.

긴 갈색 머리카락이 불꽃처럼 상승하며 바람에 휘말려 나부꼈다.

위험하다.

뭔지는 모르지만 위험했다.

그녀는 아틸의 손과 팔을 양손으로 꽉 잡았다.

"아틸, 아틸, 아틸!"

바람 소리와 웃음소리에 그녀의 목소리가 제대로 닿는지 알 수 없었다. 리리카는 소리쳤다.

"오라버니!!"

순간 웃음소리가 잦아들었다. 그러나 폭풍은 여전했다.

"왜, 리리카?"

묻는 목소리가 지독하게 부드러웠다. 리리카가 침을 삼키고 말했다.

"나 무서워요."

침묵이 내려앉았다.

잠시 후, 그가 길게 한숨을 내쉬었다. 바람이 잦아들었다. 그녀의 눈을 가린 채로, 아틸이 그녀의 허리를 다른 손으로 잡아당기며 주저앉았다.

"꺅?!"

리리카가 놀라며 엉덩방아를 찧었다. 그의 다리 위에 앉게 되어 그리 아프지는 않았다. 그보다 놀란 게 컸다.

두근두근하고 있는데 그녀의 등에 아틸이 기댄 듯 몸이 무거워졌다.

"지쳤어."

그의 웅얼거리는 목소리에 리리카는 맥이 탁 풀렸다.

"저도요……."

작게 말하니 웃는 소리가 났다. 그가 한숨을 내쉬고 몸을 들어 올렸다.

"늦었어."

"죄송합니다. 저도 처리하고 오는 바람에."

피요르드의 느긋한 목소리가 들려왔다. 아틸이 지적했다.

"너 얼굴에 피 묻었다."

"이런."

피요르드가 당황해 변명했다.

"대충 상대해서는 물러가지 않더군요. 무슨 약을 한 건지, 고통도 느끼지 못하는 것처럼……. 그래서 좀 과격해졌나 봅니다."

손수건을 꺼내어 피요르드는 얼굴을 꼼꼼히 닦아냈다.

리리카가 물었다.

"나, 나, 이제 봐도 돼요?"

"잠깐만. 저쪽으로 치우고."

아틸이 골목 어두운 쪽으로 '조각난 무더기'를 슬쩍 밀어 넣고 리리카의 눈을 가린 손을 떼었다.

리리카는 숨을 삼켰다. 핏물이 바닥에 흥건히 고여 있었다. 머리가 어지러웠다.

피요르드가 구정물을 피하듯 웅덩이를 피해 걸어왔다.

"일어나실 수 있으시겠어요? 자요."

내민 손을 잡고 일어서는데 다리가 후들거렸다. 보고 싶지 않은데 구석으로 시선이 힐끗 갔다.

무더기 위에 손이 비죽 나온 그림자가 흐린 불빛에 얼핏 보였다.

"!!"

심장이 세차게 뛰었다. 위장이 조여지는 기분이 들었다. 아틸이 태연히 말했다.

"그럼 이제 어떻게 하지?"

"구두닦이 아저씨는 물 건너간 거 같지요?"

"아, 다시 배고픈 거 같아. 소시지도 먹다 말았고. 리리카, 뭐 더 먹으러 갈래?"

"지금이면 두 분도 그 장소를 떠나셨을 테니까, 제대로 된 식당에 들어가는 게 어떨까요?"

두 사람의 대화가 너무나 태평해서 괴리감이 들었다. 욕지기가 치밀어 올랐다.

마지막 남은 이성으로 리리카는 반대쪽으로 달려갔다.

"우웨엑!"

"리리."

놀란 피요르드가 달려와서 그녀의 머리카락을 잡아 주었다.
"아, 더럽게."
아틸이 투덜거렸다. 리리카는 더 이상 나올 게 없을 때까지 속을 게워 냈다.
"괜찮습니다. 놀라셨지요?"
부드럽게 등을 쓸어 주는 손에 처음으로 거부감이 들었다. 그녀가 흠칫하며 몸을 피하자 피요르드는 손을 뗐다.
리리카는 숨을 몰아쉬고 고개를 들었다. 아틸이 주머니 속에서 구겨진 손수건을 꺼내 내밀었다.
"괜찮냐?"
리리카는 고개를 끄덕였다. 피요르드가 그녀를 빤히 바라보다가 물었다.
"싫으신가요?"
리리카가 고개를 들었다. 창백한 얼굴이 달빛에 흔들렸다.
"싫으신가요? 끔찍하신가요?"
피요르드의 물음은 간결했고, 그의 표정에는 흔들림이 없었다. 아틸은 눈을 찌푸렸다가 다음 순간에야 피요르드가 무슨 질문을 하는 건지 알았다.
'왜 싫어?'
우리를 죽이려던 녀석을 죽였을 뿐이다. 좀 과격한 방식으로 죽이기는 했지만, 죽였다는 것에 한 점 불쾌감도 의식도 없었다. 오히려 즐겁기까지 했다.
리리카도 함께 기뻐해 줄 것이라 막연히 생각했다.

아틸의 시선이 리리카를 향했다. 리리카는 손수건을 꽉 쥐었다. 그녀는 피요르드를 똑바로 보고 말했다.

"싫고, 무서워."

대놓고 하는 말에 피요르드의 얼굴에서 미소가 사라졌다. 무슨 표정을 지어야 할까.

혼란이 깨진 가면의 틈 사이를 비집고 올라온다. 아틸이 화를 내려는 찰나 리리카가 말했다.

"하지만 그래도 좋아해."

리리카의 목소리는 잠겨 있었다. 잠긴 목소리로 그녀는 골목을 힐끗 보았다.

그녀는 똑바로 볼 수조차 없는 일을 한 사람을.

사람을 죽였다며 호들갑을 떠는 게 아니다.

사람을 죽였으니 괴로워하는 게 마땅하다는 말을 하려는 것도 아니었다.

피요르드도 분명 거기에 있었던 사람을 전부 죽였겠지. 잡아두거나, 법치에 맡기자는 생각은 하지도 않고.

그게 몸에 배서 아무렇지도 않게.

리리카는 피요르드나 아틸의 능력을 어렴풋이 알았다. 그러니 피가 튀게 죽였다는 것은 부러 잔혹한 방식을 택했다는 것도 알고 있었다.

이건 벌레를 잡아 분해하는 아이를 봤을 때 느끼는, 그런 감정과도 닮아 있었다.

하지만.

그녀의 목소리는 떨려왔다.

"피요나 아틸이, 그런 건, 무섭고, 그렇지만. 그래도."

사랑하는걸.

그럼에도 불구하고 두 사람을 사랑하는걸.

태연히 누군가를 잔혹하게 죽이는 자들을 사랑해 버리고 말았다.

그러니 이 괴로움은 그녀의 것이지, 그들에게 내보여야 할 것은 아니었다.

리리카가 웃어 보였다.

"나도 어떻게든 공격하려고 애썼으니까. 죽인 걸 가지고 뭐라고 하는 게 아니야."

아, 그렇구나.

리리카는 피요르드를 보고, 아틸을 보았다.

난 이 두 사람이 이렇게 태연한 게 오히려…….

'슬픈 거야.'

피요르드는 리리카의 대답에 오히려 후련하다는 표정이었다.

만약 리리카가 '아니? 나쁜 인간이면 죽어 마땅해. 다 죽여야지.' 하고 태연히 말했다면 오히려 이상했을 터였다.

그녀는 '죽이지 않는' 사람이니까.

'그럼에도 불구하고.'

좋아한다고, 사랑한다고 속삭이는 말이 너무 달아서 모든 게 녹아내릴 듯했다.

그녀는 외면하지 않고, 비켜보지도 않고, 동조하지도 않았다.

정면으로 보면서, 피하지도 않고 말했다.

피요르드가 타오르는 금홍빛 눈동자로 리리카를 바라보았다. 그가 그녀의 손을 잡으려 하는데 아틸이 먼저 그녀를 꽉 끌어안았다.

어찌나 강하게 안았던지 단숨에 폐가 짜부라지며 공기가 목구멍 밖으로 튀어 나가 이상한 소리를 냈다.

"꾸엑."

"귀여운 소리를 하고 그래. 알았어, 알았어. 앞으로는 적당히 할게. 응?"

웃으며 그가 그녀의 머리카락을 마음껏 쓰다듬었다. 리리카는 그의 팔을 탁탁 쳤다.

"숨 막혀."

"아, 미안."

아틸이 그녀를 놓아 주었다. 피요르드가 고개를 돌렸다. 아틸도 같은 방향을 동시에 바라보았다.

"아이고, 요란하게도 하셨네."

어둠 속에서 사내가 웃음 섞인 목소리로 말했다. 어두운 골목에 서 있어서 잘 보이지 않았다. 리리카가 젖은 눈을 깜박였다.

'탁탁.'

불붙이는 소리가 나고 빛이 희미하게 반짝였다가 사라졌다. 담배에 불을 붙이고 그가 걸어 나왔다.

피요르드와 아틸은 경계하는 얼굴이었지만 동시에 여유로웠다.

남자가 킬킬 웃고 연기를 내뿜었다.

"안녕, 꼬맹아. 오랜만이네."

리리카는 목 안쪽이 꽉 막혀왔다.

"아저씨!"

그녀가 튀어 나가려는 걸 아틸이 저지했다. 팔을 벌리고 있던 남자는 아쉽다는 얼굴을 했다.

"누군데?"

아틸의 질문에 리리카가 말했다.

"구두닦이 아저씨요! 제가 이야기했던!"

리리카의 말에 두 소년은 저도 모르게 서로 얼굴을 마주 보았다가 남자를 돌아보았다.

딱 봐도 화려한 외양이었다.

어두운 불빛에도 선명하게 알아볼 수 있는 새빨간 머리카락. 그것도 제법 긴 머리카락을 멋스럽게 땋아 반 묶음으로 묶었고, 귀에는 피어싱을 했다.

손에도 주렁주렁 번쩍이는 반지가 끼워져 있고 팔에는 문신이 새겨져 있었다.

딱 봐도 불량배다.

게다가 나이는 이제 20대 후반, 많이 쳐 줘야 30대 초반 정도로밖에 보이지 않았다.

"어디가 아저씨야?!"

아틸의 발언에 '구두닦이 아저씨'가 태연히 답했다.

"어휴, 그래도 꼬맹이에게는 아저씨죠. 나이 차가 얼만데."

피요르드가 어이가 없어져서 말했다.

"그쪽 같은 구두닦이가 어디에 있습니까?"

"아니, 이런 구두닦이가 있으면 안 됩니까? 지금은 개성의 시대라굽쇼."

놀리듯 말하며 그가 허리춤에서 모자를 꺼내 들었다. 움찔하는 두 사람에게 '총이 아니라 모자예요'라고 말하듯 흔들어 보인 후, 능숙하게 긴 머리카락을 밀어 넣어 모자를 푹 눌러썼다.

"이러고 셔츠 소매를 내리면 낮에는 성실한 구두닦이지요. 하여간 여기에서 벗어나죠. 특별 서비스로 우리 애들에게 치우게 할 테니."

두 사람은 저도 모르게 리리카를 바라보았다. 리리카는 고개를 끄덕였다.

어쩔 수 없이, 한숨을 내쉬며.

궁금한 것도 산더미였기 때문에 아틸과 피요르드는 그를 따라가기로 했다.

아틸이 손을 놓자 리리카가 그에게 달려갔다. 남자는 웃으며 그녀를 번쩍 들어 올렸다.

"와, 진짜 완전 아가씨가 돼 부렸네. 잘살고 있나 걱정했는데, 다행이야, 진짜."

"응, 잘살고 있어."

"황녀님이 됐다는 소문을 듣고 어찌나 놀랐는지. 그 여자가 널 어디 팔아 치우는 게 아닌가, 어푸풋."

리리카가 남자의 입을 철썩 때려서 그는 고개를 돌렸다.

"남의 어머니를 함부로 욕하면 안 된다고 가르쳐 준 게 아저씨잖아요."

"어, 근데 네 엄마는, 아니, 아무 말 안 할게."

리리카가 다시 손을 들자 남자는 고개를 돌렸다.

피요르드와 아틸은 무척이나 심기가 불편해졌다. 저 '구두닦이 아저씨'와 리리카가 무척 가까워 보였다.

그들이 모르는 시간을 둘은 공유해 온 것이다.

사내자식들의 매서운 눈길에 그는 빙긋 웃고 리리카를 내려놓았다.

"더 안고 있으면 안 되겠다. 가자."

그는 익숙하게 복잡한 골목을 지났다. 실례한다며 남의 집 문을 열어 통과하기도 여러 번 반복했다.

빙빙 돌아 커다란 건물 뒷문으로 들어서니, 한 눈에도 건달로 보이는 작자들이 몇 있었다.

아틸과 피요르드는 리리카를 가운데에 두고 경계를 늦추지 않았다.

"자자, 이쪽으로."

작은 방문을 여니 내부는 제법 아늑했다. 암흑가 보스의 방처럼 보이지 않았다.

낡은 러그와 선반에 놓인 오래된 장식품들, 손때 묻어 반들거리는 가구는 소박한 가정집 같았다.

테이블에 앉자, 그가 직접 차를 우려서 먼저 마신 후에 리리카에게 내주었다.

리리카가 찻잔을 드는데 피요르드가 손을 내밀었다. 리리카는 별말 없이 그에게 잔을 주었고, 피요르드는 본인이 한 모금 마신 후에 기다렸다가 리리카에게 잔을 돌려주었다.

리리카 몫 외에는 누구에게도 찻잔이 돌지 않았지만, 아무도 신경 쓰지 않았다.

리리카는 따뜻한 차를 몸속에 흘려 넣었다. 방금 벌어진 일이 꿈처럼 느껴졌다.

"휴―"

리리카가 저도 모르게 작은 숨을 토해 냈다. 그가 리리카에게 빙긋 웃어 보였다.

"그래서? 거기서 뭘 하고 있었어? 꼬맹이가 위험하게."

"눈앞에 있는 사람이 누구인지 안다면 예의를 차리는 게 어때?"

아틸이 비딱하게 말하자 존이 양팔을 들어 올렸다.

"그거참, 제가 워낙 못 배워놔서. 노력은 해 보겠습니다. 그래서, 거기서 뭘 하고 계셨습니까? 위험하게."

"아저씨를 찾으려고 했는데……."

"날?"

그가 의아한 표정을 지었다.

"왜? 역시 무슨 일 있었던 거 아니요?"

"너 '요'만 붙이면 공대라고 생각하는 건 아니겠지."

존은 히죽 웃었다. 아틸은 짜증 난다는 얼굴을 했고, 리리카가 작게 헛기침을 했다.

"아니, 음……."

리리카가 아틸을 바라보았다. 아틸이 말했다.

"말해. 어차피 내가 누군지도 다 알 거 같은데."

아틸이 팔짱을 끼며 말하자 리리카가 말했다.

"아틸이 조사하는 일에, 아저씨가 도움을 줄 수 있나 하고."

"그보다 아까 그건 대체 뭐지? 인간인지 아닌지도 모르겠던데."

"아, 도련님께서 힘에 취해 죽을 때까지 관절을 분리한 그 작자 말이지요. 인간 맞습니다."

"너—"

아틸이 이를 악물자 테이블이 덜컥덜컥 흔들렸다. 리리카가 흠칫했다.

11장 가을 축제 419

아틸은 길게 숨을 내쉬었다.

진정하자.

이제 다섯 살짜리 어린아이가 아니잖아?

그때처럼 멍청하게 폭주할 생각은 조금도 없었다.

"그래서, 그런 인간은 어디서 나온 거지? 약에 취한 인간인가? 아니면 네 동료?"

아틸의 말에 그가 갸웃하더니 리리카에게 미안한 얼굴을 해 보였다.

"꼬맹이는 괜찮아?"

"네? 놀라기는 했지만, 괜찮아요. 아틸이 지켜 줬는걸요."

그가 모자를 벗었다. 불빛 아래 붉은 머리카락은 색채만으로도 화려했다.

"그게 아니라 구두닦이라고만 알고 있을 텐데, 본업은 일단 이쪽이라서. 저녁에는 정보상으로 일하고 있답니다."

리리카에게 정체를 숨겨서 미안하다는 말에, 리리카가 갸웃하며 답했다.

"음, 평범한 구두닦이는 아닌 거 같았어요."

"아, 정말?"

"나도 여기서 몇 년인데, 눈치가 있죠."

리리카가 피식 웃었다.

"아저씨 이름을 대면 다들 슬쩍 피해 주는걸요."

"아, 그건 구두닦이로서 경력이 워낙 훌륭해서."

존이 멋쩍은 듯 말하고 아틸과 피요르드에게 시선을 주었다.

"그러니 어지간한 일들은 다 알고 있지요. 황태자 전하, 피요르드 공자,

만나서 반갑습니다. 정보상 웨일이라고 합니다."

그가 그럴듯하게 예의를 갖춰 인사해 보였다.

"오늘 있었던 일은 저희도 사고였답니다. 분명히 창고에 가둬 두고 있었는데 쇠사슬을 끊고 제 동료를 살해하고 도망쳤지요."

그가 주머니에서 담배를 꺼냈다. 입에 물고 불을 붙이려다가 리리카를 보고 관뒀다.

불을 붙이지 않은 담배를 물고서 존 웨일― 웨일은 담백하게 상황을 설명했다.

"어디서 왔는지는 모릅니다. 어느 날 갑자기 뒷골목에 풀어져 있더군요. 잡기는 잡았는데 어떻게 된 건지 알아보려고 잡아두고 있었지요."

웨일이 아틸에게 말했다.

"전하께서도 저에게 궁금한 게 있으실 테니, 잠시 독대할까요?"

"좋아."

아틸이 자리에서 일어났다. 그는 이제 두려울 것도, 거칠 것도 없었다. 웨일이 리리카에게 눈을 찡긋해 보이고 아틸과 함께 안쪽 방으로 들어갔다.

리리카는 주머니 속의 펜듈럼을 한 번 만져 보았다.

피요르드가 말했다.

"이제 전하께서는 후계로서 흠잡을 곳이 없게 되셨군요."

권능을 되찾았으니.

"어? 아! 아틸에게 축하해 주는 걸 잊었어."

리리카가 화들짝 놀라 말하자 피요르드가 웃었다.

"그 상황에서 축하 인사를 건네기는 힘들지요."

"응, 하지만 덕분에 지금이라도 깨달아서 다행이야."

피요르드가 슬쩍 리리카 옆에 의자를 바싹 붙였다. 리리카가 그런 그에게 빙긋 웃어 보였다.

"피요는 어떻게 생각해?"

"뭘 말인가요?"

"아, 맞다. 피요는 제대로 못 봤지. 우리를 공격했던 사람 말인데—"

리리카가 인상착의와 상황을 설명하니 피요르드가 눈을 찌푸렸다. 무엇보다 리리카가 다시 돌아온 게 마음에 들지 않았으나, 거기다 대고 뭐라고 하지 않을 눈치는 있었다.

"위험했군요."

피요르드는 그렇게만 말했을 뿐이었다.

"피요는?"

피요르드는 눈을 살짝 찌푸렸다.

"제가 상대한 자들은 전부 이상한 약이라도 한 듯했습니다. 술에 취한 자들이라도 한 번 호된 꼴을 당하면 도망을 치는 게 본능이거든요."

말 그대로 술에서 단숨에 깬 얼굴을 하고 비명을 지르며 도망치는 게 보통이었다.

"그런데 오히려 달려들더군요. 부상당한 것에 아랑곳하지 않고 말이죠."

말끝이 느려졌다. 피요르드가 이어 말했다.

"어쩐지 이 두 가지가 연관되어 있는 거 같군요."

"응, 그런 거 같지?"

리리카가 폭 한숨을 내쉬었다. 그녀가 피요르드에게 작게 말했다.

"아까는 미안했어."

"뭐가 말인가요?"

"싫고 무섭다고 말한 거 있잖아."

리리카의 눈썹이 축 처졌다. 피요르드가 빙긋 웃었다.

"어째서요? 전 말해 주셔서 기뻤는데요."

"으, 아냐. 그렇게 말하면 안 됐어. 좀 더 다르게 말하는 방법이 있었을 텐데……. 아틸이나 피요가 기분 상했을 수도 있잖아."

솔직하게 말한다고 해도 말하는 방법이라는 게 있다. 직설적인 방법이 늘 옳은 건 아니니까.

피요르드가 양손을 뻗어 리리카의 두 뺨을 부드럽게 감쌌다.

"하지만 그래도 좋아한다고 말해 주셨잖아요? 그거면 충분합니다."

리리카는 웃었다.

"응, 피요도 아틸도 내게 소중한 사람들인걸."

불꽃이 춤추는 듯한 금홍빛 눈동자를 바라보며 리리카가 속삭였다.

"달을 사랑하는 건, 달의 바다까지 사랑한다는 거지."

어떻게 빛나는 부분만 사랑하면서 달을 사랑한다고 하겠어?

피요르드의 손에 힘이 들어갔다. 부끄러운 듯 웃는 청록색 눈동자에 가라앉고 싶다는 생각이 들었다.

아주 깊이, 숨이 막혀서 죽을 것 같이.

아니면 이미 빠져 있나?

천천히 그의 몸이 앞으로 기울어졌다. 리리카가 '어어' 하는데 그의 둥근 이마가 그녀의 이마에 닿았다.

거리가 가까워 리리카가 숨을 삼켰다. 그가 속삭였다.

"그렇다면 잠겨 죽게 해 주세요."

리리카는 눈을 찡그렸다. 갑자기 무슨 소리인가 싶었다.

"피요, 그게—"

'쾅!'

그때 요란한 소리가 났다. 리리카는 깜짝 놀라 움찔했고 피요르드는 자리에서 벌떡 일어났다.

그가 그녀를 등 뒤로 숨겼다. 밖은 점점 더 소란스러워졌다.

"이 양아치 새끼야! 내 딸 어디에 숨겼어!"

'쾌직! 쾅!'

사정없이 무언가를 부수는 소리가 났다.

"당장 나와!"

익숙한 목소리였다. 리리카는 얼빠진 목소리로 중얼거렸다.

"어머니?"

리리카의 말에 피요르드는 충격받았다. 저렇게 악을 쓰는 사람이 황후 마마라고?

단 한 번도 그런 모습을 본 적 없었다. 아틸과 웨일이 문을 열고 나왔다. 아틸이 물었다.

"무슨 일이야?"

"어머니께서 오신 거 같아요……."

"뭐?"

아틸이 깜짝 놀랐다. 그때 밖에서 쌍욕을 내뱉는 목소리가 들려왔다. 아틸도 충격받았다.

"저게 숙모님이라고?"

"네에."

저런 목소리에 익숙한 리리카가 고개를 끄덕였고, 웨일도 고개를 끄덕였다.

웨일이 곤란한 표정을 지었다.

"아무래도 계속 무시했더니, 아이쿠."

"무시해요?"

리리카가 그를 돌아보니 웨일이 빙긋 웃었다.

"높으신 분을 만나기가 싫어서 말이야. 얼마나 잘난 척을 해댈지."

그가 코웃음을 치고 외쳤다.

"그냥 들어오게 해 드려!"

그의 말이 끝나기가 무섭게 문이 벌컥 열리고 루디아가 튀어 들어왔다.

"리리? 리리!"

"어머니."

이리저리 살피던 루디아는 리리카를 발견하고 달려와 그녀를 꽉 끌어안았다.

"아아, 리리. 엄마는 정말로 걱정했어."

"전 괜찮아요."

리리카가 어머니를 토닥였다. 이어 들어온 알테어스는 말썽쟁이들을 보는 눈빛으로 세 아이를 보고 한숨을 푹 내쉬었다.

모처럼의 데이트가 방해당했다는 한숨이었다.

웨일이 그에게 물었다.

"죽이셨습니까?"

"안 죽였어."

알테어스가 등에서 제 검을 뽑는 시늉을 해 보였다.

"칼등으로 쳤으니 부러졌어도 죽지는 않았다."

"다행이군요."

웨일이 안도하는 순간, 루디아가 그의 멱살을 잡았다.

"순진한 우리 애를 꼬드겨서 이런 데에 가둬? 이 양아치 자식, 애초에 알아봤어! 리리카를 양딸로 삼겠다니, 뭐니 할 때부터—"

웨일이 불쾌하다는 얼굴을 했다.

"꼬드겼다니요, 안전한 곳으로 대피시킨 겁니다. 그리고 양딸로 삼겠다는 제의도 마찬가지였지요."

"뭐?"

"당신이 제정신인 날이 있기는 했습니까?"

"그건……."

루디아의 기세가 한 꺼풀 수그러들었다. 리리카가 달려가 그녀를 안으며 말했다.

"내가 싫다고 한걸요. 아저씨는 왜 그렇게 말해요?"

웨일이 리리카에게 빙긋 웃어 보였다.

"맞아, 리리카가 거절했지."

루디아는 그의 멱살을 놓아 주고 리리카를 마주 안았다. 웨일이 흐트러진 옷깃을 가다듬고 말했다.

"이렇게 만나게 되어서 반갑습니다. 두 분의 정체는 안전을 위해 비밀로 하는 걸로 합시다."

알테어스는 빤히 상대를 바라보았다.

리리카를 양딸로 삼느니 어쩌니 하는 말을 하는 순간부터 그의 기분은 지독히 나빠졌다.

'네가 뭔데?'

게다가 자신이 모르는 과거 이야기를 하는 것도 마음에 들지 않았다.

"아틸."

알테어스가 부르자 아틸은 바싹 긴장한 얼굴로 다가왔다.

"무슨 일인지 설명해 봐라."

아틸이 어디서부터 이야기해야 하나, 리리카를 데리고 궁에서 도망친 것부터 이야기해야 하나 하고 고민하는데 웨일이 말했다.

"괜찮으시다면 제가 설명을 해도 될까요? 제 눈과 귀가 더 객관적으로 설명할 수 있을 거 같군요. 그리고―"

그가 루디아를 바라보았다.

"하실 말씀도 분명히 있으신 거 같고 말입니다."

루디아는 눈을 가늘게 떴다. 그렇게 만나자고 애걸복걸해도 일절 답이 없더니만.

루디아가 쏘아봐도 웨일은 태연한 얼굴이었다.

그래 봐야 죽이기밖에 더하겠어? 하는, 빈민가 특유의 배짱이었다.

루디아는 머릿속을 정리했다.

확실히 알아야 할 것이 많이 있었다.

"그래, 긴 이야기를 나눠야겠네."

루디아가 머릿수건을 벗어서 그에게 던졌다. 결투를 신청하는 듯한 자세였다. 머리핀을 풀고 단숨에 머리를 풀어헤쳤다.

금빛 머리카락이 화려하게 흘러내리는 것만으로도 루디아는 분위기를 압도했다.

더 이상 수더분한 옷을 입고 변장하고 있는 사람이 아니라, 오만한 얼굴을 한 황후의 모습이 되어 있었다.

루디아는 제 외모를 무척 잘 활용할 줄 알았다. 그녀가 아이들을 돌아보았다.

"그럼 먼저 돌려보내야 하는데……."

"셋이서 잘 돌아가겠지."

알테어스의 말에 루디아가 눈을 찌푸렸다. 알테어스는 그녀가 머리를 푼 게 마음에 들지 않았다.

"잘 돌아가다뇨? 갑자기 뭐 해요?"

"머리 땋기. 이 둘이면 리리카의 호위로는 충분해. 리리카에게는 아티팩트도 있고."

알테어스가 그녀의 머리를 세 가닥으로 땋기 시작했다. 루디아는 그걸 어처구니없다는 얼굴로 바라보았다.

알테어스가 아틸을 힐끗 보고 말했다.

"힘을 되찾은 걸 축하한다."

"아."

루디아는 그제야 놀라 아틸을 돌아보았고, 아틸은 멋쩍게 감사 인사를 했다.

루디아는 눈을 깜박였다.

'아틸이 권능을 되찾았다고?'

원래 아틸은 황제가 되고서도 권능을 보이지 않았다. 그래서 더욱 문제가 많았는데…….

'이게 해결됐다고?'

신기한 일이었다. 루디아는 얼떨떨한 표정으로 "잘됐구나." 하고 말했다.

대체 어떻게 된 일인지 자세한 이야기를 저 양아치에게 들어봐야 했다.

알테우스가 딸은 머리끝을 손수건으로 묶은 후에 놔 주었다.

"리리를 잘 데려다줄 수 있겠지?"

"네."

"물론입니다."

두 소년이 번갈아 답했다. 웨일이 루디아와 알테우스가 부수고 들어온 문을 가리켰다.

"저쪽으로 나가시면 제 부하들이 입구까지 안내해 드릴 겁니다."

리리카는 "아저씨." 하고 그를 불렀다. 웨일의 표정이 부드러워졌다.

"괜찮아."

그의 말에 리리카는 고개를 끄덕였다. 어릴 때부터 그에게서 마음가짐을 배웠으니, 그는 그녀의 스승이라고 할 수 있었다.

"감사해요."

모든 걸 꾹꾹 눌러 담은 말에 그가 씩 웃었다.

"별말씀을."

루디아가 리리카를 돌아보았다.

"같이 있다가 가고 싶지만, 이야기가 길어질지도 모르고. 그리고 애들은 듣지 않아야 할 이야기야."

아이들은 아이들답게, 근심 걱정 없이 뛰어노는 게 최고지.

루디아는 자신의 딸이 그러기를 바랐다. 더 이상 염려하지 않기를.

리리카는 루디아의 말에 머뭇거리다가 고개를 끄덕였다.

"가자."

아틸이 그녀의 손을 잡고 꾸벅 인사한 후에 문을 나섰다. 피요르드가 그 옆에 나란히 섰다. 밖에서는 불퉁한 얼굴로 절뚝거리며 걸어온 남자가 아이들을 입구까지 안내해 주었다.

여기서부터 빈민가를 빠져나오기는 어렵지 않아서 셋은 금방 다시 축제가 벌어지는 광장으로 돌아올 수 있었다.

지금까지 있었던 일이 모두 다 거짓말인 것처럼 광장은 소란스러움과 불빛으로 가득 차 있었다.

리리카가 멍하니 그걸 바라보다가 말했다.

"어쩐지 지쳤어요."

"그러게."

아틸도 서서 멍하니 불빛을 바라보았다. 피요르드도 마찬가지였다. 마치 현실로 돌아가는 경계선 앞에 선 기분이었다. 리리카가 물었다.

"안에서 아저씨랑 무슨 이야기를 했어요?"

아틸이 눈을 찌푸렸다.

"지금 이야기하는 게 맞는 건지 모를 이야기."

"그럼, 적기를 알게 되면 이야기해 주세요."

"그럴게."

피요르드가 물었다.

"가서 차라도 한잔할까요?"

그 말에 두 사람 모두 동의했다. 이대로 궁으로 돌아가기는 아쉬웠다.

'뭐, 숙모님께서 바로 돌아가라고 하신 건 아니니까.'

간판이 아닌 제대로 된 가게로 향한 세 사람은 자리를 잡고 앉았다.

모처럼 통금이 사라진 축제 기간이라 밤늦게까지 사람들로 거리가 북적거렸다.

가을밤은 놀기 좋게 선선했다.

앉아서 세 사람은 말없이 차를 마셨다. 아틸이 한숨을 푹 내쉬었다.

"아직 축제는 시작도 못 했는데. 아쉽네."

"하지만 더 놀기에는 너무 지쳤는걸요."

"나도."

아틸이 슬쩍 손을 들어 올렸다. 나무로 된 티스푼이 그의 손바닥 위에서 빙글빙글 돌기 시작했다.

의기양양한 얼굴로 아틸은 리리카를 바라보았다.

"어때?"

"신기해요."

"그지?"

아틸이 히죽 웃었다. 그가 스푼을 손으로 탁 낚아챘다.

"기분 좋다, 진짜."

아틸이 우쭐거리는 기분이 되어 말했다.

"오늘 어차피 이렇게 된 거, 밤새워서 놀까?"

"음—"

리리카가 고민하는데 피요르드가 웃었다.

"안 될 거 같습니다."

"왜 안 돼? 아, 제길."

아틸이 팔짱을 꼈고, 리리카는 의아해하며 두 사람을 번갈아 보았다.

"왜요? 뭔데요?"

"뭐겠습니까?"

리리카는 등 뒤에서 갑자기 들린 목소리에 등이 쭈뼛했다. 앉은 자리에서 펄쩍 뛰듯 했다가 천천히 뒤를 돌아보았다.

라우브가 서 있었다.

이를 악물고 서 있는 그가 또박또박 말했다.

"저 말고 다른 사람들도 와 있습니다."

한마디로 도망칠 생각하지 말라는 뜻이었다. 아틸이 어이없는 표정으로 말했다.

"설마 기사단이라도 풀었어?"

"설마요. 두 분이 부재하신다는 걸 그런 식으로 알릴 수 있나요."

"켁."

브란이 등장하자 아틸은 짧게 목 막힌 소리를 내고 자리에서 일어났다.

"가자. 갈게."

"자, 황녀님."

"브린도 왔어?"

"그럼요."

브린이 리리카의 머리에 새로운 모자를 씌워 주었다. 그녀가 아틸을 한 번 찌릿 노려보고는 리리카에게 말했다.

"번잡하니 이제 돌아가시죠."

"어떻게 찾았어?"

"까마귀는 반드시 찾아내고 만답니다."

리리카는 피요르드에게 말했다.

"피요르드, 저기."

그래도 내일 만나자.

그런 눈빛을 마구 발산했다.

"네, 알고 있습니다."

피요르드가 웃으며 말했다. 리리카도 활짝 웃으며 고개를 끄덕였다. 작게 손을 흔드는 그녀에게 마주 손을 흔들어 주었다.

테라스를 떠나며 라우브가 주머니에서 피리를 꺼내 불었다. 소리가 나지 않아, 리리카가 신기해하며 물었다.

"소리가 안 나는데?"

"저희끼리는 들을 수 있는 소리가 납니다. 찾았다고 철수 신호를 보낸 겁니다."

"기사단 안 풀었다며."

아틸이 어이없어하며 말하자 브란이 고개를 끄덕였다.

"그럼요, 물론입니다. 탄 경계 협조를 구했답니다."

브란이 이를 득득 갈았다.

"여기에 또 속다니, 게다가 리리카 님을 방패로 삼을 줄은 몰랐습니다. 정말 많은 걸 배웠습니다."

"으응, 뭐."

아틸은 대강 대답했다. 이제 힘을 쓸 수 있게 되었으니, 굳이 눈을 피해서 힘들게 도망 다닐 필요가 없었다.

힘을 막 되찾은 그는 그 힘을 사용하고 싶어서 온몸이 근질근질했다.

'도망가 볼까?'

지금 이 상황에서 도망갈 수 있으면 얼마나 재미있을까?

그때 리리카가 아틸의 손을 꽉 잡았다. 그가 내려다보니 리리카가 고개를 저었다.

"……."

아틸은 끙, 신음을 삼키고 리리카의 손을 마주 잡았다.

"알았어."

그의 말에 리리카가 작게 웃었다.

두 사람은 감시인지 호위인지 알 수 없는 인원에게 둘러싸여서 표식 없는 마차에 올라탔다.

마차 안에는 놀랍게도 재상이 앉아 있었다.

"라트까지?"

리리카가 놀라서 묻자 라트가 한숨을 내쉬었다.

"제가 따라온 건 폐하입니다."

"아!"

리리카가 크게 고개를 끄덕였다. 아틸이 뒤이어 올라타 털썩 앉았다.

"뭐야? 그럼 탄 경도 우리 때문에 온 게 아니네."

"그렇지요."

아틸의 눈이 가늘어졌다.

"잠깐, 그러면 우리 위치가 발각된 건 탄 때문인 거 아냐?"

라트가 미소 지었다.

"그리 생각하십니까?"

"라우브가 분명 찾으러 나왔을 거고, 라우브와 탄은 같은 울프니까."

라트가 고개를 끄덕였다.

"비슷합니다. 덕분에 저희도 들켜서 이렇게 쫓겨나는 신세가 되고 말았네요."

"폐하는 호위가 필요 없잖아?"

"그분도 인간이시니까요."

라트의 말에 아틸은 놀란 듯 눈을 크게 떴다가 입을 다물었다. 생각에 잠긴 듯한 표정을 보고 라트가 희미하게 웃고는 리리카에게 시선을 돌렸다.

"황녀님께서 이런 말썽을 부리실 줄은 몰랐는데요."

"음, 그게……."

리리카가 아틸을 힐끗 보고는 말했다.

"근데 엄청 즐거웠어."

라트가 웃었다.

"즐거우셨나요?"

"응, 엄청. 조금 무서운 일도 있고 그랬는데……."

"아, 저도 봤습니다."

라트의 말에 리리카는 깜짝 놀라 물었다.

"싸우는 거 봤어?"

"아뇨, 그 후에 흔적이요."

"아."

리리카는 고개를 끄덕였다. 그때 마차 문이 열리고 탄이 올라탔다. 라트가 노골적으로 눈을 찌푸렸다.

"말 타고 가시죠. 그쪽이 타니까 좁아지잖습니까?"

"좁아지기는? 이 마차가 얼마나 넓은데."

11장 가을 축제 435

"그 덩치만으로도 숨 막힙니다. 짐승 냄새나고요."

"너는 비린내 나고."

탄은 라트가 반박하기 전, 잽싸게 리리카와 아틸에게 말을 걸었다.

"두 분이 이렇게 말썽을 피우실 줄은 몰랐습니다. 전 라우브가 그리 사색이 된 건 처음 봤네요."

"음, 라우브에게는 좀 미안한걸."

"아이를 돌보는 사람이라면 흔히 겪게 되는 일이지요."

탄이 마부 쪽 벽을 두들기자 마차가 출발했다. 그가 쓴웃음을 지었다.

"덤으로 쫓겨났네."

"쫓겨났죠."

라트가 나지막이 읊조렸다. 탄이 두 사람에게 물었다.

"대체 빈민가에는 왜 들어가신 겁니까?"

"내가 가자고 했어."

아틸이 말했다.

"궁금해서. 리리카는 거기를 잘 알 테니까 안내를 부탁하려고 했던 거고."

인신매매에 대한 정보를 캐내려 했다는 이야기는 숨기고 싶었다.

라트와 탄이 묘한 얼굴을 했다. 둘의 시선이 리리카를 향하자 아틸이 손을 뻗어 리리카의 얼굴을 가렸다.

"잠깐, 아틸?!"

"너 표정에서 다 드러나잖아."

"네에?"

리리카가 오히려 당황해 제 얼굴 위에 얹어진 손을 더듬거렸다.

"아니에요, 제가 구두닦이 아저씨가 만나고 싶어서……."

"구두닦이 아저씨요?"

탄이 의아해했다. 아틸의 손을 떼어내고 리리카가 고개를 끄덕였다.

"어릴 때부터 절 신경 써 주셨던 분이라서……. 오래 못 만났으니 잘 계시나 하고요."

"그러셨군요."

"그럴 수 있지요."

두 사람이 묘하게 흐뭇한 얼굴로 고개를 끄덕였다.

'아니, 절대로 너네가 생각하는 구두닦이 아저씨가 아닐걸.'

아틸은 리리카를 돌아보았다. 거짓말 하나 하지 않고 두 사람의 질문에 대답한 제 여동생은 그에게 싱긋 웃어 보였다.

'사실이라도 일부분만 잘라 두면 전혀 다른 이야기가 되는군.'

아틸이 그 점을 다시 한번 되새기는데 탄이 물었다.

"그럼 대체 그 전투 흔적은 뭡니까?"

"그게 말야."

아틸이 상황을 설명했고, 탄과 라트는 미간을 찡그렸다. 탄이 라트에게 말했다.

"정말로 폐하께만 맡겨 둬도 되겠어?"

"……돌아가죠."

라트가 천장을 치자 마차가 멈췄다.

탄이 문을 벌컥 열고 내렸다. 라트가 두 사람에게 말했다.

"두 분은 이대로 황궁으로 돌아가 주세요. 아무래도 저희는 돌아가 봐야 할 듯합니다."

"알테어스가 험한 소리 하겠지만."

탄이 웃음 섞인 목소리로 말했고, 라트는 한숨을 내쉬며 마차에서 내렸다.

밖에서 이야기하는 소리가 났다. 말을 바꿔 타는 듯했다. 이어 브린과 브란이 마차 안으로 들어와 앉았다.

이렇게 보니 남매라는 걸 확실히 알아볼 수 있었다. 리리카는 어쩐지 부러웠다.

그녀는 괜히 제 갈색 머리를 만지작거렸다. 아틸처럼 아예 까만색이었다면 좋았을 텐데.

어머니 같은 금발이기를 바랐지만, 요즘은 흑발도 좋았겠다고 생각했다.

브린이 물었다.

"따로 들으려고 했지만, 같이 들어야 할 것 같네요. 무슨 일이 있으셨던 건가요?"

아틸이 똑같이 상황을 설명했다. 하지만 아까도 그랬고, 지금도 제가 힘을 되찾았다는 이야기는 굳이 하지 않았다.

브린의 표정이 굳었다. 그녀가 리리카를 돌아보았다.

"정말 놀라셨겠어요."

"응, 깜짝 놀랐어."

"그래도 돌아왔잖아. 용감하게 잘했어."

아틸이 그녀를 꽉 끌어안아 주며 말했다. 리리카가 작게 웃었다. 곧이어 그가 옆구리를 간지럽히자 리리카의 웃음에 비명이 섞였다.

"황녀님? 괜찮으십니까?! 무슨 일이신가요!"

라우브가 창문을 황급히 두들기며 하는 말에 아틸이 리리카를 놓아주었고, 그녀가 숨을 헐떡이며 말했다.

"아틸이 괴롭혔어!"

짧은 침묵이 지나가고 간유리에 그가 가까이 다가왔는지 그림자가 비쳤다.

"이쪽으로 옮겨타시겠습니까?"

"탈래, 탈래."

"야, 잠깐. 지금 너 혼자 빠져나가겠다고?"

아틸이 눈을 부릅떴지만, 리리카는 그에게 혀를 내밀어 보였다. 마차가 달리고 있는 상태에서 마차 문이 열렸다.

라우브가 팔을 뻗어 리리카를 가볍게 제 앞으로 옮겼다.

그가 마차 문을 닫자 브린과 브란이 동시에 아틸을 보고 싱긋 웃었다.

안에서 아틸이 소리 없는 비명을 지르든 말든, 리리카는 발을 까닥거리며 큰 말 위에 올라탄 기분을 즐겼다.

"라우브, 걱정 많이 했어?"

"네."

라우브가 한숨 섞인 웃음을 내뱉었다.

"적어도 제 인생이 앞으로 절대로 지루하지 않을 거라는 사실을 확인했습니다."

그가 오히려 부드럽게 나오니, 미안함이 더 커졌다.

"있지, 라우브. 내일도 내가 나갈 생각인데. 내일은 꼭 따라와 줘."

"내일도요?"

"응, 피요르드랑 약속 있거든. 아틸에게는 비밀이야?"

속닥속닥하는 말에 라우브는 고개를 끄덕였다. 그녀가 그에게만 알려 준다면, 다른 건 어떻게 되든 큰 문제가 아니었다.

그는 오직 그녀의 기사니까.

일행은 느리지도 빠르지도 않게 황궁에 도착했다. 첫 번째 황궁 문을 넘어 말과 마차에서 내렸다. 걸어서 두 번째 문을 넘을 때였다.

등 뒤가 환하게 밝아져 왔다.

"?!"

리리카가 놀라서 돌아보니 새파란 빛 기둥이 수도 어디에선가 솟구쳐 올라가고 있는 게 보였다.

"아."

다른 사람은 몰라도, 리리카는 마력의 파동을 전신으로 느낄 수 있었다.

아틸은 눈을 가늘게 떴다.

브린이 말했다.

"얼른 들어가 보는 게 좋겠습니다."

"으응."

리리카의 머릿속에 폐하와 어머니의 얼굴이 떠올랐다.

혹시 두 사람과 관련된 일인 게 아닐까? 무슨 일이 일어난 걸까?

불길한 예감이 들었다.

그리고 언제나처럼, 리리카의 촉은 틀리지 않았다.

"황녀님, 황녀님."

흔드는 부드러운 손길에 리리카는 고개를 저었다.

"나, 나 안 잤어. 안 들어갈 거야."

소파에서 잠옷 차림으로 꾸벅꾸벅 졸던 리리카는 변명처럼 말을 내뱉었다.

들어가서 자라는 걸, 불안감에 어머니가 돌아올 때까지 기다리겠다고 버티는 중이었다. 그래도 오늘 겪은 일에다가 밤이 늦었으니, 몸은 견디지 못하고 소파에 반쯤 쓰러져 자고 있던 참이었다.

"황녀님, 폐하께서 부르십니다."

리리카는 무거운 눈꺼풀을 들어 올렸다. 브린의 얼굴이 심각해 정신이 번쩍 들었다.

"무슨 일이야? 어머니께서 들어오셨어?"

브린이 리리카의 어깨를 꼭 잡으며 말했다.

"황녀님, 침착하게 제 이야기를 잘 들으세요."

리리카는 흔들리는 눈으로 브린을 보며 고개를 끄덕였다.

"어머니께서 크게 다치셨습니다. 그래서 폐하께서 황녀님을 부르셨어요. 아티팩트를 가지고 오라고 하시면서요."

"!!"

전신이 꽉 움츠러들었다. 뭘 어떻게 해야 할지 알 수가 없었다. 폐하께서 무슨 말씀을 하신 건지도 알 수 없었다.

"무슨 아티팩트?"

"마법 소녀 아티팩트요. 황녀님, 일단 옷을 갈아입으셔야 해요. 움직이실 수 있으시겠어요?"

리리카는 고개를 끄덕였다. 멍하니 서서 그녀는 브린과 라우브가 있어서 다행이라고 생각했다.

말에 오를 때까지 그녀가 할 수 있는 건 고개를 끄덕이는 것뿐이었다.

축제는 여전히 계속되고 있었다. 푸른색 빛 기둥을 뭐라고 설명했는지는 모르겠지만, 모두가 즐겁고 행복해 보였다.

자신도 저기에서 즐겁고 행복했는데 이제는 아니었다.

그녀의 불행과는 상관없이 세상은 변함없이 돌고 있었다.

광장을 빙 돌아 라우브는 말을 몰았다. 어디로 가는지 리리카는 알 수 없었다.

그녀는 그저 펜듈럼을 꽉 쥐고 반복해서 생각했다.

'내가 할 수 있을까? 내가 할 수 있을까?'

라우브가 말을 멈췄다. 어두운 골목길이었다. 빈민가까지는 아니었지만 초라한 집 앞에 내리자 탄이 기다리고 있었다.

그의 표정이 어두웠다.

피 냄새가 났다.

누구의?

탄이 문을 열며 말했다.

"이게 옳은 방식인지는 모르겠지만, 아니, 말은 아끼겠습니다."

이제 와서 그가 왈가왈부할 일은 아니었다. 현관으로 들어가면 바로 거실이 있고, 거실에 커튼을 쳐서 방을 나누고 있는 구조였다.

한쪽에는 라트와 웨일이 서 있었다. 반대편의 커튼이 열려있고, 낡은 침대 위에 어머니가 누워 있는 게 보였다.

그 옆에 알테어스가 앉아 있었다. 팔에 붕대를 감은 그는 피곤해 보이는 얼굴을 하고 있었는데, 그녀가 들어오자 눈을 떴다.

"이리 와."

리리카는 홀린 듯 다가갔다. 어머니의 얼굴은 창백했고, 가슴 아래는 시트로 가려서 보이지 않았다.

피 냄새가 진동했다.

저도 모르게 시트로 손을 뻗자, 알테어스가 저지했다.

"보지 마."

"하지만!"

"보지 않고 고칠 수 있어."

오히려 보면 불가능하다고 생각할지도 모른다고, 알테어스는 생각했다.

"펜던트를 들어."

그의 말에 리리카는 떨리는 손으로 펜듈럼을 꺼냈다. 그녀의 손에 펜던트가 떨어지며 은빛 줄이 반짝였다.

리리카는 멍하니 서서 어머니를 바라보았다.

놀랍게도 어떤 마법도 생각나지 않았다. 머릿속이 새하얗게 되었다. 그녀는 뒷걸음질 치고 싶었다. 못 한다고 울부짖고 싶었다.

리리카는 펜던트를 뚫어지게 바라보았다. 시간이 흘러가자, 알테어스가 혀를 찼다. 리리카의 어깨가 움찔했다. 알테어스가 그녀를 불렀다.

"마법사."

리리카는 그를 돌아보았다. 알테어스가 손을 뻗어 그녀의 턱을 들어

올렸다.

"네가 해야 해. 너밖에 할 수 있는 사람이 없어. 그리고 넌 할 수 있어. 처음은 뭐지?"

리리카의 시선이 꿰뚫듯 그를 바라보았다.

"처음, 처음은 빛."

가슴속에 있는 빛. 어둠 속에서 걸을 수 있는 용기를 주는 빛.

그녀의 펜던트가 밝게 빛나기 시작했다.

알테어스가 손을 떨어트렸다. 그는 시선을 루디아에게로 돌렸다. 리리카는 눈을 꽉 감았다.

어머니를 고쳐야 해.

연고도 만들어 봤고, 상처를 고치는 마법도 해 봤어.

하지만 이건 그냥 상처가 아닐 거야.

리리카 나라 타카르.

괜찮아. 할 수 있어.

그럼 뭘 해야 하지? 생각해. 생각해.

모든 상처가 완벽하게 치유되기를?

'아냐, 그게 아니야.'

그때 누가 머릿속에서 작게 속삭이는 것처럼 생각이 떠올랐다.

'치료가 아니라 수복하는 거야.'

부족하지 않지만, 넘치지도 않게.

완벽이 아닌 온전한 수복.

불은 삼각, 방어는 사각.

'그렇다면 내가 그려야 할 건……'

모든 것을 아우르는 것.

리리카는 눈을 떴다. 그녀의 눈동자 가장자리가 금빛으로 빛나고 있었다.

"탈라이드 라바(온전한 원)."

알테어스는 눈을 크게 떴다가 쓴웃음을 지었다.

'저 주문을 또 듣게 될 줄은 몰랐군.'

금색 빛이 터져 나왔다. 모두가 눈을 가늘게 뜰 정도로 눈부셨지만, 그렇다고 시선을 돌릴 정도는 아니었다.

겨울철 햇빛처럼 부드럽고 따뜻하게 느껴지는 빛이었다.

알테어스는 제 팔의 붕대를 풀었다.

'나았군.'

힘이 집중되지 못하고 주변으로 산란하고 있었다. 그 말인즉슨······.

알테어스가 자리에서 일어나 빛이 꺼지며 휘청하는 리리카의 몸을 붙잡았다.

'무리했다는 뜻이지.'

리리카는 숨을 몰아쉬었다. 손이 떨려왔다.

그때 루디아가 눈을 떴다.

푸른 눈동자가 천천히 깜박이더니 곧 몸을 벌떡 일으켰다.

"리리? 잠깐, 이게······."

그녀가 제 몸을 덮은 시트를 확 걷었다. 커다랗게 구멍이 뚫린 옷 아래로 상처하나 없이 매끄러운 살이 비쳐 보였다.

리리카는 와앙 울음을 터트리며 루디아에게 몸을 던졌다.

"어, 엄마아, 엄마, 어흑, 헉, 으흑—"

11장 가을 축제 445

"리리, 괜찮아. 괜찮아, 응?"

루디아는 우는 리리카를 달래며 얼떨떨한 얼굴로 주변을 둘러보았다. 알테어스는 도로 의자에 털썩 주저앉았다.

지긋지긋한 밤이 지나가고 있었다.

루디아는 자신이 꿈을 꾸고 있다는 사실을 인지했다.

'이런 꿈은 처음이야.'

꿈이라는 사실을 알고 있는 꿈이라니.

주변은 사방이 탁 트인 사막이었다. 야자수들이 달빛에 희미하게 보였다.

상상 속의 사막이라서 그런지 그렇게 덥지도 춥지도 않았다.

'신기하네.'

사막 따위 한 번도 본 적 없는데 꿈속에 나타나다니. 그녀는 모래사장을 걸어 야자수 쪽으로 다가갔다.

오아시스가 보였다.

달빛에 영롱한 빛을 반사하는 신비로운 푸른빛.

상상치도 못한 아름다운 광경이었다. 멍하니 그 광경을 바라보는데 물속에서 누군가가 튀어나왔다.

물을 첨벙거리는 소리가 났다. 수영 중인 걸까?

내 꿈인데 웬 이방인이람?

'설마 나 자신을 마주 보는 그런 꿈은 아니겠지.'

그런 거면 무척 싫겠다.

그런 생각을 하는데 수영하던 사람이 가까이 다가와 몸을 일으켰다. 긴 검은색 머리카락을 쓸어 넘겼다.

근육이 잘 짜인 상반신이 물에 젖어 달빛에 반짝였다. 이상할 정도로 긴 머리카락이 인상적이었다. 그가 이쪽을 향해 고개를 돌리고는 눈을 찡그렸다.

루디아는 입을 떡 벌렸다.

"알테어스?"

그는 긴 머리카락의 물기를 짜내더니 한숨을 내쉬고 이쪽으로 걸어 나오기 시작했다.

수면이 흔들렸다.

루디아는 저도 모르게 고개를 돌리고 소리쳤다.

"잠깐, 왜 알몸인 거예요?!"

아니, 나 이런 꿈을 꾸는 건가? 욕구 불만인가?

맙소사, 세상에.

온갖 생각에 머릿속이 어지러웠다.

"꿈속에서 수영하는데 옷 입고 하는 사람도 있나? 게다가 난 현실에서도 옷 안 입어."

"그건 그쪽 사정이고! 왜 남의 꿈에서도 옷을 벗냐고요!"

"내 꿈이야."

"뭐라고요?"

루디아는 그를 보려다가 다시 고개를 휙 돌렸다.

"내 꿈이라고. 다 봤으면서 뭘 새삼스럽게 구는 거지?"

그의 목소리에 웃음이 섞였다. 루디아는 불편함을 느끼며 말했다.

"이거랑은 달라요."

"그런가? 그럼 그쪽의 수건을 줘."

돌아보니 아까는 없었던 천막이 마련되어 있었다. 그럴듯하게 갖춰져 있는 사막 민족풍의 천막이었다.

루디아는 거기서 수건을 하나 꺼내어 그에게 던졌다.

"까다롭기는."

알테어스가 수건을 허리에 두르며 물속에서 나왔다. 루디아는 그제야 그에게 시선을 던졌다.

"당신 꿈이라고요?"

"그래. 내 꿈이야. 네가 내 꿈속에 들어와 있는 거지."

그의 긴 검은 머리카락은 언제 젖어 있었냐는 듯 깨끗하게 말랐다. 엉덩이까지 덮는 무척 긴 머리카락이었다.

"난 아무런 능력도 없는데요."

루디아가 말하니 그가 천막에서 가운을 꺼내 걸치고 수건을 던져 버렸다.

카펫 위에 반쯤 눕듯이 앉으며 그가 태평한 목소리로 말했다.

"오늘은 내 피를 마셨으니까."

루디아가 그 말에 저도 모르게 손끝으로 제 입술을 눌렀다.

"왜 그랬어?"

그의 질문에 그녀는 고개를 들었다. 알테어스가 한쪽 팔로 제 상체를 지탱하듯 누운 자세로 다시 물었다.

"왜 그랬어?"

루디아는 성큼성큼 다가가 그 카펫 위에 털썩 앉았다.

"뭘 말이에요?"

되묻는 말에 알테어스의 눈이 가늘어졌다. 루디아는 신기한 기분이 되어 그 눈을 마주 보았다.

보통 꿈이란 이렇게까지 세세하거나 선명하지 않았다.

자신의 모습마저 제삼자의 시선에서 보는 일도 비일비재하고, 남의 모습은 더욱 그렇다.

그런데 지금 여기는 어떤가?

신기해하는데 알테어스가 그녀의 턱과 뺨을 감싸듯 붙잡아 그를 바라보게 고정했다. 부드럽지만 강제적인 손길이다.

"왜 내 앞을 가로막았냐고."

루디아는 눈을 깜박였다.

"모르겠어요."

"……뭐?"

저도 모르게 얼빠진 대답이 돌아가고 말았다. 루디아는 여전히 태연한 얼굴이었다.

알테어스는 어이가 없어졌다.

"너 죽었을 거다."

"그랬겠죠……."

아티팩트를 사용한 일격이었다. 그것도 알데이스를 죽이려고 한 것이니 출력이 굉장했다. 거대한 악어에게 물어뜯긴 것처럼 몸 일부가 획 소멸해 버렸다.

"리리카를 보호하고 행복하게 해 주는 게 매일 외치던 사명 아니었어? 네가 죽으면 어떻게 하려고 그랬지?"

루디아는 얼굴을 쓸어내렸다.

즉사를 면한 건 알테어스의 처치 때문이고, 살아난 건 리리카가 마법사이기 때문이었다.

둘 중 하나가 없었다면 자신은 죽었겠지.

그리 생각하니 답이 나오기는 했다.

"당신이 죽으면 내가 손쓸 수 없지만, 내가 어떻게 되면 당신이 손쓸 수 있을 거라서……?"

"어째서 의문형이지?"

"논리적인 대답이지만, 그때 떠올린 답 같지는 않아요. 그냥 몸이 먼저 움직였다고 해 두죠."

"……"

불만스러운 듯 그가 눈을 찌푸렸다. 루디아가 그에게 말했다.

"정말이에요. 그렇다고 적당한 대답을 하고 싶지는 않아요. 거짓말을 하고 싶지 않으니까요."

알테어스가 빤히 그녀를 보다가 물었다.

"날 사랑하나?"

"아니요."

대답은 너무 빠르고 즉각적으로 돌아왔다. 알테어스는 순간 할 말을 잃었다.

그는 눈을 찌푸리고 털썩 누우며 말했다.

"왜 안 넘어오지? 이렇게까지 사랑 고백을 들었으면 이제 슬슬 넘어

올 때가 되지 않았나?"

"아직도 그 소리예요?"

어이가 없어진 루디아가 그의 옆에 모로 누웠다. 알테어스가 고개만 돌려 그녀를 바라보았다.

"내 어디가 마음에 안 들어?"

알테어스의 표정은 진지했다. 농담으로 넘길 만한 것이 아니었다.

루디아가 천천히 말했다.

"마음에 들고 안 들고의 문제가 아니에요. 애초에 당신은 날 사랑하지 않잖아요."

"어째서?"

"인간, 싫어하죠."

알테어스는 허를 찔린 듯한 표정이었다. 루디아는 빙긋 웃었다.

"게다가 난 당신을 어느 정도 동정하고 있고요. 싫어하는 상대에게 동정받는 건 더 싫지 않은가요."

"그렇군."

"그렇죠. 그런 인간에게 사랑해, 라고 해 봐야……. 더더군다나 나같이 삐뚤어진 사람에게는 안 돼요."

"삐뚤어져?"

"네."

이상할 정도로 솔직하게 말이 술술 나왔다. 꿈이라서 그런 건가. 문득 루디아가 미간을 찌푸리며 몸을 확 일으켰다.

"설마 내 머릿속을 조종하고 있는 건 아니겠죠?"

"뭐?"

"여긴 당신 꿈이라면서요. 나에게 이상한 짓을 한 거 아니에요?"

알테어스가 그녀를 바라보다가 몸을 느릿하게 일으켰다. 그가 재보 듯 그녀의 목을 감싸 쥐고 속삭였다.

"맞아, 내 꿈이지. 내 정신세계 속에 들어온 네 자아 따위 내가 엉망으로 부숴 버릴 수 있지. 사랑을 갈구하며 내게 빌게 할 수도 있고, 백치로 만들어 버릴 수도 있지."

목을 쥔 손에 힘이 들어갔다.

"아예 짓뭉개 버릴 수도 있어."

그의 얼굴이 가까워져 왔다.

새파란 눈동자, 차갑고 차가워서 뜨거운 푸른빛.

"미안해요."

루디아는 사과했다. 목소리가 떨려 제대로 나오지 않았다.

"뭐가?"

"당신이 날 존중해 주고 있는데, 의심해서요."

용의 맹약을.

알테어스가 손을 놓으며 "하." 짧게 웃었다.

"잘도 빠져나가는군."

"미안한 건 미안한 거잖아요."

그가 도로 누웠다.

"내가 진심으로 널 사랑한다고 하면?"

알테어스의 말에 루디아가 웃었다.

"아, 미안해요."

"뭐가?"

"난 인간은 안 믿어요."

깔끔한 대답이었다.

"믿지 못하는데, 사랑할 수 있을 리가 없지요. 내가 믿는 건 리리뿐이에요."

"왜?"

루디아가 웃으며 고개를 치켜들었다.

"난 아름답죠."

알테어스는 그녀를 바라보았다. 그녀의 뒤로 가느다란 초승달이 떠올라 있었다.

오만하게 고개를 치켜든 루디아는 오싹할 정도로 아름다웠.

사막의 달빛 아래 금빛 머리카락이 찬란히 빛났다. 푸른색 눈동자는 아로새긴 남극의 바다. 길고 새하얀 목덜미와 완벽한 곡선을 그리는 몸.

누군가가 그녀를 봤다면, 오아시스에 내려온 달의 여신이라 생각했을 터였다.

"알아."

답하니 그녀가 속삭였다.

"그래서 인간을 안 믿어요."

"알 듯 모를 듯하군."

"후후."

루디아는 그저 웃었다. 이건 말로 구구절절 설명할 수 있는 게 아니었다.

그녀가 아름답기에 겪었던 모든 일들. 그녀 자신조차 제 아름다움을 충분히 이용했다. 이용하려는 자들도 넘쳐났다.

빛이 강하면 어둠도 강하다. 그녀는 모든 걸 맛보았다.

화형대의 불길에서 녹아내릴 모든 것들을.

루디아는 하늘을 바라보았다.

"굉장하네요."

별이 쏟아질 것 같았다. 한계가 없는 수평선 저 끝까지 별이 가득했다.

루디아는 누워서 별을 바라보았다. 끝없이 낙하하는 기분이었다. 아니면 공중으로 떠오르거나.

알테어스가 루디아의 몸 위에 올라탔다. 팔로 몸을 지탱하고 위에서 내려다보았다.

검은색 머리카락이 커튼처럼 흘러내렸다.

"난 인간이 아냐."

루디아는 눈을 깜박였다. 알테어스가 물었다.

"용의 눈에도 인간의 미추가 중요할까?"

루디아의 입술이 살짝 벌어졌다. 멍하니 알테어스를 보다가 그녀가 그의 옷깃을 잡아당겼다.

"그럼 당신이 보기에 나는 별로예요?"

당혹이 가득 담긴 목소리였다. 그녀 평생 어디에서 '아름답다.'라는 소리를 들어 보지 않은 적이 없었다.

별로라는 소리를 들어도 코웃음 치며 거짓말도 잘하네, 하며 넘길 자신도 있었다.

하지만 용의 시선이라면?

종족이 다른 자의 감상평은 처음이어서 루디아는 기분이 이상했다.

그러나 곧 비딱하고 오만한 미소를 지으며 말했다.

"그러네요. 당신은 용이죠. 하지만 인간이잖아요?"

알테어스는 그녀를 내려다보기만 했다.

"그럼 내가 완전한 용이라면?"

한순간 알테어스의 모습이 사라진다 했더니 그림자가 드리워졌다. 루디아는 눈을 크게 떴다.

"세상에."

저도 모르게 탄성이 흘러나왔다.

거대한 용이 모래 위에 서 있었다. 커다란 머리가 천천히 구부러졌다. 후욱 하고 잇새로 고열이 흘러나온다. 현실이라면 화상을 입었겠으나, 꿈이라서 그런지 뜨겁지만 아프지는 않았다.

새까만 비늘이 윤기나 반짝이고, 거대한 날개를 펼치면 세상에 암막을 드리운 것 같다.

홀린 듯 자리에서 일어나 루디아는 손을 뻗었다. 차가울 것 같은 비늘은 놀랄 만큼 뜨거웠다. 안쪽 가득히 불덩이가 들어 있는 듯했다.

압도적인 크기에 전신이 오싹했다. 위가 울렁거린다. 상대가 이쪽을 해칠 의사가 없어도, 해칠 수 있을 정도의 크기였다.

"알테어스……?"

작게 부르니 용의 머리를 돌려 시선을 이쪽으로 향했다.

새파란 눈동자의 홍채는 위아래로 길쭉했다. 거기에는 어떤 감정도 담겨 있지 않았다.

꿰뚫어 보는 차가운 눈동자.

용에게는 감정이 없다.

몸속에서 맹렬히 타오르는 불꽃을 다스리는 건 차갑고 차가운 이성이었다.

다음 순간 그가 다시 인간의 모습으로 돌아왔다.

"어때?"

"아니, 그게 생각보다 훨씬……."

루디아는 멍하니 그를 바라보았다.

"아름답네요."

알테어스는 그 말에 씩 웃었다.

"내 감상평도 같아. 그대는 다른 종족의 눈으로 봐도 아름다워. 하지만 난 그것만이 아니라……."

그가 성큼 다가왔다. 그의 손바닥이 복부에 닿는다.

"만지고 싶어. 전부 맛보고 싶고, 네 모든 얼굴이 보고 싶고, 네 모든 목소리가 듣고 싶어. 내 불길로 널 삼키고 싶지. 용일 때는 가지지 않았던 이 열망을 뭐라고 할까."

만지는 손이 뜨겁다. 푸른빛 눈동자가 가까웠다. 용일 때는 그렇게 차가웠던 눈이, 지금은 데일 만큼 뜨겁게 느껴졌다.

용일 때나 인간일 때나 그는 불을 품고 있는 게 아닐까.

그에게 팔을 두르려 손을 뻗는데 알테어스가 "아." 하고 웃었다.

"여기서 잠자리하면 바로 정신적 결합인가?"

"……."

루디아는 팔을 뚝 떨어트렸다. 분위기가 다 깨졌다. 그녀는 오아시스로 걸어 들어갔다.

물은 놀랄 정도로 차가웠지만, 그녀는 거침이 없었다. 놀란 알테어스가 쫓아 들어와 그녀의 팔을 붙잡았다.

"뭐 하는 거야."

"보통 이러면 잠에서 깨지 않나요?"

"그냥 여기서 자."

루디아가 눈을 찡그렸다. 알테어스도 마주 눈을 찌푸렸다.

"안 건드리니까. 자. 네 자는 얼굴을 보고 있는 것만으로도 충분히 즐거우니까."

"그건 또 처음 듣는 이야기인데요. 어?"

다음 순간, 루디아는 푹신한 카펫 위에 누워 있었다. 당황해 몸을 일으키려는 걸 알테어스가 막았다.

"내 꿈이니까, 이 정도는 할 수 있지. 자. 루디아."

그가 이마를 꾹 눌렀다. 루디아는 그를 바라보다가 눈을 감았다. 익숙하게 알테어스의 팔이 그녀를 끌어안았다.

꿈속에서 다시 잠이 드는 건 어떨까 했는데, 사막의 바람 소리와 오아시스의 흔들리는 야자수 잎사귀 소리가 놀랍도록 빠르게 그녀를 잠들게 해 주었다.

"흑, 윽."

억눌린 울음소리가 났다. 아틸이 리리카의 어깨를 붙잡았다.

"리리카, 괜찮아. 다 꿈이야."

식은땀 범벅이 된 리리카가 번쩍 눈을 떴다. 아틸이 그녀 이마에 젖은 머리카락을 떼어내며 말했다.

"그냥 숙모님을 부르는 게 어때?"

리리카가 고개를 휙휙 흔들었다.

"아니에요, 이제 막 나으셨는데."

어리광부릴 수 없었다.

"그럼 하는 수 없네."

그가 침대 위로 올라가 리리카의 양팔을 잡아당겨 그의 허리를 감싸게 했다.

아틸의 가슴에 고개를 푹 파묻은 자세가 된 리리카가 의아해하며 그를 바라보았다.

악몽으로 빨개진 눈이 귀여워 아틸이 웃었다.

"토끼 눈."

리리카가 제 눈을 몇 번 비볐다. 아틸이 푹신푹신하고 커다란 베개에 제 상체를 푹 기대며 말했다.

"밤새 안고 있어 줄게. 걱정하지 말고 자."

"정말요?"

"그래."

"저, 다 컸는데……."

"열 살짜리는 다 큰 게 아냐. 나도 그때는 내가 다 큰 줄 알았지."

파르타도 하고. 하지만 지나고 보니 그때는 아직 어렸다.

리리카가 머뭇머뭇 손을 뻗어 그를 폭 끌어안았다. 아틸의 체온은 따뜻했고, 곁에 누군가가 있다는 건 안심이 되었다.

"이러다가 동트겠다. 얼른 자."

"아틸."

"왜?"

"아무거나 이야기해 봐요."

"뭐?"

"아니면 자장가 불러 줘요."

아틸은 떨떠름한 표정을 지었다.

"내가 왜?"

"목소리를 듣는 편이 잠이 더 잘 올 거 같아서……."

웅얼거리고는 슬쩍 울먹이는 눈으로 그를 올려다본다. 아틸은 눈을 찌푸리며 그 눈을 마주 보다가 결국 눈을 딱 감았다.

"아, 진짜."

투덜거린 그가 그녀의 등을 두들기기 시작했다.

"옛날 옛날에 깊은 숲속에 나무꾼이 살았는데, 어느 날 큰 벌집을 발견한 거야. 그래서 그 꿀을 팔러 도시로 나갔는데―"

투박한 이야기는 거침없었다. 리리카는 등을 쓸어내리는 손길을 느꼈다.

'어머니는 무사해, 괜찮아. 그건 다 꿈이야.'

안도가 불안보다 훨씬 커져서 불안을 밀어냈다. 리리카는 길게 숨을 내쉬었다. 온몸이 이완되며 푹신한 이불속에 파묻혔다. 아틸의 이야기는 계속되고 있었다.

"그래서 나무꾼이 그 사람 앞에 꿀 강아지를 내려놓고 말야……."

꿈속에서 리리카는 꿀 강아지들에게 잔뜩 둘러싸여 있었다.

하나같이 햇빛 같은 색에 달콤한 꿀 냄새가 나는 강아지들이었다.

피요르드는 잠이 오지 않았다. 그는 자리에서 일어나 가운을 챙겨 입고 응접실로 내려갔다.

불이 다 꺼진 응접실 소파 위에 리제르트가 웅크린 채 앉아 있었다.

은색 머리카락을 소파 위로 흘러내린 채로 동그란 돌멩이처럼 웅크리고 앉아 있는 리제르트를 보다가 돌아서는데 뒤에서 날 선 목소리가 들려왔다.

"재미있어요?"

"……뭐가?"

한 박자 느리게 돌아보며 대답하니 리제르트가 고개를 들었다. 눈동자가 활활 타오르고 있었다.

"내가 실패한 게 재미있어요? 구경하러 왔어요?"

'역시.'

소동의 원인은 리제르트였던 듯하다. 바라트 공작이라면 저렇게 정면으로, 허술하게 공격하지는 않지.

"손해가 꽤 되겠는데……."

중얼거리니 리제르트가 이를 악물고 뭔가를 꺼내 들었다. 깨진 거울이었다.

하트모양 거울을 그에게 내밀어 깨진 거울에 그의 모습이 여럿으로 비쳤다.

리제르트가 낮게 말했다.

"하트의 여왕, 빨아들여라."

푸른빛이 거울에 감도나 싶더니 사라졌다. 동시에 은판이 완전히 산산조각 나 바닥으로 떨어졌다.

리제르트가 신경질적으로 거울을 내던졌다.

"당신만 없으면 나도……."

리제르트가 휘청이며 자리에서 일어났다. 한 걸음 한 걸음 비틀거리며 다가왔다.

그녀의 손이 그의 로브 깃을 잡았다.

"왜, 착하게 있었는데, 왜애."

그러더니 엉엉 울기 시작했다. 피요르드는 어이가 없어 가만히 그녀를 바라보았다.

한순간, 리제르트는 울음을 딱 그치고 그를 맹렬히 노려보며 낮게 으르렁거리듯 말했다.

"죽여, 죽여 버릴 거야. 내가 더 강해지면, 당신, 죽여 버릴 거야. 그리고, 그리고. 내가 최고가 될 거야, 내가 어머니에게 최고인 딸이 될 거야."

피요르드는 '그러든가.' 혹은 '난 그런 거 필요 없어.' 같은 유치한 말을 내뱉지 않기 위해 애썼다. 대신 그녀의 손목을 잡아 떼어 내려고 했다. 리제르트가 신음 소리를 냈다.

피요르드가 리제르트의 손을 낚아채며 소매를 걷어 올렸다.

아직 멍들기 전이지만, 울긋불긋하게 가격당한 흔적이 여실히 보였다. 분명 겉으로 보이지 않는 옷 안쪽은 전부 멍투성이가 되었을 게 뻔했다. 자신도 여러 번 저렇게 되어, 잘 알고 있었다.

어느 쪽으로 누워도 고통스러워서 잠들 수 없을 정도로 얻어맞고는 했다.

"공작님께서?"

묻는 말에 리제르트가 손을 잡아 빼며 소매를 내렸다.

그녀가 그린 듯한 미소를 지어 보였다.

"어머니와 저 사이의 일이에요. 당신은 몰라도 되지요."

리제르트가 폭 한숨을 내쉬며 제 손을 뺨에 올렸다.

"흥분해서 그만 추태를 보이고 말았네요. 이런 점에서 어머니께서 늘 당신보다 부족하다고 하시는 거겠지요. 하지만."

그녀가 즐거운 듯 말했다.

"타카르에게 홀린 그쪽보다는 낫지 않나요? 오늘도 덕분에 일을 꾸밀 수 있었는걸요. 감사해요, 감사해요."

"그리고 실패했지."

리제르트가 바닥에서 거울을 주우며 말했다.

"이것만 아니었으면 이겼을 거예요."

그녀의 손안에서 거울이 빙글 돌았다.

"어머니께서 절 믿어 주셔서, 이것만 진짜로 주셨으면……."

품에 거울을 안은 리제르트가 빙그레 웃는다.

"두고 보세요, 언젠가 저 역시 형제 살해자가 될 테니까."

"……."

리제르트가 치마를 잡고 연극처럼 커트시를 해 보였다.

"그럼 어머니도 인정해 주시겠죠. 최고의 걸작품이 당신이 아니라

저라는 걸 말이에요."

휙 돌아가는 리제르트의 뒷모습을 보고 피요르드는 쓴웃음을 삼켰다.

아, 그래.

왜 이렇게 기분이 나쁜지 알겠다.

'옛날의 나를 보는 거 같군.'

바라트가 전부라고 생각하고, 신처럼 바라트 공작을 우러러보던 그때의 자신과 겹쳐 보여서, 그게 굉장히 기분 나빴다.

'동족 혐오는 차차 하기로 하고, 일단 처음 보는 아티팩트였지.'

조사해 두는 게 좋겠다.

피요르드는 그리 생각하며 바닥에 떨어진 거울 조각을 집어 들었다.

'내일 리리를 만날 수 있으려나.'

상황이 이렇게 되었으니, 내일 만나지 않아도 좋다든가, 다음에 편할 때 시간을 내달라든가, 그런 배려를 하는 게 맞을 터였다.

하지만 그러고 싶지 않았다.

만나고 싶었다.

그녀와 단둘이 시간을 보내고 싶었다.

깜짝 놀랄 만큼 이기적인 마음이 솟구쳤다. 그도 그의 마음을 어떻게 할 수 없었다. 내일 만난다. 그것만으로도 이렇게 즐거워지는데.

'하지만 계획은 조금 바꾸는 게 좋을지도 모르겠어.'

어차피 편히 잠자리에 들기는 글렀으니, 다른 나들이 계획을 세우기로 마음먹었다.

탄은 한숨을 푹푹 내쉬었다. 라트도 피곤한 얼굴이기는 마찬가지였다. 존 웨일은 썩은 빵이라도 먹은 표정이었다.

입궁하느라 나름 정장을 차려입고 있었지만, 귀족처럼 화려하지는 않았다.

그런데 그 머리 모양과 외모 때문에 화려하게 보였다.

"저 목매달립니까?"

그의 물음을 무시하며 루디아가 말했다.

"당신 인생 최대 위기 아니었나요?"

알테어스가 의자에 느긋하게 기댄 채로 턱을 문질렀다.

"최대 위기는 아니었지만, 필적할 만큼 위험했지."

"설마 '하트의 여왕'이 인간에게 통할 줄은 몰랐는데요."

"그게 갑자기 튀어나온 이유를 모르겠군. 게다가 나중에 수거하려고 보니 보이지도 않았고. 분명 망가지기는 했을 텐데."

웨일은 둘의 말에 "아니, 그래서 목매다냐고요." 하고 투덜거렸다.

알테어스는 그에게 시선을 돌렸다.

정보계의 왕.

존 웨일—가명일 게 너무 뻔해서 오히려 솔직하게 느껴지는 그 이름—에게 들은 정보는 위험을 감수할 가치가 있었다.

하지만 문제는 그때부터였다.

그의 부하 중 한 명이 손에 아티팩트를 들고 와 들이댔다.

하트 모양의 거울. 가장 위쪽에는 왕관을 쓰고 있다. 그리고 보통이라면 은판이 들어 있어야 할 반사면이 검은빛이었다.

"하트의 여왕, 빨아들여라!"

외치는 것과 동시에 푸른 빛 기둥이 솟구쳤다.

알테어스는 '힘이 빨려' 나가는 걸 느꼈다. 하지만 그 흐름이 그렇게 대단하지는 않았다.

빛 기둥은 미처 흡수하지 못한 힘을 '하트의 여왕'이 분출하고 있다는 뜻이었다.

이대로 계속 빨아들이다가는 오히려 저쪽이 부서질 터였다.

문제는 그게 아니라, 몸이 굳어 움직일 수 없다는 거였다. 힘을 쓸 수도 없고, 몸을 움직일 수도 없었다.

한순간이었다.

순간, 함정인가? 했지만 존 웨일의 얼굴을 보고 그게 아니라는 걸 알았다. 그의 얼굴에 경악이 스치는 게 보였다.

적은 하트의 여왕을 반대로 뒤집었다.

반대쪽은 은판이었다. 빨아들인 힘이 응집해서 발사되는 순간, 잘 숨어 있다고 생각한 루디아가 뛰어들었다.

그와 빛 사이에 섰다.

반짝이는 머리카락이, 가느다란 몸의 윤곽이 푸른빛에 역광으로 비쳐 눈에 박혔다.

다음 순간 무너지는 몸을 안아 들었다. 놀랄 정도로 가벼웠다. 옆구리와 가슴 중간쯤에 아이 머리통만 한 구멍이 뚫려 있었다.

한순간 사고가 멈췄다.

"폐하!"

"알테어스!"

밖에서 부르는 소리에 정신이 들었다.

알테어스는 제 혀를 깨물었다. 흘러넘치는 핏물을 루디아의 입 안에 흘려 넣었다.

"으아아아!"

실패한 부하가 달려들자 존의 날렵한 샴시르가 흰빛을 그었다. 목이 바닥에 떨어지는 순간, 그걸 신호로 한 것처럼 공격이 이어졌다.

누가 부하고, 누가 배신자인지 알 수 없는 싸움이었다. 알테어스에게도 검이 떨어졌으나 그는 팔로 그걸 막아냈다.

'쾅!'

"알테어스!"

피범벅이 된 탄이 뛰어 들어왔다. 밖에 있는 자들을 일직선으로 베어 내며 달려온 모습이었다. 그는 루디아를 보고 흠칫 놀랐으나 곧장 알테어스 옆으로 달려가 그 앞을 막아섰다.

알테어스가 탄을 밀어내며 루디아를 그에게 넘겼다.

"내가 할 수 있는 처치는 다 했어. 숨은 붙어 있으니 리리를 불러."

그가 피 묻은 입술을 핥고 웃었다.

"이제 끝내지."

순간, 낌새를 눈치챈 존 웨일이 외쳤다.

"엎드려!"

그의 부하들은 반사적으로 엎드렸고, 다른 자들은 공격에 눈이 멀었다.

"타올라라."

딱 한마디였다. 창백한 불꽃이 타오르고 모든 것이 재로 바뀌었다.

비명을 지르지도 못하고 뼈째로 사라진 적의 모습에 아군마저 공황에 빠졌다.

갑자기 장난감이 사라진 개처럼 어쩔 줄 모르며 시선을 알테어스에게로 돌렸다.

그 상황을 침착하게 정리한 게 존 웨일이었다. 이미 둘 사이에 계획되었던 일이었던 것처럼 경악을 숨기고 부하들을 다독였다.

봐라, 이 상황에서도 뻣뻣하게 목을 들고 '죽일 거냐?' 하고 묻고 있지 않은가?

알테어스는 그를 꽤 높이 쳤다. 침묵하며 그를 바라보자 존 웨일이 어깨를 으쓱했다.

"제출할 건 다 제출했고, 진술할 건 다 했습니다."

황제 앞에서 비굴하기도 싫었지만, 그렇다고 멍청하게 굴고 싶지도 않았다.

그가 '존 웨일'로서 할 수 있는 한은 다 했으니, 이제 목을 매달든 고문하든 불에 활활 태우든 저쪽에 달린 것이었다.

어쨌든 자신의 부하가 황제를 공격했으니 반역죄로 줄줄 잡혀가도 할 말이 없었다.

무엇보다 그의 자존심을 상하게 한 건 정보 길드 내부에 바라트의 뿌리가 존재했다는 사실이었다.

존은 시선을 돌려 루디아를 바라보았다. 그 빈민가 골목에서도 오싹할 정도로 아름답던 그녀는 황궁에 놀라울 정도로 잘 어울렸다.

'그리고 리리카는······.'

그가 우려했던 것과 달리 행복해 보였다.

'다행이야.'

생각하니 저절로 미소가 흘러나왔다. 루디아가 알테어스의 어깨에 손을 얹고 한 발 앞으로 나오며 빙긋 웃었다.

"그럼 이제 다른 정보를 교환해 볼까요?"

"제가 모르는 정보를 알고 계십니까? 황후마마."

존이 비꼬듯 존칭을 덧붙였지만, 루디아는 눈 하나 깜짝하지 않았다.

"네, 정보 길드에 뻗어 있는 뿌리에 대한 정보가 있거든요."

존이 움찔했고, 루디아는 싱긋 웃었다. 계속 자신을 무시했으니, 괴롭혀 줘도 좋겠지만ㅡ

'그래도 돌아오기 전을 생각하면 말이야.'

바라트의 끄나풀로 살고 있을 무렵, 황궁 무도회에서 그가 말을 걸어왔다.

"리리카는?"

질문은 그것뿐이었다. 루디아는 상대를 알아보지 못해 의아해하며 "누구신지?" 하고 물었다.

그가 혀를 차며 제 머리를 손으로 올렸지만, 그래도 루디아는 알아채지 못했다.

그 뒤로 서로 날 선 폭언이 오갔지만, 그가 리리카를 아껴 줬던 건 사실이었다.

'괴롭히는 건 조금만 해야지.'

루디아는 뺨에 손을 대며 전생에 그랬듯 사악하게 후후 웃어 보였다.

Chapter 12

일곱 개의 종

"우바!"

리리카는 오랜만에 돌아온 우바에게 달려갔다. 그는 여전히 비즈 장식을 하고, 선장 같은 삼각 모자를 쓰고 있었다. 우바가 커다란 깃털 달린 모자를 벗어 인사하다가 리리카가 달려오자 웃으며 그녀를 번쩍 안아 올렸다.

리리카가 명랑하게 웃었다.

우바가 그녀를 한 바퀴 빙글 돌린 후에 바닥에 내려놓았다.

"언제나 환영해 주시니 몸 둘 바를 모르겠습니다."

"수해에 또 다녀온 거지? 무사히 돌아와서 다행이다. 이제 위험한 일은 안 해도 된다면서."

"그래도 모험이 절 부르고 있으니까요."

여전히 연극적인 어투로 말하며 눈을 찡긋해 보였다.

"그렇구나, 하지만 수해는 위험하니까 조심해."

진지하게 고개를 끄덕이며 걱정해 주는 황녀님은 여전해서, 우바는 흐뭇한 미소를 지었다.

"황궁까지 오는 건 드문 일인데, 어쩐 일이야?"

"황후마마께서 부르셔서요. 수해에 마수 포획 문제 때문에……."

"마수 포획?"

우바가 "그 외에도 여러 가지로요." 하고 말을 흐린 후 품에 손을 넣었다.

"그보다 황녀님께 이걸 드리려고 가져왔습니다."

그가 품에서 꺼낸 유리병 안에는 둥근 씨앗이 들어 있었다.

"한 번 심어 보세요."

"무슨 씨앗인데?"

"그건 자랐을 때의 즐거움으로 남겨 두지요."

"혹시 크게 자라?"

"아뇨, 다 자라면 황녀님 키 정도 된답니다."

"그럼 크네."

리리카의 말에 우바가 '아.' 하고 고개를 끄덕였다.

"그러네요. 크네요."

"응, 그럼 정원에 심어야지. 고마워, 우바."

"네, 그럼 전 이만 가 보겠습니다."

"벌써?"

"모험담은 다음에 들려드리지요. 아니, 모험담은 제가 들어야 하려나요? 마법 소녀 리리카 님."

"아!"

리리카가 자리에서 폴짝 뛰었다. 그녀의 뺨이 달아올랐다.

"우바도 알아?"

"네, 제 자랑이죠."

우바가 웃으며 모자를 썼다. 인사하는 그를 배웅하고 리리카는 유리병 안의 커다란 씨앗을 바라보았다.

뭐가 자랄지 무척 기대되었다.

'하지만 오늘은 그보다……'

리리카는 주먹을 꼭 쥐었다.

'피요르드랑 보내는 축제야.'

사실 모두가 걱정하고, 반대하겠지만 그래도 만나고 싶었다.

'오늘은 브린도 라우브도 숨어서 따라오겠다고 했으니까.'

이런 데서 고집을 부리는 게 옳지 않다거나, 쓸데없다거나, 나쁘다는 건 잘 알았다.

'그래도 만나고 싶은걸.'

완벽한 황녀님이라면 이런 짓은 하지 않을 테지.

리리카가 유리병을 꼭 쥐고 브린을 바라보았다.

"브린, 나 오늘 피요르드 만나는 거 있잖아."

"네."

브린은 평소처럼 부드러운 목소리로 답했다. 리리카는 쭈뼛거리며 뭐라고 해야 할까 망설였다.

"괜찮을까……?"

작은 목소리였지만, 브린은 알아들었다. 그리고 무슨 뜻인지도 이해했다. 그녀는 입가에 손을 대고 잠시 고민한 후에 말했다.

"아틸 전하께서는 8세 때 처음으로 가출을 하셨지요."

"어?"

"브란이 사색이 되어서 찾아다니던 기억이 납니다. 그 뒤로도 툭하면 탈출을 감행하셔서 브란이 여러모로 고생을 했지요. 위장약을 달고 살았다니까요. 전하와 함께 궁정을 나갈 때, 익숙해 보이지 않으셨나요?"

"그래 보였어."

"그렇죠? 그리고 전하의 아버님— 그러니까 전 황제 폐하께서는 한 달이나 사라지셨던 적도 있었답니다. 아, 물론 대관 후에 말이지요."

리리카는 입을 헤 벌렸다. 브린이 방긋 웃었다.

"이 정도는 솔 가문에게 가벼운 이야기랍니다. 타카르에게 엿 먹은, 아니, 실례. 골탕 먹은 이야기라면 밤을 새워도 부족한 게 저희 솔 일족인걸요."

브린이 고개를 휙 돌려 라우브를 바라보았다.

"울프가에도 그런 이야기들 있지 않나요?"

라우브가 리리카를 바라보았다. 리리카가 '정말? 그래?' 하는 반짝이는 눈으로 그를 바라보고 있었다.

"여럿 있습니다. 옛날이야기이지만 모든 황족들이 한 번에 각 방향으로 가출해서 울프가 전원이 차출되어 사냥개처럼 냄새를 맡으며 추적했던 이야기도 있고……."

"모든 황족이?"

"네. 황자와 황녀, 모두가 다 함께 계획을 세워서 한 번에……."

일족의 부끄러운 이야기인지라 라우브는 말꼬리를 흐렸다. 그래도 늑대의 자긍심이 있는데, 사냥개처럼 냄새를 맡았다는 이야기는 부끄러웠다.

그래도 주공의 반짝이는 눈을 보면 이야기할 수밖에 없었다.

"그래서? 다들 붙잡았어?"

리리카가 물었다. 라우브가 "음……." 하고 이어 말했다.

"도망치시면서 여러 가지 함정을 파두셔서 코를 못 쓰게 된 자들이 여럿 나왔죠. 일주일간의 추격전 끝에 찾아냈다고 들었습니다."

브린이 고개를 끄덕였다.

"그러니까, 이 정도는 끄떡없답니다. 저는 참 행복한 솔이에요."

브린의 말에 리리카는 저도 모르게 웃음이 나왔다. 마음이 가벼워졌다.

"함부로 권능을 쓰시다가 궁을 반파시키시거나, 태양궁과 하늘궁을 나눴다는 이야기가 있지요. 한쪽 궁을 부수면 다른 한쪽 궁으로 이사하면 되지. 하는 식으로요."

타카르의 만행을 이야기하자면 끝이 없었다. 그런데 이 정도로 괜찮냐고 물어보신다니, 이 얼마나 귀여우신가. 브린은 생각했다.

"이 정도의 무모함은 타카르로 치자면 애교가 아닐까요."

"그렇구나……."

완벽한 황녀를 위해 노력해야 한다고 생각했는데, 어째 타카르로서 완벽한 황녀는 방향성이 좀 다른 느낌이었다.

'뭔가 잘못 생각하고 있었던 걸까?'

리리카가 이상한 걸 고민했다. 그때, 멀리서 시종이 종종걸음으로 다가왔다.

"황녀님, 바라트 소공작께서 오셨습니다."

"피요르드가? 지금?"

의아해하며 되묻자 시종이 "네." 하고 공손히 대답했다.

'무슨 일이지?'

의아해하면서도 리리카는 곧장 백룡실로 향했다. 응접실에서 기다리고 있던 피요르드가 자리에서 일어났다.

"황녀님."

우아하게 인사해 보이는 그에게 리리카가 활짝 웃었다.

"무슨 일이야? 벌써 오고……."

힐끗 주변 눈치를 보며 속삭이자 피요르드가 웃고 말했다.

"아무래도 밤에 단둘이 도망치는 건 무리일 것 같아서요. 일정을 조금 바꿀까 하는데, 괜찮으시겠어요?"

"나야 상관없지만……. 어떻게 하고 싶은데?"

리리카의 물음에 피요르드가 몸을 살짝 숙이며 속삭였다.

"수도 밖은 어떠세요?"

가을 숲은 풍요로 가득했다. 계곡 근처에 모닥불을 피우고, 주전자를 올려 두었다.

라우브는 시골 소녀처럼 차려입은 브린을 보며 정말로 어울리지 않을 것 같은데 묘하게 잘 어울린다고 생각했다.

하지만 어느 쪽이든 칭찬이 아닌 것처럼 들릴 듯해 그는 입을 꾹 다물고 있었다.

멀리서부터 두 사람의 기척이 가까워졌다. 재잘재잘 떠드는 소리와 함께 리리카가 환하게 웃으며 피요르드와 나란히 걸어왔다.

"봐봐! 브린, 라우브! 밤이랑 개암이랑 이렇게 잔뜩 있어!"

리리카가 앞치마를 벌려 보이며 말했다. 그녀의 말대로 양이 상당했다. 브린이 웃었다.

"개암이랑 밤은 분리해요. 밤에는 칼집을 넣으면 되고, 개암은 라우브에게 깨 달라고 하지요."

"응!"

빈민가에서 살면 도시를 벗어날 일이 없었다. 산딸기에 끌리는 것도, 숲이 이렇게 즐거운 것도 분명히 그 때문이리라.

책으로만 읽었던 일들을 직접 해 보는 건 커다란 즐거움이었다.

피요르드가 이어 말했다.

"그럼 손질은 두 사람에게 부탁하고 우리는 물고기를 잡을까요?"

"물고기?"

"네, 이때 맛있는 물고기가 잡힌다고 하더라고요."

"잡을래, 잡을래!"

리리카는 소매를 걷어붙였다.

계곡은 제법 깊고 넓었다. 피요르드가 소곤거리며 물고기를 가리켰다.

"저기 등이 파란 물고기가 보이지요? 바란이라고 하는데, 가을이 되면 기름이 잘 올라서 맛있대요."

"제법 크다."

그녀의 손으로 세 뼘 정도 될 만큼 커다란 물고기였다. 작살은 즉석에서 나뭇가지를 다듬어 만들었다.

손에 작살을 든 리리카는 신중한 표정이었다. 가을이라 계곡물이 차가우니 돌 위에서 잡는 게 편할 거라고 피요르드가 권했다.

돌 위에서 몇 번 작살을 찔렀지만, 물고기는 쉬이 잡히질 않았다.

그녀는 결국 신발을 벗어 던졌다.

"차가워!"

"안 들어오셔도 된다니까요."

"아냐, 들어가서 잡으면 더 잘 잡힐 거 같아. 피요르드는 벌써 두 마리나 잡았잖아."

피요르드는 물속에서 잡는 거니까 잘 잡는 거야. 리리카는 다시금 나무 작살을 들었다.

"이얍! 이얍! 이얍~!"

기합 소리가 허공을 갈랐다. 그러나 굼뜬 손에 물고기가 순순히 잡혀 줄 리가 없었다.

피요르드가 말했다.

"리리, 물고기를 바로 찌르면 안 돼요. 물은 굴절되어 보이니까, 그리고 물고기가 어디로 움직일지를 생각해서, 이렇게."

번개처럼 피요르드가 작살을 내질렀다. 펄떡이는 물고기가 작살에 찔려 올라왔다.

"다, 다시 해 볼래."

리리카가 눈을 부릅뜨고 작살을 들었다.

"야압!"

있는 힘껏 작살을 찌르다가 발밑에 있는 돌에 미끄러졌다.

"!!"

풍덩 하며 그대로 엉덩방아를 찧었다.

"리리!"

놀란 피요르드가 다가왔다.

"괜찮으세요?"

그의 손을 잡고 일어난 리리카가 주머니에 손을 넣어 펜듈럼을 꺼냈다. 흠뻑 젖어 버린 리리카가 음산한 목소리로 말했다.

"마법으로 물고기를 잡으면—"

"그러면 만족하시겠어요?"

피요르드가 쿡쿡 웃으며 말하자 리리카는 그를 바라보고 입을 비죽였다.

그야 당연히 아닐 터.

"흠뻑 젖으셨으니, 가서 말리시는 게 좋겠어요."

"응……."

몸이 으슬으슬 떨리기 시작했다. 리리카가 애써 말했다.

"그래도 개암나무를 찾은 건 나니까."

"맞아요, 열매도 저보다 더 따셨죠."

순순히 인정하는 말에 리리카는 뺨을 붉혔다. 피요르드는 그녀를 안아 올렸다. 리리카가 놀라 그의 어깨를 잡았다.

"피요까지 젖겠어."

"전 괜찮습니다."

얼마 떨어지지 않은 곳에 브린과 라우브가 있어서 두 사람이 리리카를 인수받았다.

타고 온 짐수레에는 이런저런 물건들이 실려 있었다. 그중에는 새 옷도 들어 있었다.

리리카는 뽀송뽀송한 옷으로 갈아입고, 젖은 옷은 나뭇가지에 걸었다.

그사이에 짧아진 해가 기울기 시작했다.

밤이 되니 시간은 더욱 즐거워졌다. 나무에 빵 반죽을 돌돌 말아 커다랗게 된 모닥불에 구웠다. 주전자에서는 물이 끓어 따뜻한 차를 마실 수 있었다.

라우브가 딱딱한 껍질을 전부 깨준 개암 열매는 브린이 석쇠 사이에 넣고 모닥불에 가볍게 앞뒤로 구운 후 우르르 접시에 쏟아 주었다.

잘 구워진 개암 열매를 오독오독 맛보며 리리카는 피요르드와 어깨를 붙이듯 나란히 앉았다.

"피요도 먹어."

"네, 먹고 있어요."

모닥불 불빛이 모든 것을 따뜻하게 비추고 있었다. 브린이 잡아 온 생선을 손질하는 게 보였다.

깨끗하게 다듬어진 토막을 납작한 돌판 위에 올리고 모닥불 일부를 나누어 달구기 시작했다.

달궈진 돌판에서 열기가 올라오자 생선이 익기 시작했다. 새하얀 생선 살에서 곧바로 기름이 지글지글 끓어오르기 시작하자 소금을 솔솔 뿌렸다.

엄청나게 맛있는 냄새가 났다.

"맛있겠다."

작게 말하자 피요르드도 고개를 끄덕였다. 리리카가 미안한 얼굴로 그에게 속삭였다.

"하지만 단둘이 아니라서……. 괜찮아?"

"그보다 리리가 즐거운 게 더 중요하니까요."

"피요랑 단둘이었어도 즐거웠을 거야."

리리카의 말에 피요르드가 쿡쿡 웃었다.

"그럼 다음에요."

"약속이다?"

"저야말로 꼭."

피요르드가 진지하게 답했다. 그 사이에 빵에서도 맛있는 냄새가 나기 시작했다.

먹음직스러운 갈색빛이 돌기 시작한 빵을 리리카는 한입 깨물었다.

"뜨거워."

"조심하세요."

브린이 경고하며 접시에 구운 생선을 담아 주었다. 소금만 뿌렸는데도, 기름진 흰살생선은 탄력이 있고 입 안에서 녹아들 듯 맛있었다.

신선하기도 하거니와 민물고기 특유의 흙 맛이나 비린내가 전혀 없었다.

꽈배기 빵과 물고기로 배를 채우고 나자, 라우브가 칼집을 낸 밤을 모닥불에 올렸다.

깜깜해진 하늘 위로 모닥불 불티들이 높이 솟아올랐다.

리리카가 말했다.

"저기, 피요."

"네."

"리제르트랑 사이는 어때?"

"글쎄요."

피요르드는 뭐라고 해야 할지 몰라 말끝을 흐렸다. 리리카가 '으음' 하고 작게 말했다.

"피요의 동생이니까, 뭐라고 하기는 좀 그렇지만. 이상한 아이 같았어……."

힐끗 눈치를 보며 말끝을 흐리는 리리카를 보고 피요르드는 웃었다.

"네, 저도 알고 있습니다."

석쇠 사이에서 밤들이 익으며 입을 벌리는 소리가 났다. 리리카는 그의 웃는 얼굴을 바라보았다.

자신에게는 어머니가 있다. 아틸도 있고, 디아레도 있고, 폐하도…….

탄과 라트도 좋은 사람들이다. 파이도 그렇고.

하지만 그 집에서 피요르드가 혼자라고 생각하면 무척 마음이 아팠다. 그녀도 혼자라고 생각될 때가 있지 않았는가.

"피요, 힘들면 이야기해. 내가, 음. 내가 해 줄 수 있는 건 많지 않지만 그래도 곁에 있어 줄 테니까."

"찾아 주신다고 약속하셨죠."

"응. 산딸기 동맹이잖아. 동맹원은 절대로 버리지 않아."

말하고 리리카가 머뭇머뭇 덧붙였다.

"가끔, 도망치고 싶을 때도 있잖아? 그런 때도 괜찮으니까……."

피요르드가 시선을 모닥불로 돌렸다. 그의 목소리는 음악처럼 나긋나긋했다.

"도망을 간다면 진즉에 갔을 거라고 생각합니다. 하지만 전 도망치지 않아요. 바라트는, 바라트를."

그는 복잡한 얼굴이 되었다. 그녀를 돌아보고 몸을 기울여 그가 그녀의 귓가에 속삭였다.

"저도 바라트니까요."

리리카는 눈을 깜박였다.

만났던 귀족들 모두가 제 성에 자부심을 가지고, 자신의 핏줄을 자랑스러워했다.

좋은 쪽이든 나쁜 쪽이든 꽉 붙잡혀 있다고 해야 할까.

리리카도 타카르가 되기 위해 노력하고 있지만, 그것과는 전혀 다른 무언가였다.

그 자부심에 대해서 리리카가 뭐라고 할 말은 없지만.

"그래도 스스로는 바라트보다 피요르드를 소중하게 생각해줘."

아직도 어딘지 불안한 느낌이 남아 있어서, 리리카가 조심스럽게 덧붙였다. 피요르드가 고개를 끄덕였다.

"그렇게 하겠습니다."

지그시 피요르드를 바라보던 리리카가 손을 뻗어 그를 에잇 하고 끌어안았다.

"황녀님?"

놀라 피요르드가 그녀를 바라보자 리리카가 말했다.

"기운 없어 보이니까 내 기운을 나눠 주는 중이야."

그녀의 힘은 제법 강해서 피요르드는 가만히 리리카를 바라보다가 툭 머리를 기댔다.

"정말로 힘이 나는 거 같네요."

"그래?"

"네, 앞으로 필요하면 말씀드려도 되나요?"

피요르드의 물음에 리리카는 몸을 떼어내며 웃었다.

"좋아."

"약속이에요?"

"응, 약속."

피요르드는 싱글싱글 웃으며 리리카에게 말했다.

"밤이 다 구워진 거 같은걸요."

"나 구운 밤 처음 먹어 봐."

"저도요."

처음 먹어 본 군밤의 맛은 훌륭했다. 리리카는 다음에 더 많이 밤을 주워서 가족들과 나눠 먹고 싶다고 생각했다.

마지막으로 주전자에서 잘 녹은 쇼콜라까지 한잔하자 온몸의 긴장이 푹 풀렸다.

축제도, 야시장도 좋았지만 이렇게 오붓하게 시간을 보내는 것도 무척 즐거웠다.

저절로 입에서 노래가 흘러나왔다. 궁정에서 부르는 노래는 아니고 서민들이 부르는 단순한 가락의 노래였다.

아이답게 그녀의 목소리는 맑고 투명하게 잘 울렸다.

노래가 끝나니 브린이 박수를 쳐서 리리카의 뺨이 달아올랐다.

"무척 잘하시는걸요? 성악에 재능이 있으신 줄은 몰랐어요."

"아니, 그 정도는 아닌데……."

"아니에요. 정말로 아름다운 목소리였답니다. 한 곡 더 들려주세요."

피요르드마저 부추기니 리리카는 머뭇거리면서도 두 번째 노래를 부르기 시작했다.

세 번째 노래를 부를 때는 자리에서 일어났다. 어깨에 둘렀던 숄을 너울 삼아 거리에서 봤던 무희처럼 가볍게 한 바퀴 돌았다. 리리카는 노래를 끝내고 커트시를 해 보였다.

박수가 나오자 어쩐지 부끄러워 얼른 자리에 앉아 잔을 들어 얼굴을 가렸다.

브린이 하늘을 한 번 바라보고 말했다.

"이제 슬슬 일어나는 게 좋겠어요. 축제 때는 밤에도 성문을 열어 두지만 무한정은 아니니까요."

"응."

리리카가 얼른 자리에서 일어났다. 피요르드와 함께 계곡에 물을 뜨러 간 사이에 브린과 라우브가 자리를 정리했다.

떠온 물을 모닥불에 부어서 잔불을 확실히 처리했다. 리리카와 피요르드는 나올 때 탔던 짐수레 뒷자리에 나란히 앉았다.

앞에는 마부 역할의 라우브가 앉고 그 옆에 브린이 앉았다.

덜컹거리며 마차가 움직이기 시작했다. 리리카는 발을 앞뒤로 흔들며 고개를 젖혀 하늘을 보았다.

가을의 밤하늘에도 별은 점점이 빛나고 있었다.

겨울이 되면 성좌들이 훨씬 더 화려해지겠지만, 가을밤은 이 정도 별로도 충분하다.

수도에 들어서자 중간에서 피요르드는 내리겠다고 했다. 마지막까지 걱정스러운 얼굴을 하는 리리카에게 인사해 주고 피요르드는 저택으로 향했다.

언제나처럼 정문이 아니라 창문을 통해 방으로 들어서니, 드물게도 바라트 공작이 기다리고 있었다.

"각하."

피요르드는 아무런 잘못도 저지르지 않았다는 듯 바라트 공작에게 인사해 보였다.

"제 방까지 무슨 일이십니까?"

바라트 공작이 피요르드를 위아래로 살피고 말했다.

"아무래도 요즘 정신이 다른 곳에 팔려 있는 것 같군. 그 계집에게서는 이제 손을 떼. 아틸이 제 권능을 다시 찾았으니, 다른 방법을 쓰는 게 좋겠지."

공작이 지팡이로 카펫을 두들겼다.

"유모를 찢어 죽이고서 대략 십 년 동안 힘을 쓰지 못한 건가? 그 잡종을 제법 아낀다지?"

여동생을 찢어 죽이면 몇 년이나 그 힘을 못 쓸까.

중얼거리며 다가온 바라트 공작이 피요르드의 머리카락을 움켜쥐고 미소 지었다.

"당분간은 쓸데없는 생각을 하지 못하게 해야겠구나. 내 걸작품을 다시금 다듬을 때가 왔어."

"하트의 여왕."

뒤쪽에서 목소리가 들렸다. 눈동자만 굴려보니 리제르트가 기쁜 듯 웃고 있었다. 손에는 전에 봤던 거울이 들려 있었다.

"빨아들여라."

명랑한 목소리와 동시에 시야가 끊어졌다.

몸 안이 불타오르듯이 뜨거웠다. 산 채로 타오르는 고통은 언제 겪어도 괴로웠다.

시야가 깜박거렸다.

어둠 속에서도 자신이 지하 감옥에 갇혀 있다는 걸 알 수 있었다. 웃음이 흘러나왔다.

하하, 가볍게 웃을 생각이었는데 귓가에서는 놀랍도록 히스테릭한 웃음소리가 들렸다.

미친 듯이 웃고, 또 웃는다.

눈물이 줄줄 흘러나왔다.

우스워서? 괴로워서? 어느 쪽에도 답을 할 수가 없었다.

여기서 자신이 죽였던 형제들처럼 자신도 죽는 걸까.

그렇게 끝낼 수는 없었다.

본디 죽음이란 게 원하지 않아도 찾아오는 허무한 것이지만, 고통을 이기지 못하고 정신줄을 놓아 버리는 짓은 할 수 없다.

삼킨 목숨만큼 그 값은 해야 한다.

몸 안쪽을 휘감아 도는 불꽃을 어떻게든 진정시키려고 노력했다. 그는 철창살을 향해 손을 뻗었다. 몸을 일으키려면 뭐든 집을 게 필요했다.

그때, 송곳이 손을 꿰뚫었다. 고통은 없었다.

지금 겪고 있는 고통이 강해서 새로운 고통은 오히려 시원하게 느껴질 지경이었다.

송곳이 차가운 게 기분 좋았다.

시선을 위로 돌리니 제 얼굴이 보였다. 착시인가, 하니 그 얼굴이 씩 웃었다.

"아티팩트란 굉장하네요, 그렇죠? 이제부터 제가 피요르드예요. 그쪽은 불길에 휩싸여서 죽은 줄 알았는데, 살아 있네요. 지금 자신이 얼마나 추한지 알아요?"

피요르드의 모습을 한 리제르트가 속삭였다.

"괴물."

그녀가 자리에서 일어났다. 아티팩트로 의태한 모습은 누가 봐도 피요르드였다. 원체 닮아서인지 효과가 제법 좋았다.

그녀가 한 다리를 축으로 빙글 돌며 웃었다.

"성공하면, 날 계속 피요르드로 해 주겠다고, 어머니께서 약속해 주셨거든요."

리제르트가 속삭였다.

"그럼 안녕."

'타타탓.'

지하실을 달려 나가는 발소리가 경쾌해서, 피요르드는 웃어 버렸다.

'멍청이.'

자신을 대신해서 뭐가 좋다고. 그는 철창을 잡아당겨 몸을 일으켰다. 상체를 일으키자 시야가 휙 돌아갔다.

어지럼증과 통증에 숨을 헐떡이다가 그는 고개를 뒤로 젖혔다.

바라트 공작의 성격상, 대충 뭘 하려는지 알 것 같았다.

―얼마든지 대체할 수 있으니, 몸 사리는 게 좋을 거야.

그런 경고겠지. 그뿐 아니라 리제르트를 여러 방면으로 시험해 보고 있을 터였다. 한 가지 일로 한 가지 결과만 내는 사람이 아니다.

피요르드는 송곳을 뽑아 던졌다. 그럼 이제 그는 기다리기만 하면 되었다.

바라트 최고의 걸작품.

피요르드 바라트.

'쉽게 대체될 만큼 만만한 인생을 살아온 게 아니거든.'

눈을 감자 눈 안에 불꽃이 보였다. 어제 보았던, 아니면 며칠 전일 수도 있겠지만, 그 모닥불이 생각났다.

리리카의 노래도 생각났다.

차가운 계곡과 밤하늘의 별과 그리고 아름다운 눈동자.

묘하게 고통이 사그라드는 기분을 받으며 그는 깊이 숨을 들이마셨다.

숨을 들이마시는데도 기도가 불타오르는 기분이었다. 이런 고통까지 전부 가져갔다면 좋았을 텐데.

'외모만 가져간 건가?'

그건 좀 이상했다. 피요르드는 이리저리 제 몸 상태를 점검하기 시작했다.

'아, 이런.'

어쩐지 이상하다 했더니, 힘을 전혀 쓸 수가 없었다. 그 부분을 빼앗아 갔다고 생각하니 허탈해졌다.

지긋지긋하다고 여겼으면서도 자랑스럽게 생각하고 있었던 건가.

쓴웃음이 흘러나왔다.

'하트의 여왕이라.'

아티팩트에 대해서 가장 자세히 알고 있는 일족을 고르자면 '인로'였다.

중앙과는 완전히 떨어진 북극에서 살고 있는 인로가의 사람들이 중앙을 밟는 일은 전무하다시피 했다.

최후의 감시자, 빙하의 일족.

몸이 옆으로 스르륵 미끄러져서 피요르드는 바닥에 털썩 쓰러졌다. 상체를 기대어 세우고 있는 것도 힘들었다.

그는 생각을 멈췄다.

청록빛 아름다운 호수가 떠올랐다. 그 호수에 깊이 가라앉고 싶었다.

—인간들은 서로 인사를 주고받는단다. 너도 인간으로 취급된다면 이름을 받고 인사를 나눌 수 있을 거야. 알겠니?

어둠 속에서 들렸던 목소리를 떠올리며 리제르트는 거울을 들여다보았다.

그렇게 되고 싶었던 사람이 되어 있었다.

피요르드, 피요르드, 피요르드 바라트.

거울에 살짝 손바닥을 대 보았다. 거울 속의 피요르드가 미소 짓고 있었다.

행복하고 즐거워서 리제르트—아니, 피요르드는 웃었다.

'드디어 어머니께서도 알아주신 거야.'

내가 진짜라는 걸, 내가 가장 어머니를 사랑한다는 걸.

그녀는 커다란 곰 인형을 끌어안고 빙글빙글 방 안을 돌았다.

그러다 곰 인형과 함께 소파에 몸을 던지고 양손으로 뺨을 꾹 눌렀다.

'안 돼. 피요르드는 이렇게 웃지 않아. 좀 더 우아하게.'

나는 피요르드 바라트니까.

바라트 저택의 사람들은 모두 친절했다. 황궁 출입도 자유로웠다. 모두가 자신에게 고개를 숙이고 부드러운 목소리로 말했다.

피요르드로 사는 건 무척 쉬웠다.

"어머니."

우아하게 인사하니, 어머니가 시선을 돌렸다. 레이스 너머로 차가운 시선이 느껴졌다.

언젠가 저 안대를 벗고. 눈을 마주 보고, 자신을 꼭 끌어안아 '역시 우리 피요르드가 최고야.' 하고 입 맞춰 주시지 않을까.

희망찬 생각을 하며 리제르트는 공손히 물었다.

"부르셨습니까."

"그 여자아이를 만나라."

"리리카 황녀 말입니까?"

"만나서 무슨 이야기라도 좋으니 들어 둬. 혹시라도 아틸과 부딪친다면 가능한 적대해라. 그가 여자아이와 함께 있을 때 권능을 사용한다면 더 좋고."

싸움이 격렬해도 괜찮다, 그 싸움 중에 리리카 황녀를 처리해라.

네 힘으로 한 것인지, 아틸의 힘으로 한 것인지 알 수 없게.

"최대한 트라우마가 되게 하렴."

"네, 어머니."

그러고 나면 분명히.

그렇게 끝장을 내고 나면 분명히.

그녀가 바라트 최고의 걸작품이 되겠지. 피요르드 바라트는 그녀의 이름이 될 것이다.

리제르트는 그리 생각하며 계획을 짰다.

황궁 출입이 쉽듯이, 리리카 황녀를 만나는 것도 쉬웠다. 처음에는 놀란 듯했지만, 그녀는 몇 번이나 자신을 만나주었다.

그런데 아틸이 나타나지 않았다. 리제르트가 알기로는 셋에서도 자주 보곤 했는데.

'타이밍이 안 좋은 걸까.'

마음이 초조해졌다.

정원을 산책하는 도중이었다. 리리카 황녀는 화단 난간 위를 걷고 있었다.

황녀답지 않은 천박한 행위였다.

그렇지만 피요르드답게 신경 쓰지 않고 리제르트는 빙긋 웃으며 말했다.

"그런데 요즘 아틸 전하가 안 보이시네요."

"바쁘니까."

"그렇군요."

"만나고 싶어?"

걷는 걸 멈추고 리리카가 물었다. 리제르트는 멈칫했다가 웃었다.

"만나지 않는 게 가장 좋지요."

"그래?"

"그러고 보니 황녀님께서는 아틸 전하께서 왜 힘을 쓰지 못하게 되셨는지 알고 계신가요?"

"아니."

리리카는 고개를 흔들었다. 리제르트는 방긋 웃었다.

"그건 말이죠."

신이 나서 말투가 조금 들떠 버렸지만, 리제르트는 이야기를 계속했다.

"전하께서 어릴 적에 암살자가 들어온 적이 있었거든요. 전하를 재우던 유모가 전하를 지키기 위해서 필사적으로 나섰지요. 전하께서도 유모를 구해야겠다, 하고 힘을 쓰셨는데, 그만."

눈썹을 축 늘어트리고 리제르트가 말했다.

"유모를 산산조각 내고 마셨지 뭔가요. 그 뒤로 힘을 쓰지 못하게 되신 거지요."

리리카는 찜찜한 얼굴로 리제르트를 바라보았다. 알고 싶지 않은 걸 알아 버렸다, 하는 표정이었다.

리제르트는 "슬픈 이야기죠." 하고 말을 마무리했다.

그랬다. 무척 슬픈 이야기였다.

'고작 그 정도로 힘을 사용하지 못하게 되다니. 얼마나 약한 걸까.'

리제르트는 힐끗 리리카를 곁눈질했다.

의붓형제를 죽이는 정도로 트라우마가 생길까 싶지만, 유모가 죽은 것으로도 생겼으니 당연히 형제를 죽여도 생기겠지.

'타카르는 약점투성이구나.'

한숨을 폭 내쉬는데 리리카가 말했다.

"그런데 나 계속 궁금한 게 있었는데, 드디어 물어볼 수 있게 됐네."

"뭔가요?"

다정하게 웃으며 물으니 그녀가 훌쩍 돌기둥 위로 올라가 시선을 맞췄다.

"왜 그러세요?"

갸웃하며 다시 묻는다. 리리카가 불쑥 얼굴을 디밀었다.

"왜 계속 피요르드 흉내를 내?"

자신을 꿰뚫어 보는 듯한 청록색 눈동자였다. 가까워진 거리에 저도 모르게 놀라 뒷걸음질 치고 아차 했다.

피요르드 바라트는 이 상황에서 물러나지 않았을 터였다.

"황녀님…… 읏!"

어떻게든 사태를 바꿔보려고 하는데 뭔가가 제 목을 콱 쥐고 조르기 시작했다.

놀란 얼굴의 황녀가 시야에 잡혔다.

"아틸!"

아, 황태자인가.

그렇다면 힘을 써서, 힘을—

움직여 보려고 하는데 꿈쩍도 하지 않았다. 숨이 막혀 왔다.

어떻게든 힘을 써 보는데도, 목을 조이는 힘은 조금도 줄어들지 않았다.

'어째서?'

발끝이 허공을 걷어차고, 시야가 가물거리더니 꺼졌다.

빈민가 근처, 싸구려 식당 지하실에 세 사람이 옹기종기 모여 있었다.

리리카, 아틸 그리고 존 웨일. 리리카는 도착하자마자 움직이기 편한 옷으로 갈아입었다.

"정말로 괜찮겠어?"

아저씨가 불안한 표정으로 물어봐 리리카는 고개를 끄덕였다.

"괜찮아요."

정보를 물어 온 존 웨일은 끙 앓는 소리를 삼켰다. 그는 여느 때와 같이 긴 머리카락을 전부 모자 속에 숨기고 구두닦이 상자까지 맨, '구두닦이 아저씨' 차림이었다.

옆에는 신문팔이 소년 차림의 아틸이 서 있었다. 그가 투덜거렸다.

"도대체 모르겠어. 왜 구하러 가는 거야? 어차피 죽이지도 않을 거 같은데. 손톱 몇 개 뽑고 불에나 좀 담그겠지."

"……바로 그게 문제라서 데리러 가는 건데요."

리리카의 말에 아틸의 미간이 더욱 좁아졌다. 그로서는 도무지 이해가 되지 않았다.

"리제르트도 저렇게 됐으니, 이제 공작이 피요르드를 죽일 이유가 없어. 애초에 죽일 생각이 있었는지도 의문스럽고."

"하지만 계속 괴로운 거잖아요. 산딸기 동맹인걸요. 구하러 가겠다고 했어요."

리리카가 그리 말하며 팔짱을 끼고 씩 웃었다.

"게다가 아틸이 선물해 준 아티팩트만 있으면 어떤 장애물도 문제없고요."

"괜히 선물했어."

아틸이 뚱하게 말했다. 존도 한숨을 내쉬었다. 그 역시 그 아티팩트가 아니었다면 리리카에게 협조하지 않았을 터였다.

"차라리 다른 사람을 시키는 게 어때?"

"하지만 제가 가지 않으면 피요르드는 절대로 따라오지 않을 테니까요."

"그야 그렇겠지. 바라트니까."

아틸이 덤덤히 말했다.

모두에게 비밀로 했던, 아틸이 리리카에게 준 생일선물은 손으로 흔들 수 있는 작은 종이었다. 금빛 종은 귀엽고 사랑스러운 모습을 하고 있었다.

아티팩트 일곱 개의 종.

리리카가 종을 꺼내 들자 아틸이 존에게 다시금 되물었다.

"정보는 확실한 거겠지?"

"네, 몇 번이나 다시 확인한 겁니다. 실제로 중간까지 제 부하를 침입시키기도 했고요. 이 통로가 바라트 저택의 비밀통로 중 하나입니다."

빈민가 근처이니 성벽과 가까웠고, 싸구려 식당인데도 마구간이 딸려 있다. 이 길이 바라트 저택으로 연결된다는 이야기였다.

마구간이 있으니 말을 탈 수도, 도주에 용이한 다양한 물품을 챙길 수 있었다. 무엇보다도 사람들에게 섞여들기 좋고 사방으로 길이 뚫려 있는 곳이었다. 바라트의 비밀통로가 이렇게 멀리 떨어진 곳까지 이어진다는 게 놀라울 뿐, 나머지는 완벽한 도주처였다.

무엇보다 여기가 바라트의 비밀통로라는 걸 알아낸 게 놀라웠다. 아틸이 감탄했다.

"잘도 바라트 저택 내부를 조사했네."

"아, 비싸게 산 정보 덕에 뿌리를 붙잡아서요."

존은 넌더리가 난다는 표정을 짓고 리리카를 바라보았다. 리리카는 시선이 마주치자 씩 웃어 보였다. 소년 같은 웃음이다.

어쩔 수 없이 마주 웃었다.

리리카가 아니었다면 목이 달아난다 해도 루디아에게 협조하지 않았을 테지만, 다시 만난 루디아는 어쨌든 리리카를 위해 애쓰고 있었다.

'인간은 어지간해서는 변하지 않는데 말야.'

신기한 일이지.

존은 턱을 쓰다듬었다.

"종이 하나 남으면 무조건 도망 나오는 거야, 알았어? 그 새끼를 구하든 말든 상관없이."

아틸이 리리카의 양어깨를 잡으며 다시금 확답을 구했다. 리리카는 고개를 끄덕였다.

"알겠어요."

그녀도 여기서 잡히고 싶지 않았다.

지하실 바닥에 달린 나무문을 들어 올리면 사다리가 나타났다. 그녀는 천천히 사다리를 내려가 괜찮다는 의미로 위에 서 있는 두 사람에게 손을 흔들어 보였다.

마지막으로 제 허리에 찬 주머니를 다시 한번 점검하고 종을 흔들었다.

"울려라, 일곱 개의 종."

명랑한 종소리가 들리더니 동시에 그녀의 눈앞에 일렬로 작은 종 일곱 개가 떠올랐다.

'딩동댕, 딸랑, 덩그랑, 뎅.'

일곱 개의 종이 각기 다른 높낮이의 소리를 내며 부드럽고 풍부한 화음을 만들어 냈다. 무지갯빛 종소리가 아름다웠다.

리리카가 작게 종소리에 맞춰 속삭였다.

"대상은 피요르드 바라트."

종들이 일렬로 스르륵 움직여 그녀의 등 뒤로 반원을 그리며 늘어섰다. 그녀의 앞에는 금색 삼각형 모양으로 화살표가 생겼다.

첫 번째 종이 울렸다.

'딸랑.'

그와 동시에 첫 번째 종은 가루가 되어 흩어졌다.

'됐다.'

리리카는 주먹을 꽉 쥐고 곧장 이어진 좁은 통로를 기어나가기 시작했다. 피요르드가 있는 방향을 가리키는 금색 화살표가 밝게 빛나며 길을 밝히고 있었다.

화살표가 아니었다면 아무것도 보이지 않을 정도로 깜깜했을 것이다. 팔이 아프고 답답해질 정도로 기었을 때 제대로 걸을 수 있는 공간이 나왔다. 벽은 울퉁불퉁했지만, 성인 두 사람이 나란히 서서 걸을 수 있을 정도의 폭이었다.

'좋아.'

리리카는 달리기 시작했다.

아티팩트 '일곱 개의 종'의 효과는 단순하고 훌륭했다.

훔칠 대상을 설정하면, 일곱 개의 종이 전부 울릴 때까지 사용자가 적에게 들키지 않고서 모든 장애물을 통과할 수 있게 해 주는 아티팩트였다.

단, 난이도에 따라서 종이 울리는 속도가 달라지고, 이 효과의 보장 시간은 오직 십 분이었다.

지금까지는 종 하나로 왔지만, 앞으로의 경비 상황에 따라서 종이 어떻게 사라질지 모른다.

종을 사용하고 있는 동안은 다른 사람을 공격하는 행위가 금지되었다. 또한 다른 아티팩트를 중복으로 사용할 수도 없었다.

아틸 말로는 사용자가 당당히 황실에 물건을 훔치러 왔다가, 황제 앞에서 단번에 일곱 개의 종이 모두 깨졌다던가?

그렇게 황실 창고에 들어오게 된 아티팩트라고 했다.

'아티팩트를 쓰지 못하니까, 여차하면 내가 피요르드를 업어야 할지도 몰라.'

가능할까?

리리카는 피요르드가 정신을 차리고 있는 상황이기를 바랐다.

'아냐, 최악의 경우 내가 피요르드를 업고 나와야 해.'

할 수 있다!

속으로 그리 외치고 리리카는 달렸다. 경비의 발소리도, 함정도 두려워할 필요 없었다.

잠긴 문도 그녀가 손을 대면 어려움 없이 열렸다.

"윽……."

악취와 비린내가 코를 찔렀다. 깨진 커다란 유리관 같은 게 여기저기 놓여 있었고, 지독한 냄새가 났다. 눈물이 날 만큼 코가 찡했다. 리리카는 어두운 쪽을 보지 않으려 애쓰며 다음 방으로 향했다. 그다음 방은 무척 깨끗하고 주정(酒精) 냄새가 났다. 호기심에 둘러보니 오싹한 도구들이 걸려 있었다. 검게 물든 가죽끈과 크기별 칼, 망치, 집게 같은 것들이 걸려 있었고 가운데에 철제로 만든 테이블이 있었다.

'으, 못 본 걸로 하자.'

그런 기분 나쁜 방들이 이어졌다. 중간에 깜깜한 방을 지날 때는 무서워서 걸을 수가 없었다. 눈에 눈물이 맺히기도 했다.

그럴 때면 가슴에 손을 얹고 '에르히'라고 몇 번이나 외웠다.

실제로 빛이 나는 건 아니지만, 빛을 내는 힘은 언제나 자신 안에 있다는 걸 느낄 수 있었다. 떨리는 무릎에 힘을 주고 눈물을 닦아내며 앞으로 걸어갔다. 몇 번 갈림길이 나와 리리카는 문을 잘 기억해 두고 화살표를 따라 걸었다.

'언제까지 걷는 거지?'

종이 하나도 줄지 않은 건 다행이지만, 거리가 너무 멀었다. 게다가 긴장 상태가 계속되니 신경이 곤두서기 시작했다. 몇 번이나 한숨을 내쉬며 녹슨 문을 열고 안으로 들어선 순간,

'딸랑, 딸랑, 딸랑.'

종 세 개가 동시에 울리며 사라졌다. 리리카는 그 자리에 얼어붙은 듯 멈춰 섰다.

바라트 공작이 서 있었다.

어두운 지하 감옥에는 등불이 희미하게 반짝이고 있었다.

저도 모르게 양손으로 제 입을 틀어막았다. 바라트 공작이 이쪽을 향해 돌아섰다.

"!!"

리리카는 종을 살폈다. 세 개가 연속으로 울린 후로 종은 울리지 않고 있었다.

'괜찮아, 괜찮아.'

쿵쿵, 심장이 안쪽에서 뛰다 못해 입 밖으로 튀어나올 거 같았다.

"참 재미있지 않나?"

이쪽을 보고 말을 거는 듯했지만, 리리카는 꼼짝도 하지 않았다.

"겉모습만 보고 다들 리제르트가 너라고 넘어가는 것 말이야. 멍청한 아이지만, 멍청해서 귀여운 곳이 있지."

제 딸을 향한 말이라기에는 신랄하다. 하지만 저렇게 바라트 공작이 이야기를 한다면…….

'역시 날 못 본 거야.'

희미하게 울리는 종소리는 아직 세 개의 음계를 만들어 내고 있었다. 너무 무서워서 바라트 공작에게서 눈을 뗄 수 없었다.

리리카는 침을 삼켰다.

필사적인 노력으로 시선을 바라트 공작에게서 돌려 창살 쪽으로 보냈다.

"!!"

피요르드! 하는 목소리가 튀어나오려는 걸 간신히 눌러 참았다. 보기에도 처참한 몰골의 피요르드가 감옥 안에 쓰러져 있었다.

그 앞에는 향로가 놓여 있었고, 거기서 연분홍빛 연기가 솟아오르고 있었다. 뭔지는 모르지만 좋아 보이지 않았다.

용기를 내서 앞으로 다가가야 하는데, 다가갈 수가 없었다.

'계속 시간을 보낼 수는 없는데…….'

'딸랑.'

다시금 종이 울렸다. 역시 이렇게 대치하고 있으면 빠르게 종이 소모되는 모양이었다.

이제 남은 종은 두 개.

바라트 공작이 감옥으로 시선을 돌렸다가 다시 리리카 쪽을 바라보았다. 정확하게 자신을 보는 것 같아서 소름 끼쳤다.

레이스로 가린 눈이 보이지 않으니, 자신을 보는 건지 아닌지 알 수가 없었다.

천천히 공작이 가까워졌다. 리리카는 가죽 벨트에 걸어 둔 펜던트에 손을 올렸다.

만약, 만약 정말로 들킨 거라면.

세 걸음, 두 걸음, 한 걸음.

가까워진 공작이 그녀를 스쳐 지나갔다. 리리카는 홱 뒤를 돌아보았다.

공작이 벽에 걸린 등잔을 돌리자 그녀가 지나온 통로가 닫혔다.

리리카는 펄쩍 뛸 뻔했다. 바라트 공작은 별다른 반응 없이 한 번 더 등잔을 돌렸다.

다시 통로가 열렸다.

쿠르릉 내부가 울리는 소리가 났다.

"그럼 즐거운 시간을 보내고 있으렴."

공작이 그리 말하고는 통로로 사라졌다. 리리카는 길게 숨을 내쉬고 당장 감옥으로 달려갔다.

감옥 문도 그녀에게 큰 문제가 되지 않았다.

쓰러져 있는 피요르드를 끌어당겼다. 돌바닥에 눕히기에는 마음이 아파 그녀는 제 다리 위에 그의 머리를 올렸다.

"피요르드? 피요."

처음에는 작은 목소리로 불렀다. 큰 목소리 역시 종을 소비하게 할까 봐 겁이 났다.

가죽 주머니에서 약병을 꺼내어 피요르드의 입 안에 흘려 넣었다. 미리미리 준비하기를 잘했다.

그런 생각을 하며 리리카는 한숨을 내쉬었다. 그녀는 살살 피요르드를 흔들었다.

"피요, 일어나. 피요르드."

피요르드는 호수 밑바닥으로 가라앉고 있었다.

바닥없는 어둠으로, 저 아래까지. 빛이 들지 않는 곳으로 빨려 들어갔다.

어둠 속에서 시간이 얼마나 흘렀는지 알 수 없었다. 공기 방울이 보그르르 하는 소리가 들릴 정도로 모든 게 생생했다.

깜깜한 바닥으로, 바닥으로.

그런데 이상하게 시야 가장자리가 부옇게 밝아오기 시작했다. 의아해하며 눈을 뜨기 시계가 밝다.

아래쪽에서부터 빛이 올라오고 있었다. 바닥이 빛난다니.

의아해하며 시선을 아래로 돌리니 바닥의 모래가 새하얗게 빛나고 있었다.

의외의 상황에 당혹해하고 있는데, 목소리가 옅게 들려왔다. 그가 잊을 리 없는 목소리였다.

"피요, 정신 차려, 피요르드 바라트!"

누군가가 목덜미를 붙잡고 물 밖으로 머리를 끄집어낸 것처럼 순식간에 정신이 돌아왔다.

숨을 깊게 삼키고 내뱉는다. 흐릿한 시야에 방금까지 가라앉았던 호수가 보였다.

청록색 호수 같은 눈동자.

"피요! 괜찮아? 정신이 들어? 나 누군지 알겠어?"

피요르드는 한참 눈을 깜박였다. 시야가 무척 좁아져 있었다. 눈이 망가진 모양이었다. 리리카의 얼굴을 멍하니 들여다보고 있으려니, 그녀가 걱정스러운 표정을 지어 보였다.

피요르드는 그제야 서서히 상황이 파악되었다. 주변은 익숙했다.

지하 감옥.

그리고 리리카가 있었다. 그는 지금 그녀의 다리를 베고 누워 있는 모습이었다. 간단히 말해 무릎베개를 하고 지하 감옥에 누워 있었다.

"……?"

꿈인가?

몇 번 눈을 깜박여 봐도 여전히 상황은 변하지 않았다.

리리카가 피요르드를 내려다보고 손바닥을 흔들었다.

"피요, 보여? 말할 수 있겠어?"

"네……."

목소리는 거칠었지만, 대답은 제대로 나왔다. 리리카의 얼굴이 단박에 환해졌다.

"다행이다!"

그 웃음에 반사적으로 피요르드가 제 얼굴을 팔로 가렸다.

"피요?"

"보지, 마세요……. 지금 너무……."

리제르트가 분명 '괴물'이라고 이야기했다. 약을 먹지 않은 지도 오래되었다.

얄팍하고 예쁜 겉가죽은 벗겨지고 추한 몰골일 터였다.

보이고 싶지 않았다.

리리카가 가장 마음에 들어 하는 게 자신의 외모 아닌가?

그때 리리카가 덥석 그의 양 뺨을 꽉 잡았다. 얼굴을 바싹 들이밀었다.

"세상에서 가장 아름다운 건 우리 엄마야."

영문을 모를 선언에 피요르드는 당황했다. 리리카가 말했다.

"그러니까 외모는 상관없어!"

당당한 말이었다. 그가 뭐라고 답할지 몰라 멍하니 리리카를 바라보았다. 머리가 제대로 돌아가지 않았다.

그걸 알고 있는 듯 리리카는 방긋 웃고는 말했다.

"이제부터 피요를 데리고 나갈 건데. 피요, 걸을 수 없으니까, 내가 어떻게든 데리고 나갈게. 자, 내 어깨에 팔을 둘러."

"그건, 불가능……."

"해 보지 않으면 모르잖아."

리리카는 가져온 천으로 피요르드의 양 손목을 묶었다. 그리고 만들어진 팔 고리 안으로 제 목을 집어넣었다. 온 힘을 다해 피요르드를 등에 업었다. 이제 자리에서 일어나기만 하면 되었다.

'할 수 있다. 일어날 수 있다. 일어날 수 있어!'

삼단봉을 펴서 지팡이 삼은 후에,

"이야압!!"

기합만큼 기세도 훌륭해서 리리카는 자리에서 벌떡 일어섰다.

"서, 섰다! 장하다, 리리카. 훌륭하다, 리리카."

제 입으로 스스로를 격려하고 리리카는 미끄러지지 않게 피요르드의 팔을 꼭 잡았다. 두 사람의 키 차이는 상당해서 그의 다리가 질질 끌리고 있었다.

높아진 시선 속에 달콤한 향기를 내뿜는 향로가 보였다. 피요르드는 그게 뭔지 잘 알아서 쓴웃음을 삼켰다.

언제나, 늘, 지독한 꿈을 보여 주는 향로였다. 중독증상도 강한 편이었다.

그럼 리리카는 괜찮은 걸까?

아니면 이것 역시 꿈인 건가.

리리카는 "끄응" 신음을 흘리며 앞으로 걷기 시작했다. 피요르드가 미끄러져 내릴까 봐 허리를 앞으로 숙인 채로 한 걸음 한 걸음 걸었다.

일어나는 게 가장 힘들었고, 걷는 건 어떻게든 할 만했다.

시선을 돌리니 그녀의 주변으로 두 개의 종이 떠 있는 게 보였다. 리리카는 헉헉 숨을 몰아쉬면서 상황을 설명해 주었다.

"아틸이, 선물해 준 거야, 생일선물."

종이 울리는 동안 사용자가 지정한 한 가지 물건을 훔칠 수 있고, 훔치는 동안 인지되지 않는다.

"난 피요르드를 훔치겠다고, 선언했지."

"바보 같은 짓을……."

"뭐?"

"저를 죽이지는 않았을 겁니다."

내버려 둔 걸 보면 알 수 있다. 그의 형제들 역시 자연히 숨이 끊어질 때까지 방치되어 있었다. 마지막까지 정보를 수집하려는 수작일 터였다.

리리카는 당장에 피요르드를 내동댕이치고 싶은 걸 참았다.

'진정하자, 괜찮아, 리리카.'

"하지만 그사이에 피요는 계속 아프고 괴롭잖아. 그게 싫어."

피요르드는 초점이 흐릿해진 금홍색 눈동자를 깜박였다.

'와.'

뭐라고 할까.

단것을 지나치게 먹어서 고통스럽기까지 한, 그런 느낌이었다.

'아무래도 꿈인가 봐.'

향이 보여 주는 그럴듯한 꿈을 꾸고 있는 거다. 그렇게 생각하니 웃음이 나왔다. 너무 노골적인 꿈이었다.

늘 지독한 꿈만 보여 주고는 했는데, 무슨 일이람?

적나라한 바람에 스스로가 부끄러워질 정도였다. 아니, 이 정도로 적나라하면 오히려 수치심마저 사라졌다.

리리카가 그를 구하러 오기를 바랐다는 것 아닌가. 그녀가 이 지독한 곳에 오길, 와서 그를 끌고 나가 주길 바랐다는, 그야말로 자위 같은 꿈이다.

저를 업고 있는 작은 등과 필사적인 걸음.

그가 떨어지지 않도록 팔을 꼭 붙든 손. 바닥에 발이 질질 끌리는 걸 미안해하며 걷고 있는 울새 황녀님은 너무나 귀엽고 사랑스러워서 제 욕망의 집합체 같았다.

이런 상상을 하는 저 자신이 너무 얄팍해서 웃음이 터졌다. 당황한 리리카가 물었다.

"피요? 괜찮아?"

그녀의 목소리가 떨리는 게 느껴졌다. 꿈이라도 이런 곳은 진짜 같구나.

걱정해 주는 거군요, 하고 내뱉지는 않았지만 아무래도 좋았다.

"리리카."

"응?"

"정말 좋아해."

"!!"

작은 등허리가 움찔한다. 반밖에 보이지 않는 시야에 그녀의 귀가 빨개지는 게 보였다.

"정말, 피요는, 이런 때에, 아, 정말."

투덜투덜하더니 리리카는 답했다.

"나도 좋아해."

애초에 좋아하지 않으면 여기까지 올 리가 없잖아?

투덜투덜거리는 그녀에게 피요르드는 '난 몇 번째야?'라고 묻고 싶어졌다.

하지만 꿈이니까, 돌아오는 대답이 어떤 대답이든지 아주 아주 싫을 것 같아 침묵했다.

리리카는 지하 통로를 바라보았다. 저기로 내려가다가 바라트 공작과 마주치기라도 하면…….

종 두 개가 동시에 울리고 게임이 끝나겠지. 리리카는 이를 악물었다.

"피요, 저쪽으로 올라가면 뭐가 있어?"

"집무실이요."

"그래? 집무실에 사람이 많아? 공작은 왠지 사람을 곁에 두지 않을 거 같아서……."

"집무실에는 아무도 들이지 않아요. 집무실 창문으로 탈출하면 된답니다."

순순히 탈출 루트를 불었다. 리리카는 눈을 부릅떴다.

"역시. 그렇다면."

차라리 집무실로 향하자. 바라트 공작이 돌아오기 전에 집무실로 향한 다음, 거기 창문을 통해 빠져나가는 거야.

대범한 결정이었다.

그녀는 비틀비틀 지하 감옥 계단을 올라가기 시작했다.

헉헉 숨이 거칠어졌다. 계단 중간에서 무릎을 한 번 꿇기도 했다. 땀이 비 오듯 흘렀다.

"피요, 호리호리해 보이는데, 무겁구나."

끙끙거리는 리리카의 말에 웃음이 나왔다. 바라트 저택은 놀랄 정도로 인기척이 없었다. 이것도 꿈의 효과일까.

꿈이지만 마음이 아파 왔다.

"리리, 난 괜찮으니까."

"내가 안 괜찮아."

끙끙거리며 리리카가 말했다.

"멀리 있어도, 찾아내 주겠다고, 약속했잖아."

"응……."

"그러니까, 후아, 피요는, 한숨, 자 둬, 깨어났을 때는 분명히 끝나 있을 거야."

목소리는 스스로를 북돋기 위한 것이기도 한 듯 씩씩했다. 이대로 잠들었다가 깨면 다시 그 지하 감옥인 걸까.

그렇다면 잠들고 싶지 않았지만, 이렇게 업혀서 영원히 바라트 저택을 떠도는 꿈도 꿀 게 못 되었다.

피요르드는 눈을 감았다.

피요르드의 몸이 축 늘어진 걸 느끼며 리리카는 숨을 삼켰다.

'더 무거워졌어.'

확실히 일어나 있을 때랑, 아닐 때는 다르구나.

두 개 남은 종을 곁눈질하며 리리카는 통로 문을 열었다.

바라트 공작의 집무실.

다행히도, 피요의 말처럼 집무실에는 아무도 없었다. 무사히 여기까지 올라와서 다행이었다.

종은 아직도 두 개가 남아 있었다.

유리창의 고리를 열고 발코니로 나왔다. 이미 온몸이 땀범벅이었다.

발코니 난간을 넘어 관목숲으로 떨어졌다. 피요르드의 무게 때문에 납작하게 눌려 버렸다.

눈물이 찔끔 났다.

"으랏샤!"

다시금 있는 힘껏 소리쳐 몸을 일으켰다. 하지만, 하지만 이제 어떻게 하지?

어느 쪽으로 가야 할까.

'피요, 괜히 쉬라고 했어.'

허세를 부렸다. 하고 리리카는 후회했다. 조심조심 피요르드를 불러 봐도 그는 답이 없었다.

'그럼 일단 숨자.'

바라트의 정원은 미로처럼 복잡해서 두 사람이 숨기에 딱 좋았다. 관목 틈 사이에 숨어 피요르드를 내려놓고 리리카는 땀을 닦아냈다.

약 덕분인지, 피요르드의 몸 상태는 처음보다 훨씬 나아져 있었다. 마법으로 고쳐 주면 좋을 텐데, '일곱 개의 종'을 발동하고 있는 동안에는 마법도 쓸 수 없었다.

다시 한 번 피요르드에게 약을 먹이고, 리리카는 팔을 걷어붙였다.

'일단 혼자서 탐색이라도, 엇?'

저도 모르게 소리를 지를 뻔했다. 언제 일어났는지 피요르드가 그녀를 뒤에서 끌어안았기 때문이었다.

"피요, 일어났어?"

하지만 반가운 일이라 리리카는 기쁘게 말을 걸었다. 물론 목소리는 어디까지나 속닥속닥이지만.

피요르드는 여전히 뜨거웠다. 아니, 아까만 해도 괜찮았는데 다시 열이 오른 것 같았다.

안은 팔에 힘을 주고는 뺨에 뺨을 문질러왔다.

"잠깐, 피요, 뭐 하는 거야?"

불쾌하기보다는 간지러웠다. 게다가 제대로 된 상태가 아닌 듯해 걱정이 되었다.

리리카는 그를 돌아보며 시선을 맞추려 애썼다.

"깨어나도 또다시 꿈이라니. 예전 같으면 싫었겠지만. 후후, 엄청 좋은 꿈이네요."

속삭이며 피요르드가 그녀의 뺨에 입 맞췄다. 리리카의 뺨이 달아올랐다.

"꿈이 아냐."

"그래요?"

생글생글 웃는 눈을 마주 보니, 초점이 흐릿했다.

'아, 이거……'

가망이 없다. 옛날에 술이 잔뜩 취한 주정뱅이나, 약에 취해 멍하니 있었던 사람과 비슷하다.

멀쩡하게 이야기하고 움직이지만, 내일 되면 '조금도 기억나지 않는다.'라며 얼빠진 얼굴을 할 가능성이 높았다.

리리카는 살살 그를 달래기 시작했다. 술주정뱅이 달래기라면 일가

견이 있었다.

"피요, 일단 진정해. 다른 사람에게 들키면 안 되니까."

급작스러운 돌발행동을 할까 두려워 리리카는 그를 너무 제지하지 않으며 점잖게 타일렀다.

몸이 딱 달라 붙어와서 그의 뺨이 머리에 문질러지는 게 느껴졌다. 그의 목소리는 열에 들뜬 듯 가벼웠다.

"왜 들키면 안 되나요?"

"탈출하는데 들키면 곤란하지. 피요를 계속 지하 감옥에 둘 수도 없고, 일단 나와 함께 탈출했다가 다시 돌아오든가……."

"흐음."

피요르드는 생각에 잠긴 듯 작게 소리를 냈다. 그러더니 좋은 생각이라도 났다는 듯 작게 속삭였다.

"다 죽이면 돼요."

"어?"

"저택에 있는 자들을 다 죽이면, 들키지 않아요. 완벽하게 증거 인멸이지요."

"아니……."

피요르드가 화사하게 웃었다.

"계속 죽이고 싶었어요, 전부 없애 버리고 싶었어요. 어느 쪽이든지 부숴 버려야 하는걸요. 하지만 산산조각 나지 말라고, 그랬잖아요. 그랬지요? 리리카가 그렇게 이야기했으니까. 그렇다면 상대를 부술 수밖에 없으니까. 정말로 하나도 남김없이, 전부 핏물이 바닥에 고여 적셔서 철철철 흘러넘쳐서—"

입에서 나오는 말은 끝이 없었다. 리리카의 눈썹이 축 처졌다. 그녀가 그의 팔 안에서 몸을 돌리려 애쓰며 팔을 뻗어 그의 머리를 끌어 안아 주었다.

"응, 피요. 참느라 애썼구나. 잘 참았네."

"!!"

피요르드는 이를 악물었다.

정말로 이 사람은, 이런 꿈속에서도 어떻게. 왜, 늘, 항상······.

나는 지고 마는 걸까?

원했지만 원한다고 하지 못했던 말을, 당연히 받아야 했다는 말이라는 듯 해 준다.

상대는 이런 어린 여자아이인데, 자신만 기쁜 게 굉장히 분하다.

괜히 노려보려 애썼지만, 애초에 상대는 그를 꼭 안고 있었다. 시선이 마주칠 리가 없었다. 거세게 뛰는 심장 소리가 들려왔다.

쿵, 쿵, 쿵.

평소보다 조금 더 빠른 박자였다. 작은 몸에서는 희미하게 땀 냄새가 나고 있었다.

천천히 현실감이 밀려 들어왔다.

양손으로 부드럽게 그녀의 팔을 잡아 밀어내 시선을 마주했다.

"리리카?"

"응."

태평한 얼굴로 대답하는 리리카를 바라보았다. 순간, 누군가가 얼음물을 부은 것처럼 정신이 번쩍 들었다.

"꺅?!"

갑작스럽게 떠밀려 바닥에 눕게 되어 리리카는 작게 소리를 냈다. 그녀를 위에서 내리누르듯 덮고 피요르드가 외치듯 속삭였다.

"대체 뭐 하시는 겁니까? 여기는 어떻게, 아니, 언제부터 현실이었던 거죠?"

"아, 정신 차렸구나. 다행이다."

리리카는 안도해 환하게 웃었다. 멍하니 그 얼굴을 보다가 피요르드는 고개를 돌리며 제 입을 가렸다.

'맙소사.'

온갖 헛소리를 늘어놓았던 게 생생했다. 얼굴이 달아올라 참을 수가 없었다. 가능하면 양손으로 얼굴을 가린 후에 어디 구석에서 잠시 참회하고 싶었다.

"피요? 괜찮아?"

리리카가 그의 이마를 짚었다.

"역시 열이 있는 거 같은데."

"저는, 괜찮, 습니다."

더듬더듬 말이 나왔다. 도저히 시선을 마주칠 수가 없었.

피요르드 바라트 생에서 이렇게나 수치스러웠던 적이 있었던가.

그가 끙끙거리고 있는데 리리카가 부드럽게 말했다.

"피요, 아프면 쉬어도 괜찮아. 내가 가서 일단 살펴보고 올게."

순간 피요르드는 리리카에게 시선을 고정했다. 그는 미칠 것 같은데, 리리카는 태연했다.

어린아이다운 동글동글한 얼굴이 땀범벅이었다. 그는 억울해졌고, 분해졌고, 여러 가지로 반성한 후에 깊이 숨을 들이마셨다.

"제가 안내할게요."

"하지만—"

"맡겨 주세요. 여기까지 와 주셨으니까요."

피요르드는 천천히 주먹을 쥐었다 폈다 하며 몸 상태를 확인했다. 열이 나기는 하지만, 이 정도는 움직이는 데 지장 없었다. 팔다리에도 제대로 힘이 들어가고, 부러지거나 결손이 생긴 곳도 없었다.

피요르드는 리리카 근처에 떠 있는 종 두 개를 바라본 후에 그녀를 안아 자리에서 일어났다. 리리카는 깜짝 놀라 그의 어깨를 붙잡았다.

피요르드는 한 손은 자유롭게 쓸 수 있도록 한 팔로 리리카를 옮겨 안았다. 리리카는 분해져서 피요르드를 노려보았다.

그녀가 피요르드를 업을 때는 정말로 무거웠는데, 그는 아픈 상태인데도 그녀를 한 팔로 들다니, 억울하다.

"……?"

노려보는 그녀에게 미소를 돌려주는 피요르드를 보고 리리카는 눈에서 힘을 뺐다. 몇 번 발을 굴러 보고 피요르드가 속삭였다.

"꽉 잡으세요."

"으응."

그의 목에 양팔을 두르자 피요르드는 잽싸게 달리기 시작했다.

"!!"

생각지도 못한 속도에 리리카가 눈을 질끈 감았다. 위아래로 빠르게 울렁울렁 움직였다.

정확한 위치에서 멈춰서고, 숨고, 다시 달린다.

피요르드는 커다란 대형 유리온실을 지나쳐 작은 온실을 향해 걸어갔다. 작은 온실들이 쭉 늘어서 있는 가운데, 한 곳을 택해서 안으로 들어갔다.

커다란 화분을 치우니 바닥에 구멍이 뚫려 있었다.

"이쪽으로."

리리카를 먼저 들여보내고 피요르드가 그 뒤를 이었다. 화분을 제자리에 올려놓자 사방이 깜깜해졌다. 리리카는 방향감각을 잃고서 계속 전진했다.

금색 빛나는 화살표가 있어서 다행이었다. 화살표는 피요르드를 가리키느라 방향을 알려 주지는 않았지만, 언제나 주변을 밝혔다. 한순간 확 넓은 공동이 나와 앞으로 고꾸라질 뻔했다.

"앗!"

"조심하세요."

아주 넓은 터널이었다. 하수구 특유의 이끼와 물 냄새가 나지만 바닥은 축축할 뿐 물이 고여 있지는 않았다.

내려오자마자 피요르드는 그 자리에 털썩 주저앉았다. 리리카가 놀라 그를 붙잡았다.

"피요, 괜찮아? 잠깐 기다려 봐. 여기 불 켜도 되겠지?"

리리카가 주머니에서 빛나는 돌을 꺼내 들었다. 사방이 제법 밝아졌다. 이어 약병을 꺼냈다.

마지막 남은 약병이었다. 뭐냐고 묻지도 않고 피요르드는 약을 받아 마셨다. 리리카는 걱정스럽게 주변을 둘러보았다.

"여기는 대체 어디야?"

"수도의 지하 터널입니다. 길이 막혀 있어서 지금은 사용되지 않고 있어요."

짤막하게 설명하고 그는 숨을 골랐다. 리리카는 등 뒤의 종을 바라보았다.

그래도 두 개 남아 있고, 여기까지 탈출했으니 안심되었다.

피요르드가 낮게 말했다.

"가능하면 먼저 나가라고 권하고 싶어요. 전 여기까지 왔으니 회복되면 따로 나갈 수 있어요."

"같이 갈 거야."

"그렇겠죠."

피요르드가 한쪽 무릎을 당겨 세우며 웃었다. 무릎에 이마를 대고 피요르드는 아주 잠깐 숨을 골랐다. 긴장이 풀리지 않을 정도로만 쉬어야 했다.

리리카가 내준 약은 즉효성인지 금방 몸 상태가 회복되는 게 느껴졌다. 그가 물었다.

"어떻게 아신 건가요?"

"응?"

"리제르트가 저와 똑같이 변신했던데요."

리리카가 그 말에 코웃음 쳤다.

"한눈에 알겠던데? 속은 쪽이 이상하다고 생각해."

"정말입니까?"

"그렇다니까."

"한눈에요?"

"그래."

12장 일곱 개의 종 **519**

"아티팩트를 쓰신 건가요."

"아니, 정말로 한눈에 알아봤다니까. 그냥, 피요가 아닌데, 피요의 모습을 하고 있으니까 처음에는 너무 징그러워서……."

웅얼거리고 리리카가 자리에 앉아 양 무릎을 당겼다.

"그런데 그러면 진짜 피요는 어디 있을까, 걱정도 되고. 라트에게 상담했더니, 라트가 확인해 줬어. 피요가 아니라고."

"재상이요?"

"응."

어떻게—냐고 피요르드는 굳이 묻지 않았다. 리리카가 이어 말했다.

"그래서 피요가 대체 어떻게 된 걸까, 엄청 걱정했어. 그래서 아저씨에게 부탁했거든. 엄마랑 폐하께 이야기했는데, 그냥 놔두라고만 하시고……."

리리카는 양 무릎을 꽉 안았다.

"그런데 피요가, 혹시나."

피요르드가 고개를 들었다. 어둠 속에서 그의 금홍색 눈동자가 섬세하게 연마된 보석처럼 반짝였다. 리리카는 저를 뚫어지게 보는 그 시선을 눈치채지 못하고 무릎에 이마를 댄 채로 말을 이었다.

"피요가, 혼자 힘든 건 싫으니까. 그리고 멀리 가도 찾아내겠다고 약속했으니까. 멋대로 졸랐지."

중얼거리고 리리카는 고개를 들었다. 열기 띤 눈동자에 흠칫했다가 그녀가 에헤 웃었다.

"그래도 아틸이랑 파이가 잔뜩 도와줬어. 특히 아틸이."

"감사 인사를 해야겠군요."

"응."

그때 저쪽에서 철벅 철벅 젖은 길을 달려오는 소리가 들렸다. 리리카는 자리에서 벌떡 일어났고, 피요르드가 그 앞을 막아섰다.

뒤쪽 길은 막혀서 도망갈 수가 없었다. 다시 구멍으로 들어가서 잠깐이라도 피해야―

"리리카!"

외치는 목소리가 익숙해, 리리카는 힘이 쭉 빠졌다.

"아틸이네."

안도한 목소리가 저절로 흘러나왔다. 빛 때문에 상대 모습이 잘 보이지 않았다.

'딸랑딸랑.'

종소리가 두 번 들리고 부서졌다. 그녀 발치에 원래 모습으로 돌아온 '일곱 개의 종'이 툭 떨어졌다. 아니, 떨어지기 전에 그걸 받치는 손이 있었다.

어둠 속에서 잽싸게 다가온 건 라우브였다.

"주공, 괜찮으십니까?"

긴장이 단숨에 쭉 풀렸다. 무릎에 힘이 빠져 휘청하는 걸 다가온 아틸이 붙들었다.

"어떻게―"

어떻게 여기 있는 줄 알았어요? 하는 말이 잘 안 나왔다. 눈물이 찔끔 흘러나왔다.

엄청나게 긴장하고 있었다는 것이 실감이 났다. 아틸이 말했다.

"돌아가자."

리리카는 고개를 끄덕였다.

리제르트는 떨고 있었다.

작게 흐느끼면서 전신을 부들부들 떨고 있었다. 바라트 공작저의 집무실 카펫은 무척 푹신했고 그녀의 눈물을 빨아먹은 티도 나지 않았다. 카펫에 옹송그리고 엎드려서 그녀는 그저 처분이 내리기를 기다리고 있었다.

황태자에게 잡혔을 때부터 이렇게 될 거라 예상했다. 도대체 어떻게 들켰는지 알 수 없었다.

차라리 타카르에게 죽었다면 좋았을 것을. 모진 고문에도 절대로 입을 열지 않겠다고 결심했지만, 그들은 그녀를 고문하지 않았다.

황후는 그저 웃으며 "장난이 지나쳤구나, 그렇지?" 하고 부드럽게 말했다. 사냥감을 잡은 고양이처럼 무척 즐거워 보여서 분노가 치밀었다.

'하트의 여왕'은 빼앗겼는지 보이지 않았다. 돌려 달라고 하니 '그런 건 본 적 없다.'라는 뻔뻔한 말만 돌아왔다.

황제는 보이지도 않았다. 황후는 이것저것 쓸데없는 것을 물어본 뒤에 그녀에게 차를 내어 주었다.

다과 시간을 꽉 채우고도 넘치도록 이야기가 끝나지 않았다. 필사적으로 바라트다움을 유지하려 애썼지만, 몇 번 무너졌던 것 같다.

황후는 마지막에 바라트 공작가로 가는 마차까지 내어 주었다. 돌아왔을 때는 저녁 시간이 한참 지난 후였다.

대체 뭐라고 어머니께 말해야 할지 알 수도 없었다. 리제르트가 할 수 있는 건 그저 비는 것뿐이었다.

"쓸모없는 것."

목소리는 조용했지만, 리제르트는 채찍이라도 맞은 것처럼 움찔했다. 그녀는 부들부들 떨며 시선을 들었다.

집무실 책상에는 한결같은 모습의 공작이 앉아 있었다.

서류를 처리하는 펜 소리와 함께 부드러운 목소리가 들려왔다.

"내가 널 너무 이르게 데려온 모양이구나."

"죄, 죄송해요. 잘못했어요. 다음에는 꼭 잘할게요."

"이젠 말대꾸까지 하는 건가."

긴 한숨에 리제르트는 입을 꾹 다물고 납작 엎드렸다. 서류를 끝낸 바라트 공작이 자리에서 일어나 리제르트에게로 다가왔다.

엎드려 벌벌 떠는 아이를 보며 안타까운 목소리로 말했다.

"내가 이렇게까지 널 완벽한 바라트로 만들기 위해서 힘쓰고 있는데, 이렇게나 날 실망시키다니."

"죄송합니다."

"나무는 가지치기를 하고, 외피에 상처를 입고, 접붙이기 당하며 강해지는 거지."

무자비한 손가락이 그녀의 머리카락을 쥐어 고개를 들게 했다.

혀끝에서 말이 나오지 않았다.

눈물이 뚝뚝 떨어지는 눈을 보며 바라트 공작은 혀를 찼다.

"피요르드는 절대로 울지 않아. 그 아이는 항상 의연하지. 바라트의 걸작으로서 해야 할 일을 잘 알고 있어."

그 말에 리제르트는 어떻게든 눈물을 멈추려 애썼다.

제발 한 번만 더요.

한 번만 더 기회를 주세요. 이번에는 잘할 수 있어요. 어머니, 실망시켜 드려서 죄송해요. 나쁜 아이라서 죄송해요. 부족한 딸이라 죄송해요. 자랑스럽지 않은 아이라, 모자란 아이라서 죄송해요.

죄송해요.

수많은 말들이 혀끝에 맴돌았지만 내뱉지 못했다. 말대꾸한다고 불쾌해하실 테니 말이다.

하지만 무서웠다. 두려웠다. 이제부터 가해질 처벌을 견딜 수 없을 거 같았다.

양손을 모아 싹싹 빌며 리제르트는 입술을 벌벌 떨었다.

그때 지하 통로의 문이 열리고 하인이 말했다.

"준비가 끝났습니다. 공작님."

"내려가렴."

"어머니, 용서, 용서를……."

"리제르트, 벌을 주는 게 아니야. 다시 기회를 주는 거지. 아니면 그만 둘까? 다시 시골로 내려가겠니?"

리제르트는 침을 삼키고 비틀비틀 몸을 일으켰다. 여기서 더 어머니를 실망시킬 수는 없었다.

그녀는 숨을 몰아쉬었다. 바라트처럼 의연하게 따라가야 하는데 왜 이리 떨릴까?

그녀는 하인을 따라 지하 통로로 사라졌다. 문이 닫히자 바라트 공작은 작게 한숨을 내쉬었다.

'역시 대체품으로는 안 되는 건가. 나름대로 귀여운 맛은 있지만.'

지하 감옥에서 사라진 피요르드가 떠올라 그녀는 픽 웃었다. 리제르트를 통해서 실컷 찔러놨으니 반응이 올 줄 알았지만 이런 식일 줄이야.

'거의 완성단계이니 내버려 둬도 되겠지.'

쓸데없는 생각을 하고 있다 해도 공작에게 큰 의미는 없었다.

그녀는 책상 서랍을 열었다. 푹신한 벨벳 방석 위에 하트모양의 거울이 놓여 있었다. 들어 올려 앞뒤로 천천히 거울을 돌려보다가 제 얼굴을 비춰보았다.

이 아티팩트가 어떤 능력을 가지고 있는지, 진품인지 가품인지도 모르고 의기양양하게 휘두르던 리제르트를 생각하니 웃음이 터질 것 같아 입술을 살짝 깨물었다.

'멍청한 아이는 참 귀엽지.'

검은 판은 아무것도 비추지 않았다. 그저 빨아들이는 심연 같다.

그것이 자신의 실체를 비추는 것 같아, 바라트 공작은 만족스러운 미소를 지었다.

Chapter 13

배를 타고 나간 아버지는 겨울바람에 휩쓸려 I

루디아는 편지를 열어 보았다.

육각형 눈 결정 문장이 인봉에 찍혀 있었다.

인로.

루디아는 희미하게 웃었다. 어떻게든 인로와 연줄을 닿으려 애썼다. 그쪽의 약점을 알고 있었지만 대놓고 찌르고 싶지는 않아 매번 심심한 편지를 썼다.

그러니 리리카의 선생으로 몇 번이나 초빙했는데, 인로는 답하지 않았다.

황가의 서신에 뻔뻔하게 답을 하지 않고도 멀쩡한 가문은 인로 뿐일 것이다.

하지만 오늘 드디어 답장이 왔다.

'리제르트가 한몫해 줬지 뭐야.'

후후 웃고 루디아는 편지를 눈으로 훑은 뒤 닫았다.

인로에서 리리카의 선생을 파견하겠다는 내용이 담겨 있었다.

"인로? 인로요? 인로 공작가에서 선생이 온다고요?"

파이가 몇 번이나 되물었다. 리리카가 아틸과 함께 아침 식사를 하는 자리였다.

도와줬으니, 대가를 내놓으라며 아틸은 리리카에게 일주일 내내 아침 식사를 같이할 것을 명령했다.

덕분에 요즘 무척이나 잘 먹고 있었다.

"응, 인로 공작가라고······. 혹시 무슨 문제라도 있어?"

리리카는 갸우뚱하며 물었다. 아틸이 "참나." 하고 포크를 던지듯 내려놓으며 팔짱을 꼈다. 파이가 묘한 얼굴로 말했다.

"황후마마께서는 정말 수완이 좋으시군요. 인로에서 사람을 보내다니······."

"걔네, 절대로 중앙에 관여 안 하거든. 자기들끼리 눈보라 성에 처박혀서 안 나오고 꼼지락거리는 걸로 유명한데."

바라트가 중앙 전면에서 '공작'이라는 작위를 마음껏 휘두르는 것을 즐긴다면, 인로는 극단적으로 그 반대에 위치하고 있었다.

수도에 타운 하우스도, 수도에 발을 대는 일도 없었다. 자신들의 영지에서 조용히 살아가고 있을 뿐이다.

그렇지만 매해 무수히 많은 책을 사들이고는 했다.

"여러 가지로 신비에 휩싸여 있는 일족이죠. 듣기로는 눈 요정과 섞였다고 합니다."

"눈 요정?"

리리카의 눈이 반짝거렸다. 파이가 고개를 끄덕였다.

"네, 그래서 가문의 문장이 눈 결정 모양이지요. 세상의 모든 지식을 쌓아 두고 있다든가, 현자의 가문이라는 이야기도 있고. 무엇보다, 흠."

파이가 아틸의 눈치를 살폈다. 아틸이 말했다.

"인로와 타카르 사이에 무슨 숨겨진 맹약이 있다는 소문도 있는데, 사실 나도 몰라. 폐하께서만 알고 계신다고 해."

"와. 진짜 옛이야기 같아요."

눈 요정 일족과 용의 계약이라니, 아주 오래된 음유시인의 노래에 나올 법한 내용이었다.

"옛이야기이기는 하지. 사실인지도 모르고. 아, 그거랑 또 한 가지 유명한 게 있지."

갸웃하니 파이가 말했다.

"아티팩트 수집가들이라고 합니다. 처음에 가문이 세워질 때부터 위험한 아티팩트들을 전부 수거해서 북극으로 향했다고 하니까요."

"정말?"

리리카의 질문에 아틸이 고개를 끄덕였다.

"그래. 그래서 현자라고 불리기도 해. 다들 인로를 건들지 않는 이유이기도 하고……. 북쪽에서 나는 보석들이 무척 품질이 좋거든. 거기다 마정석의 대부분이 거기서 나오고. 네가 폐하께 받은 보석 대부분도 인로에서 사들인 보석일걸?"

새로운 이야기들이라 리리카는 귀를 쫑긋 세웠다. 리리카가 물었다.

"그러면 사람들이 무척 많을 거 같은데요. 그렇게 보석이 많으면 말이에요."

"음, 그런데 거기가 진짜 추워서 말이야. 거기서 광산노동을 한다는 게……. 가능한가?"

"얼어 죽지 않을까요? 아티팩트를 두르지 않는 이상은요."

파이도 말했다.

"그렇게 추운 곳이에요?"

"눈과 얼음뿐이랍니다."

파이가 진저리난다는 표정을 지었다. 산다르에게 인로 가문이 있는 극북은 그야말로 사지(死地)나 다름없는 곳이다.

수도의 겨울만 해도 싫은데……. 극북이라니. 생각만 해도 등줄기가 쭈뼛거렸다.

"꽁꽁 두른 울프 가문 기사들도 학을 떼니까요."

브란이 첨언하며 그릇을 치우고 다과를 차려 주었다.

아침 식사가 끝나자마자 달콤한 것을 먹다니. 지나치다 싶었지만, 그래도 술술 들어가는 게 놀라울 따름이다.

리리카가 레몬 머랭 파이를 한 조각 잘라내며 물었다.

"그러면 인로 가문은 어떻게 보석을 캐는 거예요?"

"그게 가업 비밀인 거죠."

"어디에서 캐는지도 몰라."

이야기가 이어질수록 신비하다는 생각만 들었다. 아틸이 어깨를 으쓱했다.

"무엇보다 절대로 이쪽이랑 연결되지 않는 게 인로의 커다란 특징이었는데, 네 선생으로 온단 말이지. 인로가. 대체 숙모님께서 무슨 수를 쓰신 거람?"

13장 배를 타고 나간 아버지는 겨울바람에 휩쓸려 I 531

파이가 웃었다.

"무슨 수인지는 몰라도, 중앙 전체가 펄쩍 뛸 일이라는 걸 알겠습니다. 제 눈으로 인로 가문의 사람을 보게 될 줄은 몰랐는걸요. 언제쯤 도착하나요? 한 번 만날 수 있게 만남을 주선해 주실 수 있으신지요?"

리리카가 고개를 끄덕였다.

"응, 눈치껏 자리를 마련할게."

리리카의 말에 파이는 뿌듯한 미소를 지으며 아틸을 바라보았다.

인로 공작가와 황실 사이의 탄탄한 모습을 보이는 것은 줄을 선 궁정 귀족들과 하급 귀족들에게 새로운 시선을 줄 터였다.

'전설 속 가문에 가장 가까우니까.'

자신 역시 두근거렸다. 산다르의 심장도 뛰게 만드는 인로 가문이었다.

앞으로 얼마나 파문이 커질지 기대가 되었다.

그냥 가만히 와서 아무 만남 없이 황궁에 머물러 있기만 해도 파장을 일으킬 상대니 말이다.

리리카는 상큼하고 달콤한 파이를 맛보며 생각했다.

'무엇보다도 뭘 가르쳐 주실지가 가장 기대되는걸.'

그녀가 모르는 새로운 것들을 가득 알고 계시겠지.

리리카는 작게 미소 지었다.

그때 아틸이 "흠." 하고 소리를 내고는 파이에게 말했다.

"너 잠깐 나가 있어라."

파이는 눈을 깜박였다가 별말 없이 자리에서 일어났다.

"알겠습니다."

손을 흔들어 사람도 물리고 나니 남아 있는 건 브린과 브란 그리고 라우브뿐이었다.

아틸이 심각한 얼굴이 되어 리리카를 바라보았고, 덩달아 그녀도 심각한 얼굴이 되었다.

"말해야 할지 모르겠는데."

"그렇게 말하시면 이미 말한 거나 다름없다고 생각해요."

리리카의 말에 아틸이 한숨을 푹푹 내쉬었다. 그가 거칠게 제 뒷머리를 쓰다듬고 말했다.

"찾았어."

"네?"

리리카는 저도 모르게 되물었다. 찾았다니? 뭘 찾아?

아틸의 푸른 눈이 이제부터 그녀의 반응을 놓치지 않겠다는 듯이 붙박여 그녀를 보았다.

"네 생물학적 아버지."

저도 모르게 온몸이 굳었다. 심장이 쿵 떨어지는 듯하다. 아니다, 위가 꽉 조이는 건가?

순간, 아무런 생각도 할 수가 없었다. 이해하는 데 시간이 조금 걸렸다고 할 수도 있겠다.

"제, 아버지는, 돌아가셨는데······."

반사적으로 흘러나온 말에 아틸이 고개를 흔들었다.

"그런 줄 알았는데, 아니더라고. 숨어서 잘살고 있던데."

이 감정을 뭐라고 해야 할까?

두려움, 분노, 기쁨, 슬픔, 그리움, 원망―

모든 감정이 몰아쳐서 생각이 제대로 굴러가지 않았다.

"어떻게? 무사하신 거예요? 기억상실에 걸리셨다든가, 부상이 심해서……."

여러 가지 말을 늘어놓지만 헛돌고 있다는 생각이 들었다. 아틸의 표정이 안 좋았기 때문이다.

"사실대로 이야기해 주세요."

듣고 싶지 않아.

"어떻게 된 건지 알고 싶어요."

알고 싶지 않아.

마음이 두 개로 쪼개진 것 같았다. 아틸이 이야기를 시작했다. 긴 이야기인데 어쩐지 띄엄띄엄 들려왔다.

"그 자식 완전히 개자식이야."

"배를 띄웠다는 건 엉터리였어. 빚을 잔뜩 지고 배를 띄우는 척하고 사기를 친 거야. 선주 측이랑 돈은 갈라 먹었겠지."

"죽은 척하고 내연녀랑 가정을 꾸려서 살고 있다더라."

"쓰레기 같은 놈이야."

"내가 어떻게든 할 테니까."

"넌 더 이상 신경 쓰지 마."

아틸이 이야기를 그렇게 마무리하며 리리카를 살폈다.

리리카는 아틸에게 억지로 미소를 지어 보였다.

"네, 알겠어요."

그 이상은 아무것도 말할 수가 없었다.

"인로가에서 사람을 보낸단 말인가요?"

피요르드 역시 놀란 얼굴을 했다. 그의 얼굴은 이제 단정히 돌아와 있었고, 매끄러운 피부에는 생채기 하나 보이지 않았다.

그러나 옷차림은 바라트답지 않았고, 그건 리리카도 마찬가지였다. 보닛을 깊게 눌러쓴 리리카는 피요르드 쪽으로 완전히 고개를 돌려야 했다.

무척 불편했지만, 정원 일을 하려면 어쩔 수 없었다. 종종 보닛이 목 뒤로 넘어가는 걸 내버려 두고 해방감을 맛보고 있으면 브린이 다가와 제대로 보닛을 씌워 주고는 했다.

가을볕은 따끔할 정도로 쨍했다.

리리카는 고개를 끄덕였다.

"아틸도 파이도 엄청 놀라더라. 인로가의 신비함에 대해서 이것저것 잔뜩 들었어."

리리카의 말에 피요르드는 고개를 끄덕였다.

"여러 가지 비밀을 잔뜩 간직한 가문이기는 하지요. 그런 인로에서 선생을 보내다니. 대체 황후마마께서는 무슨 수를 쓰신 걸까요?"

"글쎄."

리리카도 모르겠다며 고개를 흔들었다. 어머니가 굉장하다는 걸 어렴풋이 알았지만, 요즘 어머니는 정말로 대단했다.

'꼭 미래를 보는 사람 같아.'

그리 생각하며 리리카가 한숨을 쉬고는 자리에서 일어나 허리를 폈다. 아침 식사를 끝내고 지금까지 정원을 가꾸는 데 모든 시간을 보냈다.

아버지 이야기를 들은 후로 가만히 있을 수가 없었다. 뭔가 몸을 잔뜩 움직이고 싶었다.

혼자서 하겠다고 했는데, 피요르드는 굳이 따라왔다.

리리카는 계속 말없이 일하다가, 침묵 속에서 일하는 피요르드에게 미안해졌다.

그래서 던진 게 인로가의 이야기였다. 다른 이야기는 나오지 않았다.

'그보다 일이 꽤 힘드네.'

수확이 이렇게 힘들 거라고는 상상도 못 했다. 사과나무는 제법 실하게 사과가 열렸다. 흠 없는 사과들을 조심스럽게 따서 통에 넣었다.

좋은 걸 골라내고 나면 나머지 사과들은 있는 힘껏 가지를 흔들어 전부 떨어냈다. 이런 사과는 주스용이었다.

사과는 무거웠고, 몇 번이나 바구니를 들고 왕복하니 힘들었다.

커다란 호박도 마찬가지였다.

궁금해서 심어 보았던 설탕무와 당근을 파내는 건 생각보다 더 힘든 일이었다. 땅이 딱딱해져서 깊이 파야 했다. 고구마도 캤다.

허리도 아프고, 손도 아팠다. 하지만 지하창고에 차곡차곡 음식이 쌓이는 건 뿌듯했다.

"배, 배고파……."

아침을 그렇게 많이 먹었는데도 점심을 기다릴 수 없을 만큼 허기가 졌다.

피요르드는 질린 표정이 되었다. 바라트가 고구마 캐기라니, 농담

거리도 못 되었다.

"이건 정원 일이 아니라 농장일 같은데요."

"응……. 식비를 줄여 보려고……."

"네?"

피요르드가 저도 모르게 되물었다. 리리카는 차마 황궁을 떠날 때를 대비한 훈련이라고 말할 수 없었다.

"아니, 혹시 모르니까."

"황녀가 식비를 걱정할 정도면 제국이 망하는 게 아닐까요."

진지하게 말하고 그는 리리카를 바라보았다. 리리카는 어색하게 웃으며 시선을 돌렸다.

피요르드의 눈이 가늘어졌다.

그때 브린이 손을 흔들었다.

"두 분 다, 식사하세요."

"응!"

반색하며 리리카가 달려나갔다. 오두막에 들어가기 전에 장화의 흙을 털어내고 손도 깨끗하게 씻었다.

막 훈련을 끝낸 굶주린 신병처럼 두 사람은 부지런히 음식을 집어넣었다.

버터를 듬뿍 바른 푹신한 빵도 여러 개 먹고 육즙이 터지는 소시지도 먹었다. 으깬 감자를 버터와 설탕에 지져낸 것도 먹었고, 향신료가 들어간 차가운 크림을 부은 라즈베리 파이도 먹어 치웠다.

브린이 내놓은 농장 풍의 이른 점심은 대단한 호응을 얻었다. 피요르드는 우아하게 모든 것을 나이프와 포크로 교묘히 먹어 치웠다. 리리카는 포크와 스푼이 주 무기였다. 슬쩍 손도 썼다.

휴, 하고 한숨을 내쉬며 리리카는 만족스러운 얼굴을 했다.

"고생하셨어요."

브린이 차를 내오며 말했다. 리리카는 고개를 끄덕였다.

"응. 하지만 마른 허브랑 잡초들을 다 정리하고서, 갈퀴로 낙엽을 두툼하게 덮어 주는 일이 남았어."

안 그러면 겨울 동안 뿌리가 얼어 죽는 일이 생길지도 모른다.

울랑이 도와주기는 하지만, 리리카는 가능한 제가 하기를 원했다. 직접 해 보는 것만큼 많이 배울 수 있는 방법은 없다.

나중에 일을 시킬 때도 알아야 일을 시키고, 보고 받을 때도 이상한 걸 눈치챌 것 아닌가.

피요르드는 혀를 짧게 찼지만 아틸처럼 구박하지는 않았다.

"너무 무리하지는 마세요."

부드러운 어조로 그렇게만 말했을 뿐이었다. 리리카는 고개를 끄덕였다.

피요르드는 제가 너무나 평화로운 이 분위기에 절여졌나, 싶었다.

벌써 황궁에 머무른 지도 사흘째가 되어가고 있었다. 리리카는 백룡실의 침실 하나를 빌려주겠다고 했지만 온 가족이 펄쩍 뛰었다.

흑룡실은 아틸이 이를 드러내며 싫다고 해서, 결국 적당히 태양궁의 손님방 중 하나를 내주게 되었다.

총애하는 가신이 궁에 머무는 건 흔한 일이지만, 아이가 머무는 건 드문 일이다.

바라트 소공작이 태양궁에 머무는 것에 대해 이런저런 이야기가 나왔지만, 바라트 공작도, 황실도 조용했다.

피요르드는 어느 사이인가 힘이 돌아온 걸 느꼈다. 리제르트가 원래 모습으로 돌아왔다고 하니, 그때 돌아온 게 아닐까 싶었다.

그보다 아까부터 황녀님의 상태가 좋지 않아 보였다. 입술을 꾹 다물고 일에 열중했다.

힘든 일을 전부 도맡아 하는 건 자학과도 닮아 있었다.

"황녀님."

"응?"

"오늘 더 일하실 건가요?"

예의 바르다면 바른 물음이었다. 리리카는 피요르드를 바라보았다.

자신의 상태가 이상한 걸 빤히 알 텐데도, 피요르드는 한마디도 묻지 않고 군소리 없이 그녀를 따라 주고 있었다.

아침 식사 직후에 비하면, 머릿속이 어느 정도 정리된 것 같았다.

그리고.

무엇보다.

"저기, 피요."

"네."

"부탁 하나 해도 돼?"

"뭐든지요."

장담하는 말에 리리카는 작게 웃었다. 그녀는 찻잔을 감싸 쥐었다. 온기가 스며들었다.

그녀는 피요르드를 보고 브린과 라우브를 바라보았다. 깊게 숨을 들이마시고 그녀가 말했다.

"내 친아버지가 살아 있대."

피요르드는 갸웃하며 말했다.

"그렇군요."

"아틸이 말해 준 바에 의하면 굉장히 나쁜 사람인데……."

"네."

"그런데, 근데. 있지."

혀끝이 굳어 버린 느낌이었다. 피요르드는 리리카가 무슨 이야기를 할지 알 것 같았다. 그러나 자신이 대신 말하지 않고 그녀가 말하기를 기다렸다.

리리카가 몇 번이나 망설인 끝에 내뱉었다.

"만나고 싶어."

리리카의 눈동자가 떨렸다. 아틸의 말이 무슨 뜻인지 안다. 아는데도, 그래도 만나고 싶었다.

하지만 '만나러 가고 싶어.'라는 이야기를 꺼낼 수 없었다. 아틸도, 어머니도, 모두가 다 실망하지 않을까?

왜 그 사람을 만나려는 거야?

그렇게 말하지 않을까.

소중한 사람들을 상처입히지 않을까.

하지만 상처 입히려는 게 아니라, 그녀는 단지 만나고 싶었다.

만나서,

만나서 뭘 할지는 모르겠지만 말이다. 리리카의 말에 피요르드는 고개를 끄덕였다.

"알겠습니다."

"정말?"

"네, 그럼요. 만나러 가지요. 하지만 위치는 어떻게 알아낼까요."

브린이 끼어들었다.

"제가 알고 있습니다."

리리카가 놀라 고개를 돌렸다. 브린이 미소 지었다.

"저희에게도 알아봐 달라고 말씀하셨지 않습니까? 그래서 조사하고 있었답니다."

"언제 알았어?"

"저희도 안 지 얼마 되지 않았어요. 전하께서도 그러시니, 조사하는 시기가 맞물린 모양입니다."

"그렇구나……."

리리카는 문득 '어머니는 알고 계실까?' 하는 의문이 들었다. 갑자기 여러 가지 걱정이 고개를 치켜들었다.

친아버지가 살아 있다면, 어머니는 어떻게 되는 거지?

이 결혼은 어떻게 되는 걸까? 무효가 되는 게 아닌가? 그리고 큰일이 나지 않을까?

폐하께서 용서해 주실까?

아니, 용서해 주신다고 해도 그 뒤는 어떻게 되는 걸까. 벌을 받게 되지 않을까.

피요르드가 찻잔을 들어 올리며 말했다.

"황후마마 걱정은 하지 않아도 괜찮을 듯싶습니다."

"어?"

놀라 리리카가 눈을 동그랗게 떴다. 피요르드가 말했다.

"그 정도로 허술하게 일을 처리하실 분이 아니시지요. 폐하께서도 마찬가지이시고요."

"그래도, 정말로 모르셨으면……."

"모르고 일을 진행하셨다고 해도, 부친께서는 사망 처리가 되어 있으실 테니 별문제가 없을 겁니다. 그러니 그 걱정은 하지 마세요."

피요르드의 말을 들으니 마음이 아주 조금이지만 가벼워졌다. 리리카가 망설이다가 말했다.

"그럼 언제 만나러 가는 게 좋을까? 혹시 멀리 살고 있어? 그러면……."

"마차로 하루 정도 걸리는 거리예요."

브린의 말에 리리카는 깊게 숨을 들이마셨다. 아틸이 알아서 하겠다고 했으니까, 그전에 만나고 싶었다.

리리카의 기색을 알아챈 브린이 말했다.

"최대한 빠른 날짜로 잡아보겠습니다."

"응, 고마워."

리리카는 그리 말하며 길게 숨을 내쉬었다.

날씨가 차갑다.

가을 날씨치고도 차가운 공기였다. 공기가 차가울수록 맑아지는 것 같아, 리리카는 깊게 숨을 들이마셨다.

수도에서 마차로 하루 정도 걸리는 거리에 있는 마을은 큰 강을 끼고 있었다. 강을 따라 오가는 배들이 여기에 짐을 내려서 마차나 수레로 옮겨 수도로 향하기 때문에 제법 번화한 도시였다.

장사를 수완으로 삼는 도시이니 수도와 느낌이 비슷했지만 그보다 더 경박한 느낌이 들기도 했다.

"조금 걷고 싶어."

리리카의 말에 따라 피요르드와 리리카, 라우브와 브린은 마차에서 내려 걷기 시작했다.

옷차림이 깔끔해 부유한 상인의 아이들로 보였다. 브린은 수행 하녀, 라우브는 호위.

시선을 끌기는 했지만, 이 도시에서는 그렇게 드문 일도 아닌 듯 시선은 곧 흩어졌다. 물론 피요르드에게 머무르는 시선은 제법 길었지만 말이다.

하지만 그런 주변이 눈에 들어오지 않을 정도로 리리카는 바싹 긴장해 있었다.

피요르드가 멈춰 섰다.

제법 커다란 잡화점 앞이었다. 리리카는 심장이 쿵 떨어지는 듯했다.

"여기예요."

"크네……."

"돈을 잔뜩 빼돌렸으니까요."

피요르드의 말투는 가시가 없었고, 사실을 말하는 부드러운 목소리였다. 그래도 리리카는 회초리에 맞은 듯 움찔했다.

비싼 유리창을 전면에 끼우고, 나무판은 치밀하고 단단하며 매끄럽고 윤이 나게 가공되어 있다.

매일매일 닦는 듯 금빛으로 빛나는 동판에는 '에렌드 잡화점'이라고 쓰여 있었다. 에렌드는 강의 이름이었다.

유리창 너머에는 제법 고급스러운 물건들이 진열되어 있고, 그 진열장 너머로 내부가 보였다. 리리카는 까치발을 하고 진열장을 구경하는 척하며 내부를 들여다보았다.

잡화점 주인으로 보이는 남자가 열심히 접객하고 있었다. 머리카락 색은 갈색이지만, 그녀의 것과는 달랐다. 콧수염을 단정하게 기르고, 사람 좋아 보이는 얼굴로 연신 웃으며 손님에게 말을 건네고 있었다.

"들어가 볼까요?"

피요르드의 권유에 리리카가 휙휙 고개를 저었다. 뭐라고 말해야 할지 모르겠다.

"그럼 제가 들어가 볼까요?"

리리카는 망설였다.

만나러 간다면 그녀가 만나러 가야 하지 않을까. 하지만, 하지만.

피요르드는 빙긋 웃어 보이고 "다녀오겠습니다." 하고 말한 후에 잡화점 안으로 들어갔다.

리리카는 피요르드가 뭘 하는지 궁금해서 들여다보고 싶기도 하고, 보고 싶지 않기도 했다.

그래서 대신 브린에게 물어보기로 했다.

"피요르드가 뭐 하고 있어?"

"물건을 사고 있네요."

"물건?"

"네, 음, 밀랍 양초일까요?"

"주인은? 어때?"

"공손하게 잘 접대하고 있습니다. 음, 이제 포장지에 물건을 싸고 있군요. 아, 도련님이 한 말씀 하신 거 같네요. 저런."

"왜? 뭔데? 뭔데?"

"이제 나오십니다."

노란색 종이와 노끈에 쌓인 물건을 들고 피요르드가 잡화점을 나왔다. 피요르드는 평소처럼 웃고 있었지만, 차가운 기색이 역력했다.

"무슨 이야기를 한 거야?"

초조해져서 리리카가 물었다. 피요르드가 "걸으면서 이야기해요." 하고 속삭였다.

빠른 걸음으로 상점가를 걷는 사람들 사이에 섞이며 피요르드가 말했다.

"그냥 질문했을 뿐이에요. 리리카 반스 양을 아시나요, 하고."

리리카의 입술이 벌어졌다. 피요르드가 그녀의 손을 붙잡았다. 그의 손은 크고 따뜻했다.

그녀의 작은 손을 부드럽게 꼭 쥐고 피요르드가 말했다.

"그런 사람 모른다, 하고 대답하더군요."

리리카는 입술을 꽉 깨물었다. 그녀의 얼굴이 창백해져서 피요르드가 말했다.

"잠깐 쉴까요?"

리리카는 고개를 저었다. 그녀가 더듬더듬 말했다.

"나, 그 사람 집에 가 볼래."

"알겠습니다."

피요르드는 별말 하지 않고 고개를 끄덕였다. 그리고 길을 조금 빙 돌아서 주택가로 향했다.

거의 집 근처에 다다랐을 때 라우브가 말했다.

"그 사람인 듯합니다."

"어?"

놀라 리리카가 돌아보니 브린이 무표정하게 말했다.

"도련님이 찔러 보시니 지레 놀라 재빠르게 잡화점 문을 닫고 집으로 온 거겠지요."

리리카는 얼른 펜던트를 꺼내 들고 작게 주문을 외웠다.

"마나한 타나(투명 방패)."

일행은 투명한 방패 안에서 멈춰 섰다. 방패를 만들고 이동할 수 없는 게 이 마법의 단점이었다.

리리카는 허둥지둥 달려오는 남자를 바라보았다. 그는 추수 준비를 끝낸 작은 정원이 딸린 집으로 달려갔다.

리리카도 꿈꾼 적 있는 그런 집이었다. 작은 정원이 딸린 깨끗하고 반듯한 집.

정원에서 일어난 아이는 리리카와 또래로 보였다.

"아빠! 왜 이렇게 일찍 오셨어요?"

웃으며 달려간 아이가 남자에게 손님이 없었는지 물었다.

목구멍 안에서 뭔가가 치밀어 올라왔다. 울컥하고 눈가가 뜨거워졌다.

리리카는 마법을 거두고 그 집 앞으로 달려나갔다.

갑자기 나타난 일행에 남자는 놀랐다. 그리고 피요르드를 보고는 희게 질렸다.

다음에서야 리리카를 바라보았다. 남자가 등 뒤로 자신의 아이를 숨겼다.

"무슨 일이십니까?"

그가 물어, 리리카는 숨이 막혔다. 어깨에 부드러운 손이 올라온다. 피요르드의 손이다.

"리리카 반스를 모르시나요?"

남자는 창에 꿰뚫린 듯 움찔했다. 새하얗게 질려 유령이라도 본 듯이 리리카를 바라보던 그가 소리쳤다.

"모릅니다!"

이어 발작적으로 말이 이어졌다.

"정말로 저는 처음 듣는 이름입니다. 정말로, 정말로 저는!"

남자의 등 뒤에서 아이는 놀란 듯했다가, 금방 미워하는 표정으로 이쪽을 바라보았다.

아버지를 곤란하게 하는 사람들이라 여기는 건가.

그때 현관문이 열리고 여자가 고개를 내밀었다.

"여보? 무슨 일이에요?"

"나오지 마! 들어가! 엘리, 너도 얼른 들어가라!"

리리카는 울지 않으려 애썼다. 여기서 우는 건 지는 거다.

난 절대로 울지 않아.

당신에게 '밉다'거나 '원망스럽다'는 말도 하지 않을 거야.

내 감정의 어떤 한 톨 편린도 보여 주지 않을 거야. 내주지 않을 거야.

"그렇군요."

리리카는 고개를 끄덕였다.

"알겠습니다."

그렇게 말하고는 자신이 생각해도 어색할 정도로 빠르게 돌아섰다. 하지만 다른 방도가 없었다.

피요르드는 남자를 바라보았다.

어리둥절한 얼굴에 두려움이 가득했다. 그는 불안한 표정을 짓고 있었다.

피요르드는 희미하게 웃었다.

저 남자는 절대로 편히 죽지 못하리라.

피요르드는 얼른 리리카의 뒤를 따랐다. 뛰다시피 걷던 리리카는 첫 번째 골목을 돌았다. 돌자마자 라우브가 그녀를 안아 들었다.

기다렸다는 듯 리리카가 그에게 안겨 어깨에 얼굴을 묻고 몸을 떨었다.

일행은 할 수 있는 한 빠르게 움직여 마차에 리리카와 피요르드를 태웠다. 브린과 라우브는 마부석에 올라탔다.

마차 문이 닫히자마자 리리카의 눈에서 눈물이 후드득후드득 떨어지기 시작했다.

"흑, 으흑, 흑—"

피요르드가 그녀 옆에 나란히 앉아 그녀를 감싸 안았다.

"참지 않으셔도 괜찮아요."

리리카가 그의 품에 안겨 "어헝—" 하고 울기 시작했다.

한참, 한참 울던 리리카가 말했다.

"나, 나, 너무, 너무, 너무—"

비참했어.

어머니에게 맞을 때도, 비 새는 빈민가에서 물로 배고픔을 달랠 때도 이렇게 비참하지 않았다.

누구도 이렇게 그녀를, 이렇게 나를 비참하게.

그녀가 기다렸던 아버지, 언젠가 돌아올 거라 믿었던 그 믿음. 어쩌면 조금이라도 애정의 편린을 주지 않을까 생각했던.

그 자신이 너무 초라하고, 비참하고 비참해서,

너무 아파.

아파서 아프고, 아파서 눈물이 멈추지 않았다. 리리카는 계속해서 울었다. 피요르드는 그녀를 끌어안고 등을 쓸어 주었다.

리리카의 마음과 생각이 자꾸만 부정적으로 굴러가며 커졌다.

그 딸은 자신과 나이가 비슷해 보였다. 현관에 나왔던 여자는 어머니에 비하면 조금도 아름답지 않았다.

대체 왜? 나를, 엄마를 버린 걸까?

뭐가 부족해서? 뭘 잘못해서?

"리리."

그런 그녀의 마음을 들은 것처럼 피요르드가 속삭였다.

"리리가 잘못한 건 아무것도 없어요. 가족은 서로 노력하는 거니까. 한쪽만 노력한다고 이뤄지는 게 아니에요."

피요르드는 제 어머니를 떠올렸다. 그의 목소리는 낮고 부드러웠다.

"가족을 이루는 건 모두가 힘을 합하는 일이죠. 리리는 전하와 피가 섞이지 않았지만, 가족이죠? 피가 섞였다고 해서 반드시 가족이라는 법은 없어요."

이어진 말에 차가움이 섞였다.

"게다가 그 방식이 너무나도 더럽고 치사해서, 말 그대로 악당이니까. 리리가 그 사람을 이해하려고 애쓸 필요도 없고요."

가만히 기다리니 안은 품 안에서 "응." 하는 작은 코맹맹이 소리가 흘러나왔다.

전부 납득하지는 않았지만, 지금은 이걸로도 충분했다.

피요르드가 그녀를 꼭 안아 주었다. 그때 천천히 마차가 멈춰 섰다.

잠시 후, 브린이 조심스럽게 말했다.

"황녀님, 황후마마께서 마중 나오셨어요."

순간 리리카는 튀어 올라 마차 천장에 부딪힐 만큼 놀랐다.

"어? 어어?"

목소리가 멋대로 삐져나오고 말았다.

"어떻게 할까요?"

묻는 브린이 원망스러웠다. 어떻게 하다니, 내릴 수밖에 없지 않은가?

부들부들 떠는 리리카의 등을 피요르드가 위로하듯 쓸었지만, 도움이 되지 않았다.

'화내실 거야.'

화내실 거야. 어떻게 하지? 멋대로 그 사람을 찾아갔다고, 화내실 거야. 배신했다고 말 하시면 어떻게 하지?

아아, 어쩌면 좋아.

덜덜 떨며 리리카는 마차 문을 열었다. 라우브가 잽싸게 발판을 당겨 주었다.

리리카는 천천히 마차에서 내렸다. 맞은편에 있는 마차는 그녀가 타고 온 마차보다 훨씬 크고 호화스러운 마차였다.

누가 봐도 귀족 가문의 마차다. 들어오라는 듯 마차 문이 활짝 열려 있었다.

어머니는 안에 있었다. 커튼 때문에 얼굴이 보이지 않지만 화려한 치맛자락은 보였다.

리리카는 질끈 눈을 감고 마차에 올라탔다.

똑바로 어머니의 얼굴을 볼 수가 없어서 드레스에 시선을 고정했다. 반드르르한 초록빛 드레스에 섬세한 금 자수가 놓여 있다.

"죄송해요, 어머니. 제가 잘못했어요."

단숨에 내뱉었다. 마차 안 공기는 바깥보다 따뜻했다. 엉뚱하게 그런 것만 생생하게 느껴졌다.

"리리."

이름을 부르는 목소리에는 노기가 없었다. 살며시 고개를 들어 얼굴을 바라보았다.

어머니의 아름다운 얼굴은 걱정으로 가득했다.

"괜찮니?"

아까 전부 짜냈다고 생각한 눈물이 다시 터져 나왔다. 지금까지와는 비교도 되지 않는 안도감과 동시에 서러움이 파도처럼 밀려 들어왔다.

"죄송해요, 죄송해요, 죄송해요."

연신 그런 말을 하며 리리카는 어머니의 치맛자락에 얼굴을 묻었다. 매끄럽고 차가운 비단에 눈물 콧물 범벅인 뺨을 문지른다는 생각도 하지 못했다.

"아, 리리, 미안해. 엄마가 미리 말해 줬어야 하는 건데."

"아니, 아니에, 어흑, 흑, 그 사람, 윽, 너무—"

말이 되지 않는 말을 하며 리리카는 계속 울었다. 그런 딸의 등을 쓰다듬으며 루디아는 분노를 삼켰다.

분노에 분노를 삼키고 또 삼켰다.

저번 생에서도 남편을 찾아냈다. 행복하게 사는 그 모습이 얼마나 눈꼴셨는지.

그녀가 온갖 짓을 다 해서 바다에서 기어오르고 나서야, 남편을 찾아낼 수 있었다. 그녀가 그들을 끌고 왔을 때 새하얗게 질린 표정, 빌던 얼굴. 아이들은 아무것도 모른다고 외치던 말.

지금도 모든 게 생생했다.

그녀가 겪은 모든 부당한 일에 대한 분노와 원망이 단숨에 쏟아졌다. 그래서 죽였다. 한 사람도 살려 두지 않았다.

철저하게 천천히, 말려 죽였다. 이야기 속 마녀라도 그녀만큼 철저하지는 않았으리라.

하지만 그렇게 끝내고도 조금도 즐겁지 않았다.

후에 술에 취해 리리카에게 깔깔 웃으며 그들을 어떻게 죽였는지 하나하나 들려줬더니 딸은 그저 창백하게 질려 입을 꾹 다물고 있을 뿐이었다.

그런 딸을 보니 또 얄미움이 치솟아 리리카에게 손을 치켜올렸는데, 주변에 있던 시종들이 달려와 앞을 가로막았다.

"백작 부인이라 다행이구나."

그렇게 빈정거린 기억이 있었다. 다시 떠올려도 최악이었다.

그러니까, 이번에 리리카는 모르기를 바랐다. 그저 죽었다고 생각하고 잊어버리기를 바랐다.

그런데 일이 이렇게 될 줄이야.

한숨이 저절로 흘러나오는 걸 참았다. 여기서 한숨이라도 쉬면 리리카가 어떻게 받아들일지 몰랐다.

자신도 제법 어머니다워졌지 않은가, 하며 루디아는 리리카를 꼭 끌어안았다.

왜 찾아갔냐고, 얼굴도 기억 못 하는 아버지가 보고 싶었냐고, 그렇게 좋으면 아버지랑 살지, 그동안 나랑 어떻게 살았냐고.

그런 난폭한 낱말들이 떠올랐지만 희미했다. 그보다는 울고 있는 리리카, 아파하는 딸이 너무 속상하고 슬펐다.

아아, 이번에는.

"죄송할 필요 없어. 아니, 엄마에게 말하지 않고 멋대로 찾아간 건 그럴지만……."

리리카에게도 리리카의 끝맺음이 필요했으리라.

아이니까 잘 모른다거나 잊어버릴 거라는 생각은 분명, 사실 '그랬으면 좋겠다.' 하는 편의주의적 생각이었겠지.

루디아는 그렇게 생각하고 천천히 리리카의 둥근 머리를 쓰다듬으며 말했다.

"첫 번째 결혼은 혼인 무효를 냈단다. 폐하와 결혼하기 전날 무효 승인을 받았지."

리리카는 그 말에 깜짝 놀라 고개를 들었다. 어머니가 싱긋 웃었다. 그리고 곧 얼굴이 어두워졌다.

"하지만 그러면 리리카가 걱정되니까, 바로 양자로 입적되게 했지."

"아……."

리리카는 고개를 끄덕였다. 어머니는 에둘러 말했지만, 혼인이 무효라면 자신은 사생아가 된다.

"그러니까 네 호적에 아버지는 폐하뿐이야."

그런 사람, 아버지 따위도 아니야— 라는 뜻이었다. 하지만 리리카는 어쩐지 뺨이 달아오르는 기분이었다.

그런 리리카의 얼굴을 손수건으로 닦아 주며 루디아가 말을 이었다.

"하지만 그런 범죄를 저지른 인간을 놔둘 수 없으니까. 괘씸하잖아? 그러니까, 자신의 엉덩이는 스스로 닦게 하려고."

손수건 너머로 딸이 의아한 표정을 짓자 루디아가 빙긋 웃었다.

"우리에게 넘긴 그 빚, 본인이 도로 다 가져가게 할 거야."

"아."

"지금껏 회피한 만큼 이자도 붙어서 갚으려면 고생할걸."

"그렇군요."

"만약 다른 방식을 원한다면 말해 주렴."

리리카는 고개를 끄덕였다. 루디아는 이 온건한 해결법이 나름대로 마음에 들었다.

영지가 없다고 해도, '훈작사'인 자신의 집과 토지를 전부 저당 잡히고 사채까지 써서 빚을 졌다.

그게 지금까지 이자를 착실히 불려 왔으니.

'평생 갚아도 못 갚겠지.'

빚은 자자손손 넘어간다. 지금부터 3대가 모은 돈을 전부 끌어다 넣어도 갚지 못할 돈이었다. 일단은 지금 있는 그 번듯한 잡화점과 집부터 압류당해 빼앗기게 되리라.

그 집 아이는 리리카와 나이가 비슷했다. 그가 결혼한 사실을 알고도 오랫동안 관계를 지속해 온 것이다.

차라리 '여자는 속은 거다. 몰랐던 거다.' 같은 이야기였다면 조금은 기분이 나았을지도 모르는데.

루디아가 작게 말했다.

"빚을 갚게 되면 그 집도 가게도 전부 팔아치워야 할 거야. 그러고도 산더미 같은 빚이 남겠지. 우리처럼 빈민가로 들어가려나?"

그나마 가장 온건한 끝을 이야기해 주며 딸의 표정을 살피니 표정이 오묘했다.

"왜……? 너무 심했다고 생각하니?"

걱정스러워져서 되물으니 리리카가 고개를 저었다.

"아뇨, 그게, 음……."

그녀가 작게 말했다.

"기분이 나아져서요."

나쁜 아이가 된 것 같다, 하지만 즐겁다. 리리카가 속닥거리는 말에 루디아는 웃었다.

그녀는 리리카를 꽉 끌어안았다.

"그런 리리가 세상에서 제일 귀여워."

마차로 하루 걸리는 거리라 돌아오기 전에 해가 졌다. 마을의 여관을 들릴까 했지만 괜한 소동이 날 게 뻔해서 마차를 침실 삼아 하룻밤 유숙하기로 했다.

밤에도 달릴 수야 있지만, 발밑이 잘 보이지 않아 위험했다. 마차 바퀴가 빠지거나 튕겨 나가거나, 하여간 마차 여행에서 흔하게 발생하는 사고를 당할 확률이 더욱 높아졌다.

수도와 멀지 않은 곳이니 치안은 괜찮을 테고, 어머니도 호위 기사를 데려오셨으니까.

물론 브린과 라우브도 하루 유숙할 채비를 했기 때문에 소박한 야영지는 금방 차려졌다.

마차 의자의 아랫부분을 힘껏 당기면 침대가 된다. 루디아와 리리카는 루디아의 마차에, 피요르드는 타고 올 때 쓴 마차에서 자기로 했다.

모닥불 불빛 속에서 루디아는 살살이 피요르드를 살폈다. 시선이 어찌나 노골적이고 훑는 듯한지, 어지간히 시선에 익숙해져 있는 피요르드도 눈을 뗄굴 정도였다.

아니, 솔직히 말해서 리리카의 어머니가 아니라면 좀 더 뻔뻔하게 굴었을지도 모른다. 그렇지만 지금은 어쩔 수 없었다.

평소라면 리리카가 중재를 하겠지만, 지금 리리카는 너무 울어서 퉁퉁 부은 얼굴을 물수건으로 가라앉히고 있었다.

그리고 중재를 부탁할 때도 아니고.

루디아는 머뭇거리는 피요르드를 신기하게 바라보았다. 피부도 하얗고 머리카락도 반짝이는 은빛이라 모닥불 빛이 고스란히 비쳐 보였다.

'얘가 일 년 후에 죽는단 말이지.'

지금쯤이면 술과 여자로 염문을 뿌리고 다녀야 하는 시기인데, 얌전하기만 했다.

 게다가 바라트 공작가에서는 '갑작스러운 사고'라고 이야기했지만, 목을 매달았다거나 총으로 머리를 쐈다는 둥 흉흉한 이야기가 함께 나오고는 했다.

 '죽어도 상관없다고 생각했어. 그치만 이제 너무 왔단 말이지.'
 경고해 두는 정도가 좋을까?
 아니면 사고가 아니라…….
 하지만 여러모로 리리카와 얽혀 있고, 이런 곳까지 리리카를 따라왔다. 루디아는 충고 정도는 해 주기로 마음먹었다.
 "바라트 소공작."
 "네, 마마."
 공손히 답하는 피요르드에게 루디아는 싱긋 웃어 보였다.
 "몸, 조심하는 게 좋아. 특히 내년쯤에."
 피요르드는 찬찬히 루디아를 바라보고 바라트다운 미소를 지어 보이며 고개를 숙였다.
 "충고 감사합니다."
 '아, 역시 마음에 들지는 않네.'
 그렇게 생각하는데 마차에 기대어 있던 라우브가 몸을 돌렸다. 피요르드도 마찬가지였다.
 어둠 속을, 거의 동시에 바라보았다.
 거기에 끌려 루디아도 시선을 돌렸다. 어둠 속에서 저벅저벅 걸어 나온 사람을 보고 모두가 자리에서 벌떡 일어났다.
 "왜 안 들어오고?"

얼굴을 찌푸리며 그렇게 말한 건, 알테우스였다.

루디아와 리리카를 제외한 나머지가 전부 무릎을 꿇었다.

"폐하를 뵙습니다."

루디아는 의아한 얼굴로 어깨에 두른 숄을 가다듬으며 물었다.

"어쩐 일이에요? 내일 들어간다고 이야기했잖아요. 세상에, 게다가 옷은 또 왜 그래요?"

"씻다가, 리리카와 이야기할 게 생각나서."

"아, 정말, 맙소사. 세상에."

루디아는 어이가 없어서 알테우스를 바라보았다. 숲속에서 그는 검은색 파자마 바지에 상의도 없이 로브만 걸치고 있었다.

길고 화려한 로브에 허리끈은 어디 갔는지 보이지도 않았다. 머리카락에 아직 물기가 남아 있는 걸 보니, 씻다가 나왔다는 말은 사실인 듯했다.

루디아는 관자놀이 부근을 눌렀다. 리리카가 쭈뼛쭈뼛 손에 물수건을 든 채로 말했다.

"저에게 할 말이 있으신가요……?"

알테우스에게 말하지 않았다는 게 양심에 찔린다. 아바마마라고 부르라고 말한 사람이었다. 살짝 불러보기도 했는데…….

친아버지를 찾아갔다는 걸 알면, 굉장히 화를 내지 않을까?

하지만 푸른 눈동자는 별다른 분노를 보이지 않고 있었다.

"이리 와."

알테우스가 손을 내밀었다. 루디아는 한마디 하려다가 꾹 눌러 참았다. 그가 말하지 않았는가?

'계약 동안은 내 딸이야.' 라고.

머뭇머뭇 리리카가 그 손을 잡자 알테어스는 "좀 걷지." 하고는 곧장 걷기 시작했다.

리리카는 처음에는 뛰듯이 따라 걸었다. 어두운데 등도 없으니 앞이 보이지 않아서 몇 번이나 돌부리에 걸려 넘어질 뻔했다.

"이런."

알테어스가 짤막하게 말하고 그녀를 안아 올렸다.

밤의 나무들이 속삭인다. 달그림자가 빠르게 뒤로 쓱쓱 멀어져서 순식간에 모닥불 빛이 보이지 않는 곳까지 왔다.

알테어스가 손을 뻗자, 사냥제에서 보았던 반딧돌 같은 게 떠올랐다. 발치를 확인할 수 있을 만큼 주변이 밝아졌다.

"찐빵 얼굴."

알테어스가 크크 웃으며 물었다.

"혼났나?"

리리카는 눈을 크게 떴다가 휘휘 고개를 저었다.

"그래."

생각하듯 알테어스가 턱을 문지르고 리리카를 내려놓았다.

리리카는 조심스럽게 말했다.

"죄송해요."

"뭐가?"

"멋대로…… 만나러 가서요……."

"만나러 가고 싶었던 거지?"

리리카가 고개를 끄덕였다.

뭐라고 변명을 해야 할까, 하고 끙끙거리는데 알테어스는 그런 그녀의 머리를 꾹 누르듯 하며 말했다.

"만나고 싶었다면, 만날 수도 있지. 이번에는 제대로 브린과 라우브를 데리고 갔고, 심지어 바라트까지 끌고 갔으니, 10점 만점에 7점을 주마."

그가 머리를 흐트러트리고 손을 뗐다. 리리카가 제 머리카락을 정리하며 고개를 들었다.

"만나도 괜찮은가요?"

불쑥 나온 질문은 무례하게 여겨질 것 같았지만, 입속에서 툭 튀어나와 버렸다.

만나러 가도 됐던 걸까?

"그건 모르지."

알테어스의 말에 리리카는 눈썹을 찡그렸다. 알테어스가 우습다는 듯 리리카의 뺨을 찔렀다.

"잔뜩 울어서 엉망인 얼굴을 보니, 괜찮지 않았던 거 같은데?"

"그건, 그건, 그야······."

"리리카 나라 타카르."

풀네임으로 불리니 저도 모르게 등줄기가 쭉 펴졌다. 몸이 꼿꼿하게 섰다.

"네."

"네 감정은 너만의 것이야."

"······."

살짝 입술을 벌리고 멍한 표정을 지어 보이는 리리카에게 알테어스는 팔짱을 끼며 시선을 돌렸다.

이리저리 날아다니는 반딧불이를 바라보며 말했다.

"네가 느끼는 것, 생각하는 것, 너는 한 명의 오롯한 인간이고, 인간은 인간을 완전히 이해할 수 없어."

그가 시선을 리리카에게 돌렸다. 냉혹한 말을 하는 것 같지만, 그렇지 않다는 걸 리리카는 알았다.

"남들이 뭐라 하든 네가 느끼는 감정에 옳고 그르고는 없는 거야. 어려도 너는 한 사람이니까. 그러니까 그런 걸로 화내지 않아."

알테어스가 빙긋 웃었다.

"하지만 감정에 따라, 생각에 따라 행동하면 그 책임도 전부 자신의 몫이지. 그래서 어땠니?"

화내지 않는다.

다정하다. 달래는 듯한 목소리.

어린아이의 마음은 그것만으로도 금세 다시 긴장이 풀려서 멋대로 어리광을 부리는 마음이 솟구쳐 올랐다.

눈물이 차올랐다. 깜박여 눈물을 떨어내고 떨리는 입술을 열었다.

"슬프고, 괴로웠, 어요."

알테어스가 한쪽 무릎을 꿇고 팔을 벌렸다. 발걸음이 떨어질 듯 말 듯 하다가 한 걸음 앞으로, 그다음은 날아갈 듯 내디뎌 그의 품에 안겼다.

목에 팔을 감고 리리카는 다시 와앙 울어 버렸다. 이러다가 탈수될지도 몰라.

그런 생각을 하면서도 울었다. 울면서 알테어스의 말을 생각했다.

사람이 다른 사람을 온전히 이해하는 건 불가능할지도 모른다. 하지만 그렇기에, 이해받았다고 느꼈을 때, 위로받을 때 이렇게나 기쁜 거겠지.

내치지 않을 거라 확신할 수 있는, 그런 강한 손에 안겨 있는 건 무척이나 안도되는 일이었다.

울고, 울고, 슬픔이 쭉 빠져나갈 때까지 울고 나면 안겨 있다는 안도감과 희미한 행복이 작게 차올랐다.

'행복……'

아까 전까지만 해도 비참해서 제대로 설 수조차 없을 거 같았는데, 이제는 행복을 이야기하고 있다니.

소중하게 대해 주는 사람들이 많이 있어 준 덕이다.

피요르드, 브린, 라우브, 아틸, 어머니, 그리고.

그리고.

'폐하.'

입만 벙긋해 보았다. 부족하다는 생각이 든다. 부르고 싶은 다른 이름이 생겨 버렸다.

이런 꼴을 당하고서야, 수치도 모르고—라고 할지도 모르지만.

리리카는 안은 팔에 힘을 꾹 주었다.

울음이 잦아든 걸 알았는지 알테어스가 말을 이었다.

"네 어머니가 엄청 무시무시한 얼굴로 마차를 빽빽 불러대서 말이야."

갑작스러운 화제 전환에 리리카는 고개를 들고 눈을 깜박거렸다. 상관없다는 듯 알테어스가 느긋하게 말을 이었다.

"리리카가 그 새끼를 만나러 갔다, 리리카를 만나러 가야겠다, 하면서 빠져나갔거든. 그래서 '그렇군.' 하고 있다가."

리리카와 눈을 마주 보며 빙긋 웃었다.

"잔뜩 혼났으면 어떻게 하지. 달래 주는 게 아버지의 일이려나 하는 생각이 들어서 달려왔는데 괜찮은 거 같군."

우왓, 하고 리리카의 어깨가 움츠러들었다. 손가락 끝이 떨려온다. 무서워서 움츠러들거나 떨리는 게 아니었다.

―아바마마라고 불러 봐.

그때와 같은 말이었다. 지나칠 정도의 호의에 저도 모르게 손끝이 움츠러들었다.

알테어스는 찬찬히 리리카를 바라보았다.

이 아이는 주는 데에는 익숙한데, 받는 데에는 익숙하지 않구나.

받고 싶은데, 받아버렸다가 큰일이 나면 어쩌지? 하는 얼굴이었다.

이유도, 영문도 모른 채 친부에게 내쳐졌으니 그럴 만하다 싶기도 하고.

경계심이 전혀 없는 거 같은데, 이런 곳에서 묘하게 새끼고양이 같은 경계심을 보이는 게 우스웠다.

때리는 손보다, 간식을 내미는 손을 더 경계하는 게 가엽다, 생각하고 알테어스는 눈을 깜박였다.

'가여워? 내가?'

누군가를 가엽다고 여겨 본 건 처음이었다.

'흥미로워.'

마법사라서 그런가 싶었지만, 루디아 역시 그에게 여러 가지 감정을 잔뜩 만들어 내고 있었다.

인간에게 오기가 생겨 본 건 그녀가 처음이었다. 닿아서 기분 좋았던 것도, 뜨거운 한숨 같은 열기가 사랑스럽게―

"!!"

떠오른 생각이 더욱 당황스러웠다. 심장 고동이 머릿속을 울렸다.

"폐하? 괜찮으세요?"

방금까지 당혹은 단숨에 버리고 리리카는 걱정 섞인 목소리로 말했다. 알테어스는 큭큭 낮게 악당처럼 웃고, 리리카를 돌아보았다.

시원한 웃음이었다.

"그럼 어떻게 할까?"

"네?"

"적당한 미끼를 던져 볼까?"

"미끼요?"

점점 알 수가 없어서 어리둥절해지는 리리카를 보고 알테어스가 말했다.

"네 엄마와 계약했으니까, 이번에는 너와 해 볼까?"

리리카의 작은 입술이 헤 벌어졌다. 설마 알테어스의 입에서 '계약'이라는 말이 나올 거라고는 생각도 못 했다.

어머니께서 '절대 비밀이야.'라고 몇 번이나 말했고, 황제도 티를 내지 않았다. 그러니 그녀가 계약에 대해 알고 있는 걸 모르고 있다 생각했다.

놀라 토끼 눈이 된 리리카를 보고 알테어스가 말했다.

"황후로 8년, 이었으니까 이제 6년인가? 남은 기간에는 제대로 황녀님이 되어 줬으면 좋겠는데."

리리카는 눈을 깜박였다. 어머니의 일이지만, 자신도 보이지 않는 계약으로 딸려 있다고 생각하고 훌륭한 황녀님이 되려고 애썼다.

정식으로 계약하자.

알테어스는 그렇게 말하고 있었다. 저도 모르게 변명이 먼저 나왔다.

"저, 지금도 열심히─"

"알아. 하지만 좀 다르잖아? 구두여서는 이쪽에서 권리를 주장하기 애매하니까."

"권리요?"

"그래."

갸웃거리면서도 리리카는 이해했다. 딸린 계약이라는 건 리리카가 '마음대로' 할 수 있다는 말이다. 거기에다가 황녀로서 '이런 것, 저런 것을 해라.'라고 강제로 명령을 내리진 못했다.

"계약하면……."

"6년간 계약이고, 계약의 해지 및 연장은 서로의 합의하에. 그리고 계약의 대가로는, 그렇군. 매해 금 열 상자와 보석 한 상자로 어때?"

말하고는 "너무 쩨쩨한가?" 하며 웃는다. 그러나 듣는 리리카는 달랐다. 리리카는 눈이 튀어나올 만큼 놀랐다.

금 상자는 그렇게 크지 않다. 너무 크면 무거워서 옮기기도 어렵다. 금화를 일일이 세기가 어려워 금 상자를 쓰는데, 금 상자는 무게를 달아서 측정했다.

금 한 상자는 십 킬로그램.

열 상자라면 백 킬로그램이 된다.

눈이 빙글빙글 돌았다.

리리카는 상상도 해 본 적이 없는 금액이었다. 거기다가 보석 한 상자─라는 건 솔직히 말하면 모르는 단위다.

"그, 그렇게 많이……."

"많아? 일에 비하면 그렇지도 않을 텐데."

알테어스의 말에 리리카는 재빠르게 머릿속 계산에 들어갔다. 잘은 모르겠지만, 힘든 일을 시키시려는 걸까.

하지만 매해 금 열 상자라니.

'6년이면, 세상에, 금 육백 킬로그램…….'

이렇게 많이 받는 일은, 그만큼 위험을 동반하는 일이다. 일은 받은 만큼 내뱉어야 했다.

누구나 남는 장사를 원한다. 돈을 줄 때는 준 돈 이상을 돌려받기 원하는 법이다.

리리카는 더듬더듬 말했다.

"저, 저는 결혼 못 해요."

알테어스는 무슨 이야기를 하나 싶어 눈썹을 치켜올렸다.

"스파이도 못하고, 그리고, 친구 배신하는 일도 그렇고……."

우물우물하니 알테어스가 큰소리로 웃었다.

"대체 어느 나라 황녀야? 그건."

리리카의 뺨이 달아올랐다.

"그렇지만, 이렇게나 많이 받는걸요."

"그렇게 많지도 않은데. 좋아, 그럼 네가 정말로 하기 싫은 건 하지 않아도 괜찮아. 이런 조건이면 어떻지?"

'너무 내게 유리한 조건인 게 아닐까.'

하지만 금액이 너무 탐났다. 욕심을 부리면 안 된다 생각하며 살아왔지만, 저만한 돈이 있으면 집도 얼마든지 꾸밀 수 있다.

집 짓기야말로 최고의 도락이라는 책을 읽은 적 있었다. 평평한 유리 한 장만 해도 금화 한 개 가격은 뚝딱 넘어간다.

유리로 된 온실이라도 짓는다면, 알테어스가 제시한 일 년 치 돈이 쑥 빠져나갈 정도였다.

그러니 그런 건 책으로만 보자. 그렇게 생각하고 있었는데…….

'게다가 정말 싫은 건 안 해도 된다고 하셨잖아.'

"좋아요."

배에 힘을 주고 용기를 내어, 무모한 계약의 손을 잡는다.

"계약서에 명시해 주시는 거예요? 제가 정말 싫은 건 하지 않아도 된다고요."

"당연하지."

알테어스의 말에 리리카는 눈을 부릅떴다. 그래 봐야 부은 눈이라 우스울 뿐이었지만, 알테어스는 웃음을 꾹 눌렀다.

"할게요."

배짱 좋은 장사꾼처럼 리리카는 단호하게 말했다.

"좋아."

알테어스가 방긋 웃었다.

"그럼 이제 아빠라고 불러 봐."

황궁에 돌아가니, 아틸이 백룡실에서 딱 버티고 기다리고 있었다. 한

소리를 하려고 기다리던 그였으나 리리카의 얼굴을 보자 하려던 말이 들어갔다.

"일단 씻고 자라."

머리를 주먹으로 콩 쥐어박고 그가 한숨을 내쉬었다.

심적으로 너덜너덜해진 리리카는 그야말로 비틀비틀 씻고 일찌감치 침대에 털썩 쓰러졌다.

푹신한 침구 안쪽은 브린이 다리미로 다려 두어 따뜻했다. 거위 털로 만든 가볍고 커다란, 털 반 공기 반 이불을 끌어 올렸다.

처음에는 황송해서 손대기도 어려웠던 침구인데, 이제는 마차 침대에 몸이 배기다니.

사치에 익숙해지기란 참 쉬운 일이다.

'그래도……'

'아빠'가 아니라 '아버님'으로 합의를 보았다. 생각하니 곤란한데 입꼬리가 스르륵 올라가서…….

리리카는 더 이상 생각하지 못하고 에헤헤 웃음을 지은 채로 잠들었다.

리리카는 행복하게 잠들었으나, 루디아와 알테어스는 아니었다.

계약 건은 숨길 일도 아니고, 숨겼다가 무슨 꼴을 당할지 알 수도 없어, 알테어스는 순순히 루디아에게 이야기한 상태였다.

"계약서는 그쪽이 검토해."

알테어스의 말에 루디아는 입을 비죽였다.

"무슨 꿍꿍이예요?"

"어차피 '황녀님'이잖아. 나이를 먹으면 먹을수록 더욱 '황녀님' 역할이 필요할 텐데, 무료로 부리기는 그렇지 않아?"

"리리카에게는 아무런 일도 시키지 않을 거예요."

"그래도 그 애는 황녀지. 진짜 황녀처럼 살면 돼— 라고 말했고, 본인도 노력하고 있지만, 완전히 받아들이기 어려울걸?"

알테어스가 루디아를 똑바로 바라보았다.

"일이라고 정하는 편이 훨씬 안심하는 거 같거든."

꼭 너처럼.

뒷말은 목구멍 안으로 꿀꺽 삼켰다.

"……"

맞는 말이라 반박하지 못하고 루디아는 그저 입술을 깨물었다. 눈앞의 남자가 얄미워 죽겠다. 마음이 복잡했다.

마지막 말을 꺼냈다.

"억지로 아빠라고 부르게 하고."

"아, 그건 싫다고 해서 아버님으로 타협했잖아."

알테어스가 빙긋 웃었다.

"정말로 싫은 건 하지 않아도 된다고 했으니까, 정말로 싫다면 그렇게 부르지 않았을 거야."

알테어스의 말에 루디아는 입을 비죽였다.

하지만 그를 그렇게 부르는 딸의 표정을 보고 말았다. 차라리 잘 되었다 싶기도 했다.

계약이라면 안전하게, 정해진 시간 동안 누릴 수 있다.

물론 계약조건을 멋대로 휘고 파괴하는 놈들이야 얼마든지 있지만, 알테어스는 용이다. 그는 그렇게 하지 않는다.

13장 배를 타고 나간 아버지는 겨울바람에 휩쓸려 I

'하긴, 진짜 딸과 마찬가지라고 했으니까.'

차라리 정식으로 계약해 버리는 게 나을지도 모른다.

결국 루디아는 항복하며 손을 들었다. 당분간 리리카의 아빠 찾기는 관둬야겠다.

'지금은 이 사람이니까.'

다행이다.

이유 모를, 희미한 안도를 인지하지도 못하고 루디아는 가슴에 손을 올리며 작은 한숨을 내쉬었다.

이튿날, 리리카는 루디아가 몇 번이나 확인한 계약서에 서명했다.

서명하고 나니 뭔가 변한 듯한 기분이 들었다.

정식으로 계약했다.

그것만으로도 마음속 깊숙이 달라지는 걸 느꼈다. 리리카가 계약서를 챙기고 머뭇거리며 물었다.

"혹시 브린과 라우브에게는 이야기해도 되나요?"

루디아와 알테어스는 서로 마주 보았다. 알테어스가 고개를 끄덕였다.

"그 둘에게라면."

"망자의 맹세를 하겠다고 하면 이야기해도 좋아."

"내 아내는 악취미가 있군."

"신중하다고 해 줘요."

"그런 게 좋더라."

싱긋 웃는 남편의 얼굴을 보고 루디아는 어이가 없어져 피식 웃고 말았다.

리리카는 그 말에 고개를 끄덕였다. 계약서를 소중하게 품고 돌아와 리리카는 모두를 물리고 그녀의 두 신하만 남겨 두었다.

"내가 꼭 하고 싶은 이야기가 있는데, 폐하— 아니, 아버님과."

여기까지 말을 하고 리리카는 작게 웃었다. 역시 서면계약이 최고다. 알테우스를 아버님, 이라고 부르는 게 그리 어렵지 않았다. 큼큼 목을 가다듬고 리리카가 다시 말했다.

"아버님과 어머님도 연관된 이야기라서, 망자의 맹세를 받으라고 하셨어. 잘은 모르지만 무서운 맹세일 거 같고."

리리카는 갸웃거리며 말했다.

"굳이 안 들어도 되지 않을까? 싶기는 한데. 어떻게 할래?"

"하겠습니다."

"하지요."

두 사람은 망설임 없이 매끄럽게 답했다.

리리카는 품에서 계약서를 꺼내놓고 사정을 설명했다. 두 사람은 놀라지도 않고 이야기를 들었다.

이야기를 다 끝내고 어린 황녀님은 '어때?' 하는 얼굴로 두 사람을 바라보았다.

라우브는 담담히 말했다.

"전 어디로 가시든 따를 뿐입니다."

그에 비하면 브린은 생각이 많은 표정이었다. 한참이나 계약서를 들여다보더니 마지막에는 방긋 웃었다.

"계약이 끝날 때까지 성심으로 모시겠습니다."

양쪽 다 기쁜 대답이었다. 다 버리고 자신을 따라오겠다든가 하는 이야기를 들어도 곤란했을 터였다.

"그럼 여기서 들은 이야기는 바깥에서 하지 않겠다고 약속해 줘."

브린이 먼저 낭랑하게 말했다.

"제가 여기서 들은 모든 이야기는 망자의 입에 삼켜져, 침묵이 될 것입니다. 입을 열어 침묵을 깨는 그날, 열린 입이 저를 짓씹을 것입니다."

"제가 여기서 들은 모든 이야기는 죽은 자에게 바칩니다. 제단의 예물을 끌어 내릴 때, 죽은 자가 저를 덮칠 것입니다."

라우브도 이어 말했다.

'비슷한데, 다르구나.'

죽은 자를 걸고 하는 맹세라니 으스스하기는 했다. 맹세가 끝나니 심각한 분위기가 되어, 리리카가 슬쩍 두 사람을 보았다. 그러나 곧 브린이 "울프답게 고풍스럽네요." 하고 웃어 분위기가 풀렸다.

피요르드는 생각을 정리한 듯 리리카에게 말했다.

"이제 돌아가 보려고 합니다."

"얼른 가라."

같이 다과 시간을 가지고 있던 아틸이 부러 무례하게 손으로 과자를 집으며 말했다. 요리사가 섬세하게 한 장 한 장 꽃잎 모양으로 구워내어 크림으로 붙여 하나의 꽃 모양으로 만들어 내놓은 과자였다.

리리카는 그런 아틸에게 눈을 한 번 찡그려 보이고 피요르드에게 말했다.

"괜찮겠어?"

"네, 몸은 다 회복되었고 언제까지 이곳에 있을 수는 없으니까요. 저도 매듭을 지어야지요."

리리카와 함께 편히 있으면서, 그녀가 친부를 만나는 장소에 따라가서, 피요르드는 여러 가지 생각을 했다.

어렴풋하던 것이 이제 뚜렷해졌다.

"바라트로 돌아가겠습니다."

다시 한 번 피요르드가 말했다. 리리카는 가만히 그를 보다가 고개를 끄덕였다.

"알았어."

"네."

깔끔하게 대답하고 피요르드가 아틸을 바라보았다.

"상대가 없어지면, 분명 재미가 없겠지요."

느닷없는 말이었지만, 단숨에 알아들은 아틸이 떨떠름한 표정을 지었다.

"아니, 난 좋을 거 같은데."

"꽃그늘 속에 잠든 용을 보는 것도 즐거운 일이겠죠."

피요르드의 말에 아틸이 "하." 짧게 웃고 말했다.

"용이 한 번 숨을 쉬면 꽃 덤불 따위 전부 활활 타버리지."

"뭐, 그것도 재미있겠지요."

피요르드가 그렇게 말하며 잔을 내려놓고 자리에서 일어났다. 물 흐르는 듯한 동작으로 허리를 숙여 보였다.

"퇴석을 허락해 주시겠습니까?"

오늘 다과 자리의 주인은 리리카였다. 리리카는 매끄럽게 답했다.

"허하노라."

피요르드는 싱긋 웃어 보이고 자리를 떴다. 미련 따위 없다는 듯한 태도라, 그게 또 아틸의 신경에 거슬렀다.

"재수 없는 놈, 진짜."

리리카가 갸우뚱하며 해석을 요청했다.

"방금 대화요. 얼핏 짐작은 가는데 정확하게 무슨 뜻인지는 모르겠어요."

"이런 건 캐묻지 않는 게 풍류야."

"하지만, 아틸과 저잖아요?"

리리카의 말에 아틸은 입술을 깨물었다가 푹 한숨을 내쉬었다.

"뭐, 어쩔 수 없네. 동생이 그리 부탁하니 들어주는 수밖에. 보통은 안 하지만 말야. 보통은."

"부탁드립니다."

연극적으로 리리카가 머리를 조아리자 아틸이 픽 웃었다.

"한마디로 바라트는 귀족파 수장에 있겠다. 그런 이야기지. 재수 없네, 다시 생각해도. 하지만 잠든 용이잖아? 용의 시체가 아니라."

지금 바라트 공작이라면,

"꽃그늘 아래 용의 시체를 묻으면, 어떤 꽃이 필까요."

정도로 표현할 터였다. 하지만 피요르드는 '잠든 용'이라고 말했다.

"한마디로 황제가 될 생각은 없다. 하지만 황제를 누를 만큼 강한 귀족이 되고 싶다. 그런 이야기지. 아, 제길. 진짜 재수 없네."

"아, 알겠어요."

그럼 아틸의 말은 '할 수 있겠냐?' 정도의 이야기겠지.

아틸이 포크를 빙글빙글 돌리며 말했다.

"저런 말을 해도, 속은 모르지. 하여간 지금 바라트 공작은 상당히 강경파라, 아들이 온건파라면 재미있기는 하겠는데? 잘하면 둘 다 뒈지, 크흠. 아니, 내부에서부터 붕괴할 수도 있겠지."

험한 말을 쓰려다가 리리카 뒤쪽에 서 있는 브린의 눈매가 미묘하게 변하는 걸 보고 잽싸게 아틸은 말을 바꿨다.

리리카는 "그런가요." 하고 생각에 잠겼다.

정치 문제는 복잡하고, 표면적인 걸로만 봐서는 알 수 없지만—

피요르드가 다른 마음을 품었다는 건 알 수 있었다. 저택을 나올 때만 해도 피요르드는 분명 "다 부숴 버리고 싶다."고 말했다.

그가 원하는 건 바라트의 파멸처럼 보였다. 그리고 그 역시 바라트니까, 집에 불을 지르고 마지막으로 뛰어들어 바라트의 모든 걸 끝내 버릴 사람 같았다.

'좋은 쪽……으로 변한 건가.'

하지만 역시 '그럼 이제 타카르랑 사이좋게 지내야지, 하하.' 할 수는 없나.

작게 한숨을 내쉬었다.

아틸이 그런 리리카를 바라보다가 말했다.

"안 섭섭해?"

"네?"

"저 자식 말이야. 너무 뻔뻔하게 그냥 가 버리잖아. 네가 구해 주려고 얼마나 애썼는데. 나도 그렇고."

"아! 하하."

리리카는 웃었다. 그녀는 조금 멋쩍은 듯, 그러나 턱을 살짝 위로 젖히며 의기양양한 얼굴로 말했다.

"피요르드도 제게 똑같이 해 줄 걸 알아요."

아틸은 눈을 크게 떴다가 헛웃음을 지었다.

"그러냐."

그는 그렇게만 말했고, 리리카는 그게 기뻤다.

"왜 웃어?"

아틸이 묻자 리리카가 말했다.

"그야 예전 같다면 '그런 건 존재하지 않아. 너만 손해 보는 거야, 멍청아.'라고 했을 테니까요."

아틸은 리리카의 말에 어이없다는 표정을 지었다가 손을 뻗어 다시 콩 머리를 때렸다.

"오라버니에게 못 하는 소리가 없어."

그런 말을 하지 않았을 거라고 부정하지 않는 점이 아틸다운 솔직함이었다.

날씨는 점점 더 추워졌다.

유리창에 성에가 아름다운 무늬를 그리기 시작했다. 모닥불이 기세 좋게 타오르고, 언제나처럼 가장 먼저 산다르 가문 사람들이 두툼한 옷을 입기 시작했다.

그리고 첫눈이 내리는 날,

인로가에서 사람이 도착했다.

"으, 진짜 춥네요."

파이가 몸을 부르르 떨었다. 리리카는 주변을 휘 둘러보았다.

겨울답게 햇빛은 시렸지만 유리창을 통해 온기를 전달해 주었다. 벽난로에 걸어놓은 주전자는 증기를 뿜어내고 있었다. 실내는 적당히 따스했다.

리리카가 파이를 타박했다.

"세상에, 목도리까지 하고 뭐가 추워요? 양털로 짠 옷도 입고."

그렇게 말하는 리리카는 덜덜 떨고 있는 파이에 비하면 가벼운 차림이었다.

"이럴 때일수록 감기에 걸리기 쉽다고요."

"산다르는 추위 엄살이 심해."

아틸의 말에 파이는 눈을 가늘게 떴다.

"나중에 호되게 감기에 걸리시면 후회하실 겁니다."

"감기에 걸려 본 적이 있어야지."

타카르의 피는 용의 피. 불을 품고 있는 일족이 감기에 걸리는 일은 드물었다.

대신 더위를 잘 탄다고, 나중에 파이가 속닥속닥 알려 줬다.

셋이 이렇게 모여 있는 이유는 인로에서 사람이 도착해, 리리카에게 인사하러 잠깐 들리기 때문이었다.

선생과 학생이니 진짜 인사는 수업이 시작할 때 하겠지만, 황궁에

도착했을 때 가볍게 인사를 나누는 자리가 있었다.

상대방도 막 여행을 끝냈을 테니 차를 마시지도 않는다. 옷차림도 여행용 차림 그대로다.

정말로 얼굴만 보고 인사를 나누는 자리였다.

일반 귀족 같은 경우는 현관까지 학생이 나가서 인사하는 경우도 있다지만, 리리카는 황녀였다.

저쪽에서 인사를 하러 오는 게 관례였다.

그러니 아틸과 파이는 옆에 딱 붙어서 '와, 인로 사람이래, 인로.' 호들갑을 떨었다. 얼굴을 꼭 보고 싶다고 백룡실에 들어앉은 상황이었다.

'이래도 괜찮은 걸까.'

두 사람을 달고 있으면, 선생님이 놀라시지 않을까.

그런 걱정을 하는 도중 시녀가,

"틸라께서 오셨습니다."

하고 알렸다. 틸라는 황족의 스승을 지칭하는 말이었다. 원래라면 고대어로 '아르틸라'—탑을 쌓은 자라는 뜻인데 앞부분의 '아르'가 탈락하고 '틸라'라고 불렀다.

지금은 황족의 스승만이 아니라 학문에서 일가를 이룬 사람을 '틸라'라고 부르기도 했다.

"들어오시라고 해."

리리카는 말하고 자리에서 벌떡 일어났다. 다른 두 사람도 마찬가지였다.

뒤쪽 드레스를 손으로 가볍게 턴 후에 가지런히 손을 모았다.

시종이 문을 열자 '요정'이 들어왔다. 리리카는 눈을 휘둥그레 떴다.

무례를 범하지 않기 위해서 그녀는 표정을 태연히 갈무리하려 애썼다.

'세상에.'

새하얀 사람이었다.

아직 앳된 티가 남아 있는 걸로 보아 성인은 아닌 듯했다.

결 좋은 새하얀 머리카락은 하나로 단정하게 땋았다. 나이가 들어 새하얗게 새었다기보다는, 폭 쌓인 눈밭같이 하얗게 반짝거렸다. 피부는 파리하다고 느껴질 만큼 희고 투명했다.

거기다가 눈동자가.

눈동자 색은 이리저리 물결치는 것처럼 보였다. 저도 모르게 빤히 눈동자를 마주 보다가 알아챘다.

주변 사물 빛을 비추고 있다.

거울처럼 그대로 반사하는 얄팍한 느낌이 아니었다. 깨끗하게 얼어붙은 호수처럼 주변 빛깔이 어른어른하게 비쳐서 시리고 투명한 빛만 반사하고 있었다.

'와아……'

저도 모르게 탄성이 터져 나올 만큼 신비롭고 아름다운 눈동자였다. 옷차림도 굉장히 독특했다.

인로 가문의 전통 복장이겠지— 싶었다. 가장 바깥쪽에 솜이 들어간 로브 같은 걸 걸치고 허리띠를 졸랐는데, 한쪽 소매는 팔에 끼우지 않고 늘어트렸다. 늘어트린 소매는 장식용인 듯 길었다.

역시, 눈의 요정.

감탄하고 있으려니 상대가 부드럽게 인사해 왔다.

"처음 뵙겠습니다, 황녀님. 소네히하야 인로라고 합니다. 제 지인들은 저를 하야라고 부릅니다."

목소리에도 깜짝 놀랐다.

요정처럼 방울을 흔드는 목소리인 줄 알았더니 전혀 아니었다. 눈폭풍처럼 강하고 남자다운 목소리였다.

과연, 하고 리리카는 감탄했다.

아이를 가르칠만한 관록이 있는 목소리였다. 목소리에 힘이 있으니 겉보기보다 나이가 많을지도 모르겠다— 그런 생각을 하고 리리카는 무릎절을 해 보였다.

굉장히 특이한 이름이라 몇 번이나 입속으로 연습한 뒤에 매끄럽게 발음했다.

"처음 뵙겠습니다, 소네히하야 인로 님, 저는 리리카 나라 타카르라고 합니다. 앞으로 잘 부탁드립니다."

하야가 부드럽게 미소 지었다. 리리카가 허리를 쭉 펴고 아틸과 파이를 소개했다.

세 사람은 차례로 인사를 나누었다.

첫 만남은 이것이 전부였다.

리리카가 "이제 막 도착하셔서 피곤하실 테니, 붙잡지 않겠습니다."라고 말하면 "배려해 주셔서 감사합니다."라며 답례하고 물러나면 끝.

하야가 물러나자마자 세 명은 서로 얼굴을 돌아보았다.

백룡실을 완전히 떠났다는 생각이 들 만큼 시간이 지나자 동시에 입이 열렸다.

"봤어? 눈? 눈 색 바뀌는 거?!"

"그죠? 착각 아니죠? 눈동자 색이 이상하게 어른어른하고—"

"머리카락도 새하얀데, 반짝반짝하고, 엄청 예쁜 색이었고요."

와와 떠들어대다가 동시에 푹 한숨을 내쉬었다. 잠시 진정하고 자리에 앉자 그제야 차와 과자가 나왔다.

파이가 아틸에게 물었다.

"어떠셨어요?"

"뭐가?"

"인로는 타카르에 가장 가깝다고 하잖아요. 느낌이 오셨다든가……?"

"그게 언제 적 이야긴데."

아틸이 코웃음을 쳤다. 리리카는 의아해져 물었다.

"어째서 인로가 타카르에 가장 가까운가요?"

파이가 설명했다.

"인로의 조상은 눈 요정이라고 했지요? 그래서 실체가 없었다고 합니다. 용에게 피와 살을 받아서 몸을 구성했다 하지요."

리리카는 눈을 크게 떴다. 이런 신기한 이야기는 언제든지 환영이다. 리리카의 얼굴을 보고 파이가 신나 덧붙였다.

"본래라면 용의 것은 불꽃이라 타 버릴 텐데, 인로는 눈 요정이니까요. 불꽃과 눈이 조화를 이루어 견딜 수 있었다고 하네요."

"그렇구나……. 그런데 정말로 인로는 그럴 것 같아. 분위기가 굉장히— 인간 같지 않은 부분이 느껴졌는걸?"

리리카가 눈을 빛내며 말하자 파이도 고개를 끄덕였다.

"산다르도 긴 가문이지만, 인로와는 다르니까요. 역시 느껴지는 격이 다른걸요."

권족 중의 권족이라고 해야 하나?

세속과 떨어져 있다는 점이 그런 상상을 더욱 부추기는지도 모른다.

파이가 리리카에게 장난스레 웃어 보였다.

"부럽습니다, 황녀님."

리리카가 씩 웃었다. 그녀가 아틸의 팔짱을 끼며 말했다.

"아틸에게 잘해."

혹시 알아?

"네, 물론이죠."

파이가 쿡쿡 웃으며 말했다. 그와 아틸이 슬쩍 시선을 교환했다.

그날 이후—

그러니까 리리카가 친부를 만나고 돌아오고서, 리리카가 달라졌다.

폐하를 향해 '아버님'이라고 부르기 시작하더니, 행동도 훨씬 당당해졌다.

훨씬 '진짜 황녀님' 같아졌다고 할까? 예전에도 물론 '황녀님'답다고 생각했는데 지금에 비하면 빛바랜 듯 느껴질 정도였다.

'만나러 가는 게 정답이었던 걸까?'

이런 문제에 정답은 없겠지만, 문제를 회피하기만 해서는 안 된다는 걸 배웠다.

아틸이 리리카에게 시선을 돌렸다. 그녀가 '저 잘했죠?' 하는 반짝반짝한 눈으로 바라본다. 그게 웃겨서 아틸은 그녀의 뺨을 잡아 늘였다.

"요게, 요게."

리리카는 지지 않고 아틸의 옆구리를 간지럽히기 시작했다. 남매의 투덕거림을 보며 파이는 느긋하게 차를 마셨다.

'페리 보고 싶네.'

만약 자신이 뺨을 당겼다면, 페리는 옆구리를 주먹으로 쳤겠지만. 몸이 약한 동생의 그 정도 애교는 받아 줄 수 있는 파이였다.

하야는 옷을 정리했다.

가져온 옷은 수도 유행과는 전혀 상관없는 옷뿐이었다. 원래 인로란 그런 곳이다.

얇은 옷으로 갈아입고, 발코니를 열었다. 차가운 바람이 뺨에 닿아 기분 좋았다.

후우, 하고 숨을 내쉬고 그가 어둠을 향해 말했다.

"처음 뵙겠습니다, 위대한 용, 바다를 건너는 안내자, 배신당한 불꽃, 인간이 되어 버린 자. 소네히하야 인로입니다."

"이름 더럽게 짓는 법은 못 고쳤군."

어둠이 빛으로 녹아들 듯 어둠 속에서 알테어스의 모습이 나타났다. 발코니 난간에 서서 오만한 시선으로 그를 내려다보고 있었다.

하야가 희미하게 웃었다.

"이제 전통으로 굳어졌으니까요."

뜻과 의미를 부여하는 이름을 짓지 않는다. 그저 문자의 나열.

그게 인로식 이름짓기였다.

"이제 와서 무슨 바람이 불었는지는 모르겠지만, 쓸데없는 짓은 하지 마라."

"용의 눈앞에서 그런 짓을 할 어리석은 사람은 없습니다."

"아, 그래? 난 아는데."

알테어스가 손가락을 꼽아보다가 웃었다. 포식자의 웃음이었다. 자신을 해치지 않을 걸 알면서도 하야는 움츠러드는 기분이었다.

"뻔뻔하고 멍청한 것들을 잘 알지. 소네히하야 인로."

"네."

얌전히 대답하는 그를 보고 알테어스는 한숨을 내쉬고는 난간에 쭈그려 앉았다.

"진짜 징글징글하다."

"인간이니까요. 대를 이으면서 의외로 끈질겨진답니다."

"약해지기도 하고."

"……."

하야는 침묵하며 눈을 내리깔았다. 알테어스가 손을 뻗어 툭 그의 머리 위에 올렸다.

"뭐, 적당히 해라."

"네, 네."

당황해 하야가 대답하자 알테어스는 픽 웃고 자리에서 일어나 그대로 뛰어내렸다.

하야는 아래를 보지 않았다. 대신 그는 후들후들 떨리는 무릎으로 그대로 베란다에 무릎을 꿇었다. 차가운 바람이 뺨을 스쳤다.

몸이 부르르 떨렸다.

'아아.'

이 정도 추위는 아무렇지도 않아야 하는데.

피를 보존하기 위해 안간힘 써도 매해 태어나는 아이들은 약해졌다. 추위를 견디지 못하는 몸이 되어 가고 있다.

그래서 리리카 황녀가 나타났을 때 모두가 숨을 삼켰다.

이건 '예언서'에 나타나지 않는 이야기다.

황후에게서 '리리카 황녀의 틸라가 되어 달라'는 서신이 왔을 때 모두가 서로 시선을 마주쳤다.

때가 되었을지도 모른다.

아니다, 아직 아니다.

이런저런 이야기가 오가며 차일피일 대답은 미뤄졌다. 막상 눈앞에 일이 닥치니 두려워지는 게 사람의 마음이리라.

그러다가 루디아 황후가 최근에 두 번째 편지를 보냈다.

'하트의 여왕을 아시는지—' 하고.

이 편지를 보고 소네히하야는 수도에 가기로 결심했다. 가주인 인로 공작은 아무 말 없이 소네히하야를 바라보았다.

—가겠습니다.

공작은 말없이 고개를 끄덕여 주었다. 거기에 힘입어 하야는 인로가를 나올 수 있었다.

아티팩트 마법 소녀에 대한 이야기도 들었다. 정말로 때가 오고 있는 건지도 모른다.

인로의 저주가,

용의 저주가,

풀릴 그때가.

며칠 쉬고서 하야는 루디아 황후를 알현했다. 편하게 이야기하자며 응접실로 그를 부른 황후를 보고 하야는 숨을 삼켰다.

빛 덩어리가 앉아 있는 걸 보는 느낌이었다.

금빛 머리카락이 너무 눈부셔서 눈을 찌르는 듯했다. 인로 공작령의 창백한 햇살에 익숙해져 있는 인로에게는 너무 과한 빛깔이었다.

과연 이 정도이니 용의 반려가 될 수 있겠지.

그런 생각이 들 정도의 외모였다. 인로에게 편지를 보낸 대담함도 대담함이라고 생각하지만…….

자리에 앉으니 루디아가 직접 차를 따랐다. 주변의 사용인은 단 한 사람도 남아 있지 않았다.

조심성이 많은 것인지, 없는 것인지 알 수가 없었다.

차를 따르고 루디아가 자리에 앉아 빙긋 웃었다.

"리리카 황녀의 틸라가 되어 주어 고맙소."

"아닙니다. 저야말로 분에 넘치는 임무를 받았습니다."

"교육에 대해서는 그대에게 일임하지."

이건 뜻밖의 이야기지만, 하야는 "알겠습니다." 하고 공손히 대답했다.

따뜻한 찻잔이 손끝에 닿는 열기가 기분 좋았다.

루디아가 그런 하야를 바라보다가 말했다.

"현자의 가문에서 온 사람에게 나도 묻고 싶은 게 있는데."

"현자라는 호칭은 과분하지만, 답할 수 있는 일이라면 답해 드리겠습니다."

　공손히 답하는 하야를 보고 루디아는 붉은 입술에 고혹적인 미소를 지었다.

　"용에 대해 알고 있는 걸 전부 말해 줘."

엄마가

계약결혼

했다

fin.

Paragraph